EVIE BLAKE

Valentina.
Verborgene Lust

Evie Blake

Valentina. Verborgene Lust

Roman

Aus dem Englischen
von Charlotte Seydel

blanvalet

Die englische Originalausgabe erschien 2013
unter dem Titel »Valentina on the Edge« bei Headline, London.

MIX
Papier aus verantwortungsvollen Quellen
FSC® C014496

Verlagsgruppe Random House FSC® N001967
Das FSC®-zertifizierte Papier *München Super*
für dieses Buch liefert Arctic Paper Mochenwangen GmbH.

1. Auflage
Deutsche Erstveröffentlichung August 2013
bei Blanvalet, einem Unternehmen
der Verlagsgruppe Random House GmbH, München.

Redaktion: Sabine Thiele
ES · Herstellung: sam
Satz: DTP Service Apel, Hannover
Druck und Einband: GGP Media GmbH, Pößneck
Printed in Germany
ISBN: 978-3-442-38195-1

www.blanvalet.de

In meinen Träumen tanze ich.

Louise Brooks

Für S. L.

Maria
1955

Letzte Nacht hat sie wieder von Paris geträumt. In der Dämmerung lief sie durch die schmalen Gassen von Saints-Germain-des-Prés. Es war die Zeit, zu der sie immer zum Spielen hinausgegangen waren, damals, als die Stadt kurz nach der Befreiung noch angeschlagen und verwundet war. Sie hatte nach ihm gesucht. In dem dämmerigen Licht huschten malvenfarbene Schatten in diese und jene Richtung und lockten sie auf eine falsche Fährte. Verzweifelt eilte sie die Straßen hinunter und rutschte über das glatte Kopfsteinpflaster.

Doch sie fand ihn nicht. Sie suchte im Le Flore nach ihm, aber das Café war so gut wie leer. Nur Monsieur Boubal stand hinter der Bar, trocknete mit einem weißen Leinentuch Weingläser ab und musterte sie mit kühlem, überheblichem Blick. *Du gehörst nicht mehr hierher*, las sie in seinen Augen.

Sie suchte in jedem Club nach ihm. Während sie sich durch die dichte Menge junger Pariser und Amerikaner drängte, beschleunigten die harten Jazzrhythmen ihren Herzschlag. Die Jungs hatten schmutzige kleine Bärte, die Mädchen lange strähnige Haare und stumpfe Ponys, und alle starrten sie mit leerem Blick an. Sie wusste, was sie dachten. *Was machst du hier? Du gehörst nicht mehr zu uns.*

Dann war sie wieder zurück in den dunklen Straßen und lief und lief. Als sie um eine Ecke bog, ragte die Abtei vor ihr auf, und sie entdeckte das Hotel. Erleichterung durchströmte sie.

Ganz bestimmt würde sie ihn dort finden. Sie lief durch die Eingangshalle und ignorierte Madame Paget mit ihrem mürrischen Blick. Sie stellte sich vor, dass sie sagte: *Verschwinde hier! Du gehörst nicht zu uns.*

In dem Käfig des klapprigen alten Aufzugs ging es hinauf. Wie könnte sie den je vergessen? Dann lief sie den dunklen Flur hinunter. Als sie die Tür zu ihrem Zimmer aufstieß, schlug ihr das Herz bis zum Hals – aber es war leer. Auf dem Bett lagen die zerwühlten Laken, auf der Fensterbank stand die leere Weinflasche mit den drei verwelkten Geranien, auf dem Boden der leere Koffer und auf dem Stuhl, als hätte sie dort auf sie gewartet, seine Kamera. Doch er war nicht da. Verzweifelt betrat sie das Zimmer, nahm die Kamera und wiegte sie in den Händen. Er würde zurückkommen. Er musste. Hilflos ließ sie sich auf einem Stuhl nieder, und auf einmal flackerten Bilder aus ihrer Erinnerung wie in einem ihrer Filme über die Wand über dem Bett. Sie sah, wie er ihre Nippel streichelte. Wie sich ihre Lippen berührten, wie er auf ihr lag und in ihr war. Die Bilder waren körnig und wie mit Weichzeichner aufgenommen, doch sie bohrten sich wie Messerklingen in ihr Herz. Sie hatte sich ganz und gar ihrer Liebe hingegeben. Sie war besessen von ihr. Wie sollte sie ohne sie leben?

Schweißgebadet und mit trockenem Mund erwachte Maria. Ihr Körper pulsierte vor Lust. Sie spürte ein starkes Ziehen im Unterleib, legte die Hände zwischen die Beine und berührte sich. Nein! Energisch warf sie die Laken zurück. Sie blieb auf dem Rücken liegen und wartete, bis ihr Körper etwas abgekühlt war, bis sich ihr Herzschlag beruhigt hatte und sie die Kontrolle über sich zurückgewann, über ihren Körper, der die dunkle Seite der Leidenschaft fast vergessen hatte. Vorsichtig stieg sie aus dem

Bett. Als sie aus dem Schlafzimmer in den Flur wankte, holte sie das Gefühl des kalten Fußbodens unter ihren heißen Fußsohlen zurück in die Realität. In ihrer Wohnung herrschte Stille. Kein Geräusch drang von draußen herein. Mailand schlief noch. Sie blieb stehen und hob den Blick zu dem Kreuz, das über dem Flurtisch hing. Sie schloss die Augen, faltete fest die Hände und betete zu Jesus, ihrem Erlöser, dass Er ihr Frieden schenken möge. Doch auch Er vermochte es nicht, ihr Trost zu spenden. In diesen Nächten tröstete sie nur eins.

Sie öffnete die Tür zum Schlafzimmer ihrer Tochter und schlich auf Zehenspitzen hinein. Da Tina Angst vor der Dunkelheit hatte, brannte in der Ecke eine Lampe. Das Zimmer war ein goldenes Heiligtum. Die Regale waren mit Büchern und Puppen vollgestellt, an den Wänden hingen Bilder von Feen und Zauberern – Märchenträume einer Sechsjährigen. Maria setzte sich auf den Stuhl am Bett ihrer Tochter und blickte auf sie hinab. Als sie ihr das Haar aus der Stirn strich und sich vorbeugte, um sie zu küssen, überkam sie ein schlechtes Gewissen, dass sie das Kind störte. Die Lider des Mädchens flackerten, dann schlug es die Augen auf und blickte seine Mutter schlaftrunken und verwirrt an. Maria stieg zu Tina ins Bett und schloss sie in die Arme. Sie zog ihr Kind so dicht an sich, dass es sich anfühlte, als schlügen ihre Herzen wie eins. Das Mädchen wimmerte. Sie war müde und mürrisch, weil man sie geweckt hatte. Maria flüsterte in ihre winzige Ohrmuschel. Sie erzählte ihr eine große Liebesgeschichte. Es war nicht ihre eigene. Nein. Sie erzählte ihr die Liebesgeschichte ihrer Mutter. Von Belle und Santos. Eine Liebe, die im würdevollen Venedig entbrannt war, von einem unglückseligen Paar, das keines sein durfte. Die Geschichte brachte das kleine Mädchen zum Weinen, obwohl sie davon erzählte, dass der Märchenprinz eines

Tages erschien. Maria drückte Tina fester an sich. Lieber erzählte sie ihr solchen Unsinn, als ihr die Wahrheit über die Liebe zu verraten. Dass sie ein Mädchen vollkommen überwältigen und derart befreien konnte, dass es einem Angst machte. Denn wenn man diese Art der Liebe einmal kennengelernt, eine solche Hingabe und Glückseligkeit erfahren hatte, war es schwer, sich auf etwas anderes einzulassen. Aber was, wenn der Mann, den man liebte, einem nie gehören konnte? Dann war man für den Rest seines Lebens gefangen.

Maria weiß, dass es nichts ändern wird, egal, wie viele Prinzessinnenmärchen sie ihrer Tochter im Laufe der Jahre erzählt. Jedes Mal wenn sie Tinas unerschrockenen Blick sieht, sieht sie die Leidenschaft, die in ihnen allen brennt. In ihrer Mutter. In ihr selbst. In ihrer Tochter. Umso mehr, als sie in den Gesichtszügen des Kindes den Vater wiedererkennt. Und wenn sie das sieht, hat sie Angst.

Valentina

Valentina liegt bäuchlings auf dem Bett und liest ein Buch. Sie blättert um und atmet den angenehmen Geruch des Papiers ein. Ihr Bauch, der auf dem weichen Federbett ruht, zieht sich zusammen, und sie liest noch einmal den letzten Abschnitt. Anaïs Nin erzählt von einer brasilianischen Tänzerin, die ihr Geschlecht mit rotem Lippenstift anmalt. Die Frau ist von Bewunderern umgeben, die sie nicht berühren, sondern nur ansehen dürfen. Das Bild brennt sich in Valentinas kreativen Geist. Anaïs Nin beschreibt die vollen roten Schamlippen wie die reife Blüte einer tropischen Blume, und das Bild erregt Valentina. Sie merkt, dass sie sich mit gekreuzten Beinen auf der Bettdecke windet, und empfindet Lust. Sie verspürt den unwiderstehlichen Drang, sich anzumalen und zu erleben, wie sich das anfühlt. Ihr Freund blättert neben ihr im Bett eine Seite um. Daraufhin dreht sie sich um und beobachtet, wie er am Kopfende lehnt und ebenfalls ein Buch in der Hand hat.

»Was liest du?«, fragt sie.

»Edgar Allan Poe«, erwidert Leonardo und blinzelt hinter seinen Brillengläsern. »*Doppelmord in der Rue Morgue*.«

»Ach, das habe ich gelesen«, sagt Valentina und erinnert sich, dass es zu Thomas' Lieblingsbüchern gehörte. »Es gilt als der erste Kriminalroman überhaupt, oder?«

Leonardo nickt, hebt den Kopf und nimmt die Brille ab.

»Wie ist Anaïs Nin?«

»Heiß.«

Er legt den Kopf schief und betrachtet sie mit leicht amüsiertem Blick.

»Ach was?«

Sie bemerkt, wie er ihren Körper mustert. Sein Blick ruht auf ihrem Rücken. Leonardo hat ihr unzählige Male gesagt, dass sie den perfekten Hintern für eine Unterwürfige besitzt: rund, aber fest, drall und voll zum Versohlen. Er will sie ärgern, aber mittlerweile findet sie großen Gefallen an ihren gemeinsamen Spielen. Außerdem helfen sie ihr, Thomas zu vergessen.

Erst fünf Monate ist es her, dass Thomas und Valentina zusammen in Venedig gewesen sind, nur fünf Monate, seit am Tag nach ihrem leidenschaftlichen Wiedersehen alles auseinandergebrochen ist. Fast war sie bereit gewesen, ihm alles zu geben, ihm zu sagen, dass sie ihn liebte. Thomas hatte ihr monatelang seine Liebe bewiesen, hatte ihr gezeigt, dass er sie so akzeptierte, wie sie war, und sie nicht ändern wollte. Natürlich wollte er auch etwas zurückhaben, das war nur gerecht. Doch obwohl sie in Mailand zusammengelebt hatten, hatte sie darauf bestanden, dass er sie nicht als seine Freundin bezeichnete. Etwas hatte sie davon abgehalten, ihm ihre Liebe zu gestehen. Sie kann sich noch immer nicht erklären, was es war. Mit diesem einen Zögern hatte sie ihr gemeinsames Leben zerstört. Und erst als Thomas endgültig gegangen war, hatte sie begriffen, dass er ein Teil von ihr war.

Nachdem er sie in Venedig verlassen hatte, wollte sie ihn zurückgewinnen. Doch als sie wieder nach Mailand kam, war er bereits verschwunden. Wie hatte er das geschafft? Er hatte innerhalb von vierundzwanzig Stunden gepackt und sich aus dem Staub gemacht. Den Schlüssel hatte er in einem Umschlag im Briefkasten hinterlassen. Ohne ein einziges Wort. War er zurück nach Amerika gegangen? Sie wusste nur, dass seine Eltern in Brooklyn lebten, aber sie besaß weder eine Adresse noch eine Telefonnummer.

Natürlich wusste Leonardo, wo er sich aufhielt, schließlich waren die beiden alte Freunde. Zu Valentinas Entsetzen hatte er ihr erklärt, dass Thomas Italien tatsächlich verlassen hatte. Allerdings war er nicht nach New York zurückgekehrt, sondern wohnte und arbeitete jetzt in London. Zunächst war sie wütend gewesen. Thomas hatte ihr keine Chance gegeben, ihn zurückzugewinnen, sondern kapituliert. Er hatte ihr erklärt, dass er sie liebte. Wie konnte er so etwas behaupten? Hätte er sich dann nicht etwas mehr bemüht?

Doch tief im Inneren weiß Valentina, dass Thomas alles versucht hat. Außer zu betteln. Er hat seinen Stolz. Ganz sicher fühlte sie sich vor allem deshalb zu ihm hingezogen. Wegen seiner Selbstsicherheit und Stärke. Er würde sie nie anflehen.

In jenen ersten schrecklichen Wochen sagte Leonardo, sie solle zu Thomas fahren.

»Du liebst ihn, er liebt dich. Worauf wartest du?«, meinte er.

Aber sie war stur geblieben.

»Nein, das führt zu nichts. Es ist gut so«, erklärte sie ihm. »Es hätte niemals funktioniert. Selbst wenn wir es eine Weile versucht hätten – wozu? Keine Beziehung hält ewig.«

Sie wusste, dass sie die Worte ihrer Mutter wiederholte. Sie hatte sich so sehr gewünscht, nicht wie sie zu sein, doch anscheinend war sie ihr genaues Ebenbild – eine Frau, die unfähig war, sich zu einem Mann zu bekennen.

»Glaubst du das wirklich, Valentina?«, fragte Leonardo.

»Natürlich, du etwa nicht?«

Leonardo wirkte nachdenklich.

»Ich bin dir sehr ähnlich, Valentina.«

Freunde, die miteinander vögeln. So beschreibt Valentina ihr Verhältnis zu Leonardo. Ohne Verpflichtungen. Leonardo hat Raquel, seine bezaubernde Freundin mit der Figur einer Sanduhr, von der sie bereits mehrfach zu einem Dreier eingeladen wurde. Valentina findet die Vorstellung allerdings nicht sehr verführerisch. Obwohl Raquel und Leonardo eine offene Beziehung führen, kann Valentina sich nicht von dem Gedanken lösen, dass Leonardo Raquel sozusagen gehört. Ihr wäre ein unverfänglicher Dreier lieber: sie und eine andere ungebundene Frau, wie etwa ihre neue Tänzerfreundin Celia, und Leonardo. Ihre Beziehungen sind gleichwertig. Ohne Verpflichtungen. Ein solches Treffen ist bereits länger geplant, doch Celia befindet sich auf einer Tournee in Amerika und kommt erst in einigen Wochen zurück.

Leonardo beschreibt mit seiner Fingerspitze Kreise auf ihrem Bauch und gleitet dabei immer tiefer. Sie legt ihre Hand auf seine, wendet ihm das Gesicht zu und sagt:

»Nein.«

»Bist du sicher?«, fragt er.

Sie küsst ihn zärtlich auf die Lippen. »Du bist ein sehr gewissenhafter Freund, aber nein. Ich muss aufstehen.«

»Warum? Es ist Sonntag.«

Er hat recht, aber sie kann nicht länger im Bett bleiben. Sonntags haben Thomas und sie immer den ganzen Tag im Bett gefaulenzt, sich immer wieder geliebt und waren nur aufgestanden, um sich etwas zu essen und zu trinken zu holen, bevor sie wieder unter der Decke verschwanden. Sie weiß, dass Leonardo bald gehen muss. Heute kommt Raquels Familie zu Besuch, deshalb erwartet sie ihn zu Hause. Valentina kann es nicht ertragen, allein im Bett zurückzubleiben, den ganzen Tag Anaïs Nin zu lesen und immer deprimierter zu werden.

»Kommst du morgen in den Club?«, fragt er. Leonardo führt Mailands exklusivsten SM-Club, zu dem nur Mitglieder Zutritt haben. Seit Valentina vor einiger Zeit angefangen hat, sich mit erotischer Fotografie zu beschäftigen, verbringt sie zunehmend mehr Zeit in Leonardos nächtlichem Unterschlupf. In erster Linie ist sie aus beruflichen Gründen dort: um mit einigen Clubmitgliedern künstlerisch anspruchsvolle und ästhetische erotische Kompositionen zu schaffen. In Nächten, in denen sie Thomas zu sehr vermisst, treiben Schuld und Wut sie dazu, sich mit SM-Spielen abzulenken, aber ausschließlich mit Leonardo. Er ist der Einzige, dem sie vertraut.

Leonardo sitzt auf der Bettkante und zieht seine Socken an. Sie betrachtet seinen Hinterkopf, die dunklen Locken, die ihm inzwischen fast bis auf die Schultern reichen.

»Du musst zum Friseur«, stellt sie fest und bohrt ihm einen Finger in den Rücken.

»Raquel mag es lang.«

»Sie macht aus dir einen schmierigen Gigolo!«

Leonardo schwingt herum und wirft sie mit einer geschickten Bewegung aufs Bett.

»Sie bezeichnen mich als schmierigen Typen, Signora Valentina?« Er kitzelt sie unter den Armen.

»Nein, nein ... Wie könnte ich?« Sie unterdrückt ein Lachen und sieht ihn unschuldig aus großen Augen an. »Wo ich doch finde, dass du der schärfste Mann von ganz Mailand bist.«

Leonardo setzt sich auf die Fersen, und für den Bruchteil einer Sekunde blitzt Enttäuschung in seinen Augen auf.

»Nur von Mailand, nicht von der ganzen Welt?«, fragt er.

Sie schüttelt den Kopf. Dann mustern sie sich schweigend, und für einen Augenblick fragt sie sich, ob sie das Richtige tun. Dass sie als gute Freunde miteinander schlafen.

»Nun«, hakt Leonardo nach, »kommst du morgen vorbei?«

»Morgen? Klar, Antonella kommt mit.«

Leonardo stöhnt.

»Gott, sie ist wahnsinnig.«

»Ja, wie es aussieht, hat sie ihre dominante Berufung entdeckt«, scherzt Valentina.

Leonardo steht auf und zieht sein Jackett über. Plötzlich verspürt Valentina den Wunsch, ihn aufzuhalten. Sie will nicht den ganzen Tag allein sein. Nicht schon wieder.

»Willst du noch einen Kaffee, bevor du gehst?«, fragt sie, während sie ihren Kimono überzieht und auf ihn zugeht.

»Tut mir leid, Liebes, ich muss los.«

»Sicher? Ich kann dir schnell einen Espresso machen.«

Leonardo umarmt sie flüchtig.

»Ich kann nicht. Raquel wartet auf mich.«

Nachdem er gegangen ist, läuft Valentina durch die Wohnung. Manchmal überlegt sie, von hier wegzuziehen. Sie hat ihr ganzes Leben an diesem Ort verbracht. Als ihre Mutter nach Amerika gegangen ist, hat sie die Wohnung Valentina überlassen und erklärt, sie könne sie auch verkaufen. Die Immobilie ist ein Vermögen wert. Von dem Geld könnte Valentina sich woanders, in einem anderen Land, etwas Großartiges kaufen. Sie muss nicht in Mailand leben. Sie ist Fotografin, sie kann überall auf der Welt arbeiten. Doch die Erinnerungen, die sie verfolgen, helfen ihr auch. Manchmal stellt sie sich vor, sie höre noch immer, wie Thomas in seinem Arbeitszimmer auf der Tastatur tippt und unbekannte Celloklänge in den Flur dringen.

Valentina steht vor der Tür zum Arbeitszimmer und öffnet sie langsam. Sie bleibt im Türrahmen stehen und betrachtet die nackten Wände, die Lücken in den Regalen, aus denen Thomas seine Bücher herausgenommen hat, und den leeren Schreibtisch.

Ihre Brust wird eng, doch sie beißt die Zähne zusammen und betritt das Zimmer. Sie wird nicht weinen. Sie muss über Thomas hinwegkommen, ihr Leben fortsetzen. Sie ist ein Freigeist, und Thomas wollte, dass sie sich zu ihm bekennt. Obwohl er sich das wünschte, hatte er sie jedoch verstanden. Er hatte alles getan, um ihr das zu zeigen. Sie geht durch den Raum und spürt den kühlen Marmorboden unter ihren nackten Fußsohlen. Sie setzt sich in den Schreibtischstuhl, hebt die Füße und dreht sich langsam im Kreis. Sie nimmt seinen Geruch wahr, diesen frischen, trockenen Duft von Bulgari, den sie hinten in ihrem Rachen schmeckt und der sie auch jetzt erregt. Sie schließt die Augen und hört langsam auf, sich zu drehen. Sie setzt die nackten Füße wieder auf dem Boden ab und spreizt die Beine. Zunächst stellt sie sich vor, sie sei Nins Tänzerin, male sich an und zeige sich ihren Bewunderern. Doch langsam verblassen die Augen der Zuschauer, und sie stellt sich vor, dass nur noch ein Mann ihr zusieht. Thomas. Sie schiebt einen Finger in sich hinein.

»Thomas«, flüstert sie. Hier in der Abgeschiedenheit seines Büros kann sie seinen Namen aussprechen. In diesen Momenten malt sie sich aus, dass sie Mailand verlässt, in ein Flugzeug nach London steigt und ihren Mann zurückgewinnt. Sie streichelt sich, schiebt den Finger noch tiefer in sich hinein und tut so, als läge Thomas auf ihr. Sie wird nie vergessen, wie sein Körper sich anfühlt. Sich windend sehnt sie Thomas herbei.

Komm zurück, oh bitte, komm zurück, fleht sie, während sie zum Höhepunkt kommt und dann in sich zusammensackt. Auf das Gefühl der Erlösung folgt augenblicklich Verzweiflung. In ihrem Schmerz umschlingt sie ihre Knie. Es fühlt sich anders an als bei ihrem ersten Liebeskummer wegen Francesco. Damals war sie von Boshaftigkeit und Rachsucht getrieben. Nein, dieses Gefühl ist anders. Als habe sie das Wertvollste verloren, das sie je besessen hatte. Es ist für immer zerbrochen und nicht mehr zu kitten.

Sie reißt sich zusammen, ballt die Hände zu Fäusten und steht auf. Sie muss weiterleben.

Rasch verlässt sie das Arbeitszimmer, schlägt die Tür hinter sich zu und geht in die Küche, um sich einen Tee zu kochen. Sie muss sich Thomas aus dem Kopf schlagen. Es ist vorbei. In fünf Monaten hat er ihr nicht ein einziges Mal geschrieben oder sie angerufen. Sie muss wieder zu der Valentina werden, die sie war, bevor Thomas in ihr Leben getreten ist. Sie wird Antonella anrufen und mit ihr am Canale Naviglio auf Schnäppchenjagd gehen. Seit Marco nach New York gezogen ist und Gaby ein Baby erwartet, verbringt sie deutlich mehr Zeit mit Antonella.

Gabys Schwangerschaft ist für alle ein Schock gewesen. Valentina wusste noch nicht einmal, dass ihre alte Schulfreundin nach der Trennung von ihrem verheirateten Liebhaber jemand Neues kennengelernt hatte. Valentina war intensiv damit beschäftigt gewesen, Thomas zu vergessen, und hatte viel Zeit in Leonardos Club verbracht. So lernte sie Gabys neuen Freund Angelo tatsächlich erst an dem Abend kennen, als Gaby ihre Schwangerschaft bekanntgab.

Es war Heiligabend gewesen und Marco noch in Mailand. Er hatte sich als Erster von Gabys überraschender Neuigkeit erholt.

»Bravo, Gaby«, hatte er gesagt und Angelo auf den Rücken geklopft. »Das ist ja wundervoll! Herzlichen Glückwunsch!«

Valentina war sprachlos. Sie starrte ihre Freundin an, die vor Freude strahlte. Dann blickte sie zu deren Freund, der nicht ganz so glücklich aussah, jedoch schützend den Arm um ihre Schultern gelegt hatte. Vermutlich fühlte er sich wie vor einem Tribunal, schließlich waren sie Gabys älteste Freunde.

»*Mamma mia*!«, schrie Antonella und drückte aus, was Valentina dachte. »Bist du verrückt? Ihr habt euch doch gerade erst kennengelernt!«

»Wir sind seit zwei Monaten zusammen.« Gaby starrte Antonella wütend an. »Außerdem spielt es keine Rolle, wie lange wir miteinander ausgehen.« Besitzergreifend fasste sie Angelos Hand. »Wenn man weiß, dass es der Richtige ist, tut man es eben, stimmt's, Valentina?«

Warum fragte Gaby ausgerechnet sie? Gaby wusste, wie sie über Babys, Heirat und diese ganzen Sachen dachte.

Valentina trank einen Schluck von ihrem Wein und wandte den Blick ab. Was sollte sie sagen? Gaby stürzte sich in ihr Verderben. So viel war klar.

»Wisst ihr, Mädels, wir sind fast dreißig. Wir sollten langsam daran denken, Kinder zu bekommen und eine Familie zu gründen …«, hob Gaby an.

»Meinst du das im Ernst?«, rief Antonella. »Mein Gott! Sollte ich je eine Familie gründen, erschießt mich.«

Marco unterdrückte ein Kichern, während er beruhigend Gabys Hand tätschelte. Valentina bemerkte, dass Gaby erblasste, während Angelo Antonella entsetzt ansah. Valentina hätte dasselbe sagen und Gaby verraten können, was sie wirklich dachte. Dass alles mit Tränen enden würde. Wie konnte Gaby ernsthaft glauben, sie könne ein Kind mit einem Mann haben, den sie erst wenige Monate kannte? Ahnte sie denn nicht, welches Elend auf sie zukam? Aber natürlich schwieg Valentina. Sie liebte Gaby und sollte sich für sie freuen.

Doch seit jenem Abend hatte ihre Freundschaft etwas nachgelassen. Gaby ging jetzt überall mit Angelo hin. Valentina hatte Gaby nur ein einziges Mal allein gesehen, als sie zusammen die Matisse-Ausstellung besucht hatten. Es war ein Albtraum gewesen. Alle paar Minuten hatte Gaby geklagt, ihr sei schlecht und dass Valentina keine Ahnung habe, wie schrecklich die Übelkeit bei der ersten Schwangerschaft sei. Natürlich wusste Valentina das, aber das würde sie ihrer alten Freundin nicht verraten. Nur ein Mensch auf der Welt wusste, dass sie schon einmal schwanger gewesen war. Und diesen Menschen würde sie nie wiedersehen, richtig? Das war die andere Sache, mit der Gaby sie an jenem Tag verrückt machte. Die Freundin hörte nicht auf, von Thomas zu reden, sagte ihr, sie solle ihn anrufen, und riet ihr, ihn nicht aus ihrem Leben entkommen zu lassen.

In der Küche bereitet Valentina sich eine Tasse English Breakfast Tee und setzt sich an den Tisch. Seit einigen Wochen hat sie nichts von Gaby gehört. Sie sollte sie anrufen und sich davon überzeugen, dass alles in Ordnung war. Sie sollte sich für die Schwangerschaft ihrer Freundin interessieren, aber eigentlich will sie nicht darüber nachdenken. Wenn sie ehrlich ist, findet sie es schrecklich, dass Gaby ein Baby bekommt. Nach Thomas wird sie auch sie verlieren.

Valentina klappt ihren Laptop auf. Seit ein paar Tagen schon hat sie nicht mehr in ihre E-Mails gesehen. Sie mag es nicht, jederzeit erreichbar zu sein. Manchmal stellt sie sich vor, sie besäße den Mut, ihr Mobiltelefon vom Dach des Doms hinunterzuwerfen und zuzusehen, wie es auf der Piazza in winzige Teile zerspränge, aber ihr ist klar, dass das ihren beruflichen Selbstmord bedeuten würde. In ihrem Posteingang befinden sich eine Menge Mails. Die meisten interessieren sie nicht, doch eine erregt ihre Aufmerksamkeit. Neugierig blickt sie auf die Betreffzeile: Ausstellung erotischer Fotografie.

Sie öffnet die Nachricht und muss den Text zweimal lesen, bevor sie den Inhalt begreift. Man bietet ihr an, Ende nächsten Monats an einer Sammelausstellung erotischer Fotografie in der Lexington Gallery im Londoner Stadtteil Soho teilzunehmen. Endlich wird sie für ihr Engagement und ihre Mühen belohnt. Nach der Trennung von Thomas hatte sie im Winter ganze Tage damit verbracht, Präsentationsmappen an Londoner Galerien zu verschicken. Sie hatte sich eingeredet, dass sie schon immer in London ausstellen wollte. Wenn sie ehrlich ist, spielt es aber keine unwesentliche Rolle, dass die Stadt Thomas' neue Heimat ist. Ohne zu zögern greift Valentina zum Telefon. Zum Teufel mit Raquels Familienessen, sie muss jetzt mit Leonardo sprechen.

»Leonardo, weißt du was? Ich bin zu einer Ausstellung in die Lexington Gallery nach London eingeladen!«, verkündet sie, bevor ihr Freund sich überhaupt richtig gemeldet hat.

»Das ist großartig, Valentina, aber ich kann jetzt nicht reden.« Leonardo klingt ungewöhnlich reserviert.

»Ach, tut mir leid.« Unwillkürlich ist sie etwas verletzt. Sie stellt sich vor, wie Leonardo und seine sinnliche Frau Raquel beim Abendessen ihre Familie unterhalten. In der Luft hängt der Duft von selbstgekochtem Essen, großzügig wird Wein in Gläser geschenkt, Jung und Alt plaudern miteinander, und unter dem Tisch verstecken sich die Kinder zwischen den Beinen der Erwachsenen. So etwas hat Valentina in ihrem ganzen Leben noch nicht miterlebt.

»Ich rufe dich später an.« Seine Stimme tut ihr gut. »Gut gemacht, Valentina. Das sind wirklich tolle Neuigkeiten.«

Endlich passiert in ihrem Leben etwas, das sie von ihrem

Liebeskummer ablenkt. Endlich macht sie sich nicht mehr nur einen Namen als Mode-, sondern auch als Kunstfotografin. Damit tritt sie aus dem Schatten ihrer Mutter: Tina Rosselli, Mailands berühmte Modefotografin der Sechziger- und Siebzigerjahre. Sie löst sich von den Vergleichen mit ihrer Mutter und baut sich ihre eigene Welt auf. Vielleicht hat sie deshalb weiter an diesen Fotografien gearbeitet. Die Erlebnisse in Leonardos Club haben ihr gutgetan. Sie war nicht sie selbst, sondern verschwand hinter ihrer Kamera. Sie war eine Fremde, die Fremde beobachtete und sie fotografierte, wenn sie ihre intimsten Gefühle offenbarten, ihre geheimen Wünsche, ihre dunklen Seiten. Die Aufrichtigkeit dieser Szenen berührte sie jedes Mal. Es waren die einzigen Momente, in denen sie ihrem Schmerz entkam. Also setzte sie ihre Aufnahmen fort und war ganz erfüllt von ihrer Mission, Sex auf eine ästhetisch ungewöhnliche, schöne und ansprechende Weise darzustellen.

Sie lehnt sich in ihrem Stuhl zurück, ihr Herzschlag beschleunigt sich. Sie muss keinen Moment darüber nachdenken. Schnell tippt sie eine Antwort und nimmt die Einladung an.

Endlich kann sie Mailand und ihren Erinnerungen an Thomas eine Weile entkommen. In London wird sie sich neu erfinden. Doch Valentina weiß, dass sie nicht nur der Gedanke an die Ausstellung begeistert. Endlich hat sie einen Grund, nach London zu fliegen. Es ist eine riesige Stadt mit Millionen von Einwohnern, aber sie ist auch Thomas' neues Zuhause. In London wird sie ihm näher sein.

Maria
1948

Am Tag ihrer Abreise regnet es, wie es das nur in Venedig tut. Auf dem Weg zur Fähre geht ein regelrechter Platzregen auf sie nieder. Das Wasser aus der Lagune schwappt über das Pflaster und mischt sich mit den Pfützen. Kaum hat sie das Haus verlassen, sind ihre Füße bereits nass.

Die Fähre ist schon da. Maria umfasst den Griff ihres Koffers und spürt, wie das steife Leder in ihrer Hand brennt. Ihre Brust ist wie zugeschnürt. Endlich verlässt sie die Stadt.

Ihre Mutter legt ihr die Hände auf die Schultern, drückt sie fest und sieht ihr aufmerksam in die Augen. Sie trägt keinen Hut, und ihr Haar klebt wie ein glänzender schwarzer Helm an ihrem Kopf.

»Vergiss nie, wer du bist«, sagt sie.

Maria weicht dem Blick ihrer Mutter aus, er ist zu intensiv und ängstigt sie. Sie beginnt, an ihrem Entschluss zu zweifeln. Hier in Venedig ist sie sicher. Warum sollte sie weggehen?

»London ist ganz anders«, spricht ihre Mutter weiter. »Es ist eine sehr große Stadt, viel größer als Venedig. Und sie hat unter dem Krieg gelitten. Dort geht es rauer zu.«

Pina legt ihrer Mutter beruhigend eine Hand auf den Arm.

»Sie wird es gut haben, Belle«, bemerkt sie sanft.

Ihre Mutter lässt die Arme sinken, und instinktiv umarmt Maria die beiden Frauen. Sie atmet tief den Rosenduft ihrer Mutter ein und Pinas noch tröstlicheren Geruch nach Karamell und Vanille. Die Glocke schlägt zum Aufbruch der Fähre, und Maria weiß, entweder fährt sie jetzt oder nie. Wenn sie heute nicht abreist, schafft sie es nie, sich von der Liebe ihrer Mutter zu lösen. Die Trennung ist zu schmerzhaft, und dennoch hat sie seit Jahren von diesem Augenblick geträumt, während der dunklen Kriegsjahre voller Angst, wenn sie stundenlang in den verlassenen venezianischen Palästen getanzt und ihr junger geschmeidiger Körper in den blinden Spiegeln und staubigen Fensterscheiben geschimmert hatte. Auch ihre Mutter will, dass sie fährt. Sie hat sie stets zum Tanzen ermutigt und sie immer wieder daran erinnert, dass ihre Großmutter väterlicherseits eine spanische Tänzerin war, dass ihr das Tanzen im Blut liege.

»Das ist deine Berufung, Liebes«, hatte sie erklärt.

Doch ihre Mutter redete nur, sie handelte nicht. Pina hatte ihr tatsächlich geholfen, ihren Traum zu verfolgen. Sie hatte die richtige Tanzlehrerin für Maria gefunden, eine Jüdin französisch-amerikanischer Abstammung namens Jacqueline, die sie den ganzen Krieg über bei sich versteckt hatten. Sie brachte Maria nicht nur das Tanzen, sondern auch Englisch und Französisch bei. Jacqueline hatte sie vor über einem Jahr verlassen. Bis vor zwei Monaten hatten sie nichts mehr von ihr gehört, dann schrieb sie Belle und Pina, dass sie eine Stelle als Lehrerin an der Lempert Dance School in London angenommen habe. Auf Jacquelines Empfehlung hin bot der Leiter der Schule, Bruno Lempert, Maria einen Platz dort an. Diese Gelegenheit durfte sich Maria auf keinen Fall entgehen lassen. Sie würde dort mit dem Ballett Jooss trainieren, einer der führenden Kompanien Europas. Man offerierte ihr die Chance ihres Lebens auf einem Silbertablett.

»Denk daran, dass du hart arbeiten musst«, ermahnt Pina sie

mit ernster Miene. Maria weiß, dass sie Belle zuliebe ihre Gefühle unterdrückt.

»Ach, ich weiß nicht«, hebt Maria an. »Vielleicht sollte ich bleiben.«

Ihre Mutter schüttelt heftig den Kopf, obwohl ihr zugleich die Tränen in die Augen schießen.

»Auf keinen Fall, junge Dame«, erklärt sie, nimmt den Koffer und schiebt ihre Tochter förmlich auf die Fähre. »Du tust das nicht nur für dich, sondern für uns alle.«

Jetzt sind sie voneinander getrennt; Pina und ihre Mutter stehen am Kai und Maria an der Reling des schaukelnden Bootes.

»Pass auf«, ermahnt Pina sie.

Maria runzelt die Stirn. »Worauf?«

»Sie meint, du sollst dich vor den Männern hüten«, erklärt ihre Mutter lächelnd trotz der Tränen. »Und sie hat recht, Liebes, lass dich nicht ausnutzen.«

»Natürlich nicht«, antwortet Maria voller Überzeugung und drückt ihren Koffer an die Brust. Sie meint, was sie sagt, denn sie versucht, sich nicht für Männer zu interessieren. Auch wenn ihre Mutter ihren Vater idealisiert und nie ein schlechtes Wort über ihn verloren hat, hat er sie in Marias Augen verlassen. Er hat seine Tochter nie kennengelernt. Belle meint, er sei tot, aber wenn Maria wissen will, wo oder wie er umgekommen ist, kann Belle es nicht erklären. Er könnte noch irgendwo leben, oder? Wenn dem so war, hatte er nie versucht zurückzukommen – wie konnte er sie alle in dem Glauben lassen, er sei tot?

Pina war ihr ganzes Leben lang da gewesen. Maria hatte sich rundum wohl gefühlt mit ihrer Mutter und deren Geliebten. Es erschien ihr die ideale Beziehung zu sein: zwei Frauen, die sich in jeder Hinsicht verstanden. Völlige Harmonie und kein patriarchalischer Ärger. Das sagte Pina immer. Wenn sie selbst doch nur Frauen lieben könnte, aber Maria muss zugeben, dass sie sich nicht zu anderen Mädchen hingezogen fühlt. Manchmal ertappt sie sich dabei, wie sie einen Mann beobachtet. Aus irgendeinem Grund sind es meist Männer, die älter als sie sind. Dann reißt sie sich zusammen und wendet den Blick ab. Sie weiß, wenn sie als Tänzerin Erfolg haben will, muss sie ihr Leben ganz ihrem Traum widmen. Die Liebe zu einem Mann könnte diesen Traum gefährden. Doch sosehr sie sich dagegen wehrt, manchmal träumt Maria dennoch davon, wie es ist, verliebt zu sein und geliebt zu werden. Wie es ist, für einen Mann die Prinzessin zu sein.

Die Fähre legt ab, und Maria winkt zum Abschied. Ihre Kehle schnürt sich zusammen. Sie weiß nicht, ob sie weint, ihr Gesicht ist nass vom Regen. Belle und Pina haben sich eingehakt, winken zurück und pusten Küsse über das Wasser. Maria fängt sie und verschließt sie in ihrem Herzen. Die Küsse ihrer Mutter werden sie beschützen. Sie hat Angst vor der Welt, die auf sie zukommt. London, eine vom Krieg zerstörte Stadt, deren Einwohner hart und stolz sind. Und sie ist Italienerin. Das ist zwar nicht so schlimm wie Deutsche, aber dennoch war sie bis zur Absetzung Mussolinis ihr Feind. Sie beißt sich auf die Lippe und atmet tief die feuchte Luft der Lagune ein, während die Stadt vor ihr immer kleiner wird und die Gestalten der beiden Frauen langsam verschwinden. Venedigs Magie löst sich um sie herum auf, als sei sie all die Jahre in einen Zauberumhang gehüllt gewesen. Sie erschaudert. Das ungewohnte Gefühl, ihr eigenes Leben zu beginnen und unabhängig zu sein, durchströmt ihren Körper.

»Sie ist so naiv«, flüstert Belle, während sie zusieht, wie ihre Tochter vor ihren Augen von der weiten Lagune verschluckt wird.

»Das waren wir alle einmal«, antwortet Pina und zieht ihre Geliebte dicht an sich. Sie küsst Belle auf die feuchte Wange, legt eine Hand auf das Herz ihrer Geliebten und spürt ihren schnellen, aufgeregten Herzschlag. »Gehen wir nach Hause«, sagt sie.

Doch Belle kann sich des dunklen Gedankens nicht erwehren, dass Maria zu jung ist, um nach London zu gehen. Dass sie vielleicht noch nicht bereit ist, den großen ehrgeizigen Traum zu leben, eine Tänzerin zu sein. Sie denkt, dass sie sie nicht hätte gehen lassen dürfen. Ihre Tochter ist zu unbedarft. Wird sie noch dieselbe sein, wenn sie je nach Venedig zurückkehrt?

Valentina

»Kann ich mitkommen?«

Antonella sieht sie mit flehendem Blick an, beugt sich vor und ergreift Valentinas Hand. Ihre Freundin hat sich in ein Gitterkorsett gequetscht und streift mit ihrem tief ausgeschnittenen Dekolleté Valentinas Brust. Valentina spürt, wie sich Antonellas krallenartige Nägel in ihre Hand bohren.

»Ich fahre nur für ein paar Tage«, versucht sie abzuwehren.

»Bitte, Valentina«, bettelt Antonella, »es ist so langweilig in Mailand, jetzt, wo Marco nach New York gegangen ist und Gaby nur noch die Liebe im Kopf hat.«

Valentina zögert. Sie hatte vor, allein nach London zu fahren und die Zeit zu nutzen, um wieder zu sich zu finden.

»Bitte«, drängt Antonella und klimpert mit ihren falschen Wimpern.

»Ich weiß nicht. Ich weiß auch noch gar nicht, wo ich wohnen werde.«

»Meine Tante hat ein Haus in Kensington. Da könnten wir wohnen. Das ist total schick«, erklärt Antonella selbstzufrieden, da sie genau weiß, dass Valentina nicht mit derlei Verwandtschaft in London aufwarten kann. »Du musst mich mitnehmen. Ich kann dir helfen, deine Ausstellung zu organisieren. Du weißt, wie gut ich in so etwas bin. Außerdem«, sie befeuchtet ihre Lippen, »gibt es ein paar ziemlich coole Clubs in London. Wir hätten so viel Spaß.«

Valentina kann ihrer Freundin den Wunsch nicht abschlagen. Außerdem ist es vielleicht ganz gut, wenn sie jemand bei sich hat. Wenn Antonella sie begleitet und ablenkt, kommt Valentina womöglich nicht in Versuchung, Thomas anzurufen. Und das sollte sie wirklich auf keinen Fall tun. Sie will nicht wieder leiden.

»Okay, aber reden wir später darüber. Sollten wir nicht lieber hineingehen?«, fragt sie.

Antonella steht auf und streckt sich. Obwohl sie hochhackige Pumps trägt, ist sie noch immer kleiner als Valentina. Sie zieht an ihrem Korsett und rückt ihre Brüste zurecht. Ihr Tanga aus roter Spitze ist so winzig, dass sie auch auf ihn verzichten könnte. Valentina findet es noch immer seltsam, ihre Freundin in dieser Aufmachung zu sehen, und noch seltsamer, Fotos von ihr zu machen, wenn sie als Domina in ihrem Element ist.

»Es schadet nicht, ihn ein wenig warten zu lassen. Ich habe heute Abend das Sagen«, erklärt Antonella, während sie den Empfangsbereich verlässt und den schwarzen Marmorflur in Leonardos Club hinunterstakst.

»Nun, das ist fraglich«, widerspricht Valentina und holt sie ein, »denn du bist Teil meiner Inszenierung.«

»Ach, ja, eine deiner erotischen Kompositionen.« Sie dreht sich mit leuchtenden Augen zu ihr um. »Siehst du, du musst mich mit nach London nehmen. Schließlich bin ich einer der Stars in deiner Ausstellung!«

In der samtenen Unterwelt ist alles so, wie Valentina es am Nachmittag vorbereitet hat. Nur das eigens von ihr entwickelte Geschirr ist nun besetzt. Heute Abend wird sie ihre Reihe über Dominas fortsetzen und dazu wie üblich Antonella als Protagonistin benutzen. Sie hatte Leonardo davon überzeugt, dass sie ihre eigene Kreation des hängemattenähnlichen Geschirrs über dem Himmelbett anbringen durfte. Die roten und lilafarbenen Elemente um das Bett herum hat sie entfernt und stattdessen ein strahlend weißes Laken darüber gebreitet. Den schweren Stoff hat sie durch Moskitonetze ersetzt, die im Kerzenschein flackern. In den Ecken stehen zwei Lichtbögen, die dramatische Schatten des Geschirrs auf Wände und Decke werfen.

Wochenlang hat sie nach dem richtigen Material für das Geschirr gesucht. Dieses Bild ist von besonderer Bedeutung für die Reihe, da sie dabei ist, endlich ihre Abneigung gegen dominante Handlungen zu überwinden. Als Sub hat sie selbst erlebt, dass sie auf diverse Arten von Schmerz mit Lust reagiert. Dennoch kann sie noch immer schwer glauben, dass das Zufügen von Schmerz ebenso erotisch sein soll. Leonardo behauptet, sie sei selbstbezogen, denn die Teilnehmer solcher Spiele wollten extreme Situationen erleben. Doch bei der Erinnerung daran, wie sie zum ersten Mal die samtene Unterwelt betreten hat, erschaudert sie noch immer. Erst Antonella hat ihr ansatzweise vermitteln können, was sie daran erregt, dominant zu sein.

»Es geht nicht nur um Macht«, hatte ihre Freundin erklärt. »Es geht um Kontrolle. Es ist eine große Verantwortung. Du musst genau wissen, wie weit du gehst, vor allem, wenn sie einen Knebel tragen und nicht sprechen können. Du musst ihre Körperreaktion deuten. Du musst unglaublich sensibel sein.«

»Aber wie kannst du das erotisch finden?«, hatte Valentina gefragt. »Das erregt mich einfach nicht.«

»Nun, so ist das bei dir, und das ist okay. Mir gefällt es, meine Fantasie auszuleben. Es geht nicht darum, Männern wehzutun, Valentina. Du weißt, dass ich Männer liebe. Es geht darum, die empfindsame Seite eines Mannes zu entdecken. Seine Verletzlichkeit. Das gefällt mir.«

Als sie es ihr auf diese Weise erklärte, begann Valentina langsam zu begreifen. Darum hat sie ein Szenario entwickelt, das eher den zarten Kern der männlichen Sexualität als seine masochistische Seite zeigte. Aber sie wusste nicht, wie sich das Ganze entwickeln würde.

Sie hat das hängemattenähnliche Geschirr aus elfenbeinfarbener Seide fertigen lassen. Antonellas Partner für den heutigen Abend hat sich bereits mit dem Gesicht nach unten hineingelegt. Durch die Seide zeichnen sich die Umrisse seines nackten Körpers ab.

»Ach, das ist hübsch, Valentina. Es passt zu dir«, flüstert Antonella und deutet auf Valentinas rückenfreien elfenbeinfarbenen Overall, der nur von einem Seidenband gehalten wird. Valentina nimmt ihre Kamera, die sie nachmittags im Raum zurückgelassen hat. Das Gewicht in ihren Händen beruhigt ihren rasenden Herzschlag. Jedes Mal wenn sie diesen Raum betritt, empfindet sie unwillkürlich etwas Angst. Vielleicht ist es der Anblick all der Requisiten an den Wänden: der Peitschen und Reitgerten, der Ketten und groben Seile.

»Weißt du noch, was du tun sollst?«, flüstert sie Antonella zu.

Ihre Freundin nickt. »Klar, aber es steht mir frei, meinem Instinkt zu folgen, oder?«

Valentina nickt ergeben. Antonella hat schon manches Mal die künstlerischen Grenzen von Valentinas Fotografie überschritten.

Antonella schreitet zum Bett und steigt auf die Matratze. Zunächst wankt sie einen Augenblick, denn ihre Absätze sind wirklich unglaublich hoch, doch schnell findet sie ihr Gleichgewicht wieder. Jetzt steht sie über dem Mann in der Hängematte und blickt auf ihn hinunter. Es ist ihr derzeitiger Liebhaber,

Mikhail, ebenfalls Künstler und genau wie Antonella experimentierfreudig.

Valentina macht eine Aufnahme von Antonella, während diese ihren Liebhaber betrachtet und überlegt, was sie tun wird. Sie sagt noch nichts, und das ist Valentina ganz recht. Die meist höhnischen Sätze der Dominas wirken auf sie klischeemäßig und alles andere als erotisch. Mikhail liegt mit dem Gesicht nach unten in dem Geschirr. Antonella streicht über seinen nackten Rücken und sein Hinterteil und lässt die Finger durch die Haare an seinen Beinen gleiten. Mit kreisförmigen Bewegungen massiert sie sein Gesäß und knetet die festen Muskeln. Dann fährt sie mit dem Finger zwischen seinen Pobacken auf und ab, schiebt sie auseinander und beginnt ihn tiefer zu massieren. Mikhail stöhnt. Vor Lust, vermutet Valentina. Augenblicklich hört Antonella auf.

»Weißt du, was ich mit dir machen werde?«, zischt sie Mikhail zu. Sie steigt vom Bett, wandert durch den Raum und untersucht einige der Peitschen und Gerten an der Wand. Mikhail versucht, sich nach ihr umzusehen, kann sich in dem engen Geschirr jedoch kaum bewegen. Valentina nimmt er überhaupt nicht wahr.

Antonella findet, was sie gesucht hat, und steigt zurück auf das Bett. Sie wankt und hält in einer Hand ein langes Sexspielzeug aus Gummi, das an der einen Seite gebogen ist, in der anderen hat sie eine Tube Gel. Sie drückt etwas davon auf Mikhails Po und beginnt ihn mit einer Hand erneut zu massieren, während sie mit der anderen langsam und vorsichtig den Gummipenis in ihren Liebhaber einführt. Mikhail zieht lautstark die Luft ein. Antonella macht weiter und bereitet ihm wachsende Lust. Langsam erregt es Valentina, dabei zuzusehen, wie diese Frau diesen Mann kontrolliert, und sie spürt, dass sie sich öffnet. Vielleicht könnte sie das einmal mit Leonardo ausprobieren. Der Gedanke überrascht sie, denn seit sie von der Ausstellung in London weiß, hat sie nur noch an Thomas gedacht.

Antonella hat Mikhail so weit, wie sie ihn haben wollte, und zieht das Spielzeug heraus. Er bettelt um mehr. Sie beugt sich hinunter und küsst ihn auf die Lippen.

»Ach, mein Süßer«, sagt sie, »pass jetzt gut auf.«

Antonella zieht an dem Seidengeschirr, und genau wie Valentina es geplant hat, teilt sich der Stoff, sodass Mikhails Nippel hervorlugen. Antonella kneift mit ihren langen Fingernägeln hinein, dann befreit sie seinen Schwanz. Er ist hart und bereit für sie. Sie beugt sich hinunter und presst ihre Lippen auf ihn. Mikhail erschaudert.

Antonella lässt von ihm ab und sinkt auf die Knie nieder. Sie legt sich rücklings auf das Bett und schiebt sich unter ihn. Das Geschirr hängt tief, aber nicht tief genug, sein Schwanz ist wenige Zentimeter von ihrer Scham entfernt. Antonella zieht den roten Tanga aus und spreizt die Beine. Valentinas Freundin ist eine gute Schauspielerin, sie geht ganz in ihrer Rolle auf. Antonella fängt an, sich zu streicheln, und währenddessen gelingt es Mikhail, einen Arm zu befreien und sein Glied zu fassen. Während ihre Freundin und ihr Liebhaber gemeinsam masturbieren, drückt Valentina auf den Auslöser. Sie versucht, sich nicht so stark erregen zu lassen, aber das ist nicht leicht. Sie unterdrückt den Impuls, sich zu den beiden auf das Bett zu legen. Es wäre viel zu kompliziert, wenn sie mit Antonella schliefe.

Antonella und Mikhail kommen gemeinsam zum Höhepunkt, und Valentina macht eine Aufnahme von Mikhails Samen, der im Licht wie Sternennebel auf Antonellas Bauch schimmert.

Valentina packt ihre Sachen zusammen und verlässt leise den

Raum. Jetzt muss sie die beiden allein lassen. Als Letztes sieht sie, wie Mikhail sich aus dem Geschirr auf das Bett rollt und Antonella vor Vergnügen aufschreit.

Gerade als Valentina in den Flur tritt, kommt Leonardo aus dem Darkroom, dem intimsten Zimmer des Clubs, in dem Leonardos Kunden ihre dunkelsten Fantasien ausleben. Bis auf eine schwarze Seidenmaske, die er über den Augen trägt, ist er nackt, und seine Haut glänzt von Schweiß und Öl.

»Na? Hart gearbeitet?« Valentina deutet mit dem Kopf auf die Metalltür und fürchtet augenblicklich, unverschämt zu klingen.

»Wie immer«, erwidert ihr Freund. »Und wie ist es bei dir gelaufen?«

»Nun, ja, ich glaube, gut.«

»Hast du mitgemacht?«

Sie spürt, dass ihre Nippel unter dem Seidenoverall noch immer erregt sind.

»Gott, nein, aus irgendeinem Grund habe ich kein Verlangen, mit Antonella zu schlafen.«

»Sie redet zu viel«, stellt Leonardo fest.

Sie stehen zusammen im Flur, und Valentina weiß, dass sie gehen sollte, doch sie registriert Leonardos Reaktion auf ihre freizügige Aufmachung.

»Aber es hat mich erregt«, flüstert sie.

»Vielleicht können wir das irgendwann auch versuchen«, schlägt Leonardo vor und tritt einen Schritt auf sie zu. Sie spürt, wie sein nackter Schwanz ihren Bauch streift. »Hast du Lust, mich zu beherrschen?«

»Ich glaube, andersherum ist es mir lieber«, antwortet sie und umfasst sein Glied. Sofort löst er mit einer Hand das Band ihres Overalls, der daraufhin an ihrem Körper hinabgleitet. Sie ist nackt, und als er seine Hand zwischen ihre Beine schiebt und sie berührt, gehört sie ganz ihm.

»Ach, meine Valentina, immer bereit für mich.« Er streichelt sie zärtlich, dann dreht er sie plötzlich um und drängt sie gegen die Wand. Eine Regel des Clubs lautet: kein Sex außerhalb der dafür vorgesehenen Räume. Wie Leonardo selbst unzählige Male wiederholt hat, ist sein Club kein Bordell und kein Berliner Fetischclub. Sein Etablissement ist ausgesprochen italienisch. Hier geht es zwar nicht zimperlich zu, aber immer mit Anstand, immer hinter verschlossenen Türen. Und jetzt verstößt er selbst gegen seine wichtigste Regel, doch Valentina will, dass er das tut. Sie ist aufgewühlt wegen ihrer Reise nach London und verwirrt, weil sie nicht weiß, ob sie Thomas anrufen soll. Deshalb will sie, wenn auch nur für einen Augenblick, die Normalität vergessen. Sie schiebt sich rücklings gegen ihn, er umfasst ihre Handgelenke und hält sie auf ihrem Rücken fest. Sie wird gegen die kalte Wand gepresst und sehnt sich danach, von ihm ausgefüllt zu werden, ganz tief soll er in sie eindringen. Als Leonardo in sie hineinstößt, stöhnt sie auf. Ihr wird klar, dass Antonellas und Mikhails Spiel sie mehr erregt hat, als sie bislang dachte. Sie zieht sich bereits um Leonardo zusammen und will, dass er weitermacht. Der Akt dauert nicht lang, es ist intensiver, archaischer, ungehöriger Sex. Leonardo stößt immer wieder zu, und Valentina stemmt sich gegen ihn. Sie strebt dem Höhepunkt entgegen. Plötzlich kommen sie gemeinsam, gleiten an der Wand hinab und schlingen auf dem Boden die Körper umeinander. Valentina dreht sich um und zieht Leonardo die Maske vom Gesicht. Seine Augen sind geschlossen, und er atmet schwer.

»Was tun wir hier?«, fragt sie. »Das dürfen wir nicht.«

Er öffnet die Augen und sieht sie entschuldigend an.

»Ich weiß … ich weiß auch nicht, was in mich gefahren ist. Tut mir leid.«

Sie küsst ihn auf die Wange.

»Sei nicht albern, ich wollte es genauso wie du.«

Er zieht sie nach oben.

»Lass uns baden, einen Pfefferminztee trinken und zur Ruhe kommen.«

Valentina aalt sich in dem sprudelnden Wasser des Pools und lässt den duftenden Dampf über ihren Körper ziehen. So entspannt hat sie sich seit Wochen nicht gefühlt. Leonardo ist ebenfalls im Wasser. Er dreht sich um, schenkt etwas Pfefferminztee aus einer kleinen Teekanne ein, die am Rand des Beckens steht, und reicht ihr ein dampfendes Glas. Sie nimmt es mit beiden Händen, nippt vorsichtig daran und betrachtet ihren Freund eingehend. Irgendetwas stimmt nicht mit ihm. Als er ihr den Tee reicht, zittern seine Hände, und er weicht ihrem Blick aus.

»Geht es dir nicht gut?«, fragt sie.

Leonardo seufzt, dann schaut er sie an und fährt sich durch die dichten Locken. Auf seiner Stirn glitzern Schweißperlen.

»Ich werde den Club schließen«, erklärt er plötzlich.

Valentina ist so überrascht, dass sie sich an ihrem Tee verschluckt.

»Das ist nicht dein Ernst!«, ruft sie noch immer hustend. »Er läuft doch gut.«

»Das ist das Problem. Zu viele Leute wissen davon.«

Valentina denkt sofort an Antonella. Seit sie ihre Freundin in Leonardos Privatclub eingeführt hat, erzählt sie allen Leuten unentwegt davon, wenn sie in Mailand ausgehen.

»Es tut mir leid wegen Antonella. Sie ist ein Plappermaul«, sagt Valentina.

Leonardo stellt sein Teeglas ab und lässt sich bis zum Hals in den Pool gleiten.

»Ich wollte einen exklusiven Club führen, aber es wollen immer mehr Leute Mitglied werden.«

»Du könntest expandieren.« Valentina stellt ihr Glas ab und gleitet ebenfalls tiefer in das sprudelnde Wasser.

»Das will ich nicht. Das ist zu kompliziert.«

»Es ist eine Schande. Es ist gut für Mailand, einen solchen …«

»Ich bin sicher, jemand anders wird die Lücke füllen.« Leonardo zögert, als wolle er etwas sagen. Doch stattdessen taucht er ganz unter, sodass Valentina nur noch seine undeutlichen Umrisse unter Wasser sicht. Sie kann nicht glauben, dass Leonardo den Club schließen will. Was soll sie tun, wenn sie nicht mehr herkommen kann?

Er taucht wieder auf, schüttelt den Kopf wie ein nasser Hund und spritzt Valentina nass. Sie spritzt zurück, doch sie sieht, dass Leonardo nicht in der Stimmung zum Herumalbern ist. Er wirkt ernst.

»Was ist los?«, fragt sie.

»Raquel will ein Baby«, sagt er unumwunden. »Und das hier ist nicht die beste Umgebung für ein Kind.«

»Ihr bekommt ein Baby!«

In Valentina macht sich Enttäuschung breit. Nicht noch ein Freund, der eine Familie gründet, und vor allem nicht Leonardo.

»Sie ist noch nicht schwanger«, erklärt er. »Momentan versuchen wir es nur. Sie ist jetzt sechsunddreißig und hat Angst, dass ihr die Zeit davonläuft.«

Valentina denkt an Raquels Sanduhrfigur und ihre makellosen Schenkel. Sie hatte angenommen, dass sie im selben Alter wären.

»Mein Gott, so sieht sie aber nicht aus.«

Leonardo nimmt Valentinas Hand und zieht sie durch das Wasser zu sich.

»Sie sagt, dass sie immer davon geträumt hat, Mutter zu sein.«

Valentina schwebt vor ihm im Wasser. Sie weiß nicht, was sie sagen soll.

»Du wirkst schockiert. Meinst du nicht, dass ich ein guter Vater wäre?«, fragt Leonardo schließlich.

»Ich glaube, dass du ein hervorragender Vater sein wirst. Man muss sich nur ansehen, wie du dich um mich gekümmert hast.«

Er lächelt traurig.

»Mmh, das klingt ein bisschen pervers, Valentina.«

Sie kann sich nicht für ihn freuen. Es geht nicht. Ihr ist klar, dass sie selbstsüchtig ist, aber sie will nicht, dass Leonardo ein Baby mit Raquel bekommt.

»Was willst du machen, wenn du den Club schließt?«, fragt sie in dem Versuch, Zweifel zu säen.

»Ob du es glaubst oder nicht, ich habe noch andere Begabungen und kenne mich nicht nur in der Sexbranche aus.«

»Daran habe ich nie gezweifelt«, antwortet sie leise.

Er grinst.

»Ich bin ein begabter Masseur, was du natürlich weißt. In letzter Zeit habe ich mich auch mit Yoga beschäftigt. Ich glaube, ich würde gern unterrichten.«

Yoga ist wirklich das Letzte, von dem Valentina angenommen hätte, dass es Leonardo interessiert. Er wirkt nicht gerade wie der meditative Typ. Wenn sie sich etwas überhaupt nicht vorstellen kann, dann ist es Leonardo, wie er Kopfstand macht.

»Ist Yoga nicht ein bisschen zu lahm für dich?«

»Das kommt auf die Yogaart an, Valentina. Ashtanga- oder Bikram-Yoga sind alles andere als lahm.«

Valentina kann es kaum fassen. Gaby hat eine Weile Yoga gemacht und versucht, ihr einige Figuren beizubringen, aber Valentina fand die ganze Sache langweilig. Ihr fehlt die Geduld.

»Wenn du meinst …«, murmelt sie, lässt sich im Wasser von ihm wegtreiben und von den duftenden Wellen umschmeicheln.

»Du solltest es mal ausprobieren, es ist ganz fantastisch fürs Sexleben«, erklärt Leonardo.

»Mein Sexleben ist völlig in Ordnung, wie du weißt.«

Valentinas Finger werden runzelig. Sie steht auf und lässt das Wasser an ihrem geschmeidigen Körper hinabrinnen.

»Wann fliegst du nach London?«, will Leonardo wissen, blickt ihr dabei jedoch nicht ins Gesicht, sondern auf ihren Körper.

»Montag.« Sie steigt vorsichtig aus dem Pool und wendet Leonardo den Rücken zu. Sie will nicht, dass er ihr Gesicht sieht.

»Ich wollte dich fragen …« Sie kann nicht verhindern, dass ihre Stimme zittert. »Hast du Thomas' Telefonnummer in London?«

Leonardo schweigt. Selbst verwirrt über ihre spontane Frage, sucht sie nach einem Handtuch. Sie will Thomas nicht anrufen, aber nur für den Fall, dass sie ihre Meinung doch noch ändert, kann es ja nicht schaden, seine Telefonnummer zu haben, oder? Sie hört, wie Leonardo aus dem Wasser steigt, dreht sich aber nicht um. Obwohl sie ihre Körper inzwischen bestens kennen, schämt sie sich ein wenig.

»Klar«, sagt Leonardo schließlich, »ich schicke dir später eine SMS.«

Sie schlingt sich das Handtuch um, knotet es fest zusammen und dreht sich zu ihm um. Leonardo trägt einen weißen Bademantel, seine schwarzen Locken hängen nass herab. Sie betrachtet ihn. Wenn er erst Vater ist, wird er nie mehr mit ihr spielen wollen. Sie muss ihn gar nicht erst danach fragen. Das weiß sie so. Aber das ist auch egal, oder? Schließlich waren sie nie ein Paar und können noch immer befreundet sein, auch wenn er ein Kind hat. Doch ihr ist klar, dass sie nicht mehr dieselben Erwartungen an ihre Freundschaft haben kann wie bisher. Auf einmal wünscht sie sich, Leonardo und nicht Antonella würde sie nach London begleiten. Wenn er bei ihr wäre, käme sie garantiert nicht in Versuchung, Thomas anzurufen.

»Kommst du zur Ausstellungseröffnung nach London?«, fragt sie versuchsweise.

Leonardo wirkt überrascht.

»Vielleicht. Wenn du willst, dass ich komme.« Er tritt auf sie zu. »Mach dir keine Sorgen, Valentina.« Er schließt sie fest in die Arme. »Warum siehst du immer so traurig aus?«

Sie verbirgt ihr Gesicht in dem Frottee an seiner Brust und atmet seinen Geruch ein.

»Ich weiß nicht«, flüstert sie an seinem Bademantel. Sie fühlt sich so sicher in Leonardos Armen, dass sie sich nun am liebsten in Mailand verstecken würde, anstatt nach London zu reisen. Dann müsste sie sich nicht mit der Frage auseinandersetzen, ob sie Thomas anrufen soll oder nicht. Bestimmt hat ihr Exfreund schon eine Neue, oder? Es ist sinnlos, ihn anzurufen. Doch der Schmerz in ihrem Herzen sagt etwas anderes. Konnte eine Liebe wie die ihre so schnell sterben?

Maria

Das Licht von Venedig ist fort. Maria hat das Gefühl, dass in ihrer Heimatstadt selbst bei Regen ein besonderes Licht herrscht. Sie hat es erst nach der Abfahrt aus Venedig bemerkt und musste auf der ganzen langen Reise nach England daran denken. In London ist Frühling, aber der Himmel ist dunkel verhangen, und die Luft riecht nach nichts. Die salzigen Gerüche ihrer Heimatstadt sind verschwunden. Sie läuft an den blühenden Kirschbäumen vorbei, kann ihren Duft jedoch nicht wahrnehmen. Sie wird vom Lärm überwältigt. Autos. Daran ist sie nicht gewöhnt. An diese Aggressivität: das Hupen, die quietschenden Reifen, das Aufheulen der Motoren. Die Auspuffgase dringen in ihre Lungen, sie hat das Gefühl, von ihnen vergiftet zu werden. Sie hasst Autos. Ihre Mutter hat sie mit den venezianischen Booten verglichen, aber das ist nicht das Gleiche. Die Boote fügen sich ein in ihre Umgebung, gleiten durch die Kanäle und schaukeln über die Wellen der Lagune. Die Autos, Lastwagen und Busse sind ein Gegensatz zu jeglicher Form von Natur, die es vielleicht in der Stadt noch gibt. Doch trotz des einschüchternden Lärms, der Menge und der bloßen Größe der Stadt ist Maria von London fasziniert. Selbst wenn sie durch zerbombte Straßen läuft, herrscht dort trotz allem eine lebensbejahende Atmosphäre.

In Venedig waren sie besser dran gewesen, die Schätze der Stadt hatten sie vor heftigen Bombenangriffen geschützt. Nur einmal hatte sie einen Angriff auf die Hafenanlagen beobachtet. Trotz Pinas Vorbehalten waren die beiden Frauen und Maria auf das Dach der Wohnung geklettert. Genau wie ihre Mutter gesagt hatte, waren sie dort absolut sicher gewesen. Die Bomber stürzten fast senkrecht nach unten und griffen zwei große Schiffe im Hafen an. Als diese explodierten, hatte es wie ein spektakuläres Feuerwerk ausgesehen, an Land waren jedoch nur ein paar Fensterscheiben zersprungen.

In London sieht es anders aus. Maria erkennt deutlich, wie die Stadt gelitten hat. Sie versucht sich vorzustellen, wie es gewesen sein muss, sich Nacht für Nacht im schmutzigen Keller zu verstecken, um schließlich eines Morgens hinauszukommen und festzustellen, dass das eigene Haus, die Straße und die Nachbarn verschwunden waren. Dennoch wirken die Menschen, die ihr 1948 in den Straßen von London begegnen, nicht gebrochen. Sie haben den Krieg gewonnen. Mit ihrer Einstellung haben die Engländer die Luftangriffe überstanden. Maria fasziniert ihr Nationalstolz. Als sie ein Kind war, hegten ihre Mutter und Pina einen Hass gegen Mussolini und schämten sich dafür, dass Italien sich mit Deutschland verbündet hatte. Sie meinten, dies sei nicht ihr Italien, vor allem wenn Juden geopfert würden.

»Italiener sind nie Rassisten gewesen!«, erklärte ihre Mutter mit Nachdruck. »In was zieht dieser Wahnsinnige uns da hinein?«

Ihre Mutter hatte getan, was sie konnte, um Mussolini und anschließend die Deutschen zu unterminieren, nie offen, immer subversiv. Sie half so vielen Juden wie möglich zu fliehen oder sich zu verstecken. Jacqueline war nicht die einzige. Obwohl sie in Venedig einigermaßen sicher waren, riskierte Belle damit ihrer aller Leben. Zum Glück nahm niemand Belle und ihre Gefährtin Pina ernst. Sie waren nur zwei Frauen mittleren Alters, die sich exzentrisch kleideten und Bilder von Touristen sowie, während des Krieges, von unzähligen Nazis machten, die die Sehenswürdigkeiten der Stadt bewunderten.

Maria bleibt an einer Kreuzung stehen. Sie holt den Umschlag aus der Manteltasche und öffnet ihn. Auf dem Straßenschild steht: Ebury Bridge Street. Laut der Wegbeschreibung ihrer Mutter muss sie hier abbiegen. Sie ist fast da. Endlich. Von der langen Eisenbahnfahrt schmerzt ihr Rücken, und sicher riecht sie etwas streng. Sie würde sich gern waschen. Nachdem sie in die Straße abgebogen ist, zählt sie die Hausnummern. Jacqueline wohnt in der Nummer achtzehn. Die Straße ist so ganz anders als die unebenen Gassen Venedigs. Hier steht eine gerade Reihe roter Backsteinhäuser, die alle mehr oder weniger gleich aussehen.

Sie erreicht die Nummer achtzehn. Ihr neues Zuhause. Das Gebäude wirkt deutlich herrschaftlicher, als sie es sich vorgestellt hat. Nun, zumindest von außen. Die rote Backsteinfassade ist auf jeder Etage von hohen Fenstern durchbrochen. Maria zählt vier Stockwerke. Die Eingangstür ist in leuchtendem Londoner Rot gestrichen und hat einen schwarzen Löwenkopf als Türöffner. Sehr britisch. Mit trockenen Lippen geht sie auf die Eingangstür zu. Sie hofft, dass Jacqueline zu Hause ist. Sie weiß nicht, wer sonst noch in dem großen Haus wohnt.

Kurz nachdem sie zum dritten Mal geklopft hat, öffnet ihr ein dürrer junger Mann mit wilden drahtigen Haaren die Tür. Er sieht sie argwöhnisch an und zeigt nicht den geringsten Anflug eines Lächelns. Sein Gesicht verschwindet hinter runden Brillengläsern und einem dichten Schnurrbart.

»Ja?«

Maria hustet und sagt in ihrem besten Englisch:

»Guten Tag, ich möchte zu Miss Jacqueline Mournier.«

»Sie ist nicht zu Hause«, antwortet er. »Wer sind Sie?«

»Ich bin … ich bin …« Sie stottert, denn seine Direktheit verunsichert sie. »Ich heiße Maria Brzezinska.«

»Polin?«, fragt er. »Sie sehen nicht polnisch aus.«

Langsam wird Maria etwas gereizt. Was hat dieser junge Mann für ein Recht, sie auszufragen?

»Darf ich bitte hereinkommen? Ich kann drinnen auf Jacqueline warten.«

Der junge Mann legt den Kopf schief, ignoriert ihre Bemerkung und fährt unbeirrt mit den Fragen zu ihrer Nationalität fort.

»Sie sind keine Engländerin«, stellt er fest. »Das hört man. Also, woher kommen Sie?«

Maria seufzt im Stillen. Sie ist noch nicht einmal vierundzwanzig Stunden in London, und schon fragt man sie nach ihrer Herkunft.

»Ich bin Italienerin.«

Zu ihrer Überraschung strahlt der junge Mann sie daraufhin an. Das Lächeln verändert sein Gesicht. Ohne die Brille und den Schnurrbart könnte er recht gut aussehen.

»Ich auch«, sagt er auf Italienisch. Schwungvoll beugt er sich vor, nimmt ihr den Koffer ab und schiebt sie ins Haus.

»Herzlich willkommen, Maria Brzezinska«, sagt der junge Mann. »Darf ich mich vorstellen? Ich heiße Guido Rosselli. Ich bin ein Nachbar von Jacqueline.«

Der vornehme Eindruck, den das Haus von außen macht, findet sich im Inneren nicht wieder. Die Diele wird von einer nackten flackernden Glühbirne erhellt, wodurch sie etwas gruselig und heruntergekommen wirkt. Im Eingangsbereich liegt kein Teppich, nur braunes, stark abgenutztes Linoleum. Durch die Feuchtigkeit lösen sich die Tapeten von den Wänden. Es herrscht ein widerlicher Gestank, der nicht nur von der Feuchtigkeit herrührt. Irgendetwas riecht scharf und faulig. Maria zieht unwillkürlich ihr Taschentuch hervor und hält es sich vor die Nase.

»Tut mir leid wegen des Gestanks«, sagt Guido. »Ich fürchte, das kommt von unserer einzigen englischen Bewohnerin, Mrs. Renshaw. Wir haben sie bereits gebeten, ihren Kohl nicht so lange zu kochen, aber sie scheint gegen den Geruch immun zu sein. Ich glaube, sie versucht alles Nahrhafte herauszukochen. Ich kann mir überhaupt nicht vorstellen, wie das schmeckt.«

Guido führt sie drei Treppen hinauf, dann bleibt er auf dem dritten Absatz stehen und deutet hinter sich auf eine Tür.

»Dort wohne ich«, erklärt er.

Maria nickt und wartet. Sie weiß nicht, was sie sagen soll. Plötzlich wird sie von Schüchternheit übermannt. Sie ist es nicht gewohnt, mit jungen Männern zu sprechen.

»Jacqueline ist momentan nicht da. Aber sie hat mich gebeten, Sie hereinzulassen, falls Sie in ihrer Abwesenheit ankommen.« Er holt einen Schlüssel aus der Hosentasche und wedelt damit über seinem Kopf.

»Kommen Sie«, fordert er sie auf, »nur noch eine Etage, dann sind wir oben.«

Im obersten Stockwerk, offenbar Jacquelines, scheint die düstere Atmosphäre des Hauses sich etwas zu lichten. Maria bemerkt über ihren Köpfen eine kleine Dachluke, in der ein Himmelsausschnitt zu sehen ist. Es ist nur ein winziges blaues Quadrat, aber immerhin etwas Farbe. Auch der Kohl riecht hier oben nicht ganz so intensiv.

Guido schließt die Tür zu Jacquelines Wohnung auf und führt sie hinein. Sie befinden sich direkt unter dem Dach, und

Maria tritt sofort an eines der Fenster. Unter ihr liegt das von Bombenangriffen zerstörte, aber dennoch blühende London. Sie spürt sein geschäftiges Vibrieren, und es begeistert sie. Die Energie ist so ganz anders als in Venedig, eine Stadt, an der die Zeit vorüberzieht. London scheint voranzuschreiten, angeschlagen, aber heldenhaft.

»Möchten Sie eine Tasse Kaffee?«, fragt Guido steif auf Englisch.

»Wie wäre es mit einem englischen Tee?«, wagt Maria einen Gegenvorschlag.

Guido schüttelt bedauernd den Kopf.

»Tut mir leid, ich glaube, Jacqueline ist gerade der Tee ausgegangen. Hier ist immer noch alles streng rationiert. Tee gilt als Luxusgut. Es ist leichter an Kaffee heranzukommen, der ist in England nicht so beliebt.«

»Wenn das so ist, nehme ich sehr gern eine Tasse Kaffee. Vielen Dank.« Maria setzt ihren Hut ab und legt ihn zusammen mit Handschuhen und Handtasche auf das Sideboard.

Guido verschwindet durch eine Seitentür. Maria vermutet, dass sich dahinter die Küche befindet. Sie blickt sich in der Wohnung ihrer Mentorin um. Der Raum ist ziemlich leer, was Maria nicht überrascht, denn schließlich ist Jacqueline ein Flüchtling. Sie ist den Großteil des Krieges auf der Flucht gewesen, und als sie schließlich nach Bordeaux zurückgekehrt ist, war ihr Zuhause zerstört. Doch trotz der spärlichen Einrichtung – ein Tisch, zwei Stühle und ein Bücherregal – ist es Jacqueline gelungen, ihrem Heim eine besondere Note zu verleihen. An einer Wand hängt ein beeindruckendes Gemälde in leuchtenden Farben. Ob Jacqueline den Künstler kennt? Das würde zu ihr passen. An der anderen Wand hängt eine Serie mit Schwarzweißfotografien von Tänzern, die Maria genau studiert. Alle tragen Kostüme und sind stark geschminkt. Maria hat Schwierigkeiten, Jacqueline zu erkennen. Ihre Haltungen widersprechen jeglichen traditionellen Ballettfiguren. Auf einem Bild bemerkt sie eine Frau, deren Beine in Strumpfhosen ohne Füße stecken. Sie ist barfuß, trägt ein langes Oberteil, und ihr Kopf ist von einem Schal verdeckt. Sie stellt einen Baum dar, indem sie die Arme zur Seite ausstreckt, eine Hand nach oben und die andere nach unten richtet. Vor ihr auf dem Boden liegen zwei Tänzerinnen auf dem Rücken, heben die Beine in die Luft und neigen die nackten Füße. Sie strecken die Arme nach der Baumgestalt aus. Der Anblick ist fast hässlich. Verglichen mit den hübschen Fotografien von Ballerinas, die Maria sonst kennt, wirken sie grob und vulgär.

Hinter ihr geht die Tür auf, und Guido kehrt mit einem Tablett zurück, auf dem eine Kaffeekanne mit zwei Tassen steht. Er trägt es zum Regal, wobei die Tassen auf den Untertassen klappern. Maria bemerkt, wie das Tablett in seinen Händen zittert, und beherrscht sich, ihm nicht zu Hilfe zu eilen, um es ihm abzunehmen. Sie will ihn nicht beleidigen. Er setzt das wackelige Tablett ab, und Maria bemerkt, dass seine Hände noch immer zittern. Sie betrachtet erneut sein Gesicht. Konzentriert schenkt er den Kaffee in die Tassen. Trotz des Schnurrbarts wirkt er nur zwei oder drei Jahre älter als sie. Was tut er hier in London?

»Also, woher kommen Sie?«, fragt Guido, während er ihr mit zitternden Händen eine Tasse Kaffee reicht. Dabei schwappt etwas über den Rand der Tasse, aber Maria schweigt höflich, nimmt auf einem von Jacquelines Stühlen Platz und hält den Kaffee in beiden Händen.

»Venedig.«

Guidos Blick hellt sich auf.

»Ich war als kleiner Junge in Venedig«, sagt er. »Mit meiner Mutter und meinem Vater …« Er zögert und wendet den Blick ab. »Vor dem Krieg.«

»Und woher stammen Sie?«, fragt Maria.

»Ich komme aus Mailand, aber jetzt studiere ich an der Londoner Universität«, erklärt er.

»Und was studieren Sie?«

»Physik. Mein Vater hat mich vor dem Krieg nach England geschickt. Er war selbst Wissenschaftler und erkannte, dass meine Begabung ebenfalls auf diesem Gebiet liegt. Also bin ich hier in England zur Schule gegangen. Dann brach der Krieg aus, und ich konnte nicht mehr zurück nach Hause.«

»Und sind Sie seither noch einmal dort gewesen?«

Er trinkt einen großen Schluck Kaffee und sieht sie mit düsterem Blick an.

»Nein.«

Die Schärfe seiner Antwort lässt sie verstummen. Maria merkt, dass sie vor Scham errötet. Sie weiß nicht, was sie diesem jungen Mann sagen soll. Sie wünschte, er würde sie allein auf Jacqueline warten lassen.

»Jacqueline hat gesagt, ich soll Sie willkommen heißen«, sagt Guido plötzlich, als habe er Marias Gedanken gelesen. »Wir sind Freunde«, fügt er erklärend hinzu.

»Danke«, erwidert Maria knapp. Noch immer weiß sie nicht, was sie Guido Rosselli sagen soll. Seine Augen sind von der Brille abgeschirmt und unmöglich zu erkennen. Plötzlich steht er auf und stellt Tasse und Untertasse auf das Tablett.

»Wir wissen, was es heißt, fremd zu sein«, erklärt Guido. »Jacqueline und ich empfinden dasselbe.«

Er wendet Maria den Rücken zu, tritt ans Fenster und verschränkt die Hände auf dem Rücken. Maria sieht, wie schmal er ist: seine Schultern, sein Rücken, seine Hüften. Als wäre er noch nicht ganz zum Mann gereift.

»Wir haben keine Familie mehr.« Er fährt herum. »Also machen wir uns hier unsere eigene Familie. Jeder in diesem Haus ist auf seine Weise eine einsame Seele.«

Überschwänglich fährt er fort:

»Mrs. Renshaw zum Beispiel. Sie hat bei einem Bombenangriff in einer Nacht all ihre Angehörigen verloren. Ihren Mann, ihre Mutter, die Kinder. Sie begreift noch immer nicht, warum sie verschont wurde. Deshalb stören wir uns nicht so sehr an dem Kohl. Wenn man hier wohnt, muss man nachsichtig sein, wissen Sie?«

Maria nickt. Die offene Art von Guido Rosselli ist ihr unangenehm. Sie will nichts über die Leute im Haus wissen. Sie will noch nicht einmal etwas über ihn wissen. Sie spürt, dass er eine traurige Vergangenheit hat, und will seine Leidensgeschichte nicht hören. Sie fühlt sich müde und schmutzig, will baden, sich ausruhen und auf Jacqueline warten. Plötzlich wünschte sie, sie wäre zu Hause in Venedig geblieben. Sie ist nicht wie ihre Mutter Belle, obwohl sie gedacht hat, dass sie es sein könnte. Sie ist keine Abenteuerin, sie ist eher häuslich wie Pina.

»Und im zweiten Stock wohnt Monsieur Leduc.« Guido lacht kurz auf. »Warten Sie, bis Sie ihm begegnen!«, ruft er, schiebt die Hände in die Taschen und läuft im Zimmer auf und ab.

Er geht immer weiter und scheint ganz zu vergessen, dass sie noch im Raum ist.

»Aus Liebe zu seinem Frankreich hat er alles geopfert, und jetzt lebt er in London. Können Sie mir das erklären?«

Guido legt den Kopf schief und starrt Maria an, sieht jedoch durch sie hindurch. Sie verändert ihre Haltung.

»Entschuldigen Sie, Guido, aber wo ist das Bad?«

»Oh.« Er fährt zusammen, als erwache er aus einem Traum. »Sie müssen die Treppe hinunter in die nächste Etage gehen. Es ist die Tür neben meiner Wohnung.«

Abwesend fährt er sich durch die dichten Haare.

»Danke.«

Maria nimmt ihre Handtasche, verlässt die Wohnung und geht die Treppe hinunter ins Bad. Ihr ist etwas übel. Sie hält sich den Bauch, atmet tief ein und versucht ihren aufgewühlten Magen zu beruhigen. Sie möchte so gern ein Bad nehmen oder sich waschen, aber sie darf nicht so lange wegbleiben. Also wäscht sie sich, so gut sie kann. Es gibt nur ein kleines Handtuch, und sie hat keine Ahnung, wem es gehört. Also wäscht sie sich die Hände und spritzt sich etwas Wasser ins Gesicht, dann frischt sie ihr Make-up auf. Sie trägt zu viel Rouge auf die Wangen auf und reibt es mit ihrem Taschentuch wieder ab. Dann blickt sie in den Spiegel, sie sieht müde und erhitzt aus. Ihre Mutter und Pina sagen immer, wie hübsch sie sei, wie sehr sie mit ihren dunkelblauen Augen, ihren rosigen Wangen und den lockigen Haaren ihrem Vater gleiche. Heute sieht sie allerdings wie ein Schreckgespenst aus. Sie hätte lieber die Eleganz ihrer Mutter geerbt: die seidigen schwarzen Haare und den Porzellanteint anstelle der wilden Locken und rosigen Wangen. Sie will nichts von ihrem Vater haben. Schließlich hat er sich nie für sie interessiert. Diese Empfindungen hat sie ihrer Mutter gegenüber nie geäußert, weil Belle von ihrem Vater wie von einem Gott spricht. Aber Maria hat häufig beobachtet, wie sich Pinas Miene verhärtet, wenn die Rede auf Santos Devine kommt. Ihr Gesicht verrät, dass Marias Vater kein so großartiger Mann war. Maria holt einen Kamm hervor und versucht, ihre Haare zu bändigen. Aber egal, ob sie versucht, sie zu glätten oder in eine Art Frisur zu drehen, sie wollen sich nicht fügen.

Als Maria die Treppen wieder hinaufsteigt, hört sie Stimmen. Sofort hebt sich ihre Stimmung. Jacqueline ist nach Hause gekommen. Sie öffnet die Tür, und da steht ihre Tanzlehrerin, die Frau, die ihr beigebracht hat zu träumen.

»Maria!«, ruft Jacqueline und schließt sie fest in die Arme. »Meine liebe Maria.«

Sie übersät ihre Wangen mit Küssen, während Maria über ihre Schulter hinweg in das neugierige Gesicht von Guido blickt.

»Herzlich willkommen, Liebes. Willkommen in London.«

Jacqueline rückt von ihr ab und betrachtet ihren Schützling.

»Ach, du bist ja noch so viel hübscher geworden, seit ich dich das letzte Mal gesehen habe. Ist sie nicht eine Schönheit, Guido?«

Maria spürt, wie sich ihre Wangen dunkelrot färben. Sie richtet den Blick auf den Boden.

»Wirklich, Jacqueline. Ich bin noch immer dieselbe, nur ein bisschen gewachsen.«

»Ja, wie lange ist es her, dass ich dich das letzte Mal gesehen habe? Ein, fast zwei Jahre? Du bist nicht gewachsen. Überhaupt nicht. Aber du hast deinen ganzen Babyspeck verloren. Jetzt siehst du wirklich wie eine Tänzerin aus.«

Jacqueline hat die Hände in die Hüften gestemmt und lächelt zufrieden.

»Ich kann es kaum erwarten, dich Lempert vorzustellen.«

Marias Magen krampft sich zusammen.

»Seit du weg warst, Jacqueline, habe ich keinen richtigen Tanzlehrer mehr gehabt.«

»Das wird er verstehen.« Jacqueline klopft ihr beruhigend

auf die Schulter und sagt zuversichtlich: »Er vertraut meinem Urteil.«

»Nun.« Sie wirbelt durch den Raum, sammelt Marias einsame Tasse und Untertasse ein und stellt sie auf das Tablett. »Du musst mir alles von deiner lieben Mutter und Pina erzählen. Wie geht es ihnen? Sie sind sicher traurig, dich gehen zu lassen.«

Maria fühlt sich unwohl in Gegenwart von Guido. Sie will vor diesem Fremden nicht von ihrer Mutter und Pina sprechen.

»Es geht ihnen gut«, sagt Maria. »Sie lassen dich ganz herzlich grüßen.«

Jacqueline nickt fröhlich.

»Weißt du, Guido«, sie wendet sich an den jungen Mann, »ich verdanke Marias Mutter Belle und ihrer Freundin Pina mein Leben. Sie haben mich im Krieg versteckt.«

Mit zusammengekniffenen Augen betrachtet Guido Maria. Er wirkt nicht sehr beeindruckt, sagt jedoch:

»Wie mutig von ihnen.«

»Ja, das war es, aber du müsstest diese Frauen kennenlernen. Sie sind einfach unglaublich.«

Maria ist beschämt. »Sie haben getan, was jeder anständige Mensch getan hätte.«

»Aber es gibt nicht viele anständige Menschen auf der Welt«, hört sie Guido flüstern.

»Nun, Liebes«, sagt Jacqueline und schiebt Maria durch das Wohnzimmer, »ich fürchte, ich habe nicht sehr viel Platz. Deshalb wohnst du im alten Trockenschrank. Es gab nur die Wahl zwischen ihm und dem Wohnzimmer, und da dachte ich, du hättest vielleicht gern etwas Privatsphäre.«

Jacqueline öffnet die kleine Tür zu einem winzigen Zimmer, das ungefähr so lang wie Maria groß ist. Es liegt nur eine mit

Laken und Decken bezogene Matratze auf dem Boden. An der Wand hängt ein grob gezimmertes Holzregal, darüber befindet sich eine winzige Dachluke.

»Ich habe keine Gardinen angebracht. Ich dachte, dass du vielleicht gern nachts die Sterne sehen möchtest.«

»Es ist perfekt, Jacqueline«, meint Maria höflich, obwohl sie etwas schockiert über ihr enges Quartier ist. Enge Räume mochte sie noch nie.

»Entschuldigt mich«, sagt Guido laut. »Aber ich muss mich jetzt verabschieden und noch etwas arbeiten.«

»Ja, danke, Guido, dass du Maria für mich unterhalten hast. Möchtest du später mit uns essen?«

»Ich fürchte, nein.« Sein Gesicht drückt aufrichtiges Bedauern aus. »Ich muss noch einen Aufsatz schreiben.«

Kaum sind sie allein, entspannt sich Maria. Warum ist sie in Gesellschaft von Männern immer so angestrengt? Sobald sie nur mit Frauen zusammen ist, fühlt sie sich wohl.

»Wer war der Mann?«, erkundigt Maria sich.

»Guido Rosselli. Hat er sich nicht vorgestellt?«

»Oh, doch, aber er ist Italiener. Ich war überrascht …« Sie verstummt und kommt sich ein bisschen albern vor.

»Er mag etwas seltsam wirken, Maria, aber das kommt bloß daher, weil er einsam ist.«

»Warum geht er nicht nach Mailand zurück?«

»Das kann er momentan nicht. Seine Eltern sind tot. Bis er mit dem Studium fertig ist, ist London jetzt sein Zuhause.« Jacqueline zögert, sie sieht traurig aus. »Er ist Kriegswaise. Wie ich.«

Maria fühlt einen Stich, sie empfindet den Schmerz ihrer Freundin.

»Es tut mir leid, Jacqueline. Ich wollte dich nicht aufregen.«

Aber Jacqueline schüttelt die Trauer von den Schultern, schließt sie erneut in die Arme und bedeckt ihre Wangen noch einmal mit Küssen.

»Ach, ich bin so froh, dich zu sehen«, sagt sie. »Ich habe dich so vermisst.«

Maria schmiegt sich an Jacquelines Hals und atmet ihren Geruch ein, der so viele Erinnerungen in ihr wachruft. An die Zeit, als Jacqueline und sie auf dem Rücken in einem Boot liegend den Canale Grande hinuntertrieben und vor sich hin träumten. Sie unterhielten sich über das Tanzen und wie man sich dabei fühlt. Ja, wenn Maria an jene Zeit zurückdenkt, erinnert sie sich, wie der Tanz sie verändert hat.

Denn dabei fühlte Maria sich frei. Weder der Krieg noch die erdrückende Liebe ihrer Mutter noch das Urteil von Pina oder dass ihr Vater sie verlassen hatte – nichts konnte ihr dann etwas anhaben. Jacqueline hatte ihr diese Gabe geschenkt. Sie hatte ihr erklärt, wenn sie tanze, werde sie zum Vogel.

Als sie mit Jacqueline aneinandergekuschelt auf dem Sofa liegt und sie sich über das Tanzen unterhalten, weiß Maria wieder, weshalb sie nach London gekommen ist. Es geht nicht nur darum, eine Ausbildung zu bekommen, sondern auch darum, ihre Freiheit zu finden.

Valentina

Heute Abend fliegen sie nach London. Zum ersten Mal in ihrem Leben hat Valentina bereits einen Tag vor ihrer Abreise gepackt, und alles ist fertig. Mit einem Becher Kaffee sitzt sie auf dem Fenstersims und sieht zu, wie Mailand sich geschäftig auf einen neuen Tag vorbereitet. Erneut verspürt sie den Drang, ihre Reise nach London zu stornieren und hier in Mailand zu bleiben, um ungestört ihr Leben fortzusetzen. Man kann doch sicher auch ihre Arbeiten ausstellen, ohne dass sie bei der Eröffnung dabei ist? Idealerweise sollte sie an der Vernissage teilnehmen, aber ihre Anwesenheit ist nicht unbedingt erforderlich. Nachdenklich kaut Valentina auf ihrer Lippe. Natürlich muss sie fahren. Sie sollte nicht zulassen, dass Angst vor dem Ungewissen – denn das ist es, was sie empfindet – ihrer Karriere im Weg steht. London ist eine aufregende Chance. Die Stadt ist riesig, und wenn sie Thomas nicht anruft, wird sie ihn auch nicht sehen.

Doch genau davor hat sie Angst. Vor ihrer eigenen Neugier, vor ihrem Bedürfnis, seine Stimme wieder zu hören, herauszufinden, was er macht und ob er über sie hinweg ist. Er hatte behauptet, sie zu lieben, und das nicht nur einmal. Sie konnte nicht dasselbe für ihn tun. Deshalb hatten sie sich getrennt. Weil sie nicht in der Lage war, ihm zu sagen, dass sie ihn liebte.

In Venedig war sie so kurz davor gewesen, sich Thomas zu

öffnen. Wenn er doch nur nicht so schnell weggelaufen wäre. Jetzt kommt es ihr vor, als seien ihre Gefühle so tief in ihr vergraben, dass sie nie mehr den Mut aufbringen wird, sie auszudrücken. Und dennoch hat sie sich nicht nur wegen der Ausstellung so schnell für die Londonreise entschieden, sondern auch wegen Thomas. Das muss sie sich selbst eingestehen. Aus irgendeinem merkwürdigen Grund hegt sie noch Hoffnungen, die sie innerlich in Aufruhr versetzen. Sie hat das verrückte Gefühl, dass alles in Ordnung kommt. Valentina trinkt einen Schluck Kaffee. Sie schließt die Hände um den Becher und atmet den Duft ein, das heiße Getränk wirkt beruhigend auf ihre Nerven. Kann sie Thomas zurückgewinnen? Zum ersten Mal lässt sie diesen Gedanken zu. Sie schüttelt den Kopf und erinnert sich an ihr Motto: Nichts hält ewig. Sie muss sich ja nur ihre Eltern ansehen. Deren Verbindung hat auch nicht gehalten, oder? Ihr Vater hat ihre Mutter verlassen, als Valentina ein kleines Mädchen war, und seither hat sie ihn nicht mehr gesehen.

Der Gedanke an ihren Vater lässt in ihr eine unangenehme Erinnerung aufsteigen, die sie stark irritiert hat. Zu der Zeit, als sie mit Thomas in Venedig war, hatte Polizeiinspektor Garelli gesagt, ihr Vater wäre stolz auf sie. Garelli war der erste Mensch, den sie getroffen hatte, der ihren Vater kannte; abgesehen von ihrer Mutter und ihrem Bruder natürlich. Valentina war stets davon überzeugt gewesen, dass sie ihren Vater nicht kennenlernen wollte. Schließlich hatte er nie Anstalten gemacht, Kontakt zu ihr aufzunehmen. Weshalb sollte sie also versuchen, ihn zu finden? Ihre Mutter hatte behauptet, sie wisse nicht, wo er sei, und ebenso ihr Bruder Mattia. So hatte Valentina nicht viel an ihren Vater gedacht, nicht bis zu diesem seltsamen Gespräch, das sie mit Polizeiinspektor Garelli in Venedig geführt hatte. Es war in jener Nacht gewesen, in der Thomas und sie zum letzten Mal zusammen gewesen waren. Der Abend hatte sie stark verwirrt. In ihrer Erinnerung vermischten sich die verrückten Ereignisse: der unheimliche Kunstdieb Glen, der ihr, wie Garelli, im Zug von Mailand nach Venedig gefolgt war, um ihr das Bild zu stehlen, das ihr Geliebter bereits gestohlen hatte; die Übergabe des Bildes an die alte Mrs. Kinder, die ursprüngliche Eigentümerin, die es durch den Betrug von Thomas' Großvater im Zweiten Weltkrieg verloren hatte, was sie zu jenem Zeitpunkt jedoch noch nicht wusste. Obwohl sie sich das eigentlich nicht vorstellen konnte, hatte sie doch Angst gehabt, dass der Mann, den sie liebte, kein guter Mensch war. Erst später hatte sie erfahren, dass Thomas versuchte, die Schuld seiner Familie wiedergutzumachen. An jenem Abend traf Valentina Garelli im Hotel Danieli. Er war hinter Thomas her. Was sie damals jedoch völlig schockiert hatte, war eine Äußerung, die überhaupt nichts mit der ganzen Geschichte des gestohlenen Gemäldes zu tun hatte: *Ihr Vater wäre stolz auf Sie.*

Valentina stellt ihren Kaffeebecher ab, steht auf, geht zu ihrem Schreibtisch und zieht die oberste Schublade heraus. Mit der Hand durchsucht sie das Durcheinander aus Papieren, Stiften, Radiergummis und Klebenotizen. Sie ist sicher, dass sie sie zum letzten Mal hier drin gesehen hat. Als sie sich vorbeugt und die Hand ganz nach hinten auf die Rückseite der Schublade schiebt, ertasten ihre Finger eine zerknitterte Karte. Sie zieht sie heraus. Es ist Garellis Visitenkarte. Sie wirkt etwas mitgenommen, aber die Schrift ist noch immer deutlich zu erkennen. Sie blickt auf die Wanduhr. Erst in sechs Stunden trifft sie sich mit Antonella, sie hat also jede Menge Zeit, Garelli anzurufen und mit ihm zu sprechen, bevor sie aufbricht. Natürlich könnte sie das auch tun, wenn sie aus London zurück ist, aber plötzlich muss sie sofort wissen, was Garelli mit seiner Bemerkung gemeint hat. Woher kennt er ihren Vater?

Valentina sitzt in der Bar Magenta und tippt ungeduldig mit den Hacken auf den Boden, während sie wartet. Sie streicht ihr schwarzweißgestreiftes Kleid glatt und lächelt insgeheim über ihre Wahl. Antonella wird sie am Flughafen unmöglich übersehen können. Wie immer fällt sie auf: Das lange figurbetonte Kleid ist auf einer Seite bis zum Oberschenkel geschlitzt. Dazu trägt sie ihre schwarzen Carl-Scarpa-Stiefel mit Keilabsatz und die kleine schwarze Bikerjacke aus Leder. Das Kleid hat einmal ihrer Mutter gehört, die sich in Valentinas Augen mehr Sorgen um ihre Garderobe als um ihre Kinder gemacht hat. Es sieht so gut wie neu aus. Unruhig streicht sie sich über eine Braue und trinkt einen Schluck von ihrem Negroni. Vielleicht war das doch keine gute Idee. Vor weniger als sechs Monaten war Garelli hinter Thomas her, weil er ihn des Kunstraubs verdächtigte. Seither hat sie den Polizisten nicht mehr gesehen und angenommen, der Fall sei zu den Akten gelegt worden. Es ist allerdings ein Risiko, alles wieder aufzuwärmen. Kann man sie als Komplizin anklagen, weil sie das Gemälde von Mailand nach Venedig transportiert hat? Vielleicht sollte sie einfach gehen.

Doch als sie gerade den Rest ihres Cocktails ausgetrunken hat und aufbrechen will, betritt Garelli die Bar. Er sieht sie sofort und strahlt sie an, als seien sie alte Freunde.

»Valentina«, begrüßt er sie, beugt sich hinab und küsst sie auf beide Wangen. »Sie sehen wie immer bezaubernd aus. Wie ein Gemälde. Darf ich Sie zu einem Drink einladen?«

»Nein, danke.«

»Aber Sie haben Ihren gerade ausgetrunken. Ich bestehe darauf.«

Valentina nimmt einen großen Schluck von ihrem Cocktail. Nun, da Garelli ihr gegenübersitzt und sie erwartungsvoll ansieht, weiß sie nicht recht, wie sie anfangen soll. In ihrer Verwirrung sagt sie nichts und blickt finster auf ihr Glas.

»Nun, Valentina«, sagt Garelli schließlich, der offenbar langsam ungeduldig wird. »Wie kann ich Ihnen helfen?«

Sie hebt den Blick und versucht die richtigen Worte zu finden. Aus irgendeinem Grund ist es ihr überaus peinlich, diesen quasi fremden Mann zu fragen, wo ihr Vater ist. Fast schämt sie sich.

»Haben Sie vielleicht weitere Informationen über Thomas Steen?«, mutmaßt er und hebt eine Braue. »Ich glaube allerdings, dass er nicht mehr in Mailand ist und somit genau genommen nicht mehr unser Problem.«

Er sieht sie milde an. Valentina reagiert leicht gereizt. Wieso gibt er sich so gönnerhaft?

»Nein, es geht nicht um Thomas«, antwortet sie.

»Ach?«

»Als wir uns in Venedig begegnet sind, haben Sie etwas … über meinen Vater gesagt.« Sie stottert.

Garelli schweigt und sieht zu, wie sie sich vor ihm windet.

»Sie sagten, er wäre stolz auf mich. Und dass Sie ihn kennen würden.«

»Ja.« Garelli nickt. »Ich kannte ihn.« Er scheint verwirrt.

»Woher kannten Sie ihn?«

»Durch die Arbeit natürlich.« Garelli trinkt einen Schluck von seinem Wein. »Hat er das Ihnen gegenüber nie erwähnt?«

Valentina blickt hinunter auf den Holztisch und umklammert mit einer Hand die Tischkante. »Ich kenne ihn nicht«, flüstert sie und leidet unter ihrer Scham.

»Tatsächlich?«

Sie sieht zu ihm hoch. Garelli starrt sie erstaunt an.

»Er hat uns verlassen, als ich sechs Jahre alt war. Seither habe ich ihn nicht mehr gesehen.«

Garelli runzelt die Stirn.

»Das passt nicht zu dem Mann, den ich kannte«, sagt Garelli.

»Bitte erzählen Sie mir, was er für ein Mann ist«, fordert Valentina, plötzlich gereizt von Garellis scheinheiliger Art. »Ich habe nämlich absolut keine Ahnung.«

Sie nimmt einen zu großen Schluck von ihrem Cocktail und verschluckt sich fast.

»Philip Rembrandt ist einer von den Guten«, erklärt Garelli schlicht und kratzt sich am Kopf. »Ich kannte ihn, als Ihr Bruder Mattia noch klein war. Er war sehr liebevoll mit ihm.«

»Aber woher kennen Sie ihn?«

»Kannte«, korrigiert Garelli. »Ich habe ihn seit Jahren nicht mehr gesehen. Nicht, seit er Mailand verlassen hat.« Er seufzt. »Ich wollte den Kontakt nicht verlieren, aber Sie wissen ja, wie das ist.« Er wirkt nachdenklich, dann sammelt er sich. »Wir haben miteinander gearbeitet, Valentina.«

Jetzt ist Valentina erstaunt.

»Mein Vater war Polizist?«

»Nein«, erwidert Garelli. »Phil war ein hervorragender Enthüllungsjournalist. Er hat mir bei einigen großen Mafiafällen geholfen.«

Sie lehnt sich auf der Holzbank zurück. Das ist ihr neu. Ihre Mutter hatte ihr erzählt, dass ihr Vater Professor an der Universität gewesen sei. Sie hatte nie erwähnt, dass er Journalist war. Das Bild des Pfeife rauchenden, ziemlich chaotischen Schriftstellers, das sie immer von ihm hatte, wird auf den Kopf gestellt. Ihr Vater war ein Enthüllungsjournalist. Sie denkt an Dustin

Hoffmann und Robert Redford als Bob Woodward und Carl Bernstein in dem Film *Die Unbestechlichen*, wie sie die Watergate-Affäre aufgedeckt haben. Sie waren eifrige, mutige, kluge und kühne Männer. Es ist schwer zu glauben, dass ihr eigener Vater so gewesen sein soll. Ihre Mutter hätte doch bestimmt mit ihm angegeben?

»Sind Sie sicher? Ich frage nur, weil man mir etwas anderes erzählt hat.«

»Natürlich bin ich sicher«, sagt Garelli. »Wir haben zusammen einen Kerl zur Strecke gebracht, der Caruthers hieß. Das war damals ein ziemlich bekannter Fall. Er gehörte zu den führenden Mafiaköpfen, lebte in New York, operierte aber auch hier in Italien.« Garelli sieht sie zögernd an. »Was soll ich sagen, Valentina, Ihr Vater hat mir das Leben gerettet.«

Valentina ist sprachlos. Fassungslos starrt sie den Inspektor an.

»Letztes Jahr habe ich Ihrem Vater zuliebe ein bisschen auf Sie aufgepasst. Ich wusste nicht recht, was ich von Signor Steen halten soll.«

»Sie haben mich beschützt?«

Garelli lacht. »Sieht so aus. Obwohl Sie meine Hilfe ganz offensichtlich nicht brauchten.«

Nervös wegen ihrer nächsten Frage nestelt Valentina an einem ihrer Ringe.

»Warum haben Sie gesagt, mein Vater wäre stolz auf mich?«

»Wegen Ihres Charakters, Valentina. Sie sind genau wie Ihre Mutter.«

Bei dem Vergleich mit ihrer Mutter verfinstert sich Valentinas Miene.

»Wieso hat er sie verlassen, wenn er ihren Charakter so sehr mochte?«

»Ich glaube, dass es etwas komplizierter war«, antwortet Garelli rätselhaft. »Obwohl ich damals nicht mehr mit Ihrem Vater zusammengearbeitet habe. Ich lebte zu jener Zeit in Spanien und habe ihn das letzte Mal vor Ihrer Geburt gesehen.«

»Sie hat ihn vertrieben«, knurrt Valentina. »So wie sie jeden vertreibt.«

Garelli zögert, dann sagt er mit sanfter Stimme:

»Ich glaube nicht, dass das stimmt.«

Valentina mustert Garelli prüfend. Sie hat das Gefühl, dass er ihr etwas verschweigt, aber die Miene des Polizisten verrät nichts. Er trinkt seinen Wein aus. Valentina hat das Gefühl, diesem Mann zu viel von sich offenbart zu haben, einem Menschen, den sie nicht mag. Sie fühlt sich unwohl, bloßgestellt. Auf einmal wünscht sie, sie hätte ihn nie angerufen. Sie sollte die ganze Sache mit ihrem Vater einfach vergessen. Ihr Verstand stimmt ihr lautstark zu. Schließlich wäre es für ihren Vater ein Leichtes gewesen, Kontakt zu ihr aufzunehmen, wenn er sie hätte kennenlernen wollen, oder etwa nicht? Dennoch kann sie ihre Neugier nicht zügeln.

»Ich muss gehen«, erklärt sie, deutet auf ihren Koffer und steht auf. »Ich fliege nach London. Können wir uns noch einmal treffen, wenn ich zurück bin? Erzählen Sie mir dann alles über meinen Vater?«

»Natürlich, aber warum fragen Sie ihn nicht einfach selbst?«

Sie erstarrt.

»Wissen Sie denn, wo er ist?«

Sie hatte angenommen, dass Garelli nicht wüsste, wo ihr Vater sich aufhielt, nachdem er all die Jahre keinen Kontakt zu ihm gehabt hatte.

»Wir mussten ihn wegen seiner Geschichte im Auge behalten, wissen Sie. Soweit ich weiß, ist er nicht umgezogen.«

»Wo lebt er denn?«

Garelli hält ihrem Blick stand. Auf seinem Gesicht erscheint ein Lächeln.

»In London.«

Maria

»Meine Intention ist es, die verschiedenen Kräfte des Lebens in ihrem steten Wechselspiel zu zeigen.« Bruno Lempert klingt wie ein Lehrbuch. Maria hat Schwierigkeiten, seinem Englisch zu folgen. »Um diese Naturkräfte darzustellen, benötigt man ein reines Instrument.«

Maria würde sich gern am Rücken kratzen, aber keiner der anderen Tänzer rührt sich. Es ist, als lauschten sie Gott persönlich. Lempert hebt die Brauen und starrt sie an. Obwohl seine Augen einen intensiven Braunton haben, wirken sie auf Maria kühl. Sie sind rund und werden von schweren Lidern überschattet. Maria hat ein wenig Angst vor ihrem neuen Tanzlehrer, der für sie in Rätseln spricht.

»Dazu brauche ich Tänzer. Ihr sollt mit euren Körpern die unterschiedlichen Elemente darstellen. Wenn ihr tanzt, könnt ihr nicht ihr selbst sein.«

Jetzt sieht er ihr direkt in die Augen. Maria errötet. Er weiß, dass ich ihn nicht verstehe, denkt sie panisch. Am liebsten würde sie aus dem Studio fliehen, aber das kann sie nicht. Dazu haben ihre Mutter, Pina und auch Jacqueline zu viel auf sich genommen, um ihr das hier zu ermöglichen. Sie wünschte, Jacqueline wäre ihre Lehrerin und nicht dieser strenge Mann. Aber offenbar geht ihre Mentorin in die Schulen, um den Londoner Schulmädchen das neue Ballett beizubringen. Sie übernimmt das tägliche Brot. Marias Lehrer hingegen ist kein anderer als Lempert persönlich, Direktor und Gründer der neuen Tanzschule und Kollege und Freund von Kurt Jooss. Er hat in Jooss' Ballett getanzt. Er weiß, wovon er spricht, und die zwanzig Frauen und Männer sind die wenigen Auserwählten. Dennoch meldet sich in Maria leiser Widerspruch, denn nur wenn sie tanzt, hat sie das Gefühl, ganz sie selbst zu sein. Wenn sie das aufgeben soll, wird ihr Tanz seelenlos.

»Dazu ist natürlich eine Entwicklung notwendig«, fährt Lempert fort. »Um die Naturkräfte darzustellen, müssen wir ihre Dynamik in euren Körpern, eurem Geist und eurer Seele studieren. Dann machen wir sie mit Hilfe der Bewegung sichtbar.«

Ein blondes Mädchen neben Maria niest und zieht ein Taschentuch aus ihrem Trikotärmel, um sich die Nase zu putzen. Maria sieht zu ihr hinüber. Das Mädchen ist tiefrot vor Scham, und Maria empfindet augenblicklich Sympathie mit ihr. Sie blicken sich an und lächeln, dann wenden sie ihre Aufmerksamkeit wieder ihrem Lehrer zu.

»Aber zuallererst«, sagt er und läuft im Kreis um sie herum, wobei Maria nicht weiß, ob sie sich umdrehen und ihm mit dem Blick folgen oder ob sie stillsitzen soll, »müssen wir am Anfang beginnen. Dazu müssen wir den Widerstand in euren Körpern brechen und sie von den standardisierten Gesten befreien.«

Nun steht er wieder vor ihnen und klatscht in die Hände. Nach kurzem Zögern erhebt sich die Gruppe. Maria schüttelt die steifen Beine aus.

»Bitte hebt die Hand, wenn ihr schon klassisches Ballett gelernt habt.«

Bis auf sie, das blonde niesende Mädchen und eine Frau mit einem schwarzen Kurzhaarschnitt, die etwas älter als die anderen wirkt, sowie zwei von vier Männern, heben alle die Hand.

Lempert verzieht das Gesicht, und Maria spürt erneut, wie sie errötet. Die erste Stunde, und schon schämt sie sich wegen ihres fehlenden Trainings. Wie konnte sie nur annehmen, dass sie auf derselben Entwicklungsstufe wie die anderen stünde? Sie blickt zu dem blonden Mädchen hinüber, und wieder lächeln sie sich zu.

»Bitte«, weist Lempert die kleine Gruppe an, dann drängt er die anderen Tänzer in den hinteren Bereich des Studios. »Kommt und stellt euch auf dieser Seite des Raumes auf.« Zu ihrer Überraschung stehen Maria und ihre Kollegen vor den anderen.

»Nun«, Lempert stützt die Hände in die Hüften und wendet sich an die Balletttänzer, »ihr werdet deutlich mehr arbeiten müssen als diese Tänzer. Eure Körper haben sich durch das klassische Balletttraining gewisse Haltungen angewöhnt. Einige Muskelgruppen arbeiten nur mit bestimmten anderen zusammen. Deshalb müssen wir eure Körper in einem Maß entspannen, das euch daran hindert, in eure klassischen Haltungen zu verfallen.«

»Meinen Sie, dass klassisches Ballett falsch ist?«, fragt ein rotgelocktes Mädchen aus der Balletttänzergruppe.

Lempert schüttelt den Kopf.

»Natürlich nicht, Alicia, so einfach ist das nicht. Aber klassisches Ballett ist tief in der Tradition verwurzelt. Wir beim Ballett Jooss versuchen etwas anderes zu machen. Wenn ihr euch zum Beispiel unsere Themen anseht, wie würdet ihr sie beschreiben?«

»Als revolutionär«, sagt die Frau mit den kurzen dunklen Haaren, die neben Maria steht. Lempert fährt herum.

»Absolut«, bestätigt er, »sie sind politisch, sozial und humanistisch. Sie vereinen Gefühl und Verstand. Das ist es, was wir hier versuchen, Seele, Verstand und Körper miteinander zu verbinden. Wir wollen kommunizieren.«

Marias Kopf beginnt zu pochen. Das ist ihr zu viel Theorie. Sie will einfach nur tanzen. In ihr steigt eine Erinnerung auf. Sie und Jacqueline sind in dem verlassenen Erdgeschoss eines alten Palazzos. Jacqueline spielt auf einem blechernen alten Klavier, das Belle irgendwo ausgegraben hat, und sie tanzt für Jacqueline, ihre Mutter und Pina. Es ist wie eine goldene Erinnerungsschleife. Die venezianische Wintersonne scheint durch die zum Teil mit Brettern vernagelten Fenster. Mit ihren nackten Füßen wirbelt Maria Staub auf, der in der Sonne schwebt. Ihre Mutter und Pina sehen ihr zu, und trotz ihrer anerkennenden Blicke tanzt sie nicht für sie, sondern für einen Geist, der neben ihnen sitzt. Ihren Vater: Santos Devine, Abenteurer und Seemann.

Zu ihrer Erleichterung klatscht Lempert in die Hände und signalisiert der Gruppe, wieder zusammenzukommen.

»Nun«, sagt er. »Genug geredet. Fangen wir an.«

Überraschenderweise fordert Lempert sie auf, die Tanzschuhe auszuziehen. Die Holzplanken fühlen sich kühl unter ihren nackten Fußsohlen an.

»Kein Tanz«, instruiert er sie, »ich will nur Bewegung.«

Er nickt dem Pianisten zu, der auf einem Podium unter einer kleinen Galerie am Ende des Studios sitzt.

»Auf vier möchte ich, dass ihr durch den Raum geht. Kein Augenkontakt, bitte. Der Blick ist auf den Boden gerichtet. Eins, zwei, drei, vier …«

Maria beginnt zu gehen, ohne ihre Mittänzer anzusehen, und fragt sich, was die anderen denken. Einerseits hat sie Angst, sich zum Narren zu machen, andererseits ist sie aufgeregt. Langsam ahnt sie, wovon ihr Lehrer spricht.

»Ich will, dass ihr euch zögerlich bewegt«, ruft er.

Der Pianist verlangsamt den Rhythmus, woraufhin Maria durch das Studio zu schlurfen beginnt.

»Geht, als seid ihr zufrieden.« Maria schlendert durch den Raum. Sie stellt sich vor, sie sei ein großer Mann mit einem dicken Bauch. Er ist gut genährt und zufrieden. Sie streckt den Bauch heraus und legt eine Hand darauf.

»Und mit Freude.« Jetzt ist sie eine schwarze Katze in Venedig, die über die Dächer springt, im Sonnenlicht herumtollt und sich die Sahne von der Nasenspitze leckt.

»Jetzt ganz frei.« Maria gleitet über einen zugefrorenen Fluss und stellt sich vor, wie sich das anfühlt. Noch nie in ihrem Leben ist sie Schlittschuh gelaufen. Das Bild hat für sie jedoch etwas Magisches, das Gefühl, sich anmutig, schnell und im perfekten Gleichgewicht über das Eis zu bewegen.

Während sie durch den Raum gleitet, fällt ihr Blick auf ihre blonde Freundin, die auf Zehenspitzen durch das Studio tippelt. Wie unterschiedlich ihre Vorstellungen von Freiheit sind.

Obwohl es der erste Unterrichtstag ist, hat Lempert kein Erbarmen mit ihnen. Nach zwei Stunden Körperarbeit sind alle außer Atem. Marias schwarzes Trikot klebt an ihrem schweißnassen Körper.

»Genug«, verkündet Lempert plötzlich. »Jeden Morgen haben wir technischen Unterricht, und am Nachmittag befassen wir uns mit verwandten Themen wie Choreografie, Theorie, Bühnenpraxis, Make-up und Aktzeichnen. Dies ist eine umfassende Tanzausbildung. Eine organische Herangehensweise.«

Die Tänzer tuscheln überrascht.

»Jetzt machen wir eine Mittagspause. Seid um zwei Uhr zum Theorieunterricht zurück.«

Die Mädchen drängen sich in die winzige Umkleide, in der es kein Fenster gibt. Lediglich eine nackte Glühbirne spendet Licht in dem feuchten Raum. Trotz der Hektik um sie herum lässt Maria sich Zeit. Sie hat ein Brot dabei, das Jacqueline heute Morgen für sie geschmiert hat. Es sind zwei Scheiben von dem einfachen, aber kostbaren – da rationierten – Brot, mit einer grauen Fleischpaste. Sie hat keine Ahnung, wohin sie gehen soll, um ihr Brot zu essen, und ist zu schüchtern, jemanden zu fragen. Langsam leert sich die Umkleide, und schließlich bleibt Maria allein zurück.

Sie hängt ihr schweißnasses Trikot auf und ist froh, dass sie für den Nachmittag noch ein frisches dabeihat. Sie zieht Rock und Pullover an, knöpft den Mantel zu und nimmt ihre Tasche. Nun, sie sollte zumindest etwas frische Luft schnappen. Sicher findet sie einen Park, in den sie sich setzen kann. Hungrig ist sie überhaupt nicht. Vielleicht verfüttert sie ihr Brot an die Londoner Tauben, obwohl ihr klar ist, dass das bei den Essenskürzungen und Rationierungen etwas unmoralisch wäre.

Sie tritt aus der Tanzschule, die sich in einem alten roten Backsteinhaus befindet, das dem von Jacqueline ähnelt. Einen Moment steht sie auf dem Bürgersteig und überlegt, in welche Richtung sie gehen soll.

Da ertönt hinter ihr eine Stimme: »Hallo.«

Sie dreht sich um. Das blonde Mädchen aus ihrer Klasse rückt ihren Hut zurecht und kommt auf Maria zu. Das Mädchen streckt die Hand aus.

»Joan«, stellt sie sich vor.

»Maria.«

»Freut mich, dich kennenzulernen. Und woher kommst du, Maria?«

Die Mädchen beginnen die Straße hinunterzugehen.

»Aus Italien«, murmelt Maria und erwartet eine feindselige Reaktion, denn Joan klingt ziemlich britisch.

»Ach, Italien.« Zu Marias Überraschung reagiert Joan vielmehr beeindruckt. »Hast du ein Glück. Woher aus Italien kommst du?«

»Aus Venedig.«

»Nein, wirklich? Ach, ich habe immer davon geträumt, einmal dorthin zu fahren. Ist es so schön, wie man sagt?«

Während sie die Kennington Road hinuntergehen und nach Abgasen stinkende Autos und Laster an ihnen vorbeifahren, denkt Maria an ihre Heimatstadt. Sie ist das genaue Gegenteil von diesem urbanen Dschungel.

»Oh, ja«, schwärmt sie. »Es ist ein bezaubernder Ort.«

Joan kichert. »Ach, ich liebe es, wie du Englisch sprichst. Das hört sich so süß an. Du klingst ein bisschen amerikanisch.«

Maria spürt einen leichten Stich.

»Das habe ich von Jacqueline gelernt.«

»Sie ist Halbamerikanerin, stimmt's? Deshalb also«, stellt Joan fest.

Plötzlich bleibt sie stehen und legt eine Hand auf Marias Arm.

»Jetzt weiß ich, wer du bist. Bist du nicht die Tochter von dieser unglaublichen Italienerin, von der Jacqueline ständig redet? Von Belle?«

»Ja, das bin ich.«

»Sie ist so mutig. Dass sie all diesen Juden geholfen hat, im Krieg zu fliehen. Du musst sehr stolz auf sie sein.«

»Ja, klar.« Aber Maria erinnert aus jener Zeit nicht, wie mutig, sondern nur wie angespannt ihre Mutter war. Sie konnte nicht aufhören, Menschen zu helfen, und zugleich hatte sie ständig Angst, entdeckt zu werden. Wenn Maria so darüber nachdenkt, hat Belle Pinas und ihr Leben aufs Spiel gesetzt, um das Fremder zu retten. Sie weiß, dass es nicht besonders edel ist, so etwas zu denken, aber es ist die Wahrheit.

»Trinken wir eine Tasse Tee und essen ein Rosinenbrötchen. Hast du Lust? Da unten in der Straße ist ein Café.«

Joan ist sehr redselig, aber Maria mag sie. Sie ist so herzlich und warm, ganz anders als die anderen Engländer, denen sie bisher begegnet ist.

»Und? Was hältst du von Lempert?«, will Maria wissen.

»Um ehrlich zu sein, habe ich Schwierigkeiten, seinen Ansatz zu verstehen.«

»Ach, mach dir keine Sorgen, das begreifst du schon noch früh genug. Sobald wir anfangen, richtig zu tanzen.« Joans Augen leuchten.

Sie klappt ihre Zigarettendose auf und bietet Maria eine Zigarette an.

»Ich bin verliebt in ihn«, erklärt Joan dramatisch, »aber ich bin auch in etliche andere Männer verliebt.« Sie seufzt mit großer Geste. »Ich verliebe mich leicht, weißt du?«

Sie nimmt die Zigarette aus dem Mund und trinkt noch einen Schluck von ihrem Tee.

Maria betrachtet den Abdruck ihres roten Lippenstifts am Filter.

»Ich war noch nie verliebt«, sagt Maria unvermittelt und ist erschrocken, dass sie ihrer brandneuen Bekanntschaft ein solches Geständnis macht.

»Ach, aber du bist noch so jung. Du stehst noch ganz am Anfang. Wie alt bist du?«

»Achtzehn. Aber du siehst auch nicht viel älter aus als ich«, wendet Maria ein.

»Zweiundzwanzig, Herzchen, und das ist ein großer Unterschied. Glaub mir.«

Joan hält inne, drückt die Zigarette aus und beißt in ihr Rosinenbrötchen. »Obwohl ich mit siebzehn zum ersten Mal verliebt war. Doch das war noch im Krieg. Im Krieg wird man schnell erwachsen. Da liegen die Dinge anders.«

»In welcher Hinsicht?«

»Nun, das musst du doch wissen. Ich meine, du hast in besetztem Gebiet gewohnt und warst in großer Gefahr. Ihr habt all diese Menschen versteckt und ihnen bei der Flucht geholfen.«

»Nicht ich, sondern meine Mutter. Ich war zu jung, ich kannte es nicht anders. Die meiste Zeit war es ruhig. Venedig ist nur einmal bombardiert worden, und da auch nicht die Stadt selbst.«

»Nun, hier war es alles andere als ruhig, das sage ich dir. Ich wollte Tanz studieren und war mit Lempert und Jooss unten in Dartington Hall.«

Joan zerpflückt ihr Rosinenbrötchen in winzige Stücke, schiebt sich eins nach dem anderen in den Mund und genießt jeden Bissen.

»Wo ist das?«

»Das ist ein legendärer Ort in Devon, eine Schule für darstellende Kunst. Ach, es hat mir so gut dort gefallen.« Sie seufzt und pickt mit der Fingerspitze die letzten Krümel auf. »Aber es war schließlich Krieg, und deshalb bin ich nach London gekommen. Ich wollte mich nützlich machen, ich wollte dabei sein, weißt du?«

Joans Lächeln verblasst. Sie schüttelt den Kopf.

»Gott, ich war ganz sicher dabei.«

Sie zögert, trinkt noch einen Schluck Tee und fährt fort:

»Aber als die Amerikaner kamen, hatten wir diese fantastischen Tanzabende. Da habe ich Stan kennengelernt, einen amerikanischen Piloten. Er sah aus wie Clark Gable. Wirklich, ich schwöre es dir. Er war so schön. Ich habe mich auf der Stelle in ihn verliebt.«

»Und was ist passiert?«, will Maria wissen.

Joan schlägt die Hände an die Brust und erklärt in dramatischem Ton:

»Er hat mir das Herz gebrochen.«

Die Erzählung gefällt Maria. In ihrem Leben mit Belle und Pina gab es keine Liebesgeschichten mit Männern, und die von dem amerikanischen Piloten Stan ist aufregend. Ist er im Kampf gefallen? Wurde er vermisst?

»Was ist geschehen?«, fragt Maria atemlos.

»Der Schurke war zu Hause in Ohio verheiratet. Das hat er mir aber erst erzählt, nachdem er mich entkorkt hatte.«

»Wie bitte?«

Joan kichert. »Du weißt schon … Er hat mir die Unschuld genommen.« Sie zwinkert Maria zu, die schlagartig errötet.

»Ach, ich weiß, das klingt, als wäre ich ein billiges Flittchen, aber es war so anders im Krieg. Wenn man jemand traf und sich zu ihm hingezogen fühlte, tat man es eben. Schließlich konnte er am nächsten Tag tot sein.« Sie trinkt den letzten Schluck Tee. »Also habe ich Stan das Beste gegeben, das ich hatte. Ich hoffte, dass es wie ein Talisman sein Leben schützen würde. Ich glaube, das hat es auch, aber nicht für mich, sondern für seine kleine Frau zu Hause in den USA.«

Joan verzieht das Gesicht.

»Ich kann mir dich nicht als amerikanische Hausfrau vorstellen«, versucht Maria ihre neue Freundin zu trösten.

Joan funkelt sie verschmitzt an. »Genau, Herzchen, da hast

du vollkommen recht. Ich bin ganz sicher noch nicht bereit, eine Familie zu gründen. Ich will Spaß haben.«

Maria nickt, sie weiß nicht, was sie antworten soll. Sie hat bislang sehr behütet gelebt. Keine Tänze mit amerikanischen Soldaten oder Liebesgeschichten irgendwelcher Art.

Joan blickt auf ihre Armbanduhr. »Wir sollten lieber zurückgehen.«

Die Mädchen sammeln ihre Sachen ein. Als sie aus dem Café eilen, fasst Joan Maria am Ärmel und drückt fest ihren Arm.

»Ich bin so froh, dass wir uns unterhalten haben. Die anderen Mädchen sind alle so hochnäsig. Es ist schön, eine richtige Freundin zu haben.«

Maria sieht Joan überrascht an. Sie haben sich gerade erst kennengelernt, wie kann Joan da schon von Freundschaft sprechen?

»Was machst du heute Abend?«, fragt Joan und ignoriert ihre Miene. »Hättest du Lust, mit mir tanzen zu gehen? Ein paar Männer kennenzulernen?«

Valentina

Das Taxi schlängelt sich durch die überfüllten Londoner Straßen. Die Stadt wirkt wie ein riesiges Tier, das Auspuffgase in den Regen stößt. Der Puls der Stadt erscheint Valentina schneller als der ihres geliebten Mailands.

»Mikhail will, dass ich mit ihm nach Russland fahre«, sagt Antonella, die neben ihr auf der Rückbank des schwarzen Taxis sitzt.

»Will er, dass du seine Familie kennenlernst?« Valentina hört ihrer Freundin nur mit halbem Ohr zu. Sie blickt aus dem Taxifenster auf die Londoner, die durch den herabprasselnden Regen eilen. Trotz des trüben Wetters schlägt ihr Herz heftig vor Aufregung. Sie ist hier. In London. Und Thomas ebenso. Er könnte jetzt direkt hier um die Ecke sein. Sie stellt sich vor, wie er mit einem großen Schirm über dem Kopf und einer englischen Zeitung unter dem Arm durch den Regen geht. Natürlich ist der Gedanke lächerlich. In London leben Millionen von Menschen. Und dennoch hofft sie, dass seine Gestalt aus dem Stadtbild auftaucht.

»Ach nein, natürlich nicht«, sagt Antonella. »Er will in Russland Nacktaufnahmen von mir machen.«

»Warum kann er das nicht in Mailand?« Valentina dreht sich zu ihrer Freundin um und widmet ihr etwas mehr Aufmerksamkeit. »Außerdem wusste ich nicht, dass Mikhail Fotograf ist.«

»Das ist eine neue Richtung. Er sagt, die Malerei langweile ihn.« Antonella schnaubt verächtlich. »Ich glaube, es hat mit dir und deinen Bildern zu tun. Du hast ihn wohl inspiriert.«

Obwohl ihre Freundin etwas gereizt ist, fühlt sich Valentina ein bisschen geschmeichelt. Sie blickt zu Antonella und bemerkt, wie phänomenal sie aussieht. Offenbar hat sie sich für die Reise nach London herausgeputzt. Die leuchtend roten Haare sind auf dem Kopf zu einer Hochfrisur aufgetürmt, aus der diverse Strähnen abstehen, die Augen hat sie dunkel geschminkt und das Rot des Lippenstifts auf ihre Haarfarbe abgestimmt. Sie trägt einen offenen schwarzen Mantel im Militärstil, unter dem aus einem roten Seidenhemd ihr üppiger Busen hervorlugt. Die krallenartigen Nägel sind jetzt kurz geschnitten und in einem so dunklen Rotton lackiert, dass sie fast schwarz wirken.

»Okay, aber warum Russland?«

»Er will mich nackt in der Natur der Gegend ablichten, aus der er stammt. Das ist seine Idee.« Sie kratzt sich am Kopf. »Ach, wo war das noch? Nicht weit von St. Petersburg, glaube ich. Er hat mir erzählt, dass es dort eine Menge Wälder gibt, und er besitzt eine kleine Holzhütte mitten im Nirgendwo. Er will, dass ich nackt vor dieser Hütte posiere und eine große Axt in der Hand halte.« Sie grinst anzüglich. »Er hat jede Menge Ideen. Er will, dass ich mich rittlings auf einen Sägebock setze und den Hintern in die Luft strecke. Bereit zum Akt!« Sie kichert.

»Klingt sehr sexy.«

»Und ziemlich kalt. Ich glaube, in Teilen von Russland schneit es momentan noch.« Antonella seufzt. »Aber ich liebe das, Schätzchen. Deshalb werde ich ihm den Gefallen tun.«

Valentina sieht ihre Freundin nachdenklich an. Wie leicht es ihr über die Lippen geht, dass sie einen Mann liebt. Ob Antonella es wirklich so meint? Oder sagt sie das von jedem Mann, mit dem sie nur hin und wieder geschlafen hat? Das Taxi hält vor einem kleinen, mit einem Tor verschlossenen Park. Valentina betrachtet die großen neoklassizistischen Häuser, die den Park säumen. Antonellas Tante lebt doch nicht etwa in einem dieser Gebäude? Sie sehen wie Botschaften und nicht wie Privathäuser aus.

»Ach, da sind wir, Valentina«, sagt Antonella und drückt Valentinas Arm. »Willkommen in South Kensington.«

»Mein Gott«, ruft Valentina. »Ist deine Tante Millionärin oder so etwas?«

»Ich weiß, es ist unglaublich. Tantchen wohnt zwar feudal, hat aber kein Geld. Ich weiß nicht genau, wie sie an das Haus gekommen oder ob es überhaupt ihr Eigentum ist. Ich glaube, es hat einmal einem ihrer Liebhaber gehört.«

Etwas orientierungslos steigt Valentina aus dem Taxi. Sie ist erst einmal mit ihrer Mutter in London gewesen. Damals war sie elf, und ihre Mutter musste Fotoaufnahmen machen. Sie hatten irgendwo sehr zentral gewohnt, aber sie kann sich nicht mehr an den Namen des Platzes erinnern. Sie weiß nur noch, dass sie mit der U-Bahn gefahren sind und dass es dort sehr voll war. Viel voller als in Mailand. Und sie erinnert sich an einen wunderbaren Nachmittag im British Museum, wo sie all die ägyptischen Mumien besichtigt hat. Dort würde sie gern noch einmal hingehen.

»He, lass uns ins British Museum gehen, solange wir hier sind«, schlägt sie vor, während sie ihre Koffer die Stufen zu dem großen, mit Säulen bestandenen Eingang von dem Haus der Tante hinaufziehen.

Antonella rümpft abwertend die Nase.

»Nein, danke! Ich bin nicht nach London gekommen, um ein altes verstaubtes Museum zu besuchen. Oh, nein. Ich will in die Torture Gardens!«

»Ich ahne, um was für einen Laden es sich dabei handelt«, stöhnt Valentina.

»Komm schon, Valentina. Schließlich hast du mich dazu ermutigt, die Domina in mir auszuleben. Jetzt, wo wir in London sind, müssen wir dorthin gehen.«

»Ich glaube, ich habe nur etwas gegen die Gummikostüme. Ich wünschte, wir könnten einfach unsere eigene Kleidung tragen. Lieber wäre ich nackt und nur mit einem roten Umhang bekleidet wie die O.«

»Wie wer?«

»Die O. in der *Geschichte der O.* von Pauline Réage. Das ist die bekannteste erotische Erzählung überhaupt. Sag nicht, dass du sie nicht kennst.«

»Du weißt doch, dass ich keine Bücher lese«, erklärt Antonella. »Einen Laden wie Torture Gardens besucht man extra, um dort Gummi zu tragen.« Antonella schlägt Valentina auf den Rücken. »Na, komm schon, schieb deinen devoten Hintern in den Aufzug. Ich kann es kaum abwarten, mit Tante Isabella einen Drink zu nehmen.«

Valentina öffnet den Stadtplan und blickt erneut auf die Karte. Antonella hat sie bei ihrer Tante in South Kensington gelassen. Die zwei waren dabei, eine Flasche Soave zu leeren und eine Schale gefüllter Oliven zu futtern. Valentina findet es ziemlich offensichtlich, von wem in der Familie Antonella ihre wilde Seite geerbt hat. Obwohl Isabella doppelt so alt wie ihre Nichte ist, hat sie noch immer genauso feuerrote Haare und ist ähnlich temperamentvoll. Sie ist die Schwester von Antonellas Vater Alessandro, der die Familie wegen einer jüngeren Frau verlassen hat, als Antonella zehn Jahre alt war. Isabella, eine Zeitungsredakteurin, fühlte sich berufen, die väterliche Familie in Antonellas Leben zu repräsentieren und hat nie den Kontakt zu ihrer Nichte verloren. Sie besitzt den gleichen Sexappeal wie Antonella und die gleiche direkte Art. Sie hat Valentina gleich nach ihren erotischen Fotografien ausgefragt und darauf bestanden, die gesamten Arbeiten auf ihrem Laptop zu sehen. Ganz offensichtlich war sie entzückt von den Nacktbildern ihrer Nichte, während sie Valentina zugleich gefragt hat, ob das nicht frauenverachtend sei. Mit ihrer letzten Frage hat sie Valentina etwas verstimmt:

»Und was sagt deine Mutter zu den Fotografien?«

Valentina hat ziemlich deutlich erklärt, dass sie die Bilder ihrer Mutter nicht gezeigt hat und auch nicht vorhat, das zu tun. Daraufhin hatte Isabella nichts erwidert, sondern nur erstaunt die Brauen gehoben. Valentina weiß, dass Isabella gut mit ihrer Mutter befreundet war, als beide in den Sechziger- und Siebzigerjahren in Mailand lebten. Trotz Isabellas Begeisterung für ihre Bilder fragt Valentina sich nun, was ihre Mutter zu der Ausstellung in London sagen würde. Sie fühlte sich nicht bemüßigt, es ihr zu erzählen. Auch Mattia hat sie nichts gesagt. Seit der Trennung von Thomas hatte sie es vermieden, mit ihrem Bruder zu sprechen. Als er jedoch an Weihnachten anrief, musste sie es ihm erzählen. Sie schämte sich, ihrem Bruder, der seit Jahren glücklich verheiratet ist, ihre Bindungsunfähigkeit zu gestehen. Obwohl Mattia Thomas nur einmal getroffen hatte, weiß sie, dass er ihn mochte. Er hatte sogar angedeutet, dass er »der Richtige« sein könnte. Wenn es so etwas überhaupt gibt, denkt Valentina mürrisch.

Der Regen hat aufgehört, und während sie eilig die feuchten Straßen hinunterläuft, fängt es an zu dämmern. Das ist also Soho. Es ist anders, als sie es sich vorgestellt hat. Sie hat auffällige Sexshops und Peepshowläden erwartet, doch stattdessen sieht sie nur trendige Cafés, originelle Geschäfte, kleine Bistros und Galerien. Die kreative Atmosphäre des Viertels gefällt ihr. Es ist ein kleines Gebiet mit einem Labyrinth aus Straßen. Sie läuft weiter umher, bis sie schließlich die Lexington Street findet. Die Galerie liegt ganz am Ende der Straße. Sie blickt auf ihre Armbanduhr. Sechs Uhr. Auf die Minute. Sie klingelt und muss einen Moment warten, dann meldet sich jemand über die Gegensprechanlage.

»Valentina Rosselli. Ich möchte zu Kirsti Shaw.«

Die Tür klickt, Valentina drückt sie auf. Sie geht an einem verlassenen Empfangsbereich vorbei und betritt die eigentliche Galerie, einen quadratischen weißen Raum. Offenbar wird die Ausstellung gerade gehängt. An einer leeren Wand lehnt eine Leiter, an der Wand daneben hängen bereits Gemälde, auf die zwei Scheinwerfer gerichtet sind. Valentina geht durch den Raum und betrachtet die anderen Arbeiten. Anscheinend nehmen zehn Künstler an der Ausstellung teil, von denen jeder sechs Arbeiten zeigt. Sie entdeckt ihre Fotografien in einem Stapel an der gegenüberliegenden Wand. Auf der anderen Seite des Raums steht ein langer Tisch, auf dem weitere Bilder ausliegen. Wo sind die anderen? Sie beugt sich hinab und sieht ihre eigenen Fotografien durch. Ihrer Meinung nach hat die Galerie eine ziemlich beliebige Auswahl getroffen. Es sind zwei Porträts von Valentinas neuer Tänzerfreundin Celia mit deren Freundin Rosa dabei. Auf einem steht Celia nackt auf den Zehenspitzen und hat ihr Bein zu einer Arabeske gehoben, während Rosa sie befriedigt. Auf dem anderen sind die nackten Körper der beiden Frauen mit einem altmodischen Spitzenschal aneinandergebunden, während sie sich gegenseitig streicheln. Auch eine von Valentinas ersten erotischen Kompositionen ist darunter: ein Selbstporträt in Sepia, auf dem ihr nackter Körper sich in einem venezianischen Kanal spiegelt. Dann haben sie noch ein paar jüngere Arbeiten ausgewählt. Ein Bild ist von ihren Erfahrungen mit Leonardo inspiriert. Es zeigt eine Nahaufnahme von Celias Po mit dem Ansatz ihrer Scham, auf den Wachs getropft ist. Die beiden letzten Fotografien sind von Antonella und Mikhail. Auf einem Schwarzweißbild ist Antonellas Gesicht zu sehen, während sie Mikhail mit dem Mund befriedigt, das andere ist eine Nahaufnahme von Mikhail, der eine von Antonellas Brüsten in der Hand hält und an ihrem Nippel saugt. Sie sind schlicht, aber bemerkenswert in ihrer Direktheit.

Valentina ist durchaus bewusst, dass manche Menschen diese Aufnahmen als Pornografie bezeichnen werden, doch sie findet ihre Schönheit offensichtlich. Die pure Darstellung der Lust, ein ästhetisches Porträt des Begehrens. Es sind nicht einfach nur nackte Körper und Sex. Sie haben etwas Poetisches, Überirdisches. Valentina glaubt, dass all jene, die ihre Arbeit und die ihrer Kollegen kritisieren, einfach nur Angst haben. Jeder besitzt eine dunkle Seite. Jeder hat dunkle Sehnsüchte. Da ist sie sicher.

Sie geht die Bilder noch einmal durch, denn sie hat das Gefühl, dass etwas an der Auswahl nicht ganz in Ordnung ist, aber sie kann es nicht genau benennen.

Dann hört sie das Lachen einer Frau und näher kommende Schritte. Jetzt bemerkt sie, dass gegenüber dem Empfang eine weitere Tür abgeht. Ein Licht wird eingeschaltet, und zwei Frauen betreten den Raum. Die eine ist gertenschlank und groß mit sehr langen dunklen Haaren. Sie trägt ein Etuikleid aus kastanienbrauner Seide, in dem Valentina ihre dünnen Arme und die knochigen Schultern auffallen.

»Valentina?«, sagt die Frau und kommt auf sie zu. »Ich bin Kirsti Shaw. Wie schön, Sie kennenzulernen.« Sie spricht mit leicht amerikanischem Akzent. Kirsti streckt Valentina die Hand entgegen, die diese etwas halbherzig ergreift, da die andere Frau ihre ganze Aufmerksamkeit auf sich zieht. Kirstis Begleiterin scheint geradewegs einer Burlesque-Show aus den Fünfzigerjahren entstiegen zu sein. Die Frau hat glänzende blonde Haare, die sie zu vollen Wellen à la Marilyn Monroe frisiert hat, nur noch extremer. Ihre Haut ist makellos und noch blasser als Valentinas, und sie hat dunkelblaue, mit schwarzem Eyeliner umrandete Augen mit falschen Wimpern. Ihre vollen rosa Lippen passen perfekt zu ihrer Kleidung. Sie trägt ein fuchsiafarbenes Bustier, das an der Vorderseite durchgehend mit schwarzer Spitze besetzt ist, und dazu einen passenden Rock, der Hüften und Schenkel umhüllt. Sie besitzt die Figur einer Sanduhr, volle Brüste, schlanke Taille und einen prallen Hintern. Vervollständigt wird ihre Erscheinung durch zwei lange rosafarbene Handschuhe, die bis zu den Ellbogen hinaufreichen, sowie Netzstrumpfhosen und rosa Pumps. In der Armbeuge hängt an einer Kette eine kleine rosa Tasche. Ihre ganze Aufmachung ist völlig übertrieben, eine zuckersüße Femme fatale. Valentina versucht vergeblich, sie nicht anzustarren.

»Valentina«, sagt Kirsti, »ich möchte dir eine der anderen Künstlerinnen vorstellen, Anita Chappell. Anita, das ist Valentina Rosselli.«

Anita stakst zu ihr herüber und streckt ihr die Hand entgegen.

»Freut mich, Sie kennenzulernen«, sagt sie in perfektem

Englisch. Sie klingt nicht so, wie sie aussieht, wie eine Figur aus dem Hollywood der Fünfzigerjahre.

»Ich habe schon so viel von Ihnen gehört.« Anita klimpert mit ihren künstlichen Wimpern. »Ich liebe Ihre Bilder«, versichert sie Valentina.

»Danke«, murmelt diese und fragt sich, was Anita wohl für Bilder macht.

»Anita ist eine der bekanntesten Burlesque-Tänzerinnen in London«, erklärt Kirsti.

»Ich bin keine richtige Fotografin so wie Sie«, ergänzt Anita. »Ich spiele nur ein bisschen herum. Ich kann gar nicht glauben, dass meine Arbeiten ausgewählt worden sind.«

»Nun, auf deine Art bist du schließlich ein Star, nicht wahr, Anita? Natürlich wird man sich für deine Kunst interessieren, vor allem angesichts deines Erbes«, schmeichelt Kirsti der Blondine.

Was meint sie? Was ist das Erbe der Burlesque-Tänzerin?

»Mein Freund hat mich überredet, die Bilder einzusenden, vor allem die Videos«, sagt Anita.

»Ja, das sind ziemlich bemerkenswerte Aufnahmen«, pflichtet Kirsti ihr bei. »Sie sind nicht nur historisch interessant, sondern auch unglaublich erotisch.«

Anita wendet sich an Valentina.

»Mein Großvater war ein Kunsthändler«, erklärt sie, »der sich auf erotische Kunst spezialisiert hatte. Zu seinem Bestand gehörten einige Erotikfilme, die in den späten Vierzigern in Paris entstanden sind. Die habe ich zu einem Kunstwerk zusammengestellt.«

»Es ist wirklich beeindruckend«, bestätigt Kirsti. »Wir haben es noch nicht aufgebaut, aber vielleicht möchten Sie gern einen Blick auf Anitas Fotos werfen?«

»Ich wäre begeistert, Ihre Meinung zu hören«, bekräftigt Anita. »Ich bewundere Ihre Arbeit.«

»Klar.« Valentina nickt und fühlt sich etwas überrumpelt von den beiden Frauen. Anita führt sie an das andere Ende der Galerie zu dem langen Arbeitstisch, auf dem die gerahmten Fotografien ausliegen.

»Wir gehen sie gerade durch und überlegen, wo wir sie hinhängen«, erklärt Kirsti.

Valentina betrachtet Anitas Bilder. Es sind allesamt Selbstporträts, und Valentina ist zugegebenermaßen beeindruckt. Auf der ersten Aufnahme liegt Anita in einem lilafarbenen Kostüm auf der Seite und trägt schenkelhohe schwarze Schnürstiefel mit schwarzen Spitzenstrümpfen. Die blonden Haare sind offen, die Lippen passend zum Kostüm lila geschminkt. Lediglich an ihrem Po ist ein Stück nackte Haut zu sehen. Das zweite Foto zeigt Anita ganz in Schwarz in einer Nahaufnahme, wie sie mit der Kamera in der Hand und einem orientalischen Sonnenschirm vor dem Gesicht in den Spiegel blickt. Nur ihre Brustspitzen sind zu erkennen, denn die harten Nippel schieben sich durch die Schlitze eines SM-Kostüms aus Latex. Das dritte Bild ist eine Ganzkörperaufnahme von Anita. Ihre Füße stecken in blauen Pantoffeln mit schmalen geschwungenen Absätzen. Sie stemmt sich mit den Sohlen gegen den Spiegel und beugt die Beine, sodass der Rest ihres nackten Körpers im Spiegel zu sehen ist: ihre nackten Brüste, die geschürzten Lippen. Bei der Aufnahme schließt sie das linke Auge. Obwohl sie die Beine gehoben hat, ist ihre Scham nicht zu sehen, weil über ihrem Schritt ein lilafarbener Chiffonschal liegt.

»Das ist mein Lieblingsbild«, sagt Anita, als Valentina es in die Hand nimmt, um es genauer zu betrachten. »Ich glaube, es ist etwas raffinierter als die anderen.«

Die letzten drei Bilder sind noch plastischer. Eines zeigt Anitas nackten Körper, der von drei Bogenleuchten erhellt wird, die im Dreieck um sie herumstehen. Sie kniet und dreht die Kamera zu sich, um ein Bild zu machen. Ihre Haare fallen wie ein blonder Schleier über ihr Gesicht, dennoch erkennt man ihre leicht geöffneten Lippen und die geschlossenen Augen.

Auf einer anderen Schwarzweißkomposition liegt sie mit dem Rücken auf schwarzer Seide, blickt hinauf in den Spiegel, verschränkt die in Netzstrümpfen steckenden Beine und zeigt nur ihre geöffneten Schamlippen.

»Ach, das ist mein Lieblingsbild«, sagt Kirsti und nimmt zu Valentinas Überraschung den letzten Abzug in die Hand. Offensichtlich ist die Amerikanerin weniger prüde, als sie aussieht. Das Bild als provokant zu bezeichnen wäre noch untertrieben. Wieder liegt Anita auf dem Rücken und streckt die Beine gerade nach oben in die Luft. Sie stecken in hellen Strümpfen, die fast die Farbe ihrer Haut haben. Ihr Hinterteil ist dem Spiegel zugewandt. Sie ist vollkommen nackt, starrt in den Spiegel und beobachtet mit der Kamera in der linken Hand den Betrachter, während sie sich diesem freizügig darbietet.

»Sie sind großartig«, stellt Valentina fest und meint es ernst.

Anita wirkt ehrlich geschmeichelt.

»Wirklich? Das bedeutet mir sehr viel«, antwortet sie.

»Nun, ich bin keine erfahrene Erotikfotografin.«

»Aber Sie stammen aus einer so berühmten Familie. Ich meine, Ihre Mutter ist eine Ikone!«

Als Anita Tina Rosselli erwähnt, versteift sich Valentina.

»Ich glaube, wir sollten eine Flasche Champagner aufmachen, Ladys«, sagt Kirsti mit geröteten Wangen. »Ich könnte etwas Unterstützung beim Hängen der Bilder gebrauchen. Hast du Zeit, Anita?«

»Nun, ich trete heute Abend auf«, erwidert diese. »Aber erst ziemlich spät. Außerdem ist es nur die Straße hinunter. Ich kann meinen Freund anrufen, dass er mich abholt.«

»Toll. Was meinen Sie, Valentina, haben Sie etwas Zeit?«

Während sie spricht, hält Kirsti noch immer das Nacktfoto von Anita in der Hand. Die nackten Beine der Burlesque-Tänzerin schimmern im Licht des Scheinwerfers hinter ihnen.

»Klar«, hört sie sich sagen. »Ich habe nichts vor.«

Sie ist sicher, dass Antonella und Isabella den Abend über trinken und in Erinnerungen schwelgen. Valentina ist froh, dem entgehen zu können. Sie will nicht hören, wie Isabella davon schwärmt, wie viel Spaß sie und Valentinas Mutter in den Sechziger- und Siebzigerjahren zusammen hatten.

Zwei Stunden später haben sie alle Bilder gut gehängt. Das hofft Valentina zumindest, denn vermutlich sind sie schon zu betrunken, um das wirklich beurteilen zu können. Überraschenderweise scheint Anita von ihnen diejenige zu sein, die sich am besten im Griff hat. Sie liegen ausgestreckt auf dem Fußboden der Galerie. Kirstis Etuikleid ist bis zu ihren Hüften nach oben gerutscht. Sie lächelt träge und trinkt einen weiteren Schluck Champagner. Es ist bereits die dritte Flasche, die sie zusammen leeren.

»Das ist die Erfüllung meines Jugendtraums«, schwärmt sie. »Champagner mit zwei der erotischsten Frauen zu trinken, die mir je begegnet sind.«

Anitas und Valentinas Blicke treffen sich. Valentina fühlte sich bislang nicht vom Femme-fatale-Look angezogen, aber Anita hat etwas Süßes und Verführerisches.

»Sag mal, Valentina«, sagt Kirsti, »trägst du etwas unter diesem Kleid? Es ist so extrem figurbetont.«

Sie streckt die Hand aus, schiebt sie in den Schlitz an Valentinas Bein und lässt sie über ihre nackte Haut nach oben gleiten.

»Nein«, antwortet Valentina fest und fragt sich, ob es wohl unhöflich wäre, Kirstis Hand wegzuschieben. »Darunter kann man nichts tragen, es ist einfach zu eng. Es zeichnet sich alles ab.«

»Das sieht man«, grinst Anita. »Es gefällt mir. Diese schwarzweißen Streifen sind echt gewagt, es erinnert mich an die Sechzigerjahre, an Freiheit. Ich bin in meiner Kleidung immer ziemlich eingeschnürt«, fügt sie hinzu. »Und was ist mit dir, Kirsti, trägst du Unterwäsche?« Anita kichert.

Kirsti fängt an zu lachen, nimmt die Hand von Valentinas Bein und zieht plötzlich ihr Kleid hoch. Valentina sieht, dass sie komplett rasiert ist, ihre Haut ist hell und weich. Das passt nicht zu ihren langen dunklen Haaren. Mit schmalen eleganten Fingern zieht Kirsti ihren winzigen Tanga aus.

»Jetzt nicht mehr, Herzchen«, sagt sie gedehnt.

»Oh, was bist du ungezogen«, spottet Anita.

»Tanzt du für uns, Anita?«, bittet Kirsti. »Nur eine kleine Privatvorstellung für Valentina und mich?«

»Ich habe keine Musik.« Anita schürzt die Lippen.

»Kannst du die dir nicht vorstellen? Wir können das, oder?« Kirsti sieht mit einem anzüglichen Lächeln zu Valentina.

»Ich muss jetzt gehen«, erklärt diese zögernd.

»Ach, nein, bitte«, fleht Kirsti. »Du musst Anitas Vorstellung sehen.«

Anita leert ihr Champagnerglas.

»Nun, gut, aber ohne Musik ist es nicht echt.«

Valentina bleibt liegen. Irgendwie will sie Anita nicht kränken.

Anita steht auf, zieht ihre Pumps wieder an, nimmt einen Stuhl und stellt ihn vor die beiden Frauen. Sie geht durch die Galerie und schaltet alle Lichter aus, bis nur noch ein Scheinwerfer brennt und den Stuhl beleuchtet. Sie tritt in den Lichtkegel, und ihre blonden Haare umgeben sie wie ein Glorienschein, ihre weiße Haut schimmert perlmuttfarben, die roten Lippen sind geschürzt. Sie schwingt die Hüften, dreht sich auf dem Absatz um und streckt ihnen den Po entgegen.

Legt sie tatsächlich einen Strip hin? Es kommt Valentina lächerlich und altmodisch vor, doch sie spürt, dass Kirsti, die neben ihr auf dem Boden liegt, die Vorstellung ganz offensichtlich genießt. Sie sieht zu ihr hinüber und bemerkt, dass Kirsti in der Dunkelheit der Galerie die Hände zwischen die Beine geschoben hat. Valentina stellt sich vor, dass ihre Lippen in freudiger Erwartung geöffnet sind.

Langsam streift Anita die Handschuhe ab, dann öffnet sie den Reißverschluss an ihrem Rock und lässt ihn hüftenschwingend nach unten gleiten. Valentina muss zugeben, dass das sexy aussieht. Ganz langsam zieht Anita sich weiter aus, knöpft ihre kleine rosafarbene Jacke auf, streift sie ab und wirft sie durch den Raum. Jetzt steht sie in einem winzigen paillettenbesticken Tanga, in Strümpfen, Strapsen und einer Korsage vor ihnen. Sie öffnet die Bänder der Korsage, lässt sie nach unten fallen und bringt einen verzierten BH zum Vorschein. Anita hat einen wunderschönen Körper. Eine natürlich schmale Taille, einen kleinen festen Po, nicht zu groß, wie der Valentinas, und dralle Brüste. Valentina spürt, dass sie der Anblick dieser schönen Frau unwillkürlich erregt. Anita streift ihre Schuhe von sich und lächelt unaufhörlich Kirsti an. Sie hebt ein Bein, stellt den Fuß auf den Stuhl und streift den Strumpf nach unten, wobei sie ihren Po rhythmisch kreisen lässt. Dann dreht sie sich um, setzt sich auf den Stuhl, hebt das andere Bein in die Luft und zieht langsam den zweiten Strumpf aus. Valentina hört, wie sich Kirstis Atem beschleunigt. Sie blickt zu der Amerikanerin hinüber, kann in dem dämmerigen Raum aber nicht viel erkennen. Die Situation ist vollkommen surreal. Als Valentina heute Nachmittag hergekommen ist, hat sie ganz sicher nicht damit gerechnet, der Galeriebesitzerin dabei zuzusehen, wie sie sich bei einer Stripteasevorstellung selbst befriedigt.

In ihrem Kopf hört sie Thomas' Stimme. *Willkommen in London, Valentina.* Er hat sie ermutigt, ihre Hemmungen zu überwinden und sich zu amüsieren. Sie ist ebenfalls erregt, obwohl sie keine Lust verspürt, mit einer der anderen Frauen zu schlafen. Sie sehnt sich danach, von einem Mann berührt zu werden, von ihrem Mann. Ohne nachzudenken schiebt sie ihre Hand durch den Schlitz in ihrem Rock und streichelt sich. Nun bebt sie vor Erregung. Sie ist so überdreht. All die Aufregung, die Reise, die Ausstellung, Thomas …

Anita löst die Strapse und ist nun fast nackt, dann führt sie die Hand zu ihrem Rücken, öffnet den Verschluss ihres BHs und entblößt ihre Brüste. Nur ihre Nippel sind noch von kleinen paillettenbesetzten Quasten bedeckt. Sie hebt die Beine in die Luft und neigt sich auf dem Stuhl nach hinten. Da hört Valentina, wie Kirsti keuchend zum Höhepunkt kommt.

Valentina zieht vorsichtig ihre Hand aus ihrem Schritt. Sie ist kurz davor zu kommen, aber nachdem Anita ihre Vorstellung beendet und Kirsti offensichtlich Befriedigung gefunden hat, will sie sich nicht mehr streicheln. Sie wartet in der Dunkelheit der Galerie, dass eine der anderen Frauen etwas sagt. Anita setzt sich auf und zieht ihren BH an. Sie wirkt jetzt ganz geschäftsmäßig. Valentina hört, wie Kirsti neben ihr noch immer heftig atmet. Ob sie sich jetzt schämt oder noch zu betrunken ist? Ein Mobiltelefon klingelt. Anita stakst zu ihrer kleinen rosa Tasche. Sie ist noch immer halb nackt und trägt nur Strümpfe und Schuhe sowie Unterwäsche.

»Hallo Liebling, bist du draußen? Okay, wir lassen dich rein.«

Anita schaltet das Licht an und wendet sich an Kirsti.

»Das ist mein Freund. Kannst du ihm aufmachen?«

Kirsti steht auf, streicht ihr Etuikleid glatt und hebt ihren Tanga auf. Sie wirkt beherrscht, als sei nichts Ungewöhnliches vorgefallen. Sie verlässt den Galerieraum, und Valentina hört, wie die Tür im Empfangsbereich geöffnet wird und eine tiefe Männerstimme ertönt.

»Nun, wie hat dir meine Vorstellung gefallen?«, erkundigt sich Anita ernst bei Valentina, während sie den Reißverschluss ihres Rocks nach oben zieht.

»Ich muss ehrlich sagen, dass du sehr sexy warst.«

Anita wirkt zufrieden.

»Danke.« Während sie ihre kleine rosa Jacke zuknöpft, deutet sie mit dem Kopf zur Tür.

»Arme Kirsti, sie will immer, dass ich eine Vorstellung für sie gebe. Ich sage ihr ständig, dass sie sich eine Freundin suchen muss.«

»Ich glaube, sie schwärmt für dich«, sagt Valentina.

Anita schüttelt den Kopf. »Nun, da wird sie kein Glück haben. Ich fürchte, sie ist nicht mein Typ.« Sie wirft Valentina einen koketten Blick zu. »Außerdem bin ich zurzeit nicht offen. Ich habe gerade jemand kennengelernt.«

Erwartungsvoll blickt Anita an Valentina vorbei zum Eingang der Galerie. Valentina hört das Klappern von Kirstis Absätzen auf dem Holzboden, dann erkennt sie an Anitas warmem Gesichtsausdruck, dass ihr Freund hereingekommen ist.

»Wenn man vom Teufel spricht!«, ruft Anita freudestrahlend.

Wie wohl der Freund der beeindruckenden Tänzerin aussieht? Neugierig dreht Valentina sich um. Und plötzlich hat sie das Gefühl, ihr werde der Boden unter den Füßen weggezogen. Die Galerie schwankt, und der Champagner bewirkt, dass sie leicht nach vorne taumelt. Vor ihr steht, genauso fassungslos wie sie, niemand anders als Thomas.

Maria

Maria hat Joan verloren. Normalerweise bleiben sie beieinander. Seit über einem Monat gehen sie im Schnitt zwei- bis dreimal pro Woche zusammen aus, um sich neue Musik aus den Staaten anzuhören und zu tanzen. Maria sieht sich in dem vollen Club um. In der Dunkelheit ist es schwierig, jemanden zu erkennen, die Luft hängt voll Zigarettenqualm. Nur die Band ist zu sehen. Maria beobachtet, wie der Trompetenspieler sich zurücklehnt, sein glänzendes Instrument zur Decke hebt und den Ton herausstößt. Das ist eine neue Art von Jazz, drängend und wild. Er beschleunigt ihren Puls, und trotz ihrer Sorge wippt sie unwillkürlich mit den Hüften. Trotzdem muss sie sofort Joan finden. Es ist Zeit, nach Hause zu gehen. Sie haben morgen früh Unterricht, und es ist schon nach Mitternacht.

Sie schlängelt sich durch die Menge. Die Männer mustern sie, und ein oder zwei versuchen, sie aufzuhalten, und sprechen sie an.

»Alles klar, Schönheit?«

»Suchst du mich, Schätzchen?«

Aber die meisten Männer lauschen versunken der Musik, als seien sie in Trance.

Erleichtert entdeckt Maria ihre neue Freundin an einem Tisch in der Ecke. Warum hat sie sich einfach umgesetzt, ohne ihr etwas zu sagen? Sie ist in Gesellschaft von zwei Männern. Der eine sitzt neben Joan und hat den Arm um ihre Schultern gelegt, der andere sitzt mit dem Rücken zu Maria. Maria wird schwer ums Herz. Das ist das Letzte, worauf sie jetzt Lust hat. Bislang war es ein schöner Abend gewesen. Erst waren sie im *Astoria* zum Tanzen gewesen, und dann sind sie hier in diesen kleinen Club nach Soho gekommen, um die Musik zu hören, von der Joan behauptet, sie erinnere sie an ihren amerikanischen Liebhaber Stan. Aber jetzt ist Maria müde und will nach Hause ins Bett. Sie hat Jacqueline versprochen, vor Mitternacht zurück zu sein. Sie ist bereits zu spät. Die von ihr nicht gewollte Aufmerksamkeit eines Mannes abzuwehren ist das Letzte, wonach ihr ist. Als sie auf den Tisch zugeht, winkt Joan ihr zu.

»Da bist du ja«, sagt Joan mit süßem Lächeln. »Wo warst du?«

»Du hast den Tisch gewechselt«, antwortet Maria und setzt sich in den Stuhl neben einen der fremden Männer.

»Ach, ja, tut mir leid.« Joan kichert. »Ralph hier wollte, dass wir uns zu ihnen setzen. Du hast doch nichts dagegen, oder? Sie haben dir ein Getränk ausgegeben.«

Joan deutet mit dem Kopf auf ihren Begleiter. Maria muss zugeben, dass er sehr attraktiv ist. Er hat schwarze Haare, einen gepflegten Schnauzbart und perfekt geformte Brauen. Er sieht aus wie ein russischer Aristokrat. Allerdings ist er schon ziemlich betrunken und nimmt Marias Gegenwart kaum wahr. Dann flüstert er Joan etwas ins Ohr, woraufhin diese noch stärker kichert. Maria sitzt aufrecht auf ihrem Stuhl und wagt es nicht, den Mann neben sich anzusehen. Schließlich hustet er und zwingt sie, ihn zu beachten.

»Freut mich, Sie kennenzulernen, Maria. Ich heiße Douglas.«

Er sieht typisch englisch aus, blasse Haut mit Sommersprossen, sandfarbene Haare und wasserblaue Augen. Sie schüttelt seine schlaffe Hand, dann trinkt sie einen Schluck von dem spendierten Drink. Er steigt ihr in die Nase und spritzt heraus.

»Alles in Ordnung?«, fragt Douglas.

»Ja, alles okay«, erwidert Maria. »Ich weiß nur nicht, was ich da trinke.«

»Gin Tonic.« Douglas holt seine Zigaretten heraus und bietet ihr eine an. »Trinken die Mädchen das nicht alle heutzutage?«

»Ich trinke immer nur Wein.«

»Verstehe. Sie sehen aus, als kämen Sie vom Kontinent. Woher stammen Sie?«

»Aus Italien.«

Einen Augenblick scheint Douglas sich unwohl zu fühlen.

»Ich wünschte, Sie hätten gesagt, dass Sie Französin oder Spanierin sind«, gesteht er schließlich.

»Warum?«

»Weil ich im Krieg in Abessinien gegen die Italiener gekämpft habe.« Douglas schüttelt den Kopf und sieht nach oben zu der Band, die gerade eine neue Nummer anspielt. Maria ist sprachlos. Jetzt fühlt sie sich noch unwohler. Vielleicht kann sie einfach nach Hause gehen. Wäre es in Ordnung, Joan allein zu lassen? Maria blickt zu ihrer Freundin. Sie ist ziemlich betrunken. Da sieht Maria, wie Ralph seine Hand unter Joans Rock gleiten lässt. Das reicht. Maria muss sie hier hinausschaffen, bevor etwas passiert.

Abrupt steht sie auf und greift Joans Hand.

»Lass uns gehen. Es ist schon spät.«

Joan sieht sie mit gerunzelter Stirn an.

»Ich will nicht gehen«, sagt sie und zieht ihre Hand zurück. »Gerade fängt es an, lustig zu werden.«

»Ich glaube, wir müssen gehen. Wir haben morgen früh Unterricht.«

»Was studiert ihr denn, Mädchen?«, fragt Ralph gedehnt.

»Wir sind Tanzstudenten, Schätzchen.« Joan streicht mit dem Finger über seine Wange.

»Oh, Tänzerinnen, das erklärt alles.« Ralph lacht und blickt mit schmalen Augen zu Maria. Er gibt ihr das Gefühl, eine gewöhnliche Nutte zu sein. Wie kann er es wagen?

»Joan«, sagt sie fest. »Ich gehe jetzt, und ich glaube, du solltest mitkommen.«

Joan winkt ab.

»Keine Sorge, Herzchen. Mir geht's gut. Wirklich. Ich bin eine Frau von Welt.«

Mehr kann Maria nicht ausrichten. Schnell verlässt sie den Club. Sie ist wütend auf ihre neue Freundin, weil sie so betrunken ist und sich so dumm benimmt. Auf Ralph ist sie auch wütend, weil er so schlecht über sie denkt. Sie ist jedoch auch enttäuscht. Sie kann nicht verhindern, dass Joan sich danebenbenimmt, und irgendwie kommt sie sich ein bisschen albern vor. Wie ein Spielverderber. Sie tritt hinaus auf die kühle Straße und atmet tief die frische Luft ein. Gott, war das da drinnen verraucht.

»Darf ich Sie nach Hause bringen?«

Überrascht dreht sie sich um. Hinter ihr steht Douglas mit ihrer Abendtasche in der Hand. Sie hatte es so eilig, den Club zu verlassen, dass sie sie am Tisch vergessen hat.

»Oh, danke«, antwortet sie, während sie ihm die Tasche abnimmt und sie sich unter den Arm klemmt. Obwohl die Nacht warm ist, erzittert Maria, als er sie aus seinen wässrigen blauen Augen anstarrt.

»Ich kann zu Fuß gehen«, sagt sie.

»Unsinn, ich bin erst glücklich, wenn ich Sie sicher zu Hause weiß«, entgegnet Douglas. »Mein Wagen steht direkt um die Ecke.«

Während Douglas die Pall Mall hinunter und am Buckingham-Palast vorbeifährt, krallt Maria im Schoß die Hände zusammen und versucht, die Angst um Joan zu verdrängen.

»Kennen Sie Ralph gut?«, fragt sie. Er blickt zu ihr hinüber und betrachtet sie gelassen.

»Oh, ja, wir haben zusammen in Afrika gedient«, erklärt Douglas. »Ich versichere Ihnen, dass er ein Gentleman ist.«

Da ist sich Maria nicht so sicher. Sie sieht noch vor sich, wie Ralph seine Hand unter Joans Rock gleiten ließ, und erinnert sich an den betrunkenen Schimmer in den Augen ihrer Freundin. Sie hätte sie nicht zurücklassen dürfen.

»Vielleicht sollten wir zurückfahren und Joan holen?«, wagt sie einen Vorstoß.

Douglas legt eine Hand auf ihr Knie, woraufhin sie zusammenzuckt, als habe er sie verbrannt.

»Ich glaube wirklich, dass Ihre Freundin auf sich selbst aufpassen kann. Sie ist nicht unerfahren ...«, er zögert, »so wie Sie.«

Maria blickt zu Douglas, aber er starrt mit neutraler Miene durch die Windschutzscheibe auf die Straße. Sie wendet sich ab und verändert ihre Haltung, sodass seine Hand von ihrem Knie rutscht. Während sie durch die absolute Dunkelheit des nächtlichen Nachkriegslondons an der Victoria Station vorbeirasen, wünscht Maria, sie wäre schon zu Hause bei Jacqueline.

Als sie ihre kleine Straße erreichen, besteht Douglas darauf zu parken. Er steigt aus, geht um den Wagen herum und öffnet die Beifahrertür für sie. Da sie nicht seine Hand nehmen will, steigt sie ziemlich ungeschickt aus.

»Danke«, sagt sie, während sie zum obersten Stockwerk des Hauses hinaufblickt. Die Vorhänge an Jacquelines Zimmerfenster sind zugezogen, dahinter brennt kein Licht. Ihre Mentorin schläft.

Maria wartet, dass er wieder ins Auto steigt, aber Douglas steht noch immer in der verlassenen Straße.

»Nun, dann gute Nacht«, sagt Maria und sucht in ihrer Tasche nach dem Haustürschlüssel.

»Darf ich Sie zum Abendessen einladen?«, fragt Douglas plötzlich. »Samstagabend?«

»Oh«, stottert sie. »Tut mir leid, aber am Samstag habe ich keine Zeit.«

Etwas an der Art, wie der junge Mann sie ansieht, dieses Funkeln in den hellen Augen, beunruhigt sie. Sie kann sich kaum etwas Schlimmeres vorstellen, als mit ihm auszugehen.

»Nun, wie wäre es dann am Sonntag?«, fragt er.

»Ich kann nicht. Tut mir leid.« Sie schüttelt den Kopf.

»Montag?«

Jetzt bleibt ihr nichts anderes übrig, als direkt zu sein.

»Nein, tut mir leid. Ich bin sehr mit meinem Tanzstudium beschäftigt.«

»Haben Sie nein gesagt?« Seiner eisigen Stimme ist die Beleidigung anzuhören.

Douglas hält sie am Arm zurück, zwingt sie, sich umzudrehen und ihm ins Gesicht zu sehen.

»Wie wäre es dann mit einem Gutenachtkuss?« Er hat den Mund zu einer Grimasse verzogen und bleckt dabei wie ein wütender Hund die Zähne.

»Entschuldigen Sie mich.« Sie versucht, sich loszureißen. »Aber ich muss jetzt wirklich gehen. Gute Nacht«, sagt sie fest.

Aber anstatt sie loszulassen, verstärkt Douglas den Griff um ihren Arm und zieht sie an sich.

»Lassen Sie mich los.« Sie will losschreien, aber er presst eine Hand auf ihren Mund. Seine Haut schmeckt salzig. Ihre Lippen brennen. Sie wehrt sich und versucht, sich loszumachen, aber er schiebt sie den Eingangsweg hinunter und am Haus entlang in die kleine Gasse auf der Rückseite. Jacqueline ist so nah, Hilfe ist so nah, aber sie kann nicht schreien. In der pechschwarzen Nacht kämpft sie gegen diesen fremden Mann, der so viel stärker ist als sie. Er stößt sie rücklings gegen die Backsteinmauer. Sie fühlt die rauen Steine an ihrem Hinterkopf. Er bedrängt sie mit seinem Körper, und sie spürt seine Erregung an ihrem Bauch. Ihr wird übel. Sie versucht, seine Hand von ihrem Mund zu stemmen, um zu schreien, aber er klemmt mit seinem Körper ihre Arme ein. Dann nimmt er die Hand von ihrem Mund, presst stattdessen seine Lippen auf ihre und drängt seine Zunge in ihren Mund. Sein Atem riecht intensiv nach Alkohol, und sie hat das Gefühl, sich gleich übergeben zu müssen. Sie bekommt kaum Luft. Sie spürt, wie er ihren Mantel öffnet und ihr Kleid nach oben zieht. Oh Gott. Nicht so. Bitte, betet sie im Stillen. Sie denkt an ihre Mutter und Pina und was sie mit diesem Mann tun würden, wenn sie wüssten, dass er ihre geliebte Maria überfällt. Sie wünscht sich so sehr, dass ihr Vater sie beschützen würde. Irgendjemand. Maria dreht den Kopf und beißt ihm so fest sie kann in die Zunge. Erschrocken zuckt Douglas zurück.

»Du italienische Hure«, zischt er und schlägt sie fest ins Gesicht. Mit einer Hand hält er ihren Rock oben fest, mit der anderen zieht er ihr Höschen nach unten.

»Ich werde dich heftig vögeln«, sagt er. »Ich werde dich zu Tode vögeln.«

Er lacht boshaft. Aber jetzt hat sie eine Chance, ihr Mund ist frei, und sie ruft, so laut sie kann:

»Jacqueline! Hilfe! Hilfe!«

Erneut presst Douglas ihr die Hand auf den Mund, damit sie still ist.

»Hier hilft dir niemand«, flüstert er ihr ins Ohr. »Du wirst für deine Landsmänner und das, was sie mir angetan haben, bezahlen.«

Ihr Höschen hängt um ihre Knöchel, und entsetzt bemerkt sie, dass er seinen Gürtel öffnet und die Hosen fallen lässt. Sie sieht seinen Penis, den ersten Penis in ihrem Leben überhaupt. Mit diesem steifen rosa Ding wird er ihr wehtun. Sie zittert bei der Vorstellung, dass er damit in sie eindringt und sie spaltet. Sie versucht, die Beine zusammenzupressen, aber er drängt ihre Schenkel auseinander und bohrt dabei seine Fingernägel in ihr Fleisch. Sie schließt die Augen, denn ihr ist klar, dass sie jetzt nichts mehr tun kann, um das Geschehen aufzuhalten. Er ist zu stark für sie. Besser, sie blendet es einfach aus und wartet, bis es vorüber ist. Sie sollte lieber beten, dass er sie hinterher nicht noch stärker verletzt.

Dann geht alles ganz schnell. Im einen Augenblick presst sich Douglas noch gegen sie, drängt ihre Beine auseinander, schiebt seinen Penis zwischen ihre Schenkel und ist kurz davor, in sie einzudringen, und im nächsten Augenblick reißt ihn plötzlich jemand zurück. Sie öffnet die Augen und ringt erschrocken und erleichtert zugleich um Atem, als sie sieht, wie ein anderer Mann Douglas ins Gesicht schlägt, woraufhin dieser zu Boden geht. Immer wieder tritt ihr Retter auf ihn ein. Douglas stöhnt und fleht, aber der Fremde kennt keine Gnade. Maria ist paralysiert. Unkontrolliert zitternd sinkt sie auf den Boden. Sie sieht zu, wie der Fremde Douglas bewusstlos tritt.

»Halt«, krächzt sie. »Sie werden ihn umbringen.«

Sie schließt fest die Augen und befeuchtet ihre Lippen.

Dann legt ihr jemand eine Hand auf die Schulter. Als sie die Augen öffnet, hockt der Fremde vor ihr.

»Sind Sie in Ordnung?«, fragt er mit starkem Akzent.

Er ist so dicht vor ihr, dass sie trotz der Dunkelheit sein Gesicht erkennen kann. Und was sie sieht, beeindruckt sie. Der Mann ist so schön, dass sie trotz des eben überstandenen Überfalls unter seinem Blick dahinschmilzt. Sie nickt sprachlos.

»Erlauben Sie, dass ich Ihnen helfe.«

Er steht auf, reicht ihr seine warme kräftige Hand, und Maria greift zu, dann hilft er ihr auf. Ihre Kleider sind noch nach oben geschoben. Maria zieht Kleid und Mantel nach unten und blickt zu dem niedergestreckten Douglas hinüber.

»Ist er tot?«, fragt sie heiser.

»Nein, nein. Ich hätte ihn zwar gern getötet, aber Abschaum wie der ist den Ärger nicht wert. Ich glaube, wenn er aufwacht, kriecht er zurück in das Loch, aus dem er kommt. Machen Sie sich seinetwegen keine Sorgen.«

»Aber er weiß, wo ich wohne.« Sie hebt eine Hand und hält sich die Wange, die von Douglas' Ohrfeige brennt.

»Sie wohnen hier? In diesem Haus?«, fragt der Mann.

»Ja.«

»Nun, ich auch«, erklärt er zu ihrer großen Überraschung. »Dann haben Sie nichts zu befürchten. Er wird nicht mehr herkommen.«

Zitternd beginnt sie durch die Gasse zurückzugehen. Sie will jetzt nur noch ins Haus, sich in ihrem winzigen Schrankzimmer auf die Matratze legen und wieder normal durchatmen. Sie fühlt sich wackelig, als wate sie durch Schlamm, als gebe der Boden unter ihr nach.

»Ich helfe Ihnen. Sie haben einen Schock«, sagt der Fremde und hakt sich ganz einfach bei ihr unter.

»Und das hier ist Ihres«, fährt er fort und holt etwas aus der Tasche. Er reicht ihr das zerrissene Höschen. Sie schluckt beschämt, und bevor sie es verhindern kann, strömen ihr die Tränen über das Gesicht.

»Es ist gut«, sagt der Fremde sanft, führt sie aus der Gasse und um das Haus herum zum Eingang.

»Jetzt sind Sie sicher.«

Sie steigen die Treppen zum Eingang hinauf, ihr Retter holt den Schlüssel aus seiner Tasche und schließt die Tür auf. Sie betreten den Flur mit der flackernden Glühbirne.

»Sie zittern noch immer«, stellt der Fremde fest. »Möchten Sie einen Brandy? Ich habe etwas Cognac in meinem Zimmer.«

»Nein, danke. Ich will nur in mein Bett«, flüstert sie. »Ich will vergessen, was geschehen ist.«

Sie gehen die Treppe hinauf. In der zweiten Etage zögert sie. Er ist noch immer hinter ihr. Sie dreht sich zu ihm um. In dem elektrischen Licht kann sie ihn jetzt noch deutlicher sehen. Er ist älter, als sie anfangs gedacht hat, aber noch immer überaus attraktiv: groß und kräftig, mit schwarzen, grau melierten Haaren und eindrucksvollen Espressoaugen.

»Bitte erzählen Sie niemandem etwas davon«, sagt sie, senkt den Blick und errötet.

»Wollen Sie nicht Mademoiselle Mournier informieren?«

Maria schüttelt den Kopf. Irgendwie hat sie das Gefühl, durch ihre Naivität mit schuld an dem Vorfall zu sein. Sie will nicht, dass Jacqueline sie deshalb nicht mehr ausgehen lässt oder, noch schlimmer, es ihrer Mutter und Pina erzählt.

»Nun gut«, willigt der Fremde ein. Und dann tut er etwas

Überraschendes. Obwohl sie sich bereits im Haus befinden, knöpft er ihr den Mantel bis oben hin zu und schlägt den Kragen hoch, um ihren Hals zu schützen. Dann holt er ein Tuch aus der Tasche und trocknet damit ihre Augen.

»Ich glaube, Sie sollten auf sich aufpassen, Maria«, sagt er und zerknittert das Taschentuch in der Hand.

Sie blickt ihn verwundert an. Noch nie ist ihr ein so ritterlicher Mann begegnet.

»Sie kennen meinen Vornamen?«

»Natürlich kenne ich Ihren Namen! Wir sind schließlich Nachbarn.« Er lächelt sie an. Als Maria die Lachfalten um seine Augen bemerkt, gerät ihr Herz in Aufruhr. Wie alt ist er? Dreißig oder sogar noch älter? Obwohl sie gerade erst überfallen worden ist, fühlt sie sich stark zu ihm hingezogen.

»Ich bin Felix Leduc«, stellt er sich vor.

Das ist also der rätselhafte Franzose, von dem Guido ihr erzählt hat. Da sie ihn seit ihrer Ankunft weder gehört noch gesehen hat, hat sie ganz vergessen, dass er existiert.

»Gute Nacht, Maria«, sagt er und wartet, dass sie die Treppen zur obersten Etage und zu Jacquelines Wohnung hinaufsteigt.

»Gute Nacht und danke, Felix.« Sein Name fühlt sich seltsam plastisch in ihrem Mund an. Als sie die Treppe hinaufgeht, spürt sie seinen Blick in ihrem Rücken, aber aus Angst, dass er in ihren Augen die Wahrheit liest, dreht sie sich nicht noch einmal zu ihm um. Denn Maria ist ziemlich sicher, dass sie soeben ihrem Traummann begegnet ist.

Valentina

Valentina dreht sich von einer Seite auf die andere. Sie kann einfach nicht schlafen. Schließlich setzt sie sich auf und schaltet die Nachttischlampe an. Antonella, die im anderen Bett liegt, schläft tief und fest. Soll sie ihre Freundin wecken und ihr von Thomas erzählen? Aber vermutlich ist Antonella noch betrunken. Als Valentina gestern Abend nach Hause gekommen ist, hatte Antonella gerade eine dramatische Auseinandersetzung mit Isabella. Es ging um ihren Vater und ob er ein so großer Mistkerl war, wie Antonella behauptet. Vom Alkohol angeheizt, tobten und beschimpften die Frauen einander auf Italienisch. Schließlich klopfte ein Nachbar an die Wand und brachte sie zum Schweigen. Valentina hatte den beiden dann gut zugeredet, ins Bett zu gehen und darüber zu schlafen. Schließlich hatte der Abend damit geendet, dass Tante und Nichte sich tränenreich in die Arme fielen und sich gegenseitig ihrer Loyalität und Liebe versicherten. Antonella wäre gar nicht begeistert, wenn sie sie jetzt aus dem Schlaf risse. Außerdem war Antonella noch nie ein Fan von Thomas. Wenn Valentina ihr erzählte, dass er eine neue Freundin hatte, würde sie mit Sicherheit raten, ihn zu vergessen.

Valentina weiß, dass sie das tun sollte, aber sie kann nicht.

Ihn nach all den Monaten wiederzusehen hatte Valentina trotz der Umstände völlig aus der Fassung gebracht. Sie war unfähig gewesen, etwas zu sagen, es hatte ihr buchstäblich die

Sprache verschlagen. Ungläubig hatte sie zugesehen, wie Anita auf ihren hohen Absätzen zu Thomas gestöckelt war, ihn umarmt und auf die Lippen geküsst hatte. Thomas hatte ebenso wie Valentina geschwiegen. Er hatte nicht gelächelt und sie nur mit durchdringendem Blick angesehen.

»Thomas«, sagte Anita, »ich möchte dir meine neue Freundin Valentina vorstellen.«

»Wir kennen uns bereits«, erklärte Thomas steif.

»Ach wirklich?« Anita blickte überrascht von einem zum anderen.

»Ja, ich habe sie kennengelernt, als ich in Mailand gelebt habe.« Er sah Valentina mit gerunzelter Stirn und fragendem Blick an.

»Ach, ist das nicht unglaublich?«, bemerkte Anita und küsste Thomas auf die Wange. Ihre spontane Zuneigungsbekundung schnürte Valentina das Herz zusammen.

»Vielleicht ist es kein so großer Zufall, wenn man überlegt, dass beide in Mailand gewohnt haben und im Kunstgeschäft tätig sind«, meinte Kirsti. Valentina bildete sich ein, eine gewisse Ironie aus ihren Worten herauszuhören, und fragte sich, warum.

»Dann weißt du also schon alles über Valentina, Liebling?« Anita wandte sich wieder an Thomas.

»Das würde ich ganz und gar nicht behaupten.« Thomas fühlte sich deutlich unwohl.

Es folgte eine unangenehme Stille, als ob Kirsti und Anita insgeheim ihre Schlüsse ziehen würden.

»Wie geht es dir, Valentina?«, fragte er leise, fast flüsternd.

Sie hatte wie angewurzelt dagestanden und ihren ehemaligen Geliebten mit zugeschnürter Kehle angesehen. Sie sehnte sich so sehr danach, ihn zu berühren.

»Gut.« Mehr brachte sie nicht heraus.

»Schön, dich wiederzusehen«, sagte er und zeigte plötzlich sein typisches Lächeln.

Jetzt gehen Valentina diese Worte nicht mehr aus dem Kopf. Schön, dich wiederzusehen. Meinte er das ernst? Obwohl er ganz offensichtlich nicht zu haben ist, empfindet sie genauso. Es war so schön, Thomas nach all diesen Monaten wiederzusehen und zu wissen, dass es ihm gut ging. Wenn er nur nicht mit Anita zusammen wäre. Aufgrund seiner Reaktion in der Galerie vermutet sie, dass er noch immer etwas für sie empfindet, oder hat sie sich nur eingebildet, dass er verwirrt gewesen war und die Begegnung ihn nicht kaltgelassen hatte? Doch selbst wenn er noch etwas für sie empfindet, muss sie ihn in Ruhe lassen. Er hat eine neue Freundin. Anita ist offensichtlich verrückt nach Thomas. Und es gehört zu Valentinas Prinzipien, sich nicht zwischen ein Paar zu drängen. Sie will Anita Thomas nicht wegnehmen. Das wäre falsch, und doch … Was, wenn er Valentina ebenso begehrt wie sie ihn? Was, wenn Anitas Gefühle einseitig sind? Es gibt nur einen Menschen, der ihr sagen kann, was sie tun soll, und der ist in Mailand. Sie blickt auf den Radiowecker. Es ist ein Uhr nachts, das heißt, in Mailand ist es zwei Uhr nachts. Besser, sie ruft Leonardo jetzt an als morgens, wenn er schläft. Sie schlägt die Decke zurück, steigt aus dem Bett, zieht ihren Seidenkimono über, lässt ihr Telefon in die Tasche gleiten und schleicht auf Zehenspitzen aus dem Schlafzimmer. Sie geht nach unten in Isabellas Wohnzimmer, einen vornehmen, in Creme gehaltenen Raum, mit einem Ausblick auf den gegenüberliegenden Park. Es ist eine stürmische Nacht. Während sie Leonardos Nummer wählt, winken ihr die Äste von der anderen Straßenseite aus zu, als wollten sie sie ermuntern.

»Valentina? Ist alles in Ordnung?«

»Nein, Leonardo, Gott sei Dank gehst du ran.«

Sie wünschte so sehr, dass Leonardo sich mit ihr auf das Sofa kuscheln könnte. Ihre Beziehung ist irgendwie intensiver geworden, eine echte Freundschaft. So wie mit Marco.

»Was ist los?«

Er klingt ehrlich beunruhigt.

»Es ist wegen Thomas.«

Leonardo schweigt einen Moment, bevor er fragt: »Hast du ihn angerufen?«

Leonardo klingt müde, irgendwie nicht wie sonst.

»Es tut mir leid, habe ich dich geweckt?«

Auf einmal überlegt Valentina, ob ihre Beziehung vielleicht doch ziemlich einseitig ist. Immer ruft *sie* Leonardo an und bittet ihn um Hilfe. Als sie darüber nachdenkt, fällt ihr auf, dass er sie nicht einmal angerufen und um Rat gebeten hat.

»Nein, alles okay«, sagt er zögerlich. »Hier ist nur einiges los. Das erkläre ich dir, wenn wir uns sehen. Erzähl du von Thomas.«

»Ich habe ihn heute gesehen, Leonardo. Es war ein absoluter Zufall. Er war in der Galerie, in der ich ausstelle.« Sie zögert, irgendwie will sie ihm noch nichts von Anita erzählen. »Es war wie ein K.-o.-Schlag. Wie in einem dieser albernen Hollywoodfilme. Als wäre ich buchstäblich vom Blitz getroffen worden. Ich war völlig schockiert, es war so schmerzhaft. Ach, Leo, ich bin so dumm gewesen.«

»Aber das ist doch gut, oder nicht? Jetzt weißt du sicher, was du empfindest. Jetzt kannst du es ihm sagen und ihn zurückerobern. Das wolltest du doch.«

»Aber es ist nicht so einfach, wie ich dachte.« Sie befeuchtet ihre Lippen. »Er hat eine Freundin.«

»Nein, Thomas doch nicht.« Leonardo klingt überrascht. »Vielleicht ist sie seine zeitweilige Geliebte, aber keine richtige Freundin. Er wollte immer nur dich, Valentina. Das weiß ich.«

»Du täuschst dich. Sie ist wirklich seine Freundin. Ich bin ihr begegnet«, jammert Valentina ins Telefon. »Und sie ist so süß und in ihn verliebt. Das ist ganz offensichtlich.«

»Was wirst du dann tun, Valentina?«

Valentina kaut auf ihrer Lippe. Ihr Herz rast, ihr ist schwindelig vor Gefühlen. Sie weiß jetzt ganz sicher, dass sie Thomas liebt, aber es ist zu spät. Er ist mit Anita zusammen.

»Ich weiß es nicht«, flüstert sie. »Ich hatte gehofft, das würdest du mir sagen.«

Leonardo seufzt. »Das kann ich nicht.«

»Bitte, Leonardo, du bist so klug, und Thomas vertraut dir. Bitte sag mir, was ich tun soll.«

»Nun …«, hebt Leonardo zögernd an. »Du sagst, dass dieses Mädchen in Thomas verliebt sei, aber ist Thomas auch in sie verliebt?«

»Was meinst du?«

»Vielleicht geht er nur mit ihr aus, um dich eifersüchtig zu machen.«

»Das ist nicht seine Art. Eifersucht hat zwischen uns nie eine Rolle gespielt«.

»Er muss einen Plan verfolgen«, sagt Leonardo. »Wir sprechen hier von Thomas.«

»Aber sie ist verrückt nach ihm.«

»Wie kannst du dir da so sicher sein? Ich meine, du hast sie erst einmal zusammen erlebt. Vielleicht ist sie wie deine Freundin Antonella, ein großer Auftritt, aber wenig Herz.«

»Das ist gemein«, verteidigt Valentina ihre Freundin. »Du tust, als sei sie oberflächlich.«

»Valentina«, fährt Leonardo fort, »du musst herausfinden, was Thomas für dich empfindet. Und noch viel wichtiger, du musst ihn deine Gefühle für ihn wissen lassen. Sag ihm, dass du ihn liebst.«

»Obwohl er mit einer anderen ausgeht? Ist das nicht unfair der anderen Frau gegenüber?«

»Das kommt darauf an.«

»Worauf?«

»Ob du ohne ihn leben kannst. Wenn nicht, musst du um ihn kämpfen, Baby. Gewinne ihn zurück.«

»Ach, Leonardo.« Valentina seufzt. »Ich bin nicht sicher. Vielleicht sollte ich einfach nach Hause kommen. Einfach so weitermachen wie bisher.«

»Du warst unglücklich, Valentina. Selbst meine Verführungskünste konnten dich nicht aufheitern.«

Sie schließt die Augen und erinnert sich noch einmal an den Moment, in dem sie Thomas wiedergesehen hat. Wie bewegt sie war. Sie öffnet die Augen und starrt aus dem Fenster auf die wankenden Bäume im Park.

»Ich vermisse dich, Leonardo. Ich wünschte, du wärst hier.«

»Glaub mir, ich auch.«

Er klingt niedergeschlagen, und sie fragt sich, was bei ihm los ist. Aber sie weiß, dass er es ihr am Telefon nicht erzählen wird.

»Ich wünschte, wir lägen jetzt zusammen im Bett, und du würdest mich trösten«, sagt sie zärtlich.

»Ich könnte dich am Telefon trösten.«

»Willst du mir schmutzige Dinge sagen, Signor Sorrentino?«

Einen Augenblick bleibt die Leitung stumm, dann meldet sich Leonardo mit anderer Stimme. Leonardo, der Herrscher. Ihre Haut kribbelt vor Erregung, und sie schließt die Augen.

Sie stellt sich vor, dass er sie streng aus seinen dunklen Augen ansieht und sie mit seinem Blick fesselt.

»Was hast du an, Valentina?«

»Meinen Morgenrock.«

»Den blauen?«

»Ja.«

»Und was noch?«

»Nichts.«

»Du bist völlig nackt?«

»Ja.«

»Öffne deinen Morgenrock, und streichele mit den Händen deine Brüste, zieh an deinen Nippeln, und spüre, wie sie fest werden. Jetzt spreize die Beine.«

»Ja«, flüstert sie.

»Schließ die Augen, leg die Hand zwischen deine Beine, und streichele dich, Valentina.«

Sie schiebt eine Hand zwischen ihre Beine und spürt ihre Wärme und Erregung.

»Ich berühre dich, Valentina, merkst du das?«

»Oh, ja.«

Jetzt ist er bei ihr auf Isabellas Sofa, streichelt sie mit seinen schmalen langen Fingern und lindert ihren Schmerz darüber, dass die Liebe ihres Lebens mit einer anderen Frau zusammen ist.

»Schieb deine Finger in dich hinein, V. Das bin ich in dir. Ich vögele dich. Du spürst mich ganz tief in dir.«

In dem dunklen Wohnzimmer von Antonellas Tante, gegenüber dem rauschenden Park, spreizt Valentina die Beine noch weiter. Es ist ihr egal, ob jemand sie, ihre Erregung und ihre Ekstase sieht. Sie schiebt die Finger in sich hinein, beschleunigt den Rhythmus und steigert ihre Lust. Im einen Moment ist Leonardo neben ihr, im nächsten sieht sie Thomas' Gesicht, wie er sie mit seinem bezaubernden Lächeln ansieht. Ja, sie glaubt, dass sie ihn noch immer liebt, aber sie versteht nicht, warum er mit Anita zusammen ist. Sie kommt zum Höhepunkt und sackt zitternd und erschöpft in sich zusammen. Anita hatte sich als Thomas' Freundin bezeichnet. Er hatte also eine Frau gefunden, die sich nicht scheute, sich zu ihm zu bekennen. Strafte das Schicksal Valentina? Hat sie das nicht verdient, so wie sie Thomas behandelt hat? Sie versucht sich einzureden, dass Thomas zu gut für sie sei. Sie muss ihn mit seiner süßen, netten Anita in Ruhe lassen. Und dennoch brennt tief in Valentinas Bauch ein Feuer, das stärker ist als ihr Verstand. Sie will ihn zurück.

Sechs Stunden später trinken Antonella und Valentina gemeinsam Kaffee. Sie sind noch verschlafen, und Antonella kämpft mit einem Kater.

»Ich weiß nicht, wie Tante Isa es geschafft hat, heute morgen aufzustehen und zur Arbeit zu gehen«, stöhnt sie.

»Hier«, Valentina wirft ihr eine Schachtel Schmerztabletten zu. »Nimm ein paar von denen, dann geht es dir besser.«

»Wie war es in der Galerie?«, fragt Antonella, während sie zwei Tabletten aus der Silberfolie in ihre Handfläche drückt.

Valentina will ihr keine Einzelheiten erzählen. Der Bericht über Anitas Privatvorstellung würde Antonella sicher begeistern, aber dass Thomas wieder in ihrem Leben aufgetaucht war, gefiele ihr sicher weniger.

»Ganz okay. Die Ausstellung sieht gut aus. Es sind zwei Bilder von dir und Mikhail dabei.«

»Großartig, ich kann es kaum abwarten, sie zu sehen.« Antonella steht auf, schenkt sich ein Glas Wasser ein und schluckt die Tabletten hinunter. Sie setzt sich wieder an den Tisch und trinkt noch etwas Kaffee.

»Hoffentlich wirken die Tabletten bald. Ich fühle mich schrecklich.«

»Ihr wart ziemlich betrunken und habt euch angeschrien.«

Valentina schenkt sich Kaffee nach.

»So ist das, wenn meine Familie zusammenkommt. Wir sind eine rüpelhafte Bande.«

Valentina blickt zu ihrer Freundin. Antonella sieht müde und verletzlich aus. Ohne ihr Make-up wirkt sie viel jünger als achtundzwanzig. Normalerweise ist sie so fröhlich und optimistisch, aber heute sind ihre Augen traurig und ernst.

»Worum ging es bei dem Streit?«, fragt Valentina sanft.

»Meine Tante hat zu rechtfertigen versucht, dass mein Vater uns verlassen hat, als ich ein Kind war.«

Valentina runzelt verärgert die Stirn. Das verbindet sie mit Antonella. Sie sind beide von ihren Vätern verlassen worden, als sie noch klein waren. Antonella hat ihren Vater zwar ein paarmal gesehen, aber ihr Kontakt war sehr sporadisch. Nachdem er Antonellas Mutter verlassen hatte, ist er nach Argentinien gegangen.

»Was gibt es da zu rechtfertigen?«, will Valentina wissen. Sie klingt hart, sie ist wütend auf Antonellas Tante.

»Sie meint, er hätte das Richtige getan, weil bei uns zu Hause nur Streit herrschte. Meine Eltern haben sich ständig angeschrien.« Antonella fährt sich durch die wilden roten Haare. »Sie behauptet, es sei besser gewesen, dass ich keinen Kontakt zu meinem Vater gehabt habe, als zu erleben, dass sich meine Eltern gegenseitig an die Gurgel gehen.«

»War es wirklich so schlimm?«

»Ich erinnere mich nicht, Valentina. Ich war zu klein.«

Antonella ringt die Hände.

»Ich habe daraufhin gesagt, dass sie mit der Trennung vielleicht recht hat. Dass er aber nach Argentinien gegangen ist und uns alle einfach im Stich gelassen hat, sei nicht zu entschuldigen. Sie behauptet jedoch, der neue Mann meiner Mutter, mein Stiefvater, habe ihn aus dem Weg haben wollen.«

»Meinst du, das stimmt?«

Valentina beugt sich vor, und Antonella lässt hilflos die Arme sinken.

»Ich weiß es nicht. Das habe ich noch nie gehört.« Antonella wirkt beunruhigt. »Mit meinem Stiefvater bin ich nie gut ausgekommen, aber ich kann mir irgendwie nicht vorstellen, dass er meinen Vater davon abgehalten hat, uns zu sehen.«

»Nun, es gibt immer zwei Seiten«, bemerkt Valentina.

Sie kennt Antonellas Stiefvater und mag ihn nicht. Er macht ihr immer schöne Augen. Antonella schüttelt sich, als wolle sie sich wachrütteln. Sie nimmt sich noch Kaffee und knabbert an einem Stück kalten Toasts herum.

»Und warum hat dein Vater euch verlassen, Valentina? Warum hast du ihn all die Jahre nie gesehen?«

»Ich weiß es nicht. Ich habe keine Ahnung.« Hastig lenkt Valentina das Gespräch zurück auf Antonellas Familie. »Zumindest hast du deinen Vater in Argentinien besucht. Du kennst ihn.«

»Ja, aber er könnte genauso gut ein Fremder sein.«

Valentina beugt sich wieder vor. Plötzlich verspürt sie den Drang, sich Antonella anzuvertrauen, auch wenn die Freundin überaus indiskret ist.

»Ich habe kürzlich etwas herausgefunden«, sagt Valentina, zögert und befeuchtet ihre Lippen, dann fährt sie fort: »Mein Vater lebt in London.«

Antonella reißt die Augen auf.

»*Mamma mia*! Das ist ja aufregend! Wirst du ihn sehen?«

»Ich weiß nicht. Ich meine, wie du schon sagst, wir sind Fremde. Wozu?«

»Komm schon. Denk dran, Thomas hat dich immer die unerschrockene Valentina genannt.«

Als Antonella Thomas' Spitznamen für sie erwähnt, zuckt sie zusammen.

»Natürlich wirst du deinen Vater besuchen! Wo wohnt er?«

»In der Nähe der Finchley Road. Das ist in Nordlondon, oder?« Sie holt tief Luft und schmeckt ihre Verbitterung. Antonella hat recht. Warum so schüchtern? Sie ist eine erwachsene Frau von fast dreißig Jahren. Ihr steht zu, ein paar Dinge zu erfahren.

»Du hast recht, Toni. Ich will wissen, warum er mich nie besucht und mir nie geschrieben hat. Warum er sich überhaupt nicht für mein Leben interessiert. Ich begreife das nicht.«

Antonella fasst ihre Hand. Anscheinend macht der Kater sie sentimentaler als üblich, denn Valentina sieht Tränen in den Augen ihrer Freundin. »Ich glaube, unsere Väter sind Männer, die Ordnung in ihrem Leben halten. Und ich glaube, ihre Töchter haben sie einfach mit anderen Dingen in ein Regal gepackt und vergessen.«

»Glaubst du wirklich, dass unsere Väter nie an uns gedacht haben?«

»Ja. Wie konnten sie sonst damit leben? Wir sind väterlose Frauen, Valentina.« Antonella zieht ihre Hand zurück und wischt sich die Augen. Zu Valentinas Überraschung erscheint dann ein breites Grinsen auf dem Gesicht der Freundin. »Und weißt du was? Das ist gut so, denn es gibt nichts Schlimmeres, als Daddys kleines Mädchen zu sein.«

Valentina nickt zustimmend. Das ist eine der wenigen Sachen, die sie an ihrer alten Schulfreundin Gaby stört. Die fordernde Art ihrem Vater gegenüber und dass dieser stets zur Stelle ist, wenn sie kein Geld mehr hat oder etwas in ihrer Wohnung getan werden muss. Antonella und Valentina müssen ihre Regale selbst anbringen.

Antonellas Lächeln verblasst, und sie stöhnt.

»Alles okay?«, fragt Valentina.

Ihre Freundin steht auf und hält sich den Kopf, als wäre er ein zerbrechlicher Gegenstand.

»Es tut mir leid, Valentina, ich leide richtig. Ich muss zurück ins Bett. Ich kann heute einfach keinen Einkaufsbummel machen. Hast du etwas dagegen, ohne mich zu gehen?« Sie lacht halbherzig. »Vielleicht kannst du in dieses verstaubte alte Museum gehen, solange ich außer Gefecht bin. Ich weiß, dass du ganz heiß darauf bist.«

Valentina sitzt im Café der alten Tate Gallery. Den Vormittag hat sie im British Museum verbracht und versucht, die Mumien der ägyptischen Abteilung zu studieren. Sie war jedoch zu sehr mit den Ereignissen des gestrigen Abends beschäftigt. Mehrfach hatte sie ihr Telefon hervorgezogen und überlegt, Thomas anzurufen. Aber was sollte sie sagen? Am Ende musste sie ihn zu ihrer großen Freude gar nicht anrufen, weil er sie anrief. Ob sie Zeit für einen kurzen Kaffee habe? Ob sie zufällig in der Nähe der Tate Britain in Millbank sei? Sie willigte sofort ein. Dabei musste sie mit der Piccadilly Line quer durch London rasen, dann zur Pimlico und schließlich zur Victoria Line wechseln. Sie ist nur ein paar Tage in London und wird sich keine Gelegenheit entgehen lassen, Thomas wiederzusehen. Vielleicht können sie ja Freunde werden? Das versucht sie sich zumindest einzureden. Aber würde sie das glücklich machen?

Valentina bestellt einen Earl Grey Tee und Scones. Sie streicht Himbeermarmelade auf ihren Scone und beißt ein winziges Stück davon ab. Sie ist hungrig, aber so nervös, dass sie kaum etwas hinunterbringt. Erneut blickt sie auf ihre Armbanduhr. Thomas ist fünf Minuten zu spät. Jedes Mal wenn sie an Anita denkt, fühlt sie sich schuldig, aber sie trifft Thomas ja schließlich nur für ein kurzes Gespräch, oder? Außerdem ist es helllichter Tag.

»Valentina?«

Sie springt auf, stößt gegen den kleinen Tisch und wirft ihre Teetasse um, sodass ihr Scone in Tee mit Milch schwimmt. Wie hat er es geschafft, so plötzlich vor ihr zu stehen?

»Keine Sorge«, sagt Thomas lächelnd und sieht sie so liebevoll an, dass ihre Knie weich werden. »Ich besorge dir einen neuen.«

Sie sitzen einander an dem winzigen Cafétisch gegenüber, dabei berühren sich ihre Knie. Valentina konzentriert sich auf sein vergissmeinnichtblaues Hemd. Sie traut sich nicht, ihm in die Augen zu sehen. Noch nicht.

»Und wie geht's?«, fragt Thomas.

»Gut«, murmelt sie, plötzlich nicht in der Lage, die richtigen Worte zu finden. Sie muss heute Nachmittag offen mit ihm sprechen. Sie darf ihn nicht mit dem Gefühl gehen lassen, sie empfinde nichts mehr für ihn, aber die Worte bleiben ihr im Hals stecken.

»Was macht Mailand? Wie ich höre, triffst du dich noch mit Leonardo. Hast du Spaß?«

Sie hebt den Blick, und der Schmerz in ihren Augen lässt seinen Spott verstummen.

»Valentina?«, fragt er sanft.

»Ja.« Sie beugt sich vor und riecht sein Bulgari. Der Duft erfüllt sie mit Sehnsucht. Sie ist froh, dass er das Rasierwasser nicht gewechselt hat. Er hat zwar eine neue Frau, aber immerhin riecht er noch wie früher.

»Wusstest du von meiner Verbindung mit Anita Chappell, bevor du nach London gekommen bist?« Er wirkt ernsthaft überrascht. »Hast du dich deshalb entschieden, in der Lexington auszustellen?«, will er wissen und mustert ihr Gesicht.

»Ich hatte keine Ahnung von dir und ihr!« Seine Andeutung ärgert sie, sie ist doch kein Stalker. »Ich war völlig fassungslos, dich in der Galerie zu sehen.«

Einen Augenblick betrachtet er sie nachdenklich, nimmt sich einen Löffel Zucker und rührt seinen Tee um.

»Es ist ein unglaublicher Zufall«, bemerkt er. »Es hat mich wirklich umgehauen, dich zu sehen.«

Er ist offen und vollkommen ehrlich. Ihr Herz macht einen kleinen hoffnungsvollen Sprung. Sie bemüht sich, die Fassung zu bewahren. Hatte sie in London nicht eigentlich wieder zu sich finden und Thomas hinter sich lassen wollen? Doch als Leonardo ihr Thomas' Nummer gegeben hatte, hatte Valentina sie sofort in ihrem Telefon gespeichert. Sie weiß nicht zu sagen, was sie damit in London vorhatte. Jedenfalls hat sie nicht damit gerechnet, Thomas einfach so zu begegnen, und das auch noch so schnell. Sie weiß nur, was sie jetzt in diesem Augenblick empfindet.

»Ich habe dich vermisst, Thomas«, sagt Valentina. Als er sie ansieht, erkennt sie hinter der lächelnden Fassade seine Verletzung. Er fasst sich, beugt sich hinunter und öffnet seine Aktentasche.

»Ich habe dich angerufen, weil ich etwas habe, das dich interessieren dürfte«, erklärt er und geht schnell über ihr Geständnis hinweg.

»Ach«, sagt sie etwas enttäuscht darüber, dass er sie nicht einfach nur angerufen hat, um sie zu sehen.

»Ich bin kürzlich auf einen alten Tanzfilm aus den späten Vierzigern gestoßen. Anita besitzt einen ganzen Haufen Filme von alten Burlesque- und modernen Tanzaufführungen.«

Als er den Namen ihrer Konkurrentin erwähnt, versteift sich Valentina.

»Der Mädchenname deiner Großmutter war Maria Brzezinska, stimmt's? Und sie war Tänzerin, richtig?«

»Der Name ist richtig, aber sie war keine Tänzerin.«

»Aber sie hätte eine sein können?«

»Vermutlich schon, obwohl meine Mutter mir gegenüber nie so etwas erwähnt hat. Ich glaube, sie hat keine Künstlerkarriere eingeschlagen, sondern ist einfach zu Hause gewesen und hat sich um ihre Familie gekümmert.«

»Hast du deine Großmutter gekannt?«

»Nein, sie ist noch vor meiner Geburt bei einem Flugzeugunglück ums Leben gekommen.« Thomas reicht Valentina eine DVD. Als ihre Hände sich berühren, richten sich Valentinas Nackenhaare auf.

»Das musst du dir ansehen, Valentina. Das ist unglaublich für die damalige Zeit. Ein zeitgenössisches Ballett mit dem Titel *Pandora* in der Choreografie von Kurt Jooss. Ich glaube, deine Großmutter tanzt die Rolle der Psyche. Die Filmaufnahme ist 1948 in London entstanden.«

Valentina schüttelt den Kopf.

»Ach, das kann nicht sein, Thomas. Sie hat Italien ihr ganzes Leben lang nicht verlassen. Abgesehen von der Reise in die Staaten, von der sie nie zurückgekehrt ist. Wirklich tragisch.«

Wie es wohl für ihre Mutter gewesen ist, ihre Eltern auf so dramatische Weise zu verlieren. Tina Rosselli spricht nur selten von ihren Eltern und nie von ihrem Tod.

»Aber ihr Name taucht in den Anfangstiteln des Films auf«, beharrt Thomas. »Und als ich sie gesehen habe, Valentina, konnte ich, obwohl es sich um sehr altes Schwarzweißmaterial handelt, eine Familienähnlichkeit erkennen. Ich glaube, es könnte wirklich deine Großmutter sein.«

»Das sind mir ein bisschen zu viele Zufälle auf einmal. Erst unsere Begegnung gestern und dann dieser Film. Es ist, als wären wir verbunden«, wagt Valentina sich vor.

»Vielleicht versucht das Schicksal, uns zusammenzubringen?«

Bei seinen Worten keimt in ihrem Herzen neue Hoffnung.

»Meinst du?«

Thomas lacht, was sie ein wenig enttäuscht.

»Ich glaube nicht an Schicksal, Valentina.« Er lehnt sich auf seinem Stuhl zurück und betrachtet sie.

»Die Sache mit dem Tanzfilm ist nicht so ungewöhnlich. Zu jener Zeit wurden kaum moderne Ballette in London gefilmt. Anita besitzt eine umfassende Sammlung alter Tanzfilme. Wenn deine Großmutter Tänzerin war und 1948 gefilmt wurde, ist es sehr wahrscheinlich, dass sich die Aufnahme in Anitas Besitz findet.«

Valentina steckt die DVD in ihre Tasche und wendet den Blick ab. Sie ist unsicher und fühlt sich verletzlich.

»Danke, dass du mich angerufen und mir den Film gegeben hast.« Der formelle Ton ihrer Unterhaltung kommt ihr seltsam vor. »Ich gehe dem nach. Vielleicht hast du recht, obwohl ich es merkwürdig finde, dass meine Mutter mir nie etwas davon erzählt hat, dass ihre Mutter Tänzerin war.«

»Ich bin froh, dass ich sie dir persönlich geben konnte«, antwortet Thomas jetzt etwas freundlicher und liebenswürdiger.

Einen Augenblick schweigen beide. Ihre Teetassen sind leer, aber Valentina möchte sich noch nicht verabschieden.

»Was treibst du in London?«, fragt sie. »Bist du immer noch auf der Jagd nach verlorener Kunst?«

Thomas schüttelt den Kopf, wobei ihm eine dunkle Strähne in die Stirn fällt. Valentina ist kurz versucht, sie ihm aus dem Gesicht zu streichen, beherrscht sich jedoch.

»Damit bin ich fast durch«, erklärt er. »Ich muss nur noch ein Bild zurückgeben, das war's dann. Zum Glück. Glen macht mich verrückt. Erinnerst du dich an ihn? Das ist der Kunstdieb, dem du in Venedig begegnet bist.«

»Den werde ich wohl nie vergessen.«

»Es tut mir leid, dass er dir Angst gemacht hat, Valentina«, sagt Thomas sanft.

»Du solltest dich vor ihm in Acht nehmen.«

Jedes Mal wenn Valentina an diesen widerlichen Kerl denkt, wird ihr übel. Etwas an ihm hat ihr Angst eingejagt. Dabei lässt sie sich nicht leicht einschüchtern.

»Er ist keine wirkliche Bedrohung, nur nervig«, erwidert Thomas vertrauensvoll. »Bald lasse ich ihn in Ruhe. Dann kann er weiter alten Damen und Herren riesige Summen dafür abknöpfen, dass er ihnen ihre Kunst aus der gestohlenen Nazibeute zurückbringt.«

»Was ist das letzte Bild, das du besorgen musst?«

»Es fällt in dein Gebiet, eine erotische Zeichnung des französischen Künstlers André Masson. Es befindet sich in einer Privatsammlung hier in London.«

»Und ich nehme an, Glen ist hinter demselben Bild her.«

Es fällt Valentina leichter, mit Thomas über die vermissten

Bilder zu sprechen. Das Thema ist unverfänglich und nicht mit irgendwelchen Gefühlen belastet.

»Ja, klar. Es hat ursprünglich einem italienischen Juden gehört, Guilio Borghetti. Er hat den Krieg zwar überlebt, ist inzwischen aber gestorben. Sein Sohn möchte das Bild nun zurückhaben, und Glen hat ihm natürlich versprochen, es ihm für die stolze Summe von 450.000 Euro zurückzubringen. Nicht so viel wie bei dem Metsu, aber noch immer viel Geld für eine so kleine Zeichnung.«

»Und ist es ganz sicher eines der Bilder aus Albert Goldsteins Sammlung? Kann Glen es nicht einfach zurückholen, und du belässt es dabei?«

»Ganz sicher gehört es zur Sammlung. Und du weißt, dass ich versprochen habe, jedes einzelne der Bilder wieder zu besorgen«, sagt Thomas entschlossen.

»Ich weiß.« Sie nickt, greift instinktiv nach seiner Hand und hält sie einen Augenblick fest. Sie spürt, wie seine Wärme in ihren Körper und direkt in ihr Herz strömt.

»Der Masson ist ein unbekanntes Werk und hat so oft den Besitzer gewechselt, dass ich Jahre gebraucht habe, um die Zeichnung aufzuspüren. Borghetti hatte sie in die Obhut des armen alten Albert Goldstein gegeben und in der Folge, als Goldstein vor den Nazis fliehen musste, meinem Großvater in Amsterdam. Nun, du weißt, was als Nächstes geschehen ist: Mein Großvater ließ sich von der Abteilung Hermann Görings überzeugen, sich von der ganzen Sammlung zu trennen.«

»Und wo ist es jetzt?«, fragt Valentina. »Vielleicht können wir uns zusammentun, und ich kann dir helfen, es zurückzuholen.«

Ihr Angebot scheint Thomas zu überraschen.

»Das würde ich wirklich gern annehmen.« Er zögert und

fühlt sich deutlich unwohl. »Aber ich kann dich da jetzt nicht mit hineinziehen. Mein Plan läuft bereits, und ich stehe quasi kurz davor, es zurückzubekommen. Es ist eine ziemlich heikle Angelegenheit.«

»Klar.« Valentina blickt auf den Tisch, lässt seine Hand los und kann ihre Enttäuschung kaum verhehlen. Für einen Moment hatte sie die Umstände vergessen. Sie sind nicht mehr zusammen. Thomas hat eine neue Freundin. Sie muss aufhören, an ihn zu denken.

Sie streicht mit dem Finger über den Rand ihrer Tasse. Noch immer hebt sie nicht den Blick.

»Und? Wie lange seid ihr schon zusammen – du und Anita?«, fragt sie.

»Es ist nicht, wie du denkst, Valentina«, antwortet Thomas. Sie sieht ihn fragend an.

»Nun, wie ist es dann?«, erkundigt sie sich leise.

»Ich wünschte, ich könnte es dir erklären.« Er zögert. »Darf ich dich einfach bitten, mir zu vertrauen?«

»Was meinst du? Wie vertrauen?«

»Anita und ich treffen uns zurzeit. Das stimmt, aber …«

Er schweigt, als fehlten ihm die richtigen Worte.

»Aber was«, drängt Valentina.

»Nun, so wie es zwischen uns zu Ende gegangen ist, weiß ich nicht mehr, was ich von dir halten soll, Valentina.«

Valentina denkt an den letzten Herbst in Venedig und an ihre völlige Verzweiflung, nachdem Thomas gegangen war. »Warum bist du in Venedig weggelaufen?«, will sie plötzlich wissen. »Du bist einfach so gegangen. Du hast mir keine Chance gegeben.«

Thomas legt den Kopf auf eine Seite und blickt sie an.

»Ich habe es wirklich versucht. Das weißt du, Valentina. Ich konnte nicht mehr.«

Sie blickt in seine blauen Augen und ist sicher, dort einen Hauch seiner Liebe für sie zu erkennen.

»Es tut mir leid«, flüstert sie.

Thomas beugt sich vor, legt seine Hand auf ihre und drückt sie. Und in dieser schlichten Geste spürt sie seine Liebe.

»Thomas«, sagt Valentina, sieht ihm direkt in die Augen, hält seinem Blick stand und unterdrückt die Angst, die in ihrem Herzen aufflackert. Sie kann es sagen. Sie muss.

»Gibt es eine Chance, dass wir vielleicht wieder zusammenkommen, Thomas?«

Sie hat es gesagt. Es ist, als sei eine Last von ihren Schultern genommen. Am liebsten würde sie laut auflachen und vor Erleichterung weinen. Sie wartet auf Thomas' Reaktion.

»Valentina, ich kann nicht so weitermachen wie vorher.«

»Ich weiß, ich weiß.« Sie nickt. »Es wäre anders. Das verspreche ich dir.«

Thomas seufzt und stützt den Kopf in die Hände.

»Gott, so etwas nennt man schlechtes Timing«, murmelt er.

Sie versteht ihn nicht. Warum kann er so schwer zugeben, was er empfindet? Er ist ihr gegenüber doch immer so offen gewesen. Sie ist sicher, dass sie sich seine Gefühle nicht nur einbildet. Sie spürt die natürliche Synergie zwischen ihnen. Wie sehr sie zusammengehören. Es fehlen nur ein paar Worte, ein paar Schritte, und sie könnten wieder zusammen sein. Doch was Thomas dann zu ihr sagt, möchte sie nicht hören.

»Valentina, ich kann mich einfach nicht von Anita trennen. Nicht jetzt.«

»Thomas«, fleht sie und merkt, wie sentimental sie klingt. Ihre Mutter würde sich über sie lustig machen, aber das ist ihr jetzt egal. Sie darf Thomas nicht aus diesem Café gehen lassen, ehe er weiß, was er ihr bedeutet.

»Ich brauche dich«, sagt sie. »Ich brauche deine Unvoreingenommenheit. Du bist mein Fels, bei dir bin ich in Sicherheit.«

»Warum geht es immer nur um dich?«, erwidert Thomas gereizt.

Das tut weh. Getroffen setzt sie sich zurück. Die alte Valentina wäre jetzt aufgestanden und hätte hocherhobenen Hauptes das Café verlassen.

»Es tut mir leid, Valentina, das war zu hart. Ich habe es nicht so gemeint«, entschuldigt sich Thomas und wirkt niedergeschlagener als je zuvor. »Ich weiß, das alles ist verwirrend, aber du musst mir vertrauen. Ich kann mich im Moment nicht von Anita trennen.«

»Liebst du sie?«

Anita ist alles, was Valentina nicht ist: mädchenhaft, großzügig und überaus sexy. Sie hat keine Probleme, sich als Thomas' Freundin zu bezeichnen.

»Valentina!«, ruft Thomas verzweifelt. »Darum geht es nicht.« Dann fährt er ruhiger fort: »Ich muss noch immer wissen, ob du mir vertraust, ob du mich liebst.«

Seine Worte verwirren sie. Warum ist er mit Anita zusammen, wenn er das wissen will?

»Es fällt mir schwer, so etwas zu sagen, aber ich kann dir zeigen, was ich empfinde.« Nervös befeuchtet sie ihre Lippen.

Zum ersten Mal ist Valentina zum Weinen zumute. Entschlossen, sich zu beherrschen, wendet sie den Blick ab. Er darf sie nicht weinen sehen.

Thomas fasst ihre Schulter, und sie spürt die Energie in ihrem gesamten Körper.

»Bitte warte, Valentina.«

»Ich kann nicht.« Ihre Stimme bricht. »Ich ertrage es nicht, dich mit ihr zu sehen.«

Plötzlich steht sie auf und wirft die Tasche über ihre Schulter. Thomas steht ebenfalls auf. Nur eine Handbreit trennt sie voneinander. Am liebsten würde Valentina sich in seine Arme werfen und ihn anflehen, sie zurückzunehmen, doch natürlich wird sie das nicht tun. Er hat es ihr deutlich gesagt. Sie muss sich erst beweisen, vorher trennt er sich nicht von Anita.

Sie schlängeln sich durch das Café und treten hinaus in die Kunsthalle. Schweigend und ohne sich an den Händen zu fassen, laufen sie die Gänge hinunter, bis sie zu einem Aquarell von William Blake mit dem Titel »Mitleid« kommen. Valentina betrachtet das Gemälde und verspürt einen heftigen Stich in ihrem Herzen. Eine Frau liegt auf dem Boden und hat den Kopf nach hinten geworfen, als würde sie sterben. Über ihr reitet ein wunderschöner junger Mann auf einem grauen Pferd durch den Himmel. In den Händen hält er ein neugeborenes Baby. Es ist *ihr* Baby. Valentina weiß nicht genau, was der Künstler mit diesem Bild ausdrücken will, aber es berührt sie und erinnert sie daran, was Thomas und sie im vergangenen Mai durchgemacht haben. Die Wunde ist noch nicht verheilt.

Sie will weitergehen, aber Thomas fasst ihren Arm und zieht sie zu sich. Er schließt sie fest in die Arme, und sie atmet tief ein. Was für eine wundervolle Qual, von ihm gehalten zu werden.

»Ich liebe dich, Valentina«, flüstert er ihr ins Ohr. »Aber liebst du mich?«

Sie tritt zurück und sieht ihn an. Ach, wie sehr sie ihn begehrt. Sie ringt mit sich, ihm die drei kostbaren Worte zu sagen. Sie will ihn, sie braucht ihn. Er ist der einzige Mensch auf der ganzen Welt, der das Ausmaß ihres Verlustes versteht.

»Valentina?«, fragt Thomas noch einmal.

»Ich …«, stottert sie.

Er schließt die Augen und atmet tief ein. »Es ist okay«, unterbricht er sie. »Ich weiß, es ist alles ein bisschen viel. Unser Wiedersehen, und sicher bist du auch verwirrt wegen Anita. Belassen wir es für den Moment dabei.«

Aber konnten sie nicht jetzt gleich irgendwohin gehen? Valentina könnte ihm ihre Liebe in einem anonymen Hotelzimmerbett beweisen, so wie früher? Sie weiß, dass sie das kann. Sie ist sicher, dass sie ihn überwältigen würde. Doch sie sagt nichts. Sie realisiert, dass ihre Angst, sich zu ihm zu bekennen, noch immer genauso stark wie vor all den Monaten ist, als er sie in Venedig zurückgelassen hat. Langsam geht Thomas und verlässt die Tate Gallery. Valentina ist wie erstarrt, fassungslos über ihre Unfähigkeit, ihn zurückzugewinnen. Das Treffen war nicht so verlaufen, wie sie es insgeheim gehofft hatte. Sie sind nicht wieder zusammengekommen und so schnell wie möglich in ein Hotel geeilt, um sich wie verrückt zu lieben. Sie begehrt ihn so sehr. Allein, ihm an diesem kleinen Cafétisch gegenüberzusitzen, hat sie erregt. Sie zittert vor Verlangen. Sie muss sich beruhigen.

Sie holt tief Luft. Sie wird ihm nicht folgen. Er will sich nicht von Anita trennen, bis sie ihm ihre Liebe bewiesen hat. Fürs Erste muss sie ihn gehen lassen. Sie wandert durch die Räume der Kunsthalle. Als die Tasche beim Laufen gegen ihre Beine schlägt, spürt sie die DVD. Sie weiß nicht viel über ihre Großmutter. Ihre Mutter hat Maria Rosselli als schüchtern und zurückhaltend beschrieben, das genaue Gegenteil ihrer extrovertierten Tochter. Sie ist eine hingebungsvolle Mutter und Ehefrau gewesen. Doch ihre Großmutter scheint eine verborgene Seite besessen zu haben. Konnte die Filmaufnahme tatsächlich zeigen, wie sie ein modernes Ballett tanzte, etwas Revolutionäres, wie Thomas meinte? Sie ist neugierig, eine neue Seite ihrer Vorfahrin zu entdecken.

Valentina streift gedanken- und ziellos umher und findet sich vor einem ihrer präraffaelitischen Lieblingsbilder wieder: Lilith von Rossetti. Etwas an Lady Lilith erinnert sie an Anita. Die dunkelblonden Zöpfe, der weiße Teint, die vollen Brüste und die wohlgeformte Gestalt, ihre dunklen Brauen und rosaroten Lippen. Doch vor allem ist es der Ausdruck in ihren Augen, während sie sich im Spiegel betrachtet. Das Wissen um ihre Macht und Schönheit als Frau und eine gewisse Distanz. Diesen Ausdruck hat sie bei der Burlesque-Tänzerin beobachtet, als sie gestern für sie und Kirsti Shaw getanzt hat. Sie versteht, warum Anita sowohl auf Männer als auch auf Frauen so unwiderstehlich wirkt. Kein Wunder, dass Thomas noch nicht bereit ist, sie gehen zu lassen. Irgendwie muss Valentina ihm beweisen, wie sehr sie ihn liebt. Worte genügen offenbar nicht mehr. Sie unterdrückt ihre Enttäuschung darüber, dass sie ihn heute noch nicht zurückgewinnen konnte, und versucht, ihrer Intuition zu vertrauen, denn tief in ihrem Inneren weiß sie, dass sie Thomas zurückbekommen wird. Sie muss jetzt nur überlegen, wie.

Maria

Die Wochen vergehen, doch egal wie oft sie sich im zweiten Stock herumdrückt, Maria trifft Felix nie. Offenbar haben sie unterschiedliche Tagesabläufe. Maria steht jeden Morgen früh auf, um zum Unterricht zu gehen, und kommt nicht vor halb sechs oder sechs Uhr abends zurück. Es kann sein, dass Felix das Haus nach ihr verlässt und erst zurückkommt, wenn sie schon, erschöpft vom Tag in der Tanzschule, in ihrem Bett liegt. Den Großteil des Wochenendes verbringt Maria mit Jacqueline. Samstags stehen sie früh auf und gehen los, um sich abwechselnd in der Schlange beim Metzger anzustellen, oder sie versuchen, an andere Waren wie Brot oder Tee zu kommen. Sonntags besuchen sie die Messe in Westminster Abbey, der majestätischen Basilika, die von den Bombenangriffen gezeichnet ist. In ihren Mauern bemüht sich Maria zu beten. Sie bittet Gott, ihr dabei zu helfen, sich den dunklen Franzosen aus dem Kopf zu schlagen, der sie vor einer Vergewaltigung bewahrt hat. Sie möchte wieder das Mädchen werden, das sie vor der Begegnung mit Felix war – ein Mädchen, das sich ganz dem Tanz widmet. Schließlich ist es Jacqueline, die Maria unabsichtlich erklärt, warum sie Felix nicht begegnet. Eines Abends, als sie das Abendessen vorbereiten, kämpft Jacqueline mit dem Dosenöffner und einer Büchse Frühstücksfleisch.

»Verflixt, er ist total stumpf«, stellt sie fest. »Sei so gut und lauf hinunter zu Guido. Frag ihn, ob wir uns seinen Öffner leihen können.«

Anstatt den Italiener zu bitten, sieht Maria die Gelegenheit gekommen, an Felix' Tür zu klopfen.

»Und was, wenn er nicht da ist? Soll ich dann zu Monsieur Leduc gehen?«

»Ach nein«, antwortet Jacqueline und füllt Wasser in einen Kochtopf, wobei sie ihr den Rücken zuwendet. »Er ist in Frankreich, um einen seiner Filme zu drehen. Außerdem ist er immer schlecht gelaunt. Ich würde ihn nie um etwas bitten!«

Maria ignoriert Jacquelines Beschreibung von Felix. Sie *weiß*, dass er ein guter Mensch ist. Stattdessen spürt sie einen Schauer der Erregung. Ihr Traummann ist Filmregisseur. Sie kann sich kaum einen beeindruckenderen Beruf vorstellen.

»Er macht Filme?«

»Ja, aber ich glaube, sie sind nicht sehr bekannt. Ich habe noch nie einen gesehen. Guido hat mir erzählt, dass sie ziemlich seltsam sind. Surrealistisch, meinte er.«

»Wie ist Monsieur Leduc, er ist doch ganz sicher nicht ständig schlecht gelaunt?«

Maria pirscht sich an Jacqueline heran und möchte unbedingt mehr über ihren geheimnisvollen Ritter in glänzender Rüstung erfahren, ohne ihr jedoch zu verraten, wieso.

»Bist du ihm noch nie begegnet?« Jacqueline sieht sie an, dann wendet sie ihre Aufmerksamkeit wieder dem Schrubben der Kartoffeln zu.

»Nein. Er ist Franzose, oder?«

»Ich glaube, er kommt aus Paris, aber während der Besatzung hat er in Lyon gelebt. Ich spreche allerdings kaum mit ihm.« Jacqueline zögert und kaut auf ihrer Lippe. »Auch wenn er da wäre, würde ich ihn nur ungern bitten, mir etwas zu leihen.«

»Aber ihr seid beide Franzosen. Ihr habt doch sicher einiges gemeinsam?«

»Nein, Liebes. Ich glaube, unser französisches Erbe hat uns beiden beträchtliches Leid beschert. Es ist nichts, das wir miteinander teilen möchten.«

Sie beginnt, die Kartoffeln klein zu schneiden und neben sich in den Topf zu werfen.

»Obwohl ich zu behaupten wage, dass seine Kriegserlebnisse sich deutlich von meinen unterscheiden. Aber ich will es wirklich nicht wissen. Ich will nicht an die Vergangenheit erinnert werden.« Sie knallt energisch den Deckel auf den Topf, und Maria befürchtet, Jacqueline verärgert zu haben. Aber im nächsten Augenblick lächelt die Mentorin und zwinkert ihr gut gelaunt zu.

»Ich finde, ein hübsches junges Mädchen wie du sollte seine Gedanken nicht an jemand wie ihn verschwenden. Jetzt lauf, und hol den Öffner von deinem Bewunderer.«

Maria geht ungern zu Guido. Sie findet ihren Landsmann seltsam. Mehrmals die Woche kommt er unaufgefordert zum Abendessen. Jedes Mal bringt er Jacqueline Geschenke mit, wie etwa ein wertvolles Glas Erdbeermarmelade oder einen frisch gebackenen Laib Brot. Das ganze Essen über starrt er Maria mit großen Augen an und sagt kaum ein Wort. Es ist ihr peinlich, vor allem nachdem Jacqueline es bemerkt hat und sie damit aufzieht. Wenn Guido zurück in sein Zimmer geht, sagt Jacqueline Maria, dass sie Guidos Göttin sei, und drängt sie, den armen Kerl von seinem Leid zu erlösen, indem sie mit ihm zum Tanzen geht. Aber Maria bleibt hart und gibt vor, zu sehr mit ihrem Unterricht beschäftigt zu sein. Sie brauche ihre Erholung. Seit dem letzten Mal mit Joan ist sie nicht mehr ausgegangen. Dann nickt Jacqueline zustimmend, klopft ihr auf die Schulter und lobt sie: »Deine Mutter wäre stolz auf dich.«

Als Maria an ihre Mutter und Pina denkt, fühlt sie sich ganz elend vor Sehnsucht. Sie bemüht sich, möglichst nicht an sie und Venedig zu denken. Wie sehr sie das Wasser vermisst. Maria ist an der Themse entlanggelaufen, von der durch Bomben beschädigten Westminster Abbey bis zu den Stufen der majestätischen St. Paul's Cathedral. Aber das ist nicht dasselbe, wie an Venedigs jadegrünen Kanälen spazieren zu gehen. Sie starrt in die braune Brühe der Themse, denn die betrachtet sie immer noch lieber als die klaffenden Lücken der Stadt. Doch London ist eifrig mit dem Wiederaufbau beschäftigt, vor allem, da die Olympischen Spiele dieses Jahr hier stattfinden. Am liebsten geht Maria im Battersea Park spazieren, vor allem jetzt, da dort unter freiem Himmel Skulpturen ausgestellt sind. Er liegt nicht weit von Jacquelines Haus entfernt. Maria läuft gern um den kleinen Weiher herum und beobachtet die Enten, die im Wasser planschen. Oder sie betrachtet eine der beeindruckenden Skulpturen. Marias Behauptung, sie sei zu sehr mit ihrem Tanzstudium beschäftigt um auszugehen, ist tatsächlich nicht gelogen. Lempert prüft sie auf Herz und Nieren. Selbst Joans soziales Leben scheint sich seither etwas ruhiger zu gestalten. An dem Tag, nachdem sie von Douglas überfallen wurde, hatte Maria schreckliche Angst, dass Joan nicht zum Unterricht erscheinen würde. Steckten Douglas und Ralph unter einer Decke? Würde sie aus der Zeitung von der Vergewaltigung und dem Mord an ihrer Freundin erfahren? Als sie Joan mit schwarzen Rändern unter den Augen und mit einer Alkoholfahne in der Klasse antraf, war sie so erleichtert, dass sie ganz weiche Knie bekam. An jenem Morgen nahm Lempert sie besonders hart ran. Als wüsste er, dass sie lange aus gewesen waren, und sie bestrafen wollte.

Er besetzte bereits die Rollen für das Endsemesterballett *Pandora*, eine der revolutionären Choreografien von Kurt Jooss, und obwohl Maria das Gefühl hatte, nicht gut genug für einen öffentlichen Auftritt zu sein, lud Lempert sie zum Vortanzen ein.

Immer wieder ließ er die Studenten über den Boden des Studios springen. Viel länger als üblich. Normalerweise fühlte sich Maria leicht wie eine Feder. Sie wusste, dass sie hoch springen konnte, aber an jenem Tag war sie bleischwer und steif, eine Folge des Angriffs in der vorangegangenen Nacht. Joan war in noch schlechterem Zustand als sie. Schweiß lief ihr über das Gesicht und verwischte ihr Make-up.

»Ich fühle mich wie hundert«, flüsterte sie Maria zu.

»Bist du gut nach Hause gekommen?«

»Klar«, erwiderte Joan. »Warum fragst du?«

Maria schüttelte den Kopf. »Das erzähle ich dir später.«

Joan fasste besorgt ihren Arm: »Es ist doch nichts Schlimmes passiert, oder? Bist du in Ordnung?«

Maria nickte. »Mir geht es gut.«

»Das ist nicht der Zeitpunkt zu plaudern, die Damen. Ich will sehen, dass ihr euch bewegt«, drängte Lempert.

»Sklaventreiber«, zischte Joan leise, während sie erneut quer durch das Studio sprang.

Erst nach dem Unterricht konnten sie richtig miteinander sprechen. Weil es ein so schöner Tag war, schlug Joan vor, zu Fuß zu gehen, anstatt den Bus zu nehmen. Während sie die Kennington Road hinuntergingen, öffnete Joan ihre Tasche und schwang in der Hand triumphierend eine Dose Büchsenmilch.

»Willst du was?«, fragte sie Maria. »Ich bin vorbereitet.«

Sie holte einen Büchsenöffner aus der Tasche, durchbohrte den Deckel und reichte die Dose zuerst Maria, die einen Schluck nahm. Die Milch war warm und süß und gab Maria Energie. Während sie weitergingen, erzählte Joan alles von Ralph und wie viel Spaß sie gehabt hatten.

»Ich habe ihn mit in mein Apartment genommen. Meine Vermieterin ist sowieso eine verschlafene Kuh.« Sie grinste Maria frech zu. »Ach, es war einfach herrlich. Es hat mir wirklich geholfen, Stan zu vergessen.«

»Hast du mit ihm geschlafen?« Maria blickte voller Ehrfurcht zu ihrer Freundin.

Joan legte den Kopf schief. »Bist du schockiert? Findest du mich billig?«

»Nein, aber du kennst ihn kaum.«

»Ach, ich wusste genug über ihn«, antwortete sie fröhlich. »Ich wusste, dass man mit ihm Spaß haben kann, nichts Ernstes. Und das war mir gerade recht.«

»Willst du denn nicht jemand Besonderes kennenlernen?«, fragte Maria.

»Doch, natürlich«, antwortete Joan. »Aber bis dahin werde ich nicht wie eine Nonne leben!«

Sie kamen an der Lambeth North Station vorbei und bogen in die Westminster Bridge Road ab.

»Und bei dir? Douglas ist aufgesprungen und hinter dir hergelaufen, als du gegangen bist. Er schien ziemlich scharf auf dich zu sein.«

Maria blieb stehen und schloss fest die Augen. Sie wollte sich nicht an diesen widerlichen Kerl erinnern und an das, was er ihr antun wollte, doch so hatte sie Felix kennengelernt.

»Was ist los? Mein Gott, Maria, du bist weiß wie ein Gespenst«, sagte Joan, und das Lächeln auf ihrem Gesicht erstarb. »Was ist passiert?«

Maria öffnete die Augen, sah starr geradeaus und ging weiter.

»Er hat mich angegriffen, Joan.«

»Was! Oh mein Gott. Hat er dir wehgetan?«

»Nein, jemand ist mir zu Hilfe gekommen, bevor …« Maria konnte es nicht aussprechen.

»Wer? Was ist passiert? Oh, Maria, es tut mir so leid. Ich hätte mit dir nach Hause gehen sollen.« Joan rang die Hände und sah zerknirscht aus. »Ich kannte ihn überhaupt nicht. Ich glaube, er ist noch nicht einmal ein Freund von Ralph. Er saß nur mit ihm an einem Tisch.«

»Mir geht es gut, es ist okay. Er hat mich nicht verletzt.«

»Wenn ich ihn je wiedersehe …« Joans Wangen waren vor Wut gerötet, aber Maria unterbrach sie.

»Es hat mich jemand gerettet.«

Bei dem Gedanken an das, was als Nächstes geschehen war, erfasste sie Aufregung. Felix Leduc war im richtigen Moment aufgetaucht und hatte sie erlöst.

»Wer?«

»Dieser Mann, dieser schöne Mann.«

Joans besorgte Miene wich einem Lächeln.

»Ein echter Ritter in glänzender Rüstung?«

»Ja. Und Joan, es ist einfach unglaublich, er wohnt in unserem Haus. Er ist mein Nachbar!«

»Nun, wer ist er? Erzähl. Spuck es aus!«

»Ich weiß nicht viel von ihm, nur, dass er Franzose ist. Er heißt Felix Leduc und wohnt im zweiten Stock, in der Wohnung direkt unter uns.«

»Wie romantisch«, seufzte Joan. »Er hört also, wie du über seinem Kopf herumläufst. Er stellt sich dich in einem kleinen weißen unschuldigen Nachthemd vor.«

Maria errötete.

»Ach, hör auf, Joan!« Sie drückte die Tasche an ihre Brust. Sie wollte ihre Vorstellung von Felix nicht beschmutzen. »Ich habe noch nie einen solchen Mann gesehen. Ich glaube, ich habe mich auf der Stelle in ihn verliebt.«

Joan schien verwirrt.

»Willst du mir erzählen, dass es Liebe auf den ersten Blick war?«

Mit leuchtenden Augen nickte Maria.

»Er muss etwas Besonderes sein, wenn du den widerlichen Douglas über ihn ganz vergessen hast. Mein Gott, wenn ich den je wiedersehe!«

»Bitte, Joan, lass uns nie mehr davon sprechen. Ich habe niemandem davon erzählt. Versprich es mir.«

»Abgemacht. Aber nur, wenn du mir alles über Felix erzählst.« Joan stupste sie an.

»Nun, das ist alles. Ich weiß nicht, wann ich ihn wiedersehen werde«, bemerkte Maria.

»Ihr lebt im selben Haus. Es ist nur eine Frage der Zeit.«

Doch das war vor über einem Monat gewesen, und jeden Tag, wenn Joan fragte, ob Maria Felix getroffen habe, musste sie verneinen. Inzwischen hat ihre Freundin das Interesse verloren und ist ganz und gar mit der Arbeit an *Pandora* beschäftigt, denn Lempert hat sie für die Titelrolle ausgewählt. Maria fühlt sich geehrt, überhaupt in eine der Tanzgruppen gekommen zu sein.

Jeden Tag nach der Schule hat Joan Zusatzproben, um einen besonders schwierigen Tanz mit Louis zu üben, der die Rolle des Draufgängers übernommen hat. So muss Maria jeden Tag allein die Kennington Road hinuntergehen und ist ihren Gedanken überlassen. Ihr Kopf ist voll mit Bildern von Felix. Sie versucht, nicht an ihn zu denken, aber sie malt sich unwillkürlich ganze Fantasien aus. In ihrem Traum reisen Felix und sie zusammen nach Paris. Sie sitzen neben Sartre und Simone de Beauvoir, Juliette Gréco und Anne-Marie Cazalis in einem dieser Künstlercafés, trinken Wein und führen intellektuelle Gespräche. Sie trägt enge schwarze Kleidung und sieht unglaublich schick und modern aus. In einem anderen Traum ist sie Tänzerin im Moulin Rouge. Felix sitzt in der ersten Reihe und blickt bewundernd zu ihr hoch. Wieder ein anderes Mal stellt sie sich vor, dass sie zusammen auf einem Boot die Seine hinunterfahren und sich unter den Pfeilern von Notre-Dame küssen oder wie sie an einem Leierkastenmann auf dem Montmartre vorbeischlendern, im Hintergrund Sacré-Cœur. Im Laufe der Wochen wachsen ihre Fantasien. Sie denkt sich einen Familienhintergrund für Felix aus. Sie beschließt, dass er genau wie sie ein Einzelkind ist. Er ist in einer großen Wohnung mitten in Paris aufgewachsen. Seine Familie war sehr reich, hat sich aber gegen die Nazis gestellt und ist während der Besatzung aus Paris geflohen. Maria stellt sich Felix als einen mutigen Widerstandskämpfer vor, der gegen die Nazis sabotiert und sein Leben für Frankreich riskiert hat. Da er so viel älter als sie ist, beschließt sie, dass Felix schon einmal geliebt haben muss. Doch seine Liebe ist von den bösen Besatzern brutal ermordet worden, woraufhin Felix sich der Resistance anschloss, um sich zu rächen. Er ist ein guter Mensch, aber was er in Frankreich während des Kriegs erlebt hat, quält ihn. Deshalb wirkt er jetzt mürrisch auf andere Leute. Er braucht eine Frau, ein junges frisches Mädchen, das seine Wunden heilt, denn deshalb verkriecht er sich in seiner Londoner Wohnung. Er wartet auf ein Mädchen wie sie. Deshalb verlässt er seine Wohnung nur nachts. Deshalb macht er diese seltsamen surrealen Filme – um den Schrecken zu verarbeiten. Aber jetzt sind Maria und er sich begegnet. Und genau wie er sie vor der Vergewaltigung gerettet hat, wird sie ihn aus seiner dunklen Einsamkeit retten. Maria steigert sich so sehr in ihre Fantasien hinein, dass sie Felix nach ein paar Wochen fast nicht wiedersehen möchte. Was, wenn er ganz anders als der Mann in ihren Träumen ist? Aber was, wenn er genau so ist? Kann sie in der realen Welt ihre Traumliebe leben?

Maria versteht Joan und ihre lockere Einstellung zu Sex nicht. Sie verurteilt sie allerdings auch nicht. Sie hat ihre Freundin wirklich gern und mag ihre offene warme Art, die so ganz anders ist. Die anderen Mädchen in der Schule sind kühl und konkurrieren mit ihr. Maria wünschte allerdings, dass Joan etwas mehr Selbstachtung besäße. Sie hat in Illustrierten gelesen, dass kein Mann eine Frau heiraten wolle, die zu freigebig sei. Und wünscht sich Joan das am Ende nicht auch? Eine Ehefrau zu sein, Kinder zu haben, eine Familie zu gründen? Will das nicht jedes Mädchen?

Maria ist unter Frauen aufgewachsen. Alle Männer, einschließlich ihres Vaters, waren Produkte ihrer Fantasie. Trotz ihrer liberalen Erziehung durch zwei sich liebende Frauen wünscht sich Maria insgeheim, für einen Mann die Prinzessin zu sein. Sie wünscht sich eine Sommerhochzeit und ewiges Glück.

Es ist Hochsommer, und in London wird es langsam warm. Nicht annähernd so heiß wie in Venedig, nichtsdestotrotz schneidert Maria sich zwei Sommerkleider aus Stoff, den ihre Mutter aus Italien geschickt hat. Jacqueline und sie haben in *Harpers Bazaar* die Bilder von Christian Diors neuer Kollektion studiert. Kleidung ist in London noch immer rationiert, und so rührte sie das Paket ihrer Mutter zu Tränen; als habe man ihnen die Kronjuwelen geschickt. Wo um alles in der Welt hatte Belle so schöne Stoffe gefunden? Maria ist eine begabte Schneiderin, Pina hat es ihr beigebracht, als sie ein kleines Mädchen war. So verspricht Maria Jacqueline, dass sie beide vor Ende des Sommers wie zwei Damen aus der Dior-Kollektion aussehen werden. Wie gut Belle den Teint ihrer Tochter kennt. Belle weiß, dass ihr zu den dunklen Locken, der blassen Haut und den blauen Augen kräftige Farben am besten stehen. Und so hat Maria zwei Kleider für sich genäht, die anders als die pastellfarbenen der anderen Mädchen in intensiven Farben leuchten. Eines ist rubinrot mit einem weiten Rock à la Dior, das andere etwas mädchenhafter, kobaltblau mit kleinen rosa Blüten. Auf der Rückseite hat es eine Falte, die ihren Po betont, und eine Bolerojacke bringt ihre Taille zur Geltung. Mit federndem Gang trägt Maria ihre neuen Kleider spazieren und erkennt an den bewundernden Blicken der Londoner, dass sie ihr gut stehen. Ihr Englisch hat sich enorm verbessert, und langsam hat sie tatsächlich das Gefühl, hierher zu passen. In London leben so viele unterschiedliche Nationalitäten, so viele Kriegsflüchtlinge, die alle ihre eigene Leidensgeschichte haben. Jetzt, da die Olympischen Spiele vor der Tür stehen, herrscht eine feierliche Atmosphäre in der Stadt, man ist aufgeregt und stolz.

In der Tanzschule wird unaufhörlich *Pandora* geprobt. Heute ist Joan im Unterricht schluchzend auf dem Boden des Studios zusammengebrochen, nachdem Lempert sie dieselbe Abfolge gefühlte einhundertmal wiederholen ließ. Maria ist froh, zu den Begleittänzern zu gehören. Einem solchen Druck würde sie im Moment nicht standhalten. Lempert ist zwar ein strenger Lehrer, schafft es jedoch, das Beste aus seinen Schülern herauszuholen. Die Tänzer arbeiten hart, wollen glänzen und in seinem Stück ihr wahres Können zeigen.

Inzwischen ist es Monate her, dass Felix Maria gerettet hat, er ist für sie zu einer Fantasiegestalt geworden. Sie hat die Hoffnung aufgegeben, ihn jemals wiederzusehen. Es ist Freitag, und die Mädchen packen nach dem Unterricht in Aktzeichnen ihre Tanzsachen zusammen. Joan nimmt Marias Zeichenblock und blättert ihn durch.

»Ach, die sind fantastisch, Maria, du kannst die einzelnen Haltungen wirklich gut einfangen.«

»Um ehrlich zu sein, Joan, verstehe ich nicht, warum wir als Tänzer überhaupt Aktzeichnen lernen.«

»Es geht darum, den Körper zu studieren. Eine andere Tänzerin in einer Pose zu betrachten und die Linie in ihr zu erkennen«, erklärt Joan. »Hast du Lempert nicht zugehört, als er das erklärt hat?«

»Doch, natürlich, ich würde nur lieber tanzen.«

Die Umkleide hat sich geleert, nur Joan und Maria sind noch da. Maria bemerkt, dass ihre Freundin ihr schwarzes Trikot und ihre Strumpfhosen anbehält. »Kommst du nicht mit?«

Joan seufzt. »Nein. Ich muss noch mit Louis proben.«

In den letzten Wochen haben Louis und Joan in den Abendstunden ständig an ihrem gemeinsamen Auftritt gearbeitet.

»Na gut, übertreib es nicht.« Maria überprüft ihr Aussehen im Spiegel der Puderdose. »Bis Montag.«

Als sie schon einige Straßen entfernt ist und in einem Geschäft Zigaretten kaufen will, bemerkt sie, dass sie ihre Geldbörse auf der Bank in der Mädchenumkleide vergessen hat. Sie vermutet, dass die Tür offen ist, da Joan und Louis noch im Studio trainieren. Sie braucht ihr Geld. Die Börse enthält ihren gesamten Unterhalt für diesen Monat sowie ihre Lebensmittelkarten.

Maria läuft eilig die Straße zurück. Sie trägt ihr blaues Kleid mit den rosa Blumen, in dem sie sich zart wie eine orientalische Blüte fühlt.

Wie erwartet ist die Eingangstür zur Tanzschule unverschlossen. Maria stößt sie auf und schleicht, so leise wie möglich, den Flur hinunter. Sie will Lempert nicht begegnen und auch nicht Joan und Louis stören. Alle Mädchen vergöttern Louis. Er kommt aus der Karibik und hat wunderschöne Haut. Am liebsten würde Maria ihn dauernd anfassen. Er ist anders gebaut als weiße Männer: ein großer Kerl. Wenn er tanzt, kann man sich seinem Zauber kaum entziehen, seine Energie ist überwältigend. Joan war nervös wegen ihres Auftritts mit ihm. Anscheinend gehört er zu den wenigen Männern, in deren Gegenwart sie schweigt. Doch Maria hat den Eindruck, dass sie gut miteinander auskommen. Wenn sie zusammen tanzen, sieht es jedenfalls beeindruckend aus.

Maria eilt den Flur hinunter und blickt auf ihre Armbanduhr. Sie hat Jacqueline versprochen, zum Metzger zu gehen und sich in der Schlange für Kutteln anzustellen, bevor es zu spät ist. Sie hofft, dass ihr Kleid den Metzger dazu animiert, ihnen vielleicht etwas anderes als Kutteln zu geben, etwa ein mageres Kotelett oder zwei. Als sie sich dem Studio nähert, wundert sie sich, dass sie den Pianisten nicht hört. Ist er vielleicht schon nach Hause gegangen? Als sie an der Tür vorbeikommt, vernimmt sie ein merkwürdiges Geräusch. Sie kann es nicht identifizieren und stößt, ohne nachzudenken, die Tür auf. Das Studio ist leer. Doch noch immer hört sie dasselbe Geräusch, es klingt wie ein Schrei oder mehr wie ein Jaulen. Es kommt von der Galerie über dem Klavier. Sie schlüpft aus den Schuhen und schleicht auf Zehenspitzen über den Holzboden. Sie denkt nicht darüber nach, was sie hört, sie ist einfach nur neugierig. Vielleicht ist eine Katze im Studio eingesperrt und will hinaus.

Sie steigt die Treppen hinauf und späht um die Ecke. Bei dem Anblick bleibt ihr der Mund offen stehen.

Ihre Freundin Joan liegt auf dem Tisch, um den sie vor nicht einmal einer Stunde noch gesessen und gezeichnet haben. Das Gesicht hat sie Maria zugewandt, sie kann sie jedoch nicht sehen, da ihre Augen mit schwarzen Tanzstrumpfhosen verbunden sind. Ihre nackten Beine ragen in die Luft. Mit dem Rücken zu Maria steht Louis und presst sich gegen Joan. Beide sind nackt. Joans Haut schimmert cremeweiß neben Louis' dunklem Teint. Maria kann den Blick nicht von Louis abwenden. Sie hat seinen Körper jeden Tag im Trikot gesehen, aber der Anblick seines nackten, sich bewegenden Gesäßes ist etwas anderes. Auf seinen Schultern ruht je einer von Joans kleinen Füßen, er hat Joan ganz nach vorn an die Tischkante herangezogen und stößt immer wieder zu. Das Jaulen stammt von Joan. Maria schlägt erschrocken eine Hand vor den Mund. Das ist er also: der sexuelle Akt. Sie hat natürlich Bilder davon gesehen. Und sie hat es sich ausgemalt, aber nie so. Nie so ursprünglich, so rau, so archaisch. Sie betrachtet Louis' Hinterkopf und hört sein Keuchen, während er immer fester zustößt. Was soll sie tun? Soll sie die beiden unterbrechen? Weglaufen? Maria tut weder das eine noch das andere. Sie hockt sich auf die oberste Treppenstufe und sieht zu. Sie ist eine achtzehn Jahre alte Jungfrau, die in einen Fantasiemann verliebt ist, und sie will wissen, wie dieser Akt ist, von dem Joan die ganze Zeit erzählt. Sie will sehen, was daran so toll ist. Sie empfindet widersprüchliche Gefühle: Schock, Verwunderung, Abscheu und noch stärker als alles andere: ein Pochen zwischen ihren Beinen. Ihre Glieder fühlen sich wackelig an, und tief in sich spürt sie ein heftiges Pulsieren.

Louis steigert den Rhythmus, der Akt wird wilder. Es ist

ein Tanz, der erste Tanz überhaupt, denkt Maria, während sie zusieht, wie er beim letzten Stoß aufschreit und dann auf der nackten Brust ihrer Freundin zusammenbricht. Maria duckt sich schnell und schleicht die Stufen hinunter. Joan darf nie erfahren, dass sie das gesehen hat. Sie schlüpft aus dem Studio, läuft zur Umkleide und nimmt rasch ihre Börse, die unter die Bank gefallen ist. Es wäre eine Katastrophe, wenn sie Joan jetzt in die Arme liefe.

Wieder im Freien hastet Maria die Kennington Road hinunter. Alles sieht wie immer aus. Es ist ein ganz normaler sonniger Nachmittag in London. Während Maria davoneilt, streichelt das Sonnenlicht ihr Gesicht. Sie atmet heftig und spürt, dass sie unter ihren Kleidern feucht ist. Offenbar ist ihr ein ganzes Universum verschlossen. Haben Ehemänner und Ehefrauen auf diese Weise Sex? Oder ist das nur etwas für Liebespaare, für heimliche Geliebte?

Im Nachhinein hatte Maria das Gefühl, dass dieses Erlebnis ihren Prinzessinnentraum zerstört, ihr Schicksal beeinflusst hat. Sie ist überzeugt, dass *er* ihr nicht zufällig an jenem Tag entgegenkam, als sie gerade mit den Kutteln in der Hand um die Ecke bog, deren starker blutiger Geruch sich mit dem Duft der Rosen in den Vorgärten mischte.

Genau im selben Moment erreichen sie das Tor der Nummer achtzehn. Als er sich umdreht und sie anblickt, sieht er genau so aus wie in ihren Träumen: ein großer, dunkler Fremder mit nachdenklichen Augen und vollen Lippen – ein Mann wie aus den Schauergeschichten, die Pina so gern liest; ein Mann, dem man nicht widerstehen kann. Und so gehört Maria ihm bereits, bevor Felix überhaupt ein Wort gesagt hat.

Valentina

Als sie von der Finchley Road in die baumbestandene Straße in Hampstead abbiegt, kommt die Sonne heraus, und das ölige Pflaster schimmert in allen Regenbogenfarben. Doch Valentinas Stimmung verfinstert sich zunehmend. Die Wut auf ihren Vater ist verflogen, jetzt empfindet sie nur noch Angst. Was, wenn er ihr die Tür vor der Nase zuschlägt? Kann sie die harte Realität ertragen, von ihm abgewiesen zu werden? Passiert in ihrem Leben nicht schon genug? Warum muss sie sich das jetzt auch noch antun?

Doch gerade ihre unglückliche Situation mit Thomas bringt sie dazu, ihren Vater aufzusuchen. Nach einer weiteren schlaflosen Nacht, in der sie gegrübelt hatte, wie sie Thomas ihre Liebe beweisen kann, hat sie festgestellt, dass sie ihm noch immer nicht ganz vertraut, auch wenn er sie darum gebeten hat. Er hat ihr erneut seine Liebe gestanden. Aber sie begreift nicht, warum er weiterhin mit Anita zusammen ist. Während die Stunden vergingen und sie Antonellas leisem Schnarchen im Bett nebenan gelauscht hatte, war Valentina aufgefallen, dass es noch eine andere schicksalhafte Fügung in ihrem Leben gab: kurz vor ihrer Abreise nach London Garelli getroffen und dabei erfahren zu haben, dass ihr lang vermisster Vater ausgerechnet in London lebte. Vielleicht lag darin der Schlüssel zu ihrem Herzen? Wenn sie sich ihrem Vater und der Angst, von ihm abgewiesen zu werden, stellte, konnte sie Thomas vielleicht endlich vertrauen und ihn endgültig zurückgewinnen. Denn sie ist noch immer unentschlossen. Sie will Thomas zurück, aber sie hat Angst, sich ihm zu öffnen. Sie wünschte, es gäbe keine Anita, keine Konkurrentin.

Als der Morgen graute, war Valentina verzweifelt aufgestanden. Sie beschloss, sich mit dem alten Filmmaterial von Maria Brzezinska abzulenken. Trotz des Namens der Tänzerin und der Tatsache, dass sie ihr erstaunlich ähnlich sah, konnte Valentina nicht glauben, dass es sich um ihre Großmutter handelte. Dieser engelsgleiche, kreative Geist war das genaue Gegenteil der schüchternen Ehefrau und Mutter, von der sie gehört hatte. Auf allen Bildern, die Valentina von ihrer Großmutter kannte, war eine kleine rundliche Frau abgebildet. Nichts an ihr ließ vermuten, dass sie einst dieses ätherische Wesen gewesen war, das über die Bühne schwebte. Und wenn das tatsächlich ihre Großmutter war, warum hatte sie ihrer Tochter nie von ihrer Zeit als Tänzerin erzählt? Warum verheimlichte sie diesen Teil ihrer Vergangenheit? Valentina versuchte, dem Tanz zu folgen, aber das Material war nicht vollständig und endete abrupt, als die Figur, die ihre Großmutter zu sein schien, von einem anderen Tänzer in die Luft gehoben wurde.

Valentina schaltete den Film aus und legte den Laptop zur Seite. Sie lag auf dem Sofa. Gern hätte sie Antonella geweckt und sich ihr anvertraut. Sie würde ihr gern erzählen, dass sie Thomas gesehen hatte. Doch sie wusste, dass ihre Freundin ihr raten würde, ihn zu vergessen, vor allem weil er mit jemand anderem ausging. Antonella mochte häufig den Partner wechseln und abenteuerlustig sein, aber sie nahm keiner Frau den Mann weg. Das hatte Valentina bislang ebenfalls von sich behauptet. Aber sie konnte einfach nicht glauben, dass Thomas es ernst mit Anita meinte. Etwas in ihr war stärker als die Sorge um die

Gefühle der anderen Frau. Natürlich war es nicht nett, dass Valentina sich die Trennung der beiden wünschte, aber sie konnte nicht anders.

Valentina verlangsamt ihren Schritt und zieht die Adresse, die Garelli ihr aufgeschrieben hat, aus der Manteltasche, liest sie noch einmal. Sie ist nur noch wenige Häuser entfernt. Ein Mann kommt auf sie zu. Ihr Magen verkrampft sich, ihre Handflächen werden feucht. Er ist um die sechzig, groß, hat volles graues Haar und trägt eine Brille. Er könnte es sein. Valentina weiß nicht, wie stark ihr Vater sich seit ihrem sechsten Lebensjahr verändert hat. Mechanisch geht sie auf ihn zu. Vor Angst ist ihre Kehle wie zugeschnürt. Als er fast auf ihrer Höhe ist, sieht sie ihm ins Gesicht. Er hat sehr dunkle Haut und dicke buschige Augenbrauen. Aus der Nähe sieht er überhaupt nicht aus wie auf den alten Fotos, die sie von ihrem Vater besitzt. Beschämt wendet sie den Blick ab, ihr Herzschlag beruhigt sich.

Jetzt steht sie vor dem Haus ihres Vaters. Es ist ein schmales Reihenhaus mit Schiebefenstern und einem kleinen Vorgarten. Es ist zwar klein, aber es wirkt sehr gepflegt. Dieses hübsche kleine Haus passt nicht zu dem Bild, das Valentina von ihrem Vater hat, zu dem umherreisenden Journalisten. Dem Mann, der sich nicht um seine Kinder kümmert.

Sie holt tief Luft und will gerade die Stufen zum Eingang hinaufgehen, als sie etwas entdeckt. Aus dem Augenwinkel nimmt sie eine Gestalt wahr, jemand lungert hinter ihr herum. Sie dreht sich abrupt um und ist schockiert, als sie auf der anderen Straßenseite niemand anders als Thomas' Rivalen, den Kunstdieb Glen, erblickt. Aufdringlich starrt er zu ihr herüber. Valentina betrachtet seine große Gestalt und seine blonden Haare, die in der Sonne wie eine goldene Krone glänzen. Er sieht wie ein futuristischer Racheengel aus. Obwohl es ein warmer Tag ist, ist er in einen langen schweren schwarzen Mantel gekleidet. Die Hände hat er in die Taschen geschoben. Er rührt sich nicht vom Fleck. Sie begreift, dass er auf sie wartet. Wie lange folgt er ihr bereits? Ist er ihr etwa den ganzen Weg bis zu diesem äußerst persönlichen Ort hinterhergegangen?

Die Angst vor der Begegnung mit ihrem Vater weicht der Wut auf diesen Mann, der erneut in ihr Leben eindringt. Sie überquert die Straße, bis sie direkt vor ihm steht. Er bewegt sich kein Stück, um ihr Platz zu machen, sodass ihre Absätze über den Bordstein ragen. Er ist so groß, dass sie zu ihm aufblicken muss. Zum Glück trägt sie eine Sonnenbrille, sodass die Sonne sie nicht blendet und sie ihn voller Verachtung ansehen kann, ohne dass er das deutlich sieht.

»Was machst du hier?«

»Hallo, Valentina, wie nett, dich wiederzusehen«, erwidert Glen mit seinem klaren englischen Akzent. »Herzlich willkommen in meiner Heimatstadt.«

»Wie kannst du es wagen, mich zu verfolgen? Lass mich in Ruhe.«

Sie ist so wütend, dass sie mit dem Finger auf sein Gesicht zeigt.

»Meine Güte, du wirkst etwas gereizt, meine Liebe«, entgegnet er. Blitzschnell fasst er ihren ausgestreckten Finger und presst ihn fest zusammen. Schmerz schießt durch Valentinas Hand ihren Arm hinauf.

»Lass mich los«, zischt sie.

Seine Augen funkeln.

»Ich muss sagen«, erklärt er ausdruckslos und hält noch immer ihre Hand so fest, dass sie das Gefühl hat, ihr Finger bräche gleich ab, »ich bin sehr froh, dass wir uns einfach so über den Weg laufen. Das ist sehr praktisch.«

»Was willst du?«, fragt sie und versucht sich von ihm loszumachen. »Wenn du mich nicht loslässt, schreie ich.«

Er lächelt und lässt ihre Hand los.

»Ich entschuldige mich. Ich wollte dir nicht wehtun«, behauptet er, aber es ist ganz klar, dass er genau das wollte.

»Halt dich von mir fern«, zischt sie. »Sonst melde ich dich der Polizei.«

Er verschränkt die Arme.

»Aber Valentina, du und dein Freund wollt doch nicht, dass sich die Polizei in unsere Geschäfte einmischt.«

»Er ist nicht mein Freund.« Sie lacht und fühlt sich überlegen. »Thomas und ich sind schon seit Monaten nicht mehr zusammen.«

Doch Glen schüttelt den Kopf und blickt wissend auf sie hinab.

»Ach nein, jeder sieht, dass ihr zwei zusammengehört. Euer Schicksal gehört zu den ganz großen Liebesgeschichten. Ich bin zuversichtlich, dass du eines Tages Thomas' Ehering an diesem kleinen Finger hier tragen wirst.«

Er deutet auf ihre Hand, die sie daraufhin schützend in die Tasche steckt.

»Du täuschst dich. Er hat eine neue Freundin. Warum belästigst du die nicht?«

Valentina macht auf dem Absatz kehrt und geht die Straße zurück. Sie kann ihren Vater jetzt nicht besuchen. Nicht solange Glen sie verfolgt. Sie hört seine Schritte hinter sich, und egal wie schnell sie geht, er hält mit. Erneut steigt Wut in ihr auf, sie bleibt stehen und fährt herum.

»Was willst du? Was?«

Er schlendert dicht auf sie zu, sodass er mit seinen Lippen ihren Kopf streift. Sie spürt seinen Atem auf ihrer Stirn und nimmt seinen Geruch war. Diesen starken männlichen Moschusgeruch, den sie schon in Mailand so unerträglich fand.

»Du kannst Thomas eine Nachricht von mir übermitteln.« Er lächelt schmierig.

»Warum sagst du es ihm nicht selbst?«

»Weil er mir nicht zuhört, dir aber schon, Valentina.«

Sie zuckt mit den Schultern und versucht so zu tun, als interessiere sie das nicht.

»Also gut, wie lautet die Nachricht?«

»Sag ihm, er schuldet mir eine Million Dollar.«

Sie schnaubt verächtlich, aber Glen meint es offenbar ernst.

»Sag ihm, das wollte Gertrude Kinder mir für das Metsu-Bild zahlen.«

Valentina verschränkt die Arme.

»Ist es nicht unmoralisch, von einer alten Dame eine so riesige Summe für etwas zu verlangen, das ihr eigentlich ohnehin gehört?«

Glen lacht boshaft.

»Komm du mir nicht mit Moral, Valentina. Ich weiß, wie du lebst. Was du treibst …« Er grinst höhnisch. »Du bist ein sehr böses Mädchen.«

Seine Anspielung widert sie an.

»Das ist etwas völlig anderes.«

Er legt den Kopf auf die Seite.

»Nun, wir haben alle unsere eigenen Moralvorstellungen. Und ich verstehe nicht, was falsch daran ist, sich für einen gefährlichen Job bezahlen zu lassen. Meine Freiheit steht auf dem Spiel. Weißt du außerdem überhaupt, wie reich Gertrude Kinder ist? Warum sollte sie mich nicht bezahlen?«

»Ich glaube nicht, dass es viel Sinn hat, wenn ich Thomas erzähle, dass er dir all dieses Geld schuldet. Auch wenn ich ihn sehen sollte, solange ich in London bin«, meint sie.

»Aber ich habe ein Angebot für ihn«, sagt er. »Ich weiß, warum er hier ist. Ich weiß, worauf er es abgesehen hat.«

Valentina erinnert sich an das gestrige Gespräch, bei dem Thomas ihr erzählt hat, dass Glen natürlich hinter demselben Bild her ist.

»Du kannst ihm sagen: Wenn er mir den Masson überlässt, lasse ich die Vergangenheit ruhen. Sonst …«

»Was sonst?«, unterbricht sie ihn hitzig.

»Sonst muss ich dich nehmen.«

Ob dieser Dreistigkeit sieht Valentina Glen mit großen Augen an.

»Wie kommst du darauf, dass ich mich von dir ›nehmen‹ lasse? Ich gehöre keinem Mann. Ich habe noch nie einem Mann gehört, und das werde ich auch nicht.«

»Glaub mir, dir wird keine andere Wahl bleiben.«

Etwas an der Art, wie Glen das sagt, ängstigt Valentina, sie ist jedoch entschlossen, ihm das nicht zu zeigen. Sie stemmt die Hände in die Hüften und sieht ihn mit eiskaltem Blick an.

»Ich habe einen guten Rat für dich«, erklärt sie. »Halt dich von mir fern. Wenn du eine Nachricht für meinen Exfreund hast, wende dich direkt an ihn. Ich habe nichts damit zu tun.«

Bevor er etwas erwidern kann, springt Valentina auf einen Doppeldeckerbus, der gerade an einer Haltestelle in der Finchley Road hält. Mit klopfendem Herzen steigt sie die schmale Treppe hinauf. Ist Glen ihr gefolgt? Doch als sie sich setzt und aus dem Fenster blickt, sieht sie, dass Glen noch immer auf der Straße steht und mit bedrohlichem Blick zu ihr hinaufstarrt.

Obwohl Thomas ihr versichert hat, dass der Kerl harmlos ist, überläuft ein unheilvolles Kribbeln Valentinas Körper.

Abends ist Valentina noch immer etwas beunruhigt und hat wenig Lust, mit Antonella auszugehen. Nachdem ihre Freundin jedoch zwei Tage ihres Katers wegen das Bett hüten musste, ist Antonella nun entschlossen, die verpasste Zeit aufzuholen.

»Wir sind nur noch ein paar Tage hier, Valentina. Wir müssen ausgehen! Außerdem hat Tante Isabella für heute Abend Karten für *Crazy Horses »Forever Crazy«* besorgt.«

»Ist das nicht diese Pariser Burlesque-Vorstellung?«

»Ja, aber sie treten zum ersten Mal in London auf. An der South Bank. Ich wollte sie schon immer mal sehen.«

Jetzt erinnert Valentina sich, ein Plakat gesehen zu haben, als sie heute Nachmittag mit der U-Bahn zurückgefahren ist. Es zeigte die Gesichter der Frauen, die alle die gleiche Perücke trugen: einen Bob à la Louise Brooks, genau wie sie.

»Geht man zu so etwas nicht mit seinem Freund anstatt mit einer Freundin?«

»Mit zwei Freundinnen«, korrigiert Antonella sie, kniet sich auf den Boden und öffnet ihren Koffer.

»Deine Tante kommt auch mit?«, fragt Valentina, erstaunt, dass eine ältere Frau sich für eine Burlesque-Vorstellung interessiert.

»Na klar, sie hat schließlich die Karten besorgt.«

Antonella beginnt, Kleider aus dem Koffer zu holen.

»Nun, was ziehen wir an? Wir müssen natürlich phänomenal aussehen.«

»Ich glaube, es ist ziemlich aussichtslos, mit diesen Schönheiten zu konkurrieren«, sagt Valentina und denkt an das Plakat.

Antonella dreht sich um und grinst sie an.

»Ganz im Gegenteil. Tantchen meint, dass sich dort wahrscheinlich ganze Gruppen junger Männer herumdrücken. Wir sollten uns auf einen kleinen Pausenflirt einstellen.«

»Das hat deine Tante Isabella gesagt?!«

»Ja, sie ist auf der Jagd.« Antonella kichert.

Valentina verdreht die Augen.

»Warum macht sie nicht etwas Gesetzteres, so etwas wie Internetdating?«

»Das hat sie schon versucht und meinte, sie hätte nur einen Haufen Perverser getroffen. Sie sagt, es sei besser, jemanden erst in natura zu sehen, bevor man irgendwelche Signale aussendet.«

Jetzt hat Valentina noch weniger Lust auszugehen. Eine Aufreißnacht mit Antonella und ihrer extravaganten Tante ist wirklich das Letzte, was sie reizt.

Sie lässt sich auf ihr Bett fallen und überlegt, Antonella von Glen, Thomas und dem gescheiterten Besuch bei ihrem Vater zu berichten, aber sie weiß nicht recht, wo sie anfangen soll.

»Wo warst du den ganzen Tag über?«, fragt Antonella plötzlich, als habe sie ihre Gedanken gelesen. »Ich war in der Galerie in Soho, aber da warst du nicht.«

Valentina spielt mit der Daunendecke.

»Ich bin einfach herumgelaufen und habe nachgedacht.«

Antonella hört auf, Kleider aus ihrem Koffer zu räumen, und blickt zu Valentina.

»Hast du dich entschieden?«

Im ersten Augenblick denkt Valentina, Antonella meine Thomas und Anita, dann fällt ihr ein, dass sie ja gar nichts von der Begegnung erzählt hat.

»Entschieden?«

»Ob du deinen Vater besuchst?«

Sie senkt den Blick, sie will Antonella nicht sagen, dass sie bereits dort war, aber weggelaufen ist.

»Vielleicht.«

»Du hast nichts zu verlieren, Valentina.«

Aber da täuscht sich ihre Freundin. Es steht alles auf dem Spiel: ihre ganze Beherrschung, die sie über so viele Jahre aufgebaut und die Thomas bereits geschwächt hat.

»Meinst du nicht, es ist zu spät?«, fragt sie leise.

Antonella holt ein knallrotes Minikleid heraus, hält es vor ihre vollbusige Figur und betrachtet sich im Spiegel.

»Es ist nie zu spät, Valentina.«

Valentina muss zugeben, dass sie sich tatsächlich auf die Vorstellung der *Crazy Horses* freut. Sie erinnert sich, dass ihre Mutter ihr davon erzählt hat, als sie die Gruppe vor Jahren in Paris gesehen hatte. Sie hatte auch gesagt, dass das Kabarett auf die Originalvorstellung aus den Fünfzigerjahren zurückginge, als Paris eine kulturelle Hochburg war. Valentina wünschte, sie könnte in der Zeit zurückreisen und die Originalvorstellung sehen.

In der ersten Nummer zeigen sich die neun fast nackten Mädchen in einer Aufmachung, die an die Wachen vor dem Buckingham Palace erinnert. Sie tragen sogar eine Bärenfellmütze auf dem Kopf, marschieren und salutieren. Auf Valentina wirken sie wie Mannequins, nicht wie echte Frauen. Sie sind groß, haben lange Beine, perfekte Pos, hübsche Brüste und ausdruckslose Gesichter. Es ist etwas überraschend und nicht ganz das, was Valentina erwartet hat. Isabella und Antonella sind ganz offensichtlich begeistert, doch Valentina findet die Tänze nicht erotisch. Wodurch wird etwas sexy? Durch Gleichförmigkeit? Sie würde gern Unterschiede sehen. Eine kleinere Frau, einen Bauch, etwas breitere Schenkel oder eine stärkere Brust. Diese Mädchen sehen alle gleich aus.

Ein Tanz gefällt ihr allerdings sehr. Ein nacktes Mädchen schwingt im Kreis die Arme durch die Luft. Dabei folgt ein weißer Lichtbogen ihren Händen, in dem Schattenrisse von Blumen erscheinen. Der Tanz ist langsam, melodisch und ergreifend, seine sanfte Natürlichkeit macht ihn erotischer als die expliziten Tänze.

Isabella ist begeistert von der Vorstellung, aber überaus enttäuscht von dem übrigen Publikum.

»Ach je«, sagt sie, als das Licht angeht, »ich sehe keinen einzigen Mann, der allein hier ist.«

Tatsächlich besteht das ganze Publikum aus Paaren oder Frauengruppen.

»Kommt, Mädchen.« Isabella geht zwischen Valentina und Antonella und hakt sich bei ihnen ein. »Habt ihr Hunger?«

Sie verlassen das Theater und gehen die South Bank entlang Richtung Westminster. Von der Themse weht ein starker Wind herüber. Als sie die ersten Regentropfen auf ihrem Kopf spürt, zittert Valentina.

»Ach, dieses scheußliche englische Wetter«, knurrt Isabella, beschleunigt ihren Schritt und zieht sie eilig mit sich.

Sie essen in einem brasilianischen Restaurant und unterhalten sich bei einem Caipirinha über die Vorstellung.

»Es ist doch seltsam, dass die meisten Frauen gern den nackten Körper anderer Frauen betrachten, ohne zwangsläufig lesbisch zu sein«, stellt Antonella fest, während sie sich an dem Teller mit Nachos zu schaffen macht. »Dass sie es sexy finden. Ich bin hetero, dennoch finde ich es sexy, mir den Körper einer Frau anzuschauen und zu beobachten, wie sie sich bewegt.«

»Als würdest du dich selbst betrachten?«, meint Isabella.

»Ja, aber heute Abend haben mich die nackten Körper kaltgelassen«, bemerkt Valentina.

»Wirklich?«, fragt Isabella erstaunt und sieht sie genauso überrascht an wie Antonella.

»Ich fand es wundervoll!«, ruft ihre Nichte.

»Weißt du was, Valentina«, sagt Isabella und nippt an ihrem Drink, »du bist das Ebenbild deiner Mutter. Ich fühle mich in der Zeit zurückversetzt, als ob ich wieder mit Tina nachts auf der Pirsch wäre.«

Mit finsterem Blick beugt sich Valentina über den Tisch und nimmt sich ebenfalls von den Nachos. »Tantchen, Valentina hasst es, mit ihrer Mutter verglichen zu werden«, erklärt Antonella.

»Warum? Sie ist eine unglaubliche Frau. Obwohl ich sie seit Jahren nicht gesehen habe. Wo lebt sie jetzt?«

»In Amerika«, antwortet Valentina mürrisch.

»Das weiß ich, aber wo?«, beharrt Isabella.

»New Mexiko war das Letzte, was ich hörte. Ich habe sie schon eine Weile nicht mehr gesehen.«

»Acht Jahre«, bemerkt Antonella taktlos.

Entsetzt wendet sich Isabella an Valentina: »Aber warum? Habt ihr euch gestritten?«

»Nein.« Valentina spricht nicht weiter. Sie wünschte, Isabella würde das Thema fallen lassen. Die letzte Unterhaltung mit ihrer Mutter liegt so lange zurück, dass sie sich nur schemenhaft daran erinnert. Es war darum gegangen, dass ihre Mutter sich in Valentinas Liebesleben eingemischt hatte, und Valentina war der Geduldsfaden gerissen. Vermutlich hatte sie überreagiert. Aber verdiente sie es deshalb, alleingelassen zu werden? Sie war schließlich erst neunzehn Jahre alt gewesen. Doch genau das hatte ihre Mutter getan, sie war ohne ihre Tochter nach Amerika gegangen.

Valentina winkt den Kellner heran, um weitere Getränke zu bestellen.

»Sie kann nach Mailand kommen und mich besuchen, wenn sie will«, sagt sie abwehrend.

Isabella legt ihr eine Hand auf den Arm.

»Es ist nicht gut, einander in einer Familie so lange zu grollen. Ich muss es wissen. Geh und besuch deine Mutter.«

Valentina schüttelt den Kopf. Isabella macht sie wütend. Zum Glück schaltet sich Antonella ein:

»Tantchen, Valentina will nicht darüber sprechen. Lass uns das Thema wechseln.«

»Gut, gut. Ich wünschte nur, Valentina hätte ihre Mutter so gekannt, wie ich sie kannte. Sie hatte so viel Feuer.«

Valentina steht auf und nimmt ihre Tasche. Sie hat es satt zu hören, wie großartig ihre Mutter war. Kann sie ihr denn noch nicht einmal hier in London entkommen?

»Ich gehe zur Toilette«, sagt sie, um Isabellas Drängen eine Weile zu entkommen. Antonellas Tante ist eine merkwürdige Frau. Obwohl sie fast dreißig Jahre älter als Antonella und sie selbst ist, kommt sie Valentina offener vor. Was würde sie ihr wegen Thomas und Anita raten? Wahrscheinlich würde sie ihr genau wie ihre Mutter, ohne mit der Wimper zu zucken, sagen, wenn sie ihn unbedingt zurückhaben wolle, solle sie ihn der anderen Frau ausspannen.

Auf dem Rückweg von der Toilette bildet Valentina sich ein, eine Stimme zu hören. Jemand ruft ihren Namen. Die Stimme kommt ihr zugleich vertraut und fremd vor.

»Valentina?«

Beim zweiten Mal realisiert Valentina, dass sie sich die Stimme nicht eingebildet hat. Sie dreht sich um, und vor ihr steht ein grauhaariger Mann, der sie intensiv anstarrt. Die Haare haben sich verändert, aber sein Gesicht hat sie nicht vergessen.

»Valentina? Bist du das?«

Es ist, als würde die Zeit zurückgedreht. Valentina steht ihrer ersten großen Liebe gegenüber, all ihre Selbstsicherheit ist plötzlich verflogen, und sie fühlt sich wieder wie mit neunzehn.

»Francesco?«, flüstert sie fassungslos.

»Du bist es!«

Ohne zu zögern, beugt sich der Mann vor und küsst Valentina auf beide Wangen. Sie betrachtet ihn kühl und ärgert sich, dass ihr Herz so heftig schlägt. Sie hat nicht damit gerechnet, ihn jemals wiederzutreffen.

»Wie schön, dich zu sehen. Ich habe in all den Jahren so oft an dich gedacht.«

»Ach was?«, sagt sie sarkastisch. Noch immer fühlt sie tief in ihrem Inneren einen Stich. Er hat ihr das Herz gebrochen. Seinetwegen kann sie kein Vertrauen zu Thomas fassen.

Er legt eine Hand auf ihren Arm. »Valentina«, sagt er sanft. »Bist du noch immer wütend auf mich?«

»Nein, natürlich nicht.« Sie lacht kurz auf. »Es ist doch Jahre her.« Sie hustet und versucht, cool zu wirken. »Und? Wie geht es deiner Frau und deinem Kind?«

»Lucia ist jetzt sieben.« Seine Augen strahlen, und sein väterlicher Stolz schmerzt Valentina. »Sie ist hinreißend, ein echtes Energiebündel. Und so englisch. Das ist lustig!«

Valentina nickt höflich und will sich auf den Weg zu den anderen machen, aber Francesco fasst ihren Arm.

»Meine Frau und ich sind geschieden«, platzt es aus ihm heraus.

»Ach.« Sie sieht ihm in die Augen. »Das tut mir leid.«

»Ich bin nie über dich hinweggekommen, Valentina«, flüstert er.

Sie ist leicht gereizt. Wie kann er es wagen, ihr das nach all der Zeit zu sagen?

»Warum bist du dann nicht zu mir zurückgekommen?«

»Deine Mutter … hat das verhindert«, stammelt er. »Und wegen Lucia. Ich musste es ihr zuliebe zumindest versuchen.«

Valentina schiebt seine Hand von ihrem Arm.

»Nun, wie dem auch sei«, sagt sie und geht weiter. »War nett, dich zu sehen.«

»Wer ist der Mann, mit dem du gesprochen hast?«, will Antonella wissen, kaum dass Valentina wieder sitzt. Valentina blickt an ihr vorbei. Sie sieht, dass Francesco sich mit zwei Männern trifft, die beide jünger und lässiger gekleidet sind als er. Er blickt noch immer mit unverhohlenem Interesse zu ihr herüber.

»Ja, Valentina.« Isabella betrachtet die Männer mit wohlwollendem Blick. »Wer sind die? Der Kerl in dem blauen Hemd gefällt mir. Der ist süß.«

»Aber viel zu jung für dich, Tantchen«, ärgert Antonella sie.

»Wer sagt das?«

»*Dieser* Mann«, unterbricht Valentina und streicht mit dem Finger über den Rand ihres Glases, »war meine erste große Liebe.«

»Francesco?«, zischt Antonella. »Der verheiratete Kerl?«

»Ja, aber er ist nicht mehr verheiratet.«

»Interessant«, stellt Isabella fest, schlägt die Beine übereinander und lächelt anzüglich. »Dieser Mann hat dich also entjungfert?«

Valentina blickt durch das volle Restaurant zu Francesco und seinen Freunden hinüber. Ihre erste große Liebe starrt zurück. »Ja«, erwidert sie, während sie langsam begreift, dass sie jetzt endlich Antworten auf ihre Fragen erhalten kann. Hat Francesco sie je so geliebt wie sie ihn?

Sie beobachtet, wie er sich hinüberbeugt und mit den beiden jungen Männern spricht, die daraufhin im selben Moment zu den drei Frauen herübersehen. Valentina registriert ihre anerkennenden Blicke, unter denen ihre zwei Begleiterinnen sich in Positur setzen.

»Ich glaube, meine Damen«, Isabella lässt jedes Wort genüsslich über ihre Zunge rollen, »der Abend hat gerade erst begonnen.«

Maria

Maria denkt an Pandora: die schöne seelenlose Frau, die die eifersüchtigen Götter mit einer Büchse auf die Erde schicken. Gebannt von ihrer Schönheit, bemühen sich die Menschen, die Büchse zu öffnen. Doch als ihnen das gelingt, gelangt nicht Glück, sondern alles Elend auf die Welt. Lempert erklärt, dass es bei dem Tanz der Pandora um den Konflikt zwischen Gut und Böse geht. Joan als Pandora mit Schlangenkopf, rotem Schleier und Rock steht Psyche gegenüber, die von der rothaarigen Alicia getanzt wird. Sie ist ganz in Weiß gekleidet. Joans kräftiger sinnlicher Körper bildet einen Kontrast zu der schlanken, hochgewachsenen Gestalt von Alicia. Maria sieht darin den Kampf zwischen Körper und Geist, zwischen Gefühl und Vernunft. Seit sie Felix begegnet ist, versteht sie diesen Konflikt. Er scheint ihr aus jeder Ecke ihres Lebens entgegenzuschreien. Wenn sie ins Kino gehen und den Film *Die schwarze Narzisse* sehen, identifiziert sie sich nicht etwa mit Deborah Kerrs Schwester Clodagh, sondern mit der sexuell frustrierten Schwester Ruth. Die letzten Bilder von Schwester Ruth, die nun keine Nonne mehr ist und die Türen des festungsähnlichen Klosters auf dem stürmischen Berggipfel im Himalaya öffnet, gehen Maria nicht mehr aus dem Kopf. Mit dunklen Augen, blassen Lippen und offenen Haaren steht Ruth in einem roten Kleid auf dem rauen Berg, und Schweißperlen der Lust treten auf ihre Stirn. Sie ist nicht von etwas Bösem besessen, sondern von ihrer Lust. Maria empfindet Mitleid mit Ruth und Abneigung gegen die prüde Schwester Clodagh. Noch schlimmer als sie ist der Vertreter des Generals, Mr. Dean, der Schwester Ruth zurückweist. Maria will, dass etwas geschieht. Sie sehnt sich nach Leidenschaft, doch der Film endet mit dem Tod. Anscheinend lautet die Botschaft des Films, dass eine Frau, die ihrer Lust folgt, verloren ist.

Der Lieblingsfilm ihrer Mutter Belle ist *Pandora* mit Louise Brooks. Er nähert sich dem Mythos auf andere Weise als der Tanz. Die Pandora von Louise Brooks ist eine liebenswerte Frau, die eher unfreiwillig zur Verführerin wird. Sie kann nichts dafür. Und dennoch fällt sie am Ende ihrem Verlangen nach intimen Beziehungen, ihrer starken Sexualität zum Opfer. Sie schafft es nicht, ihr zu widerstehen, und gerade das macht sie unwiderstehlich. Wenn es eine männliche Version der Pandora gäbe, so stellt Maria sie sich wie Felix nur in jünger vor. Er hat etwas gefährlich Verführerisches. Sie weiß, dass er nicht gut für sie ist, dennoch begehrt sie ihn. Ihr Verstand sagt ihr, dass er zu alt für sie ist und sich nicht lange mit einem schüchternen Gutenachtkuss zufriedengeben wird. Ganz offensichtlich eignet er sich nicht zum Ehemann. Er hat keine feste Stelle und verfügt offenbar weder über Geld noch über Besitz. Trotzdem kann sie seiner Gesellschaft nicht widerstehen. Wenn sie zusammen ausgehen, bemerkt sie, wie die anderen Frauen ihn ansehen. Das bringt sie innerlich auf die Palme. Am liebsten würde sie ihnen die Augen auskratzen und ihnen zurufen: *Er gehört mir*! Er gehört mir!

Doch er gehört ihr keineswegs. Ihre Begegnungen sind zufällig und immer von ihm initiiert. Es kann sein, dass er auf dem Nachhauseweg von der Tanzschule plötzlich auftaucht. Auf einmal steht er auf der Türschwelle. Er sagt nichts und geht einfach neben ihr her. Marias Herz beginnt zu flattern, und vor Freude steigt ihr die Röte in die Wangen, dennoch bemüht sie sich, die Fassung zu bewahren. Es kann sein, dass sie die ganze Kennington Road hinuntergehen und sogar noch die Westminster Bridge überqueren, bevor er zu sprechen beginnt. Er nimmt Marias Hand, hält sie fest und führt sie fort von zu Hause – am Embankment entlang, die Strand hinauf in das Labyrinth von Covent Garden und ganz bis hinunter zur Charing Cross Road. Nachdem sie die Orientierung verloren hat, er sie weit weg von den heimatlichen Gefilden geführt hat, legt er den Kopf schräg.

»Tee, Miss Brzezinska?«

In einem schäbigen verrauchten Teesalon gegenüber der Foyles Buchhandlung starren sie einander in die Augen, lassen ihren Tee kalt werden und rauchen eine Zigarette nach der anderen. In Felix' Augen erkennt Maria die Ankündigung dessen, was sie bei Joan und Louis beobachtet hat. Bei der Vorstellung, dass dieser Mann nackt die Kontrolle über sie hat, ballt Maria die Hände und gräbt die Fingernägel in ihre Handflächen. Sie ist nicht sicher, ob sie der Gedanke ängstigt oder erregt. Felix ist ein richtiger Mann. Kein Junge wie Guido, dessen Avancen sie leicht abwehren kann. Sie ist in Felix' Netz gefangen. Wenn er sich dazu entschließt, wird sie ihm nicht widerstehen können. Will sie das?

Sie weiß es noch nicht. Wenn sie ehrlich ist, will sie, dass er sich um sie kümmert. Ihre Mutter und Pina wären angesichts dieses Wunsches sicher entsetzt. Man hat ihr beigebracht, ohne Mann auszukommen. Belle wollte auf gar keinen Fall, dass ihre Tochter je in eine so schreckliche Ehe geriete wie sie. Signor Brzezinski war ein brutaler Kerl gewesen, der seine Frau und Pina, Belles ehemaliges Mädchen, geschlagen hatte. Belle war vor ihrer unglücklichen Ehe in ein Doppelleben als Prostituierte geflüchtet. Dadurch hatte sie die Liebe ihres Lebens, Santos Devine, Marias Vater kennengelernt. Zum Glück hatte Signor Brzezinski sein ganzes Geld beim Crash an der Wall Street verloren und sich deshalb das Leben genommen, wodurch Belle ihre Freiheit erhielt. Leider kam das zu spät für sie und Santos, der bereits im Nebel der venezianischen Lagune verschwunden war. Doch Belle hatte ihre Freiheit mit beiden Händen ergriffen und mit Pina einen Hausstand gegründet. Nie mehr hatte sich Marias Mutter einem Mann unterworfen. Doch Maria wünscht sich insgeheim, für einen Mann im Mittelpunkt zu stehen, von ihm begehrt zu werden.

Felix mag zwar in einer bescheidenen Wohnung leben, aber Maria hat das Gefühl, dass er in seiner Welt ein wichtiger Mann ist. Tagelang verschwindet er und deutet an, dass er an Filmen arbeitet. Er erzählt, er fahre nach Paris, wo er andere Künstler und Schriftsteller träfe, und Maria wünschte, er würde sie einladen, ihn zu begleiten.

»Warum lebst du in London?«, fragt sie ihn. Es ist ihr ein Rätsel, warum Felix nicht zu seinen Landsleuten zieht.

Er setzt sich zurück, kneift die Augen zusammen, zieht an seiner Zigarette, dann beginnt er langsam zu sprechen:

»Ich wahre gern eine gewisse Distanz«, sagt er. Sie weiß nicht genau, was er damit meint.

Bevor sie das Haus in der Ebury Bridge Road erreichen, trennen sie sich. Sie haben nie darüber gesprochen, aber offenbar will keiner von ihnen, dass ihre »Beziehung« bekannt wird. Maria ist sicher, dass Jacqueline das Verhältnis zu dem Franzosen nicht billigen würde. Aber selbst wenn Maria mutig genug wäre, ihr davon zu erzählen, wüsste sie nicht, wie sie beschreiben sollte, was zwischen ihnen ist. Bislang hat Felix sie noch nicht einmal richtig geküsst. Sie haben sich in den letzten zwei Wochen häufig gesehen, aber er hat immer nur ihre Hand gehalten. Doch sie spürt, dass etwas schwelt. Je länger sie darüber nachdenkt, desto begieriger wird sie. Eine leise Stimme in ihrem Hinterkopf, ihr Instinkt, warnt sie, dass dieser Mann trotz seiner anfänglichen Zurückhaltung unersättlich ist. Er umzingelt sie und arbeitet sich langsam an sie heran, bis sie nicht mehr fort kann. Doch noch stärker als ihre Angst ist ihr Verlangen. Sie will ihm in die Falle gehen.

Zwei Wochen vor der Aufführung von *Pandora* verstaucht Alicia sich bei einer Probe den Knöchel, und Lempert muss die Rolle der Psyche neu besetzen. Zu Marias großer Überraschung entscheidet er sich für sie. Abgesehen von Joan reagieren die anderen Tänzerinnen kühl. Sie taxieren Maria mit ihren Blicken, heben die Brauen und zischen sie feindselig an. Maria ist schockiert. Sie kann die Rolle nicht ablehnen, aber sie weiß nicht, ob sie schon bereit für einen solchen Auftritt ist.

Nach dem Unterricht, als die anderen gegangen sind, sucht Maria den Tanzlehrer auf. Ihr fallen mindestens drei andere Tänzerinnen ein, die die Rolle der Psyche besser als sie tanzen können.

Als sie an die Tür zu Lemperts Büro klopft, fällt ihr auf, dass sie noch nie gesehen hat, wie es dahinter aussieht. Was wird ihr das Büro über diesen Mann verraten? Er ist fast so geheimnisvoll wie Felix. Ein Fremder in London, ein Flüchtling aus der Zeit vor dem Krieg. Sie weiß, dass er deutscher Jude ist, aber sie hat keine Ahnung, ob er verheiratet ist oder Kinder hat. Sie hat ihn nie mit einer Familie gesehen. Er ruft sie herein. Tatsächlich verrät ihr sein Büro etwas über ihn. Es ist spärlich eingerichtet. Die nackten Wände sind in einem hellen Amtsstubengrün gestrichen, und der winzige Raum wird von einem großen Schreibtisch beherrscht, auf dem sich Zeitungen stapeln. Lempert selbst sitzt in einem Ohrensessel hinter dem Schreibtisch. Er liest die *Times*, und als er die Zeitung sinken lässt, um sie anzusehen, stellt Maria überrascht fest, dass eine Brille auf seiner Nasenspitze sitzt. Es beunruhigt sie, diesen Mann, der sonst stets in Bewegung ist, so ruhig zu erleben und von ihm gemustert zu werden.

»Nun«, sagt er, als befänden sie sich inmitten einer Unterhaltung. »Was meinen Sie, Miss Brzezinska? Steht uns ein weiterer Krieg bevor?«

Maria denkt an Guido, der über die Wahrscheinlichkeit eines Dritten Weltkriegs schwadroniert hat – Russland gegen Amerika, und Europa wäre zwischen den Fronten gefangen.

»Ich bin nicht sicher«, antwortet sie vage.

»Sie sind Italienerin«, stellt er fest. »Aber Ihr Name ist nicht italienisch. Brzezinska? Polnisch? Jüdisch?«

»Ich bin in Venedig aufgewachsen«, erklärt sie. »Aber meine Mutter ist Polin. Sie spricht jedoch nie von ihrer Heimat. Ich weiß nicht, woher sie stammt.«

Lempert nickt wissend.

»Ich glaube, dass nicht viele überlebt haben, die in Polen geblieben sind.« Er seufzt und schüttelt den Kopf. »Ich habe Deutschland lange vor dem Krieg verlassen, aber ich empfinde noch immer Sehnsucht nach meinem Heimatland, so wie es vorher war.«

Maria möchte sich auf keinen Fall mit ihrem Tanzlehrer über den Krieg unterhalten, aber wie soll sie das Thema wechseln?

»Haben Sie den Krieg in London verbracht?«

»In Devon«, erwidert er. »Dort haben wir mit dem Tanztheater begonnen, nachdem wir Deutschland verlassen hatten. Nach

London bin ich 1946 gekommen. Die Schule ist neu, nicht das Gebäude natürlich, aber wir haben sie erst vor zwei Jahren eröffnet. Doch das hat Ihnen die liebe Jacqueline sicher alles erzählt.«

»Ja, das hat sie.« Maria befeuchtet nervös ihre Lippen.

»Nun, Liebes, warum statten Sie mir einen Besuch ab?«

»Es ist … nun … ich verstehe nicht, warum Sie mir die Rolle der Psyche gegeben haben.«

Lempert hebt die Brauen und wirkt leicht verärgert. »Was meinen Sie?«

»Ich weiß einfach nicht, ob ich gut genug bin. Ob ich schon bereit bin«, stammelt sie.

»Ich glaube, das kann ich besser beurteilen«, erwidert Lempert.

»Aber ich bin erst seit drei Monaten hier.«

»Ich werde es Ihnen erklären.« Lempert beugt sich vor. »Technik ist wichtig, aber denken Sie daran, dass sie nicht das einzige Kriterium ist, nach dem ich meine Tänzer auswähle. Für die Psyche brauche ich eine gewisse Leichtigkeit, etwas Überirdisches. Alicia besitzt diese Qualität. Sie sind die einzige Tänzerin der Kompanie, die ihr darin ähnlich ist.«

Er hustet und beginnt die Zeitung zusammenzufalten.

»Ich stimme Ihnen zu, dass es nicht ideal ist, Maria, aber wenn Sie hart arbeiten, können Sie es schaffen.«

Er steht auf und streicht sich die Hosen glatt. Sie weiß, dass sie gehen muss, aber in ihr steigt Panik auf. Sie fühlt, dass sie noch nicht so weit ist, ein Solo zu tanzen. Warum sieht er das nicht?

»Sir, ich glaube, Sie sollten nicht das Risiko eingehen, mich als Psyche zu besetzen. Ich bin noch nicht bereit für ein Solo.«

Er unterbricht sie.

»Wann sind wir im Leben schon für etwas bereit, meine liebe Maria?« Plötzlich beugt er sich vor, fasst ihr Kinn und zwingt sie, ihm direkt in die Augen zu sehen. Die Intimität dieser Geste beunruhigt sie. Sie hat das Gefühl, dass er über etwas anderes als das Tanzen spricht. »Sie müssen vom Rand der Klippe springen. Seien Sie mutig. Vielleicht werden Sie fallen, aber wenn Sie wieder aufstehen, ist das keine Schande.«

Als Maria die Straße hinuntergeht, ist sie den Tränen nahe. Sie will nicht mutig sein. Sie will sich nicht lächerlich machen. Sie sieht schon den Spott auf den Gesichtern ihrer Mittänzerinnen vor sich. Wie sie sie demütigen werden. Sie ist so in Gedanken, dass sie im ersten Moment gar nicht bemerkt, dass Felix neben ihr geht. Sie registriert ihn erst, als er ihr seine Hand auf die Schulter legt. Sie bleibt abrupt stehen und sieht ihn an.

»Was ist mit dir? Was ist denn, Maria?«, fragt er.

»Das Mädchen, das die Psyche in *Pandora* spielt, hat sich den Knöchel verstaucht, und Lempert hat mir die Rolle gegeben«, platzt sie in weinerlichem Ton heraus.

Felix scheint verwirrt.

»Ist das denn nicht gut?«

»Nein, weil ich nicht gut genug für die Rolle bin.«

»Natürlich bist du das. Sonst hätte er dich nicht besetzt.«

»Ich weiß nicht, warum er mich ausgewählt hat«, sagt sie verzweifelt. »Er hat etwas von Leichtigkeit gesagt …«

»Ah, er sieht die engelhafte Maria.«

Trotz ihrer Aufregung wird ihr bei Felix' Bemerkung warm ums Herz. Er steckt seine Hand in ihre Tasche, und sie spürt, wie er die Finger spreizt und durch den leichten Stoff des Rockes die Finger gegen ihre Haut drückt.

»Er erkennt, dass ein Engel in dir steckt. Er will etwas

Zartes.« Felix nickt wissend. »Ich bezweifle, dass eine der anderen Tänzerinnen so rein ist wie du.«

Sie errötet tief. Schließlich weiß Felix, wie unberührt sie ist.

»Du musst die Rolle tanzen, Maria«, sagt er. »Hab keine Angst. Ich werde dir zusehen und dich filmen.«

»Das macht mich noch nervöser«, murmelt sie, doch insgeheim fasziniert sie die Vorstellung.

An diesem Abend gehen sie in den Battersea Park und bewundern gemeinsam die Skulpturen. Sie laufen Hand in Hand wie ein verliebtes junges Paar, nur dass Felix ihr Vater sein könnte. Maria betrachtet die grauen Strähnen in seinen Haaren und liebt jede einzelne von ihnen. Still und nachdenklich blinzelt Felix ins Sonnenlicht. Wie denkt er wirklich über sie? Maria kann sich nicht erklären, warum er ihre Gesellschaft sucht. Sicher kennt er viele Frauen, die deutlich interessanter sind als sie selbst.

Felix führt sie einen Weg entlang und durch ein paar Rhododendronbüsche hindurch, dann setzen sie sich an einen kleinen trüben Teich aufs Gras. Felix breitet seine Jacke aus, damit sie sich daraufsetzen kann. Hier sind sie geschützt vor dem grauen Nachkriegslondon, das um den Wiederaufbau kämpft. Sie befinden sich in einer kleinen grünen Oase. Maria zieht die Schuhe aus und fährt mit ihren bestrumpften Zehen durch die Grashalme.

»So schmale Knöchel«, stellt Felix fest, beugt sich vor, nimmt einen ihrer Füße und wiegt ihn in der Hand.

»Meine Füße sind hässlich«, widerspricht Maria. »Alle Tänzer haben hässliche Füße.«

»Sie sind nur stark beansprucht.«

Felix streicht über ihre Fußsohle, das Nylon gleitet über ihre

Haut. Sie kichert und kommt sich albern und ungelenk vor. Sie versucht, das Bein wegzuziehen, aber Felix hält es fest.

»Darf ich?«, fragt er.

Neugierig blickt Maria unter ihren Wimpern hervor zu ihm hoch. Was er wohl vorhat? Sie lehnt sich zurück und stützt sich auf die Ellenbogen. Warum sollte er nicht ihre Füße streicheln? Das ist harmlos. Außerdem sind Felix und sie hier vom Rest des Parks abgeschieden, ihre einzigen Zeugen sind die Enten. Sie spürt die Sonne in ihrem Gesicht, schließt die Augen und lässt die Anspannung und die Angst, die mit der neuen Rolle verbunden sind, von sich abfallen. Felix massiert ihre Fußsohlen und Knöchel, dann hält er sie auf einmal sehr fest. Sie spürt, wie er durch ihren Strumpf hindurch den Finger in ihren Knöchel bohrt. Obwohl es etwas wehtut, ist es irgendwie angenehm. Sie mag das Gefühl, bewegungslos zu sein.

»Tue ich dir weh?«, fragt er.

Sie öffnet die Augen und sieht ihn an.

»Ein bisschen, aber … es gefällt mir.«

Er lächelt.

»Das dachte ich mir.«

Er legt ihren Fuß zurück. Nachdem der Druck seiner Finger nachlässt, atmet sie erleichtert ein. Er nimmt ihren anderen Fuß und massiert ihn ebenfalls, indem er mit den Fingern kreisende Bewegungen auf ihrer Fußsohle beschreibt.

»Ich wünschte, du würdest keine Strümpfe tragen«, sagt er. »Dann könnte ich dich fühlen.« Er umschließt mit seinen Fingern fest den Knöchel ihres linken Fußes, und erneut ist Maria gefangen. Sie testet ihn und versucht, das Bein zu heben, aber es ist unmöglich. Er drückt ihren Fuß nach unten und macht sie bewegungsunfähig. Sie ist gefangen, und das Gefühl mag sie. Ihr gefällt seine Kraft und wozu er sie benutzen kann.

»Ich will dich fühlen«, flüstert er, und bevor sie ihn daran hindern kann, reißt er mit einem Fingernagel ihren Strumpf auf und schiebt einen Finger auf ihre nackte Haut.

»Felix!« Sie ist ein bisschen verärgert. »Es ist nicht leicht, an Strümpfe zu kommen!«

»Sch …« Er sieht sie warnend an. »Ich bringe dir jede Menge Strümpfe mit. Versprochen.«

Er nimmt einen Finger und reißt plötzlich mit aller Kraft an ihrem Strumpf, sodass ihr Fuß von Laufmaschen übersät ist. Er reißt noch einmal, und schließlich ruht ihr Fuß nackt in seiner Hand.

»Viel besser.« Felix seufzt und lässt die Fingerspitzen über ihre nackte Fußsohle tanzen.

Sie muss ihm recht geben. Jetzt, da der Nylonstrumpf fehlt, fühlt sich seine Berührung noch elektrisierender an.

Er hebt ihren Fuß an und zieht ihn zu sich, sodass Maria auf seiner Jacke nach unten rutscht. Er hebt ihn noch höher, und sie hindert ihn nicht daran. Sie weiß, dass er ihre Unterwäsche unter dem Rock sieht, aber das ist ihr egal. Es gefällt ihr, von ihm betrachtet zu werden. Er senkt das Bein und legt ihren nackten Fuß in seinen Schoß. Sie spürt ihn durch den Stoff seiner Hose. Sie stellt sich vor, wie er fest wird, und denkt kurz an Louis' Körper.

»Streck die Zehen«, bittet Felix. »Beug den Fuß.«

Sie folgt seiner Bitte, und er legt den Fuß auf seinen Schritt. Sie spürt, wie er unter ihrer Sohle anschwillt und fest wird. Die Sonne brennt auf sie nieder, und Maria hat das Gefühl zu glühen. Noch nie in ihrem ganzen Leben war ihr so heiß. Sie sehnt sich danach, ihren Körper von den engen Kleidern zu befreien.

»Spürst du, was du mit mir machst, hübsches Mädchen?«, fragt Felix.

Sie nickt und weiß nicht, was sie erwidern soll. Dann versucht sie, sich vorzubeugen. Sie spürt ihn deutlich unter ihrer Fußsohle und möchte unbedingt sehen, was sich dort unter seiner Hose verbirgt.

»Nein«, sagt Felix und schiebt sie sanft wieder zurück. »Nicht heute. Für heute haben wir uns genug berührt.«

Enttäuscht legt sie sich zurück, ihre Augen funkeln vor Verlangen. Er nimmt ihren Fuß aus seinem Schoß, dann schiebt er schnell und geschickt einen Finger in das kaputte Ende ihres Strumpfes und reißt ihn bis ganz nach oben auf. Kurz vor ihrem Rocksaum zögert er, sieht ihr in die Augen und schlitzt den Strumpf noch weiter auf, dabei verschwindet seine Hand unter ihrem Rock. In Maria steigt Panik auf. Was, wenn jemand den Weg herunterkommt und sie entdeckt? Doch sie will nicht, dass er aufhört. Sein Finger hat jetzt das obere Ende ihres Strumpfes erreicht, genau dort, wo er an ihren Strapsen befestigt ist. Er löst fachmännisch den Verschluss und schiebt die Finger weiter ihr Bein hinauf.

»Was soll ich jetzt tun, Maria?«, flüstert er.

Sie windet sich, sie kann es nicht sagen. Dieses starke Pulsieren, das sie beim Anblick von Louis und Joan gespürt hat, ist wieder da. Ein alles beherrschendes Ziehen.

»Ich will, dass du mich noch mehr berührst«, flüstert sie schließlich, und ihre Wangen röten sich vor Scham.

Er lächelt triumphierend, setzt sich auf die Fersen und sieht sie an.

»Noch nicht«, sagt er. »Wenn ich das täte, wäre ich kein Gentleman.« Sie begreift, dass er sie neckt. Sie sollte verärgert sein, aber das ist sie nicht. Das Spiel gefällt ihr, das Spiel mit der Macht. Außerdem kommt sie vielleicht wieder zur Besinnung und kann ihm das nächste Mal widerstehen. Ihr ist klar, dass ein braves Mädchen so etwas nicht tut, aber wer sind diese braven Mädchen? Joan nicht, und auch keine der anderen Tänzerinnen, ihre Mutter und Pina ebenso wenig. Die braven Mädchen sind eine Erfindung der Männer. Es sind unrealistische Bilder von Vollkommenheit, die es den Männern ermöglichen, die Frauen zu erniedrigen, die sich daraufhin schämen. Maria mag unerfahren sein, sogar schüchtern, aber sie ist auch ein Freigeist wie ihre Mutter. Sie weigert sich, sich als Sünderin zu fühlen.

Eine Weile sitzen sie schweigend im Gras und beobachten die Wolken am Himmel. Maria hat beide Strümpfe ausgezogen und in ihre Tasche gesteckt. Ihr Körper reagiert noch immer äußerst empfindlich, aber ihr Herzschlag hat sich beruhigt.

»Wir hätten etwas Brot für die Enten mitbringen sollen«, bemerkt sie.

»Ich glaube, es ist schwer genug, Brot für uns zu bekommen. Da sollten wir uns nicht um Enten sorgen«, antwortet Felix.

»Glaubst du, die Knappheit bleibt für immer?«, fragt Maria. »Jacqueline meint, dass sie das Brot bald nicht mehr rationieren werden.«

»Bist du jemals hungrig gewesen, Maria?«, will Felix wissen. »Ich meine, wirklich hungrig.«

So wie er fragt, ist Maria klar, dass er weiß, was Hunger ist.

»Nein, nicht wirklich«, sagt sie. »Es gab Engpässe. Wir haben ganz bestimmt nicht wie die Könige gelebt, vor allem gegen Kriegsende, aber meine Mutter und Pina waren erfinderisch. Es hat immer gerade gereicht.«

Felix pflückt ein Gänseblümchen von der Wiese und zupft nacheinander die Blätter ab.

»Wann bist du nach England gekommen, Felix?«, fragt Maria. »Dein Englisch ist sehr gut.«

Einen Augenblick schweigt er. Sein Gesicht ist wachsam, und kurz denkt sie, er würde ihr nicht antworten.

»1946, aber meine Großmutter war Engländerin. Ich habe es bereits als Kind gelernt.«

»Dann bist du kurz nach dem Krieg nach London gekommen?«

»Ja.«

»Und wo warst du während des Kriegs?«

»In Lyon«, antwortet er knapp und steht auf. Er reicht ihr die Hand, um ihr aufzuhelfen, und klopft ihr mit einer väterlichen Geste das Gras vom Rock.

»Aber Felix, warum hast du Frankreich nach dem Krieg verlassen? Warum bist du nach London gekommen?«

Er hält in der Bewegung inne, tritt zurück und mustert sie mit kühlem Blick.

»Das geht dich nichts an, junge Dame.«

Seine Stimme klingt so anders, dass sie erschrocken ein Stück zurückweicht.

»Es tut mir leid, ich wollte dich nicht aushorchen.«

»Dann hör auf, mir Fragen zu stellen«, seine Stimme klingt wieder sanfter, »du solltest es besser wissen. Du bist eine intelligente Frau. Die Menschen wollen jetzt einfach weiterleben. Sie wollen die Vergangenheit hinter sich lassen. Ich will nicht darüber reden, mit niemandem.«

Er nimmt ihre Hand, aber Maria fühlt sich starr und kalt, irgendwie unsicher. Wer ist dieser Mann, den sie so sehr begehrt?

»Komm, ich bringe dich lieber nach Hause. Deine Jacqueline wird sich wundern, wo du bleibst.«

Gerade als sie sich am Tor zum Park trennen wollen, sieht Maria Guido. Er kommt schnell mit dem Fahrrad auf sie zu.

Seine dicken gelockten Haare wehen in einem dichten Schopf nach oben. Sie sieht sich nach einer Fluchtmöglichkeit um. Kann sie zwischen die Bäume verschwinden? Aber es ist zu spät. Guido hat angehalten und starrt unverhohlen von der anderen Straßenseite zu ihnen herüber.

»Da ist Guido«, flüstert sie Felix zu.

Felix zuckt mit den Schultern, als sei ihm das egal, aber sie spürt, dass er sich anspannt.

Ohne sich an den Händen zu halten, überqueren sie gemeinsam die Straße.

»Guten Tag, Signor Rosselli.« Felix tippt zum Gruß an seinen Hut.

Maria kann Guido nicht ins Gesicht sehen. Sie spürt den Blick des Italieners auf sich. Die Röte kriecht ihren Nacken hinauf und fließt in ihre Wangen. Warum muss sie so schuldbewusst aussehen? Schließlich hat Felix nur ihre Füße gestreichelt. Außerdem geht es Guido überhaupt nichts an, mit wem sie ihre Zeit verbringt. Doch als sie schließlich den Blick hebt, um Guido anzusehen, erschreckt sie über den Ausdruck auf seinem Gesicht. Ausnahmsweise ist er nicht von ihr gebannt. Stattdessen sieht er mit unverhohlener Feindseligkeit zu Felix. Warum hasst er den Franzosen nur so sehr?

Valentina

Sie befinden sich in der Wohnung von einem der Männer. Valentina ist sich nicht sicher, ob sie Francesco gehört oder einem seiner Freunde. Es handelt sich ganz offensichtlich um eine Junggesellenwohnung: minimalistische Designermöbel, eine riesige weiße Ledercouch, hochmoderne Lautsprecher, ein gigantischer Fernsehbildschirm, der die spärlichen Kunstwerke an der Wand überschattet, sowie ein kinderunfreundlicher Esstisch aus Glas mit cremefarbenen Lederstühlen. Sie vermutet, dass die Wohnung einem der jungen Männer gehört. Hier erinnert nichts an ein siebenjähriges Mädchen. Deshalb kann es nicht Francescos Wohnung sein. Wäre dann nicht etwas von Lucia hier? Sie trinken Tequila. Das ist bei Valentina nicht ganz ungefährlich, vor allem nachdem sie in dem brasilianischen Restaurant bereits Caipirinhas getrunken haben.

Nachdem Valentina im Restaurant zunächst so abweisend ihm gegenüber war, kann sie nicht glauben, dass sie nun neben Francesco auf dem Sofa sitzt. Anscheinend stimmt Alkohol milde. Jetzt ist Valentina jedenfalls froh, bei ihm zu sein. Sie fühlt sich erneut zu ihm hingezogen. Er flirtet mit ihr, und sie genießt es, begehrt zu werden. Kurz denkt sie an Thomas. Sie sollte ihn vergessen und ihn und Anita in Ruhe lassen.

Sie spielen ein Spiel. Einer der Engländer, Peter, hat ihnen erklärt, sie müssten drei Dinge über sich verraten, von denen jedoch nur eines zuträfe. Die anderen müssten raten, was richtig sei. Isabella ist dran. Sie sitzt auf dem Schoß des Kerls mit dem blauen Hemd, Rupert. Ihr Rock ist bis zu den Schenkeln nach oben gerutscht, ihre Augen sind glasig vom Alkohol. Doch obwohl sie fast doppelt so alt ist wie sie, findet Valentina, dass sie hinreißend aussieht. Sie geht selbstbewusst mit ihrer Sexualität um und ist frei von der Befangenheit junger Menschen.

»Okay«, sagt Isabella und hält drei Finger hoch. »Als Studentin habe ich einen Sommer lang in Mailand als Callgirl gearbeitet.«

»Oh, oh, das muss es sein!«, kreischt Antonella.

»Den besten Sex, den ich jemals hatte, hatte ich mit einer Frau«, fährt Isabella fort und zwinkert Valentina anzüglich zu.

»Ach, nein, das glaube ich nicht.« Antonella schneidet eine Grimasse.

»Und ich habe mit dem Scheidungsanwalt meines Exmanns geschlafen. Und zwar auf der Motorhaube des Wagens von meinem Ex im Parkhaus seines Büros.«

»Was für ein Auto war es?«, fragt Francesco und füllt die Gläser nach.

»Ein Ferrari, Schätzchen, was sonst.«

»Es ist das Callgirl. Das muss es sein«, ruft Antonella aufgeregt. »Ich wusste immer, dass du ein dunkles Geheimnis hast, Tantchen.«

»Ich glaube, es sind die zwei Frauen«, meint Peter. Rupert ist zu beschäftigt damit, an Isabellas Ohr zu knabbern, um etwas zu äußern.

»Es ist der Sex auf der Motorhaube«, bemerkt Valentina, denn so etwas hätte ihre Mutter auch gemacht.

»Richtig!«, schreit Isabella.

»Wirklich? Oh, mein Gott, Tantchen, du bist schlimm.«

Isabella zwinkert ihrer Nichte zu.

»Na, dann wissen wir ja jetzt, von wem du diese Gene geerbt hast.«

Antonella erhebt sich stark wankend von ihrem Stuhl. »Ich habe genug von dem Spiel. Lasst uns tanzen.«

»Deine Freundin ist ein bisschen hyperaktiv, stimmt's?«, flüstert Francesco Valentina ins Ohr.

Peter legt Musik auf, und Antonella tanzt um ihn herum, doch Valentina bemerkt, dass Peters Aufmerksamkeit Isabella und Rupert gilt, die sich auf dem Sofa küssen. Valentina steht etwas unsicher auf. Sie sollte gehen und Antonella mitnehmen. Sie hat das Gefühl, dass Isabella heute Nacht hierbleiben wird. Sie haben den Schlüssel zu Isabellas Haus, also könnten sie ein Taxi rufen. Sie sollten wirklich aufbrechen.

Sie wendet sich an Francesco: »Wo ist das Bad?«

Valentina beugt sich über das Waschbecken und starrt sich im Spiegel an. Ihre Miene ist ausdruckslos. Kein Gefühl. Ihr ist ein bisschen übel, und sie fühlt sich wackelig auf den Beinen. Sie hätte keinen Tequila trinken sollen. Sie weiß, was passiert, wenn sie Tequila trinkt. Als sie daran denkt, wie Francesco sie angesehen hat, lächelt sie sich im Spiegel zu. Er hat den ganzen Abend an ihren Lippen gehangen. Im Club, wo sie noch etwas getrunken haben, im Taxi, hier in der Wohnung. Plötzlich ist ihr klar, dass sie nicht nach Hause gehen wird. Sie weiß genau, was passieren wird. Und sie ist froh darüber. Es wird sie von Thomas ablenken.

Jemand klopft an die Badezimmertür.

»Valentina? Alles okay?«

Sie öffnet die Tür, Francesco lehnt am Türrahmen. Er ist nicht viel größer als sie, aber für sein Alter noch immer schlank und gut in Form. Sie sieht die Falten, die sich über seine Wangen ziehen, und die Lachfalten um seine Augen, doch sie machen ihn nur noch attraktiver. Sie kneift sich. Wie lange hat sie sich danach gesehnt, mit diesem Mann zusammen zu sein, und jetzt steht er vor ihr und bietet sich ihr an. Natürlich ist es viel zu spät, ihr Herz gehört einem anderen. Aber vielleicht kann er ihr heute Nacht helfen loszulassen. Ihre Vergangenheit? Thomas? Sie weiß es nicht.

Francesco zieht sie aus dem Bad und küsst sie im dunklen Flur. Sie öffnet willig die Lippen. Sie und Leonardo küssen sich nie richtig. Das ist ihre Regel. Valentina realisiert, dass sie monatelang keinen Mann mehr auf diese Weise geküsst hat. Nicht, seit Thomas sie verlassen hat. Francesco löst sich aus dem Kuss, nimmt Valentinas Hand und führt sie den Flur hinunter. Die Tür zum Wohnzimmer steht offen. Was Valentina sieht, überrascht sie. Seit sie ins Bad gegangen ist, haben sich die Dinge deutlich verändert.

Tante Isabella hockt nur noch mit Strümpfen bekleidet auf allen vieren auf dem Boden. Ihr Kopf lehnt an Peters Bauch, während sie ihn mit dem Mund befriedigt. Peter hat selig die Augen geschlossen, die Lippen leicht geöffnet und den Kopf in den Nacken gelegt. Währenddessen kniet Rupert hinter Isabella, streicht über ihr Hinterteil und zieht sie zu sich heran, sodass sein Schwanz über ihre Scham streift.

»Wo ist Antonella?«, zischt Valentina alarmiert. Ihre Freundin ist nirgends zu sehen. Ist sie allein in die Nacht hinausgelaufen?

»Ich fürchte, sie hatte etwas zu viel getrunken«, flüstert Francesco. Seine Augen funkeln in der Dunkelheit. »Ich habe sie ins Bett gebracht. Keine Sorge, sie ist sofort eingeschlafen. Dort ist sie gut aufgehoben.«

Francesco zieht Valentina an seine Brust. Sie spürt an ihrem

Becken, dass er hart wird, und stellt sich vor, wie es sich anfühlt, ihn nach all der Zeit in sich zu haben.

»Willst du zusehen, Valentina?«, flüstert er ihr ins Ohr, dreht ihren Kopf und hält ihn mit beiden Händen, sodass sie sieht, wie Rupert tief in Isabella stößt. »Oder willst du mitmachen?«

Valentina zieht den Kopf zurück und schließt die Tür.

»Nein, ich will nicht zusehen, und ich will auch nicht mitmachen«, erklärt sie.

Er legt den Kopf schief und sieht sie spöttisch an.

»Was willst du dann?«

»Ich will, dass du mir zeigst, dass du dich an … uns erinnerst.«

»Natürlich erinnere ich mich. Ich habe dir ja gesagt, dass ich in den letzten Jahren oft an dich gedacht habe.« Er seufzt. »Daran ist meine Ehe zugrunde gegangen, Valentina. Ich war besessen von dir.«

»Ich will nicht, dass du mir das sagst, sondern dass du es mir zeigst.«

»Wie?«

»Ich will, dass du genau das tust, was du beim ersten Mal getan hast, als wir miteinander geschlafen haben. Du sollst mir noch einmal zeigen, wie du mich entjungfert hast.«

Er atmet tief ein und schweigt einen Moment.

»Hast du es vergessen?«, raunt sie.

»Natürlich nicht.« Seine Worte sind kaum mehr ein Flüstern. »Ich denke darüber nach, wie ich das tun kann.«

Er nimmt ihre Hand, und sie folgt ihm den Flur hinunter in die Küche. Dort besteht alles aus glänzendem Stahl und modernen Apparaten, ganz anders als damals. Francesco lässt ihre Hand los und öffnet das Eisfach des Kühlschranks.

»Zum Glück habe ich zufällig da, was wir brauchen«, sagt er und zieht eine Dose Eiscreme heraus.

»Dann ist das deine Wohnung?«

»Na, klar«, antwortet er und öffnet den Deckel der Eispackung. »Aber wir werden improvisieren müssen, Valentina. Ich habe kein Auto mehr.«

»Das ist okay. Wir stellen es uns vor.«

Sie schließt die Augen und erinnert sich an den Sommer, als sie neunzehn war. Francesco war mit ihr in seinem Fiat Bambino aus der Stadt hinausgefahren. Sie wollten an den See, schafften es aber nicht bis dorthin. Unterwegs hatte Francesco an einer Tankstelle gehalten und ihnen zwei Eis gekauft. Während er weiter die Straße hinunterfuhr, hielt Valentina in jeder Hand ein Eis. Francesco war in einen holprigen Weg abgebogen und hatte am Rand gehalten. Das Dach des Wagens war geöffnet gewesen, aber das hatte sie nur noch heißer gemacht. Francesco hatte sie mit Eiscreme gefüttert und nach jedem Biss Valentinas cremige Lippen geküsst. Er hatte seine Zunge dick mit Vanilleeis bedeckt und hatte sie geleckt. Und Valentina war mit ihm verschmolzen. Ach, wie süß du bist, hatte er gesagt. Die Ledersitze des Autos klebten an ihrer nackten Haut, und Eiscreme lief ihre Bäuche hinunter. Sie hatte ihm nicht gesagt, dass sie noch Jungfrau war, aber er spürte es. Sobald er in sie eindrang, nahm er ihre Enge wahr, ihr Keuchen, den kurzen Schmerz. Dann setzte er ihre Sexualität frei, sie strömte ihm entgegen, und ihr Herz folgte. Als Valentina daran denkt, wie unschuldig ihre Liebe für diesen Mann gewesen ist, begehrt sie ihn erneut. Sie lässt sich in seiner modernen Küche von ihm mit Eiscreme füttern, und als sie nicht mehr von der süßen Creme aufnehmen kann und ihr der Geruch nach Hitze und Honig zu viel wird, hebt er sie auf den Küchentisch und kniet vor ihr nieder.

Er nimmt einen Löffel Vanilleeis aus der Packung, steckt ihn sich in den Mund, spreizt ihre Beine und presst seine eiskalten Lippen gegen ihre heißen Schamlippen. Jetzt erinnert sie sich wieder, wie er sie geleckt, wie er sie verwöhnt hat. Als Valentina kurz davor ist, sich zu verlieren, zieht er sich zurück und wischt sich mit dem Arm den Mund ab, der einen weißen Streifen auf seiner dunklen Haut hinterlässt. Er steht auf, und sie betrachten einander. Gemeinsam blicken sie tief in die Herzen ihrer Vergangenheit und würdigen die Leidenschaft, die sie einst füreinander empfunden haben. Seine Art, mit ihr zu schlafen, ist gemäßigter, weniger drängend als damals, er nimmt sich Zeit und treibt sie immer mehr zu sich. Sie will nicht, dass Francesco sie zum Höhepunkt bringt, doch er tut es. Es passiert einfach. Sein Samen mischt sich mit dem geschmolzenen Eis und läuft ihre Schenkel hinab. Seine Zärtlichkeit ist ihr zu viel, und anstatt anschließend in seinen Armen zu liegen und sich gegenseitig zu streicheln, greift sie nach unten und nimmt seinen Schwanz.

»Jetzt fick mich«, flüstert sie mit zusammengebissenen Zähnen, »wie du es noch nie getan hast.«

Er rollt sie auf den Bauch. Sie fasst ihn und schiebt ihn in sich hinein. Atemlos keucht er, aber sie gönnt ihm keine Pause und stößt rücklings gegen ihn. Sie winden sich wie ein rasendes Tier, wie Valentinas gebrochenes Herz. Valentina ist auf der Suche nach sich selbst, nach dem Mädchen, das Francesco geliebt hat. Wäre es nicht besser, wieder sie zu sein als diejenige, die sie jetzt ist?

Maria

Joan und Maria tanzen Pandora und Psyche, gefangen in dem ewigen Kampf zwischen Körper und Geist.

»Sie sind die universelle Seele«, hatte Lempert ihr erklärt, »die gegen die ganze Unzulänglichkeit der Menschheit kämpft.«

Pandora ist die Dunkelheit, sie ist das Licht. Joan fällt es leichter, ihre Schattenseite auszuleben, denkt Maria. Es steht ihr frei, in den Grenzen des Tanzes wie eine Schlange zu gleiten und sich zu winden. Wenn Maria zusieht, wie Joan sich bewegt, ihre katzengleiche Anmut, ihre drohende Niedertracht, denkt sie an ihren eigenen Trieb. An den Teil in ihr, der es genossen hat, Joan und Louis zuzusehen, an das Kribbeln. Die Verlockung, sie noch einmal zu beobachten, steigert ihr Verlangen, mit Felix zu schlafen. Doch ihr Tanzlehrer fordert, dass sie vollkommen rein ist. Sie soll das Gegenteil von Joans Leidenschaft darstellen. »Zeig mir die selbstlose Hingabe der Psyche«, schreit Lempert, als sie zu seinen Füßen vor Erschöpfung schluchzt und verzweifelt ist, weil sie mit ihrem Körper nicht ausdrücken kann, was er will.

Hingabe. Sie hebt den Kopf und starrt ihn an. Auf einmal begreift sie. Sie hat sich auf das konzentriert, was ihr Körper verlangt, stattdessen sollte sie nur auf ihr Herz hören. Sie liebt Felix, daran besteht kein Zweifel. Sie würde alles für ihn tun. Sie empfindet völlige *Hingabe.* Dieser Gedanke gibt ihr Energie, und sie kann noch einmal tanzen. Sie gibt eine private Vorstellung für ihren künftigen Liebhaber und zeigt ihm, dass sie ganz ihm gehört.

»Endlich«, sagt Lempert und schnippt mit den Fingern im Takt mit dem Pianisten. »Endlich haben Sie es verstanden.«

Erleichtert vernimmt Maria das Lob des Lehrers, aber ist es jetzt nicht zu spät? Morgen ist die Premiere. Obwohl sie jeden Tag lange geprobt hat, spürt Maria, dass sie noch nicht so weit ist. Ihr Körper ist angespannt und wund, ihre Füße sind von Blasen übersät. Und egal wie sehr sie sich anstrengt, sie weiß, dass sie nicht so tanzen kann wie Joan. Sie denkt daran, wie überrascht Jacqueline war, als sie ihr erzählt hat, dass man ihr eine Hauptrolle gegeben hat. Obwohl Jacqueline ihr Mut zugesprochen hat, weiß Maria, dass sie ihr die Rolle nicht zutraut.

»Ich frage mich, warum«, bemerkte Jacqueline erst vor drei Tagen, als sie auf einem zähen grauen Kotelett herumkauten.

»Warum was?«

»Warum Lempert dich für die Psyche besetzt hat.«

»Er sagte, dass ich die einzige Tänzerin sei, die Alicias Leichtigkeit habe.«

Sie nickte. »Ja, aber Alicia tanzt seit zwei Jahren bei ihm. Sie war in Dartington wie Joan, und davor hat sie im Ballett trainiert.«

Maria zerkaut heldenhaft das harte Fleisch und zwingt es mit einem Schluck Wasser ihre Kehle hinunter.

»Willst du, dass ich mit ihm spreche? Soll ich ihn bitten, jemand mit mehr Erfahrung zu besetzen? Ich meine, schlimmstenfalls könnte ich sogar übernehmen«, hatte Jacqueline angeboten. Maria war selbst überrascht, dass sie sich über das Angebot ärgerte. Nachdem sie selbst die Rolle zunächst nicht hatte übernehmen wollen, empfand sie Jacquelines mangelndes Vertrauen und ihren Vorschlag jetzt trotzdem als Affront.

»Ich glaube, ich sollte es tun, oder? Außerdem ist es jetzt zu spät.« Maria hatte Jacqueline herausfordernd angesehen.

Ihre Mentorin blickte auf ihren Teller und schnitt ein weiteres Stück Fleisch ab.

»Natürlich, Liebes. Deine Mutter wäre sehr stolz. Hast du es ihr geschrieben?«

Maria nickte. Ihr Brief war beschämend kurz gewesen, weil sie Belle nicht von Felix erzählen konnte. Sie wusste nicht, warum. Ihre Mutter und Pina waren nicht engstirnig. Und doch erinnerte sie sich an Pinas letzte Worte in Venedig: Sei vorsichtig! Und die Erklärung ihrer Mutter, dass sich Pinas Warnung auf Männer bezöge. Es war, als wollten ihre Mütter ihr sagen, dass sich in dem anderen Geschlecht ein Unheil verberge, von dem Maria nichts ahnte.

Noch überraschender schien es Maria, dass Guido Jacqueline nichts von Felix gesagt hatte, auch nicht, nachdem er Maria darauf angesprochen hatte. Seit er sie zusammen aus dem Battersea Park hatte kommen sehen, mied Maria ihn. Doch letzten Samstag war sie ihm im Treppenhaus begegnet. Sie ist sich sicher, dass Guido ihr aufgelauert hat.

»Guten Morgen«, sagte sie strahlend und versuchte, sich an ihm vorbeizuschlängeln.

»Warte, Maria«, sagte Guido hinter ihr.

»Ich kann nicht. Ich muss mich in der Fleischschlange anstellen. Ich will nicht den ganzen Tag warten müssen.«

»Ich begleite dich.«

Er folgte ihr nach draußen. Es regnete, und sie hatte den Regenschirm vergessen, wollte aber nicht noch einmal zurückgehen und Guido einen Grund liefern, sie noch weiter aufzuhalten oder noch schlimmer, mit ihm gemeinsam Felix zu begegnen.

Guido ging neben ihr her. Sie bemerkte, wie dürr er war. Die Hosen schlackerten um seine Hüften, und das Gesicht mit dem dicken Schnurrbart und mit der langen schmalen Nase, auf der ganz vorn seine Brille saß, wirkte spitz. Er sah aus wie Groucho Marx, der Komiker. Aber noch nie war sie jemandem begegnet, der so wenig Humor besaß.

»Sollten wir nicht zurückgehen und einen Schirm holen?«, fragte Guido, wischte mit einem Taschentuch die Gläser seiner Brille trocken und setzte sie anschließend wieder auf, damit sie erneut nass wurde.

»Nein, der Regen macht mir nichts aus«, log sie und eilte mit gesenktem Kopf weiter.

»Du kommst aus Venedig. Da bist du Wasser vermutlich gewöhnt«, bemerkte er.

Eine Weile waren sie schweigend nebeneinander hergelaufen. Maria machte einen Bogen um die größeren Pfützen, während Guido direkt hindurchwatete.

»Gefällt dir London?«, wollte Guido auf einmal wissen.

»Ja«, sagte Maria und stellte fest, dass sie eine Zuneigung zu der Stadt entwickelt hatte. »In London gibt es so viele verschiedene Menschen. Das gefällt mir«, fügte sie erklärend hinzu.

»Das stimmt.« Guido zögerte. »Aber deshalb musst du vorsichtig sein. Nicht jeder ist der, für den man ihn hält.«

»In welcher Hinsicht?«

»Nun, vielleicht hast du Vorurteile gegen die deutschen Kriegsgefangenen, die jetzt bei uns leben, aber eigentlich kann man sie auch als Opfer betrachten. Wenn man sich mit ihnen unterhält, sind es junge Männer, die Befehle ausgeführt haben. Sie hatten keine Wahl.«

»Kennst du denn einen deutschen Kriegsgefangenen?« Ausnahmsweise sah sie ihn mit Interesse an.

»Ja. Der Pförtner meiner Schule hat einen solchen Kameraden als Hilfskraft. Er heißt Hemmel und ist sehr, sehr traurig. Er hat mir erzählt, dass er alles verloren hat, alle Menschen, die ihm etwas bedeutet haben.«

Maria schürzte die Lippen.

»So viele Nationalitäten haben unter dem Krieg gelitten.«

»Ich weiß«, unterbrach Guido. »Die Italiener haben auch nicht weniger gelitten als andere. Darum geht es mir nicht.«

»Worum dann?«, wollte sie wissen und war plötzlich gereizt. »Ich habe es eilig.«

»Dich in die Metzgerschlange zu stellen und dem Gerede der englischen Hausfrauen zuzuhören?« Er sah sie spöttisch an.

»Ja«, sagte sie abwehrend. »Das kann manchmal sehr interessant sein. Wir reden nicht nur Blödsinn. Vielmehr spricht momentan jeder von einem Dritten Weltkrieg. Man sagt, dass die Russen kommen.«

Guido kniff die Augen zusammen.

»Ich verstehe nicht, warum die Arbeiter und Arbeiterinnen eine solche Angst vor dem Kommunismus haben. Schließlich geht es um ihre Befreiung.«

»Bist du Kommunist?«, flüsterte Maria erschrocken.

Guido hatte den Kopf geschüttelt und war einen Schritt zurückgetreten, aber etwas an seiner Art sagte Maria, dass er es sehr wohl war.

»Maria«, meinte er, »ich begleite dich nicht, damit wir über politische Ansichten diskutieren.«

»Nun, weshalb dann?«

»Ich habe dich neulich mit Felix aus dem Park kommen sehen.«

Er wandte ihr das Gesicht zu, doch seine Brillengläser waren zu nass, als dass sie den Ausdruck in seinen Augen erkennen konnte.

»Ich weiß, aber was geht dich das an?«, entgegnete sie und beschleunigte ihren Schritt.

Wenn er doch nur verschwinden würde.

»Ich wusste nicht, dass ihr befreundet seid.«

»Nun, das sind wir«, stieß sie hervor. »Wenn du dir die Mühe geben würdest, mit ihm zu sprechen, wüsstest du, dass er ein netter Mann ist.«

Sie klang lächerlich. Das letzte Wort, mit dem sie Felix beschreiben würde, war nett. Interessant. Kompliziert. Faszinierend. Aber nicht nett.

»Du solltest vorsichtig sein«, warnte Guido. »Er ist nicht das, was er zu sein scheint.«

»Was meinst du genau?«

Sie blieb stehen und wandte ihm das Gesicht zu. Es war ihr egal, dass sie beide völlig durchnasst wurden. Sie war wütend auf Guido. Wie konnte er es wagen, über Felix zu urteilen, wenn er ihn gar nicht kannte? Sie hatte das Gefühl, ihn schützen zu müssen.

»Ich will es dir erklären«, sagte Guido hastig, der offenbar ihre Feindseligkeit spürte. »Wenn wir jetzt in Paris und nicht in London wären, wäre das eine andere Geschichte.«

»Warum?«, fragte sie kühl.

»Die Engländer waren vereint. Die Franzosen nicht. Hast du noch nie von den Säuberungsaktionen gehört?«

Sie schüttelte den Kopf und kam sich dumm vor.

»Ich weiß ein wenig«, erwiderte sie. »Aber diese Männer, die der Säuberungsaktion zum Opfer fielen, waren Kollaborateure, die Frankreich verraten haben.«

»Natürlich, aber während des Kriegs gehörten viele von ihnen zur Regierung. Man glaubt, dass es in Frankreich ebenso viele Kollaborateure wie Nicht-Kollaborateure gegeben hat.«

»Willst du Felix beschuldigen, ein Kollaborateur gewesen zu sein?«, fragte Maria erregt. Wie kam dieser neugierige kleine Italiener zu so einer Anschuldigung? »Du hast mir erzählt, dass er in der Resistance war.«

»Ich behaupte nicht, dass er ein Kollaborateur war. Weit gefehlt.« Guido klang wütend. »Hör zu, mehr kann ich nicht sagen, ich will dich nur warnen. Er ist nicht der nette Mann, für den du ihn hältst.«

Er legte eine nasse Hand auf ihren Arm. Sie spürte, wie er den Stoff ihres feuchten Mantels auf ihre Haut drückte.

»Bitte, Maria, halt dich von ihm fern. Ich will nicht, dass dir etwas Schlimmes geschieht.«

»Ich bin kein Kind mehr, Guido«, entgegnete sie überheblich, dann schob sie seine Hand von ihrem Arm, marschierte die Straße hinunter und ließ ihn stehen. Sie war wütend. Wie konnte er behaupten, Felix sei ein Kollaborateur gewesen? Woher um alles in der Welt wollte er das wissen? Guido studiert Physik an der University of London, er ist halb so alt wie Felix. Doch obwohl sie seine Anschuldigung entschieden zurückgewiesen hat, ist sie dennoch etwas beunruhigt. Felix weigert sich noch immer, ihr Einzelheiten über seine Vergangenheit zu verraten. Sie hat ihm so viel über Venedig erzählt, davon, wie es war, ohne Vater und stattdessen mit zwei Müttern aufzuwachsen. Sie hat ihm alles gesagt, und trotzdem hält er sich zurück und weicht ihren Fragen aus, wenn sie sich nach Frankreich erkundigt. Sie beschließt, ihn bei ihrer nächsten Begegnung zu zwingen, ihr etwas zu erzählen, nur um sich zu versichern.

Die Gelegenheit kommt am Tag der Premiere. Lempert hat ihnen tagsüber frei gegeben, die Kompanie soll sich vor der abendlichen Vorstellung ausruhen. Maria erwacht unter einem klaren Sommerhimmel. Der Regen hat sich aufgelöst. Es ist bereits warm. In der Wohnung ist es still, Jacqueline ist früh aufgebrochen. Maria fällt ein, dass ihre Mentorin heute den ganzen Tag über unterrichtet. Sie fährt zu den Schulen im Norden von London und gibt den Töchtern der Reichen Ballettunterricht. Maria ist ausnahmsweise allein und frei. Sie hat den ganzen Tag für sich.

Zunächst versucht sie einen Brief an ihre Mutter und Pina zu schreiben. Sie sitzt am Tisch, während der Kaffee kocht und sie an die Gerüche in der Küche zu Hause erinnert. Sie dreht den Deckel von ihrem Stift ab und streicht das Papier vor sich glatt.

Liebe Mamas,

ich habe einen Mann kennengelernt. Er ist Franzose. Er heißt Felix und macht Filme.

Was noch? Sie kann ihnen nicht sagen, dass er so alt wie Pina ist, aber das ist er; wenn nicht noch älter. Sie knüllt das Papier zusammen und wirft es in den Papierkorb. Jacqueline wird mit ihr schimpfen, Papier ist knapp. Der Kaffee beginnt zu kochen. Sie steht vom Tisch auf, nimmt ihn vom Kochfeld und gießt die schwarze Flüssigkeit in eine Teetasse. Ihr Magen knurrt, aber es ist nur Porridge da, sie haben nicht eine einzige Scheibe Brot im Haus.

Sie holt das Buch mit den Lebensmittelkarten aus der Küchenschublade. Als Maria in London angekommen ist, hat Jacqueline sie sofort losgeschickt, sich Registrierungsnummer und Lebensmittelkarten zu besorgen. Die extreme Knappheit in England verblüfft Maria. Sie hat gehört, wie ein paar Mädchen in der Tanzschule sich über Reisen nach Holland, Dänemark und Belgien unterhalten haben, wo man unbegrenzt Süßigkeiten und Schokolade essen kann. Maria stöhnt bei der Vorstellung. Wie gern würde sie einen mit Schokolade gefüllten

Brioche essen! Auch wenn sie mit ihren Lebensmittelkarten nach unten in die Bäckerei ginge, eine solche Delikatesse gibt es dort gar nicht. Sie seufzt, öffnet den Schrank und holt einen Topf heraus. Sie sollte sich etwas Porridge machen. Vielleicht konnte sie ihn mit ein bisschen Zimt würzen.

Es klopft an der Tür. Sie runzelt die Stirn und hofft, dass es nicht der nervige Guido ist. Sie bereitet sich innerlich darauf vor, ihn wegzuschicken. Doch als sie die Tür öffnet, steht Felix auf der Schwelle und hält eine braune Papiertüte im Arm. Maria ist so überrascht, dass sie zunächst nichts sagt.

»Hast du schon gefrühstückt?«, fragt er.

Sie schüttelt den Kopf.

»Gut«, sagt er und schwenkt die Tüte vor ihrem Gesicht. »Frisch gebackene süße Brötchen, sogar mit Zuckerstreuseln darauf. Es sind zwar keine Croissants, aber besser als nichts.«

»Woher hast du die?«, fragt sie, reißt ihm aufgeregt die Tüte aus der Hand, öffnet sie und atmet den würzigen Duft von braunem Zucker und Zimt ein. Er hebt die Nase und schlendert in Jacquelines Wohnung.

»Das riecht verräterisch.« Er zwinkert ihr zu. »Ist das Kaffee?«

Sie ist ganz aufgeregt. Woher weiß Felix, dass sie den ganzen Tag hier allein ist? Sie reicht ihm ihre Tasse und brüht sich selbst einen neuen Kaffee. Bei dem Gedanken an das Zuckerbrötchen läuft ihr das Wasser im Mund zusammen, aber sie will es zusammen mit einem Kaffee genießen. Also beherrscht sie sich. Felix sitzt lässig am Tisch und blickt sich um.

»Die Wohnung ist viel hübscher als meine«, bemerkt er. »Heller.«

»Warst du noch nie zuvor hier?«, fragt sie und kommt mit ihrem Kaffee zum Tisch.

»Nein, nicht seit ich vor zwei Jahren hier eingezogen bin.«

Sie nimmt gegenüber von ihm Platz und packt ihr Brötchen aus. »Darf ich fragen, warum du und Jacqueline nie miteinander sprecht?«

»Aber wir sprechen miteinander.«

Sie schiebt sich ein Stück des süßen Brötchens in den Mund. Es ist köstlich. Ihr schwindelt vor Wonne. »Ihr unterhaltet euch aber nicht richtig. Ich meine, ihr seid beide Franzosen. Warum geht ihr euch aus dem Weg?«

Einen Moment sagt Felix nichts. Dann sieht er sie herausfordernd an.

»Du willst die Wahrheit wissen?«

»Ja, natürlich.«

»Es hat mit deinem Freund Guido zu tun. Er ist besessen von mir, und das nicht auf positive Weise. Jacqueline fühlt sich ihm gegenüber zu Loyalität verpflichtet. Er ist Jude wie sie. Das wertet sie höher als die Tatsache, dass wir beide Franzosen sind.«

Maria beugt sich vor. Das hört sich alles sehr merkwürdig an. »Was meinst du mit ›besessen‹? Das verstehe ich nicht.«

»Er glaubt, ich sei jemand anders. Er glaubt, ich hätte Paris verlassen, um den Säuberungsaktionen zu entgehen. Er glaubt, ich sei ein Kollaborateur.«

»Und bist du einer?«

Felix sieht sie mit hartem Blick an, sein angespannter Mund verrät, wie sehr ihm ihre Frage missfällt.

»Nein. Absolut nicht. Er liegt völlig falsch.«

Sie spielt mit ihrer Tasse und wartet, dass der Kaffee sich abkühlt. Sie muss mutig sein und ihm diese Fragen stellen. Sie braucht Antworten. »Warum hast du Frankreich verlassen?«

»Das ist kompliziert. Sagen wir einfach, ich hatte genug von der Rachsucht junger Kommunisten, junger Männer und Frauen wie Guido.« Er steht auf und wendet ihr den Rücken zu. Er knurrt, und sie realisiert, dass er sich so anhört, wenn er wütend ist. »Warum sollte ich mich vor diesem jungen Idioten rechtfertigen?« Mit düsterer Miene dreht er sich zu ihr um. Vielleicht erinnert er sich an Dinge, die zu dunkel und zu grausam sind, um darüber zu sprechen.

»Es tut mir leid«, sagt sie. »Ich wollte nicht etwas aufrühren.«

Sein Ausdruck wird weicher. »Na, du bist ein neugieriges Kätzchen, was?«, flüstert er, tritt zu ihr, beugt sich hinab und leckt den Zucker von ihren Lippen.

Seine plötzliche Annäherung treibt ihr die Röte in die Wangen und beschleunigt ihren Herzschlag.

»Zucker ist kostbar, wir dürfen kein Körnchen verschwenden, stimmt's?« Er fasst ihr Kinn und hebt ihr Gesicht, sein Blick überwältigt sie. »Wollen Sie mir gehören, Signorina Maria Brzezinska?«

Hingerissen nickt sie.

»Nun«, sagt er, nimmt die Hand weg und lässt ihren Kopf sinken. »Hast du Lust, Boot zu fahren?«

Er hebt die Ruder aus dem Fluss und legt sie vorsichtig rechts und links neben sich ins Boot. Sie betrachtet das trübe Wasser, das wie schmutziger Regen auf ihre Beine und ihren hellblauen Rock spritzt. Er sagt nichts. Das Boot treibt flussabwärts, und einen Augenblick hat Maria das Gefühl, sie wären hier auf der Themse, unter dem unendlich blauen Himmel ganz allein auf der Welt.

Sie sehen einander an. Felix' warme braune Augen gefallen ihr. Sie meint darin seine Liebe zu erkennen. Das ist ihr Moment. Sie wird sich ihm zum ersten Mal hingeben. Sie will es.

Es ist falsch, das weiß sie. Sie sind nicht verheiratet, noch nicht einmal verlobt. Sie weiß so wenig über ihn, dennoch vertraut sie ihm. Sie blickt sich um. Das Ufer ist leer. Schließlich ist es mitten in der Woche. Sie und die Flussvögel sind die einzigen Lebewesen hier: Moorhühner gurren, und Entenfamilien und ein einsamer Reiher beobachten schweigend, wie sie auf dem Wasser treiben. Eine riesige Libelle schwebt vorbei und streift mit ihren durchsichtigen Flügeln Marias Wange, sie strahlt eine wilde ungezügelte Energie aus. Maria nimmt das als Zeichen und beginnt, nacheinander die winzigen Perlmuttknöpfe ihrer Bluse zu öffnen. Sie weiß noch genau, wie ihre Mutter jeden einzelnen von ihnen angenäht hat. Felix beobachtet sie mit nachdenklicher Miene. Maria öffnet die Bluse und zeigt ihm ihre Brüste. Die feuchte Luft streift ihre Nippel, und sie spürt, wie sie sich erwartungsvoll verhärten. War bis dahin alles wie in Zeitlupe abgelaufen, geht es jetzt ganz schnell. Felix springt vor und drückt Maria auf den Boden des Bootes. Während er sie leidenschaftlich küsst, rutscht die Bluse von ihren Schultern. Felix verwandelt sie. Sie ist empfindlich und zugleich voller Energie – wie die Libelle. Obwohl sie auch Angst spürt, drückt sie sich unwillkürlich gegen seinen Körper. Sie steht kurz davor, ihre Jungfräulichkeit zu verlieren.

Da rückt Felix von ihr ab, nimmt ihr Gesicht in seine Hände und blickt ihr tief in die Augen. »Mein Liebling«, flüstert er. »Sag mir, dass ich aufhören soll.«

Sie schüttelt den Kopf. Sie will, dass er weitermacht.

Er setzt sich zurück auf die Fersen, während sie mit nackten Brüsten vor ihm auf dem Boden des Bootes liegt. Er nimmt ihre Bluse und schickt sich an, damit ihre Blöße zu bedecken, doch Maria schiebt sie weg und fleht ihn mit ihrem Blick an, wieder zu ihr zu kommen.

»Ich bin zu alt für dich«, widerspricht er. »Du bist zu gut für mich.«

Sie streckt ihm die Arme entgegen. »Ich liebe dich«, murmelt sie.

Er kann nicht länger widerstehen und küsst sie erneut. Maria spürt seine sanften Lippen auf ihren und atmet ein, als sei er der Odem ihres Lebens. Sie windet sich unter ihm, tastet sich vorsichtig mit der Hand vor und berührt ihn. Die Leidenschaft überwältigt sie. Maria hat nicht erwartet, dass sie die Initiative ergreifen würde, doch sie knöpft Felix' Hose auf, streift ihre Unterwäsche ab und gibt sich ihm hin. Er stößt mit solcher Kraft zu, dass sie nach Luft ringt, dann wird sie ganz von ihm erfüllt.

»Ich liebe dich, Maria«, flüstert er und beginnt, sich in ihr zu bewegen. Seine Worte erregen sie noch mehr, und sie wird eins mit ihm. Das Boot unter ihnen schaukelt im Rhythmus, in dem sie sich bewegen. Es fühlt sich richtig an, es auf dem Fluss zu tun. Maria ist in einer Stadt an einer Lagune geboren, sie ist die Tochter eines Seemanns, ihre Jungfräulichkeit gehört der Welt des Wassers. Als Felix das Tempo steigert, schließt Maria die Augen und lässt sich von seiner Leidenschaft mitreißen. Sie spürt, wie sich sein Atem beschleunigt, biegt sich ihm entgegen und lässt seine Lust in ihr Herz strömen. Jetzt gibt es kein Zurück mehr: Sie liebt diesen Mann, und er liebt sie.

Der Tag ist fast vorüber, doch Maria hat das Gefühl, ihr Leben finge gerade erst an. In dem kurzen Moment, den Felix in ihr war, ist ihre Seele mit seiner verschmolzen. Sie gehört ihm. Er gehört ihr. Als Felix ihr auf dem schaukelnden Boot die Unschuld genommen hat, während der Fluss plätschernd applaudierte, hat ihre Not begonnen. Jetzt will sie nur noch mit ihm zusammen sein, doch heute Abend muss sie die anspruchsvollste Rolle ihres Lebens tanzen. Ihr Körper ist noch immer aufgewühlt und bebt vor Verlangen, doch all das muss sie unterdrücken und zu Psyche werden, einem luftgleichen Wesen ohne körperliche Substanz.

Die Aufführung findet nicht in der Schule, sondern in einer benachbarten Halle statt. Es ist nicht die erste Vorstellung von *Pandora*, doch das Stück ist vier Jahre lang nicht aufgeführt worden. Lempert behauptet, jetzt, nach dem Krieg, sei es leichter, die Bedeutung der Choreografie zu erkennen: den ewigen Konflikt zwischen Gut und Böse.

Als Maria eintrifft, ist Joan bereits in ihrem Kostüm. Sie trägt ihr Kleid in Dunkelrot, Weiß und Lila sowie den Schlangenkopfschmuck. Ihr Gesicht ist weiß geschminkt, ihre Augen wirken groß und dunkel, und ihre Brauen sind mit einem schwarzen Strich nachgezogen. Sie sitzt vor dem Spiegel, raucht eine Zigarette und starrt sich an, während die anderen sich um sie herum fertig machen.

»Da bist du ja!« Sie begegnet Marias Blick im Spiegel. »Wo bist du gewesen?«

Maria setzt sich neben sie, nimmt die Puderdose und bläst vorsichtig hinein, sodass eine kleine Wolke entsteht.

»Ich bin Boot gefahren«, sie zögert, um die Spannung zu steigern, »mit Felix.«

»Ach, der geheimnisvolle Franzose, den du mir nicht vorstellen willst.« Joan schmollt.

»Das stimmt nicht. Er holt mich fast jeden Tag von der Schule ab, aber du bist mit Louis immer länger geblieben.«

Joan seufzt. »Nun, das ist jetzt vorbei.«

Maria ignoriert Joans langes Gesicht. Sie ist zu glücklich, um sich über das Liebesleben ihrer Freundin Gedanken zu machen.

»He«, sagt Joan, als sie es bemerkt, »was bist du so selbstgefällig?«

»Ach, nur so«, antwortet Maria leichthin. »Ich bin verliebt.«

Joan drückt begeistert ihre Zigarette aus. »Was genau ist auf deinem kleinen Bootsausflug mit Felix passiert?«

Maria errötet und wendet den Blick ab.

»Oh, verstehe«, sagt Joan. »Freut mich für dich.« Sie steht auf und streicht ihr Kostüm glatt. »Du solltest dich beeilen und dich schnell anziehen. *Alles* Weitere müssen wir später besprechen.« Sie zwinkert Maria zu.

Maria wartet neben Joan und Christopher, der die Rolle der Jugend spielt, in der Kulisse. Sie beobachtet die erste Gruppe von Tänzern, die normalen Erdbewohner. Sie stellen die Suche der Menschen nach einem Heilsbringer dar. Brauchen wir alle jemand, der uns führt? Wird Felix Marias Führer sein?

Jetzt steht Joan als Pandora auf der Bühne und entzückt die Gruppe, gefolgt von Christopher als unschuldiger Jugend. Bald ist Maria dran. Sie muss als Vision der Jugend erscheinen, als Erscheinung der Tugend. Sie denkt daran, dass Felix ihr aus dem dunklen Zuschauerraum zusieht. Er hat mit Lempert abgesprochen, dass er den Tanz filmt. Nun hockt er hinter seiner Kamera und zeichnet ihre Bewegungen auf. Maria kann seinem Auge nicht entkommen.

Jetzt ist Maria auf der Bühne, die Scheinwerfer blenden sie und erfüllen sie zugleich mit Energie. Einen Augenblick vergisst sie, dass sie Maria ist, das Mädchen, das gerade ihre Jungfräulichkeit verloren hat. Sie wird zum Geist, zu Psyche, zum Triumph der Vernunft über den Trieb. Doch die Menschen weisen sie ab, und sie muss sich zurückziehen, denn sie wetteifern um die Büchse der Pandora. Louis als Draufgänger und

Stephen als Starker Mann tanzen einen Kampf um sie. Louis setzt sich durch. Der zweite Chor eilt auf die Bühne, böse Monster versammeln sich um Pandora und wehren den Starken Mann ab. Maria steht jetzt im Schatten und beobachtet, wie sie Pandora eine grinsende Totenmaske mit Kristallstacheln aufsetzen.

Dann folgt eine kurze Pause. Geradezu flirrend von der Aufregung der Premiere eilen sie in ihre Garderobe. Lempert kommt herein, und Maria sieht, dass er mit ihnen zufrieden ist. Er klopft ihr auf die Schulter, während er mit Christopher über den letzten Tanz zwischen Jugend und Psyche spricht, den Punkt, an dem sie die Welt aus der Dunkelheit ins Licht zurückführen. Plötzlich lastet die Verantwortung schwer auf Maria. Ihr Körper ist erschöpft, nicht nur vom Tanzen, sondern auch von den neuen Erfahrungen, die sie heute gemacht hat. Sie braucht etwas frische Luft.

Sie blickt auf die Wanduhr. Ihr bleiben zehn Minuten für eine schnelle Zigarette. Sie schlüpft aus der Garderobe und durch den Hintereingang des Gebäudes in eine Gasse nach draußen. Sie schüttelt eine Zigarette aus der Packung.

»Ich bin sicher, Psyche ist viel zu rein, um zu rauchen.«

Vor Schreck springt sie zur Seite. Vor ihr steht Felix.

»Wo kommst du auf einmal her?«, fragt sie.

»Ich war die ganze Zeit hier und habe geraucht. Ich habe gesehen, wie du herausgekommen bist. In deinem weißen Kleid siehst du wie ein Gespenst aus.«

Sie beugt sich vor und lässt sich von ihm Feuer geben. »Wie fandst du es?«, fragt sie und sehnt sich nach seiner Bestätigung.

»Du warst hervorragend, mein Liebling.«

Maria strahlt. Sein Urteil bedeutet ihr so viel.

»Ich bin gespannt, wie es auf Film wirkt«, sagt er. »Tanz habe ich noch nie gefilmt.«

»Und wie haben dir die anderen gefallen?«

»Nun, einigen der anderen Tänzer fehlt es noch an Erfahrung, aber das Mädchen, das die Pandora spielt, ist sehr professionell.«

»Das ist Joan, meine Freundin«, erklärt Maria, aber er hört ihr nicht richtig zu. Mit leuchtenden Augen spricht er von der Bedeutung von *Pandora*. Sie stellt sich ihn am Drehort vor: Felix, der Filmregisseur. Sie kneift sich. Sie muss sich daran erinnern, dass dieser talentierte Mann sie tatsächlich liebt.

»Ich finde die Choreografie ziemlich faszinierend. Der Tanz hat einen politischen Subtext.« Er zögert, dann zieht er noch einmal an seiner Zigarette. »Das Heil von gestern kann das Übel von morgen sein …«

Seine Worte verhallen in der dunklen Gasse. Sie kann den Ausdruck in seinen Augen nicht erkennen, aber sie weiß, dass er jetzt nicht nur vom Tanz spricht. Er denkt an seine geheimnisvolle Vergangenheit: ein Teil von sich, den mit ihr zu teilen er sich weigert. Die Hintertür öffnet sich, Licht fällt auf die Straße und auf sie.

»Ach, da bist du!«, sagt Joan. »Komm schon, in fünf Minuten geht die Vorstellung weiter.« Dann bemerkt sie Felix. »Ach, hallo. Sind Sie der berühmte Monsieur Leduc?«

Maria errötet bis zu den Haarwurzeln. Wie kann Joan so taktlos sein?

»Sieht so aus.« Er legt den Kopf auf die Seite und sieht sie mit durchdringendem Blick an. Sein Ausdruck ist alles andere als freundlich, und einen Augenblick erkennt Maria, was Jacqueline meint, wenn sie sagt, Felix sei schwierig. Allerdings nicht bei Maria. Zu ihr ist er zärtlich, sanft und freundlich.

Joan ignoriert Felix' unfreundliche Art, dreht sich stattdessen zu Maria um, wirft ihr einen fragenden Blick zu und verschwindet wieder im Theater. Maria weiß, was Joan denkt. Sie kann förmlich ihre Stimme hören: *Er ist ein bisschen alt für dich, Herzchen, findest du nicht? Und er sieht ein bisschen missmutig aus.*

Sie lässt den Zigarettenstummel auf den Boden fallen, die Glut leuchtet in der Dunkelheit. »Ich sollte lieber wieder reingehen«, sagt sie. »Sehen wir uns anschließend?«

Auf einmal fasst Felix ihren Arm: »Hör zu, Liebling, ich muss leider nach der Vorstellung sofort aufbrechen.«

»Ach«, sagt sie enttäuscht. Sie hatte sich darauf gefreut, vor den anderen Tänzern mit ihrem intellektuellen Filmemacherfreund anzugeben. »Sehe ich dich dann später noch?«

»Maria, Liebes«, er dreht sie zu sich herum und hält sie mit seinem flehenden Blick gefangen. »Bevor wir heute Abend hergekommen sind, habe ich ein Telegramm erhalten. Ich muss nach Frankreich. Noch heute Abend. Es ist sehr dringend.«

Sie sieht ihn fassungslos an. Was erzählt er da? Ihre Beziehung hat gerade erst begonnen; wie kann er sie da jetzt verlassen?

Er küsst sie flüchtig auf die Lippen. »Du musst wieder hineingehen, Liebes«, sagt er und schiebt sie in Richtung Tür.

»Aber wie lange?«, stößt sie hervor.

»Nicht lange … Ich verspreche dir, dass ich in ein paar Wochen wieder zurück bin. Du wirst auf mich warten, oder?«

Während sie tanzt, geht ihr Felix' Ankündigung nicht aus dem Kopf. Er fährt weg. Noch heute Nacht. Gerade dann, wenn sie sich so sehr in ihn verliebt hat. Wie soll sie es ertragen, von ihm getrennt zu sein, auch wenn es nur für zwei Wochen ist? Und in ihrem Hinterkopf meldet sich noch eine andere Stimme, es ist der Zweifel, der noch immer in ihrem Herzen wohnt. Wird er zurückkommen? Hat er sie dazu verleitet, ihm ihre Unschuld zu opfern und will jetzt nichts mehr mit ihr zu tun haben? Sicher nicht. Sie hat bemerkt, wie er sie angesehen hat, und er hat erklärt, sie sei hervorragend gewesen. Schließlich filmt er sie. All das sagt ihr, dass er nicht lügt, wenn er behauptet, zu ihr zurückzukommen. Sie muss nur Geduld haben und ihm vertrauen. Während sie sich um Konzentration bemüht, raubt ihr die Angst die Fassung. Sie spürt Christophers Bestürzung, sie hört seine geflüsterten Anweisungen. Psyche und Jugend tanzen ihren letzten Tanz, in dem die Kraft der Psyche die Pandoras übersteigt und sie Pandora von der Welt verbannt.

Ich werde nicht zulassen, dass Felix mich fallen lässt, schwört Maria sich aufgebracht, während sie sich um Christopher dreht. Und in dem Moment macht sie einen Fehler. Es ist nur eine kleine Unaufmerksamkeit, aber sie reicht, um beide aus dem Gleichgewicht zu bringen. Maria ist zu weit von Christopher entfernt, er kann sie nicht hochheben. Sie macht einen ungeschickten Schritt nach vorn und steht nun zu dicht vor ihm. Christopher hebt sie dennoch hoch, ist jedoch gezwungen, sie oberhalb der Hüfte zu fassen. Sie zieht stark nach unten und spürt, wie Christopher sich anstrengen muss, um sie zu halten. Maria blickt verzweifelt ins Publikum und stellt sich vor, wie Felix dort mit der Kamera steht und weiß, dass sie fallen wird, dass sie unwiderruflich gedemütigt sein wird.

Valentina

Sobald es hell ist, weckt Valentina Antonella. Ihre Freundin ist noch ein bisschen vom Alkohol benebelt und zunächst etwas verwirrt.

»Wo sind wir?«, fragt sie.

»Sch …« Valentina legt einen Finger auf die Lippen. »Das erzähle ich dir auf dem Heimweg. Ich habe uns ein Taxi gerufen.«

»Aber wo ist Tante Isabella?«

»Das weiß ich nicht«, antwortet Valentina wahrheitsgemäß. »Vielleicht schon zu Hause?«

Sie geht nicht mehr ins Schlafzimmer, um sich von Francesco zu verabschieden. Sie will nur noch von hier weg. Das Gefühl hatte sie bereits gleich nach dem Aufwachen gehabt. Francesco hatte noch tief und fest geschlafen. Er lag mit dem Rücken zu ihr und atmete tief und gleichmäßig. Sie hatte seine unschuldig schlummernde Gestalt betrachtet und sich ernsthaft gefragt, wie sie ihn jemals hatte lieben können. Obwohl sie gestern Nacht miteinander geschlafen hatten, empfand sie im kühlen Morgenlicht nichts mehr für ihn. Vielmehr sehnt sie sich jetzt noch mehr nach Thomas. Das kommt Valentina etwas heuchlerisch vor. Schließlich ist sie gerade noch bereitwillig in die Arme ihres ehemaligen Liebhabers gesunken, doch aus irgendeinem Grund musste sie das tun. Die Angelegenheit war noch nicht abgeschlossen gewesen; jetzt ist sie vorbei. Sie spürt es tief in ihrem Inneren. Sie weiß nicht, was Francesco empfindet, aber sie möchte ihn nicht noch einmal wiedersehen.

Im Taxi fahren Antonella und Valentina durch die leeren Londoner Straßen, in denen dichter Nebel hängt. Die in Weiß gehüllte Welt gibt Valentina ein Gefühl der Schwerelosigkeit, als erlebe sie einen ihrer psychedelischen Träume.

Antonella schmiegt sich neben ihr in den Rücksitz. »*Mio dio*, was ist letzte Nacht passiert? Ich kann mich an nichts erinnern«, sagt sie gähnend.

»Daran ist der Tequila schuld. Der hat diese Wirkung auf dich«, antwortet Valentina trocken.

»Was ist mit Tante Isabella passiert? Und vor allem, was ist mit Francesco? Hast du mit ihm geschlafen?« Sie sieht Valentina forschend an.

Valentina nickt, und Antonella scheint verwirrt.

»Warum rast du dann im Taxi mit mir nach Hause, anstatt den Tag mit Francesco im Bett zu verbringen und mit ihm Sex zu haben?«

Valentina blickt aus dem Wagenfenster in den undurchdringlichen Nebel, eine Welt ohne Anfang und ohne Ende. Sie hat das Gefühl, ins Nichts zu fahren.

»Vielleicht ist er ja der Richtige, Valentina? Schließlich war er deine erste Liebe«, sinniert Antonella.

Aber Valentina schüttelt den Kopf. »Nein. Es ist zu spät. Er hat mir damals das Herz gebrochen. Ich werde es ihm nicht noch einmal schenken.« Sie traut sich nicht, Antonella von ihren Gefühlen für Thomas zu erzählen.

Ihre Freundin tätschelt ihr die Hand. »Okay.« Sie weiß, dass es sinnlos ist, Valentina zu drängen. »Nun, was ist mit meiner Tante passiert?«

Valentina schweigt einen Augenblick. Sie weiß, wie empört Antonella sein wird, wenn sie von Isabellas Eskapaden mit Peter und Rupert erfährt. Etwas hält sie davon ab, es Antonella zu erzählen. Das ist eine Sache zwischen Isabella und ihrer Nichte, vor allem da Antonella anscheinend ein Auge auf Peter geworfen hatte, bevor sie sich hinlegen musste.

»Ich weiß es nicht«, schwindelt Valentina.

Der dichte Londoner Nebel kriecht Valentina bis in die Knochen. Zitternd läuft sie vom Taxi zum Haus und sieht auf ihre Armbanduhr. Es ist halb sieben, und erst wenige Menschen zieht es auf die Straßen von South Kensington. Antonella geht vor ihr her, öffnet das Eisentor und schleicht über den Weg auf das vornehme Eingangsportal ihrer Tante zu. Valentinas Rücken kribbelt. Sie spürt instinktiv, dass sie beobachtet wird. In der Hoffnung, Thomas hinter sich zu entdecken, dreht sie sich um, weiß jedoch bereits, dass er es nicht ist. Sie hat nur einen Verfolger. Und tatsächlich: In seinem langen schwarzen Mantel und mit dunkler Brille steht Glen im Nebel auf der anderen Straßenseite. Valentina ist zu müde, um sich jetzt mit ihm zu beschäftigen. Außerdem will sie Antonella nicht beunruhigen. Also ignoriert sie Glen, schreitet entschlossen zur Eingangstür und schlägt sie energisch hinter sich zu.

Isabella ist bereits auf und sieht in ihrem maßgeschneiderten Kostüm tadellos aus. Die langen Haare hat sie zu einem festen, glänzenden Knoten hochgesteckt, und ihr Gesicht wirkt frisch. Sie sitzt am Küchentresen, nippt an einem kleinen schwarzen Kaffee und arbeitet an ihrem iPhone.

»Guten Morgen, die Damen«, sagt sie mit süßem Lächeln. »So früh habe ich euch nicht erwartet.«

»Wo warst du, Tantchen?« Antonella lässt sich auf das Sofa fallen. »Du bist einfach verschwunden.«

»*Du* bist verschwunden, Liebes. Ich glaube, du bist ins Bett gegangen. Und zwar allein!«

An den Nägeln kauend, blickt Antonella aus dem Fenster. »Es ist komisch«, überlegt sie. »Als ich mit diesem Kerl, mit Peter, getanzt habe, dachte ich, es würde etwas zwischen uns passieren. Aber dann habe ich an Mikhail gedacht.«

»Deinen russischen Geliebten?«, erkundigt sich Isabella.

»Ja. Ich glaube, ich vermisse ihn.«

Isabella lächelt wissend. »Liebes, ich glaube, du vermisst ihn nicht nur. Was meinst du, Valentina?«

Valentina nimmt einen Becher aus dem Schrank und schenkt sich einen Kaffee ein. Sie sehnt sich nach einer Dusche; die Haut unter ihrem Kleid klebt von der getrockneten Eiscreme. Ob die anderen den Vanillegeruch wahrnehmen?

»Ich glaube, dass Antonella im Grunde ihres Herzens eine Romantikerin ist. Auch wenn sie alles tut, damit man es nicht bemerkt«, antwortet Valentina.

»Wie meinst du das?«, will Antonella wissen, richtet sich auf und verschränkt abwehrend die Arme über der Brust.

»Dafür muss man sich nicht schämen, Liebes«, erklärt Isabella. »Das ist sehr liebenswert. Ehrlich.«

»Ich glaube, dass du trotz deines verwegenen Auftretens ganz tief in deinem Inneren an das Märchen glaubst«, sagt Valentina, lässt sich neben ihrer Freundin auf dem Sofa nieder und bietet ihr einen Schluck Kaffee an.

»Welches Märchen?«, fragt Antonella und nimmt ihr den Becher ab.

»Dass eines Tages der Prinz kommen wird«, erklärt Isabella.

»Ach, das stimmt nicht. Das halte ich für Unsinn.«

»Ach wirklich? Du weißt, dass die meisten Frauen insgeheim davon träumen.« Isabella trommelt mit den Fingern auf den Tresen. »Auch dafür muss man sich nicht schämen. Es zeugt von großem Optimismus. Ich fürchte, Liebes, im Gegensatz zu dir bin ich zu sehr Realistin. Und ich glaube, Valentina auch.«

Isabella hebt fragend die Brauen, und Valentina blickt ihr in die Augen. Ob die ältere Frau weiß, dass Valentina sie mit den beiden jungen Männern gesehen hat? Diese Frau führt offenbar ein Doppelleben.

»Nun, ihr Lieben«, Isabella nimmt Handtasche und Schlüssel, »ich muss zur Arbeit. Wir sehen uns heute Abend bei Valentinas Eröffnung. Ciao!«

Die Freundinnen vereinbaren, ein paar Stunden zu schlafen. Antonella verschwindet im Schlafzimmer ihrer Tante und überlässt Valentina das andere Zimmer.

Bevor sie ins Bett geht, duscht Valentina. Sie stellt die Wassertemperatur so hoch ein, dass sie es gerade noch aushalten kann. Dampf umhüllt ihren Körper, und der feste Wasserstrahl kribbelt auf ihrer Haut. Sie wäscht die Eiscreme, Francescos Geruch und die Erinnerung an die letzte Nacht ab. Sie reinigt sich von ihrer Vergangenheit. Valentina schließt die Augen und hält das Gesicht unter den Duschstrahl. Sie hat den Verlust von Francesco überwunden, ihren ersten Liebeskummer, unter dem sie jahrelang gelitten hat. Zu ihrer Verzweiflung allerdings erst, nachdem sie Thomas verloren hat.

Können Thomas und sie je eine richtige Beziehung miteinander führen? Sie werden nie ein normales Paar sein, so wie die aus den Hollywoodfilmen, an die die Welt angeblich glaubt. In Wahrheit sind die meisten Paare unvollkommen. Vielleicht sind die am glücklichsten, die ehrlich miteinander sind und eine offene Beziehung leben, so wie Leonardo und Raquel. Eine solche Beziehung würde Thomas auch gefallen. Valentina denkt an den letzten Herbst und die erotischen Abenteuer, die sie mit Leonardo im Club erlebt hat. Die hatte Thomas inszeniert, ebenso wie ihre Partnerwechsel. Er hatte kein Problem damit, wenn Valentina mit anderen Männern schlief, er hatte es vielmehr sogar befördert. Als sie ihn in Venedig nach dem Grund dafür gefragt hatte, behauptete er, er habe ihr zeigen wollen, dass er sie so liebe, wie sie sei und sie nicht ändern wolle. Er verstand, dass sie ein Freigeist war, und wollte ihr klarmachen, dass man auch in einer Beziehung frei sein konnte, solange man einander vertraute. Vertrauen: Alles hängt von diesem einen Wort ab. Das hatte Thomas bei ihrer letzten Begegnung erneut von ihr verlangt. Wenn sie ihm beweist, dass sie ihm vertraut, hat sie ihm damit zugleich ihre Liebe bewiesen. Aber wie soll sie das anstellen?

Valentina gleitet unter die kühle Decke, von der Dusche ist ihre Haut erhitzt und seidig. Erschöpft lässt sie sich in die Matratze sinken, kann jedoch nicht einschlafen. Sie weiß, dass sie schlafen muss. Es wird eine lange Nacht, und sie muss in Form sein. Schließlich ist es der Abend der Ausstellungseröffnung, und Thomas und Anita werden ebenfalls dort sein. Valentina braucht Kraft, um ihnen zu begegnen.

Sie dreht sich auf die Seite und umklammert die Decke. Bei der Vorstellung, Thomas zusammen mit Anita zu sehen, ergreift sie plötzlich nackte Panik. Valentina setzt sich im Bett auf, wobei die Decke von ihren nackten Brüsten rutscht. Sie muss mit jemandem reden. Es ist sinnlos, Antonella zu wecken. Sie ist Thomas gegenüber voreingenommen. Wer ist ihnen beiden gleichermaßen zugetan? Wer ist unbefangen?

Als sie Leonardos Stimme hört, fühlt Valentina sich sofort

besser. Seine Stimme hat dieselbe tröstende Wirkung auf sie wie ein Becher heißer Schokolade.

»Hallo, Süße, wie ist London?«

»Verwirrend.«

Sie erzählt Leonardo alles. Sachen, die sie keiner anderen Menschenseele anvertrauen würde. Sie erzählt ihm, dass sie die Vorstellung nicht erträgt, Thomas mit seiner neuen schönen Freundin auf der Ausstellungseröffnung zu sehen. Sie erzählt ihm, dass sie gestern ihren Vater besuchen wollte und ihr Vorhaben an Glen gescheitert ist.

Glens Drohungen scheinen Leonardo extrem zu beunruhigen. »Hast du das Thomas erzählt?«, fragt er mehrmals.

»Nein. Ich habe ihn nicht mehr gesehen. Und ich will ihn nicht anrufen, damit er nicht denkt, ich würde hinter ihm her sein.«

»Du *musst* Thomas von Glen erzählen, Valentina. Vielleicht solltest du sogar die Polizei informieren.«

»Keine Sorge, ich glaube, er ist nur ein Maulheld. Was nutze ich ihm schon, wenn ich nicht mehr mit Thomas zusammen bin?«, sagt sie mutig.

»Okay«, gibt ihr Freund widerwillig nach. »Versprich mir aber, dass du etwas unternimmst, wenn du ihn noch einmal wiedersiehst.«

»Gut. Aber, Leonardo, ich habe dir noch nicht erzählt, was letzte Nacht passiert ist. Das ist wichtiger als der herumlungernde Glen.«

Valentina erzählt Leonardo von der Begegnung mit Francesco und dem Nachspielen ihres ersten Mals. Als sie endet, sagt er einige Sekunden nichts. Sie hört das Surren der Leitung. Sie fragt sich, ob er vielleicht aufgelegt hat, aber warum sollte er das tun? Leonardo würde sie niemals verurteilen.

»Leo, bin ich schlecht? Sag mir, warum ich mit Francesco geschlafen habe.«

»Ich glaube, du hast dich von einem Teil von dir verabschiedet«, antwortet Leonardo sanft. »Oder vielleicht hast du auch versucht, das Mädchen wiederzufinden, das du damals gewesen bist.«

»Aber *warum* habe ich das getan?«

»Weil du Angst vor deinen Gefühlen hast. Du versuchst dir zu beweisen, dass du Thomas nicht willst. Deshalb stürzt du dich Hals über Kopf auf den erstbesten verfügbaren Mann«, erklärt Leonardo nüchtern.

Valentina bemerkt, dass Leonardo bedrückt klingt – nicht so lebendig wie sonst.

»Ist alles in Ordnung, Leo? Du hörst dich so anders an.«

»Es ist alles gut«, antwortet er angespannt.

»Ich spüre doch, dass etwas nicht stimmt. Was ist los? Raus mit der Sprache, Leo!«

»Wenn du es unbedingt wissen willst, Raquel und ich haben uns getrennt.«

Valentina kann ihre Überraschung nicht verbergen. »Aber ihr wart doch das perfekte Paar! Was ist passiert?«

»Das ist kompliziert. Tut mir leid, Valentina. Ich will mit dir nicht am Telefon darüber sprechen.«

Valentina ist ein bisschen verletzt. Sie hat sich Leonardo geöffnet, aber er will sich ihr nicht anvertrauen. Doch sie muss seinen Wunsch akzeptieren. »Okay. In ein paar Tagen bin ich zurück, dann reden wir.«

»Vielleicht kommst du ja gar nicht zurück nach Mailand, Valentina.«

»Wie meinst du das?«

»Thomas.«

Seine Stimme hat einen seltsamen Unterton, und Valentina fragt sich, wie sie ihn deuten soll.

»Leo, er hat eine neue Freundin. Ich glaube nicht, dass ich ihn jetzt zurückerobern kann. Sie ist so sexy – eine echte Femme fatale.« Valentina seufzt.

»Komm schon, Valentina«, ermutigt Leonardo sie. »Ich habe dir doch gesagt, dass du um ihn kämpfen musst. Du darfst nicht aufgeben.«

»Aber was soll ich denn tun, Leo? Wie soll ich ihm zeigen, dass ich ihn so sehr liebe, dass ich alles für ihn tun würde?«

»Dann musst du dieses ›alles‹ finden«, sagt Leonardo schlicht.

»Wenn ich ihm nur wieder nah sein, ihn berühren könnte«, überlegt Valentina. »Wenn wir miteinander schliefen, wüsste er, was ich für ihn empfinde.«

»Dann verführe ihn!«

»Das kann ich nicht. Das wäre hinterhältig Anita gegenüber. Ich will nicht so ein Miststück sein.«

»Du könntest nie ein Miststück sein, Valentina.«

Das Vertrauen ihres Freundes rührt sie. »Leonardo, das mit Raquel tut mir wirklich leid«, sagt Valentina. »Ich wünschte, du wärst hier und ich könnte dich in den Arm nehmen.« Valentina ist nicht gerade der Typ, der schnell jemand in den Arm nimmt, aber sie meint es ernst.

Endlich schläft sie. Valentina träumt, sie rase in einem leeren U-Bahn-Zug durch die dunklen Tunnel. Sie ist ganz allein und nackt. Der Zug hält in einer Station. Sie blickt aus dem Fenster, aber der Name der Station fliegt zu schnell vorbei. Ist es Gloucester Road? Die ockergelben Wände und die modernen Kunstschilder sehen danach aus. Die Türen gleiten auseinander, und am anderen Ende des Waggons steigt eine Frau mit einem Koffer in der Hand ein. Sie hat kurzes blondes Haar, das sie ähnlich wie Valentina zu einem Bob geschnitten trägt. Sie ist mit einem altmodischen Seidenrock samt Oberteil bekleidet und hat einen langen Schal um den Hals geschlungen. Valentina steht auf. Vielleicht hat die Frau etwas in ihrem Koffer, das sie sich leihen kann. Doch als sie sich der Frau von hinten nähert, fährt diese herum und fesselt Valentina mit ihrem Blick. Genau wie ihre Mutter. Valentina bemerkt, dass die Frau, abgesehen von den blonden Haaren, wie Tina Rosselli aussieht. Schweigend bietet sie Valentina den Koffer an. Valentina öffnet ihn, aber er ist leer. Sie hat nichts, womit sie sich bedecken kann. Valentina wacht auf. Sie liegt auf der Seite, hat die Knie an die Brust gezogen und die Arme um die Taille geschlungen. Sie wundert sich, warum sie so zusammengekauert ist. Sie versucht, die Beine auszustrecken, und stellt fest, dass etwas Hartes sie daran hindert. Als sie versucht, die Arme zu lösen, passiert das Gleiche. Valentina ertastet mit den Händen die Ränder dessen, worin sie eingesperrt ist. Es ist eine harte Kiste, die mit roter Seide ausgeschlagen ist. Außerdem gibt es Gurte, an denen Schnallen befestigt sind. Valentina schläft noch immer. Jetzt sieht sie sich von oben: eine Frau, die in einem Koffer gefangen ist. Warum kann sie nicht aussteigen? Sie hört Schritte auf sich zukommen und sieht als Nächstes ein Paar Schuhe neben dem Koffer stehen: Sie sind aus schwarzem Leder, teuer, aber bereits etwas abgestoßen, die Schnürsenkel sitzen lose. Wem gehören diese Schuhe? Sie blickt auf, kann aber nur ein Paar Beine in Nadelstreifenhosen sehen, die im Londoner Nebel verschwinden. Wer ist das? Thomas? Francesco? Valentina weiß, was als Nächstes geschehen wird, und ihre Kehle ist vor Aufregung wie zugeschnürt. Sie kann nicht schreien. Plötzlich wird der Deckel zugeschlagen, und es herrscht völlige Finsternis. Valentina befindet sich in der Gewalt eines Mannes – ihre größte Angst.

Valentina erwacht im Stehen. Der leere Koffer liegt neben ihr. Sie ist zurück in dem U-Bahn-Zug und bemüht sich, das Gleichgewicht zu behalten, während der Zug durch den Tunnel rast. Sie ist noch immer allein. Oder nicht? In ihrem Rücken spürt sie ein vertrautes Kribbeln – das Gefühl, dass jemand sie beobachtet. Sie hält den Atem an und hat Angst, sich umzudrehen und nachzusehen, wer es ist. Jetzt spürt sie seinen Atem in ihrem Nacken. Er steht hinter ihr, legt die Arme um ihre Taille und beugt sich hinab, um sie auf den Hals zu küssen. Bei dem Gefühl seiner Lippen auf ihrer zarten Haut erschaudert sie. Er küsst sie ausgiebig. Sie spürt, wie sich die Haut in ihrem Nacken zusammenzieht, dann folgt ein schmerzhaftes Brennen. Etwas Scharfes schneidet in ihre Haut. Jetzt wehrt Valentina sich, aber er hält sie noch stärker fest. Er klammert sich an ihren Nacken und saugt die Liebe aus ihr heraus. Die Lichter im Zug flackern, und für einen Augenblick sieht Valentina sich selbst und ihren Angreifer in der Scheibe. Schließlich hebt er den Kopf und starrt sie über die Scheibe an. Angst ergreift sie. Dort steht Glen. An seinen Lippen klebt Valentinas Blut. Seine Augen funkeln.

»Ich nehme dich ihm weg«, hört sie ihn leise flüstern.

»Valentina! Wach auf!«

Valentina setzt sich keuchend im Bett auf. Das Schlafzimmer ist beinahe dunkel und tief verschattet.

Antonella beugt sich über sie und schüttelt sie. »Ist alles okay?«

Langsam kommt Valentina zu sich, nickt stumm und blickt sich mit großen Augen im Zimmer um. Es war nur ein Traum. Sie ist in Sicherheit.

»Du hast geschrien«, berichtet Antonella. »Du musst einen wirklich schlimmen Albtraum gehabt haben.«

Valentina nickt und spürt noch immer einen Angstschauer, als sie an den Vampir Glen denkt.

»Den hatte ich.«

»Wovon handelte er?«

»Ich kann mich nicht mehr erinnern«, lügt sie. »Es war einfach nur gruselig.« Sie will Antonella nichts von Glen erzählen. Sie weiß, wie leicht sich ihre Freundin ängstigt. Valentina lehnt sich ans Kopfende des Bettes und blickt aus dem Schlafzimmerfenster. Die Vorhänge sind nicht geschlossen. In der bläulichen Dämmerung brennen bereits die Straßenlaternen. »Wie spät ist es?«

»Fünf vor sechs. Kannst du dir das vorstellen? Wir haben den ganzen Tag verschlafen.«

Noch eineinhalb Stunden bis zur Eröffnung – gerade genügend Zeit, um sich fertig zu machen.

»Ich gehe zuerst ins Bad. Du machst uns einen Tee«, ordnet Antonella an und stürmt aus dem Zimmer.

Valentina bleibt noch einen Augenblick sitzen und wartet, dass sich ihr Herzschlag beruhigt. Die seltsamen Bilder aus dem Traum wühlen sie noch immer auf. Heute Abend wird sie Thomas und Anita begegnen. Es könnte ihre letzte Chance sein, ihre Liebe zurückzugewinnen. Sie realisiert, dass ihr das wichtiger ist als alles andere, wichtiger als ihr Debüt als erotische Fotografin in einer der angesagtesten Galerien Londons. Wenn sie Thomas heute Abend mit Anita nach Hause gehen lässt, hat sie ihn für immer verloren. Davon ist Valentina überzeugt.

Maria

Er hatte sie mit nach Paris genommen. Das ist mehr als alles, was sie sich je erträumt hat. Es ist ein Lichtblick nach der düsteren Erfahrung, als Tänzerin versagt zu haben. Nachdem Maria während der Aufführung von *Pandora* gestürzt war, hatte sie alles noch viel schlimmer gemacht, indem sie den Tanz abgebrochen hatte. Sie war tränenüberströmt von der Bühne gestürzt und hatte es dem armen Christopher überlassen, den letzten Akt allein zu beenden. Sie hatte nicht nur sich selbst gedemütigt, sondern Schande über die ganze Kompanie gebracht. Sie hatte alle im Stich gelassen. Nie wird sie Joans schockiertes Gesicht vergessen. Maria will sich gar nicht erst vorstellen, wie wütend Lempert auf sie ist – nicht darüber, dass sie gefallen, sondern dass sie weggelaufen ist. Eine echte Tänzerin wäre einfach wieder aufgestanden und hätte weitergemacht. Sie waren schließlich Studenten. Es war die Premiere. Wenn jemandem ein Missgeschick passiert, bedeutete das kein Drama. Aber für Maria war es das. Sie hatte das Gefühl gehabt unterzugehen. Es war nicht nur wegen des Tanzes, sondern auch wegen ihrer aufgewühlten Gefühle: der Freude über ihre Liebe zu Felix und der Verzweiflung über seine bevorstehende Reise nach Frankreich. Sie hatte es nicht ertragen können, jemandem zu begegnen, nicht einmal ihrer geliebten Jacqueline, die schockiert im Publikum gesessen hatte. So war sie aus dem Theater geflohen, noch bevor der letzte Vorhang gefallen war, war an der Themse entlanggerannt und wollte sich in die trüben Tiefen stürzen. An der Waterloo Station holte Felix sie ein. Er setzte den Koffer mit seiner Kamera ab, und Maria fiel verzweifelt schluchzend in seine Arme.

»Sch«, sagte er immer wieder und strich ihr übers Haar.

Schließlich beruhigte sie sich. Felix löste seine Umarmung und reichte ihr ein Taschentuch. Sie wischte sich die Tränen ab, aber sobald sie an den grässlichen Moment dachte, in dem sie gespürt hatte, dass sie fiel, in dem sie mit einem Knall auf der Bühne gelandet war, vergrub sie das Gesicht in den Fingern.

»Komm schon«, sagte Felix zärtlich und zog die Hände von ihrem Gesicht. »Das ist nicht das Ende der Welt.«

Maria schüttelte bekümmert den Kopf.

»Warum bin ich weggelaufen?«, schluchzte sie. »Jetzt kann ich nie mehr zurück.«

»Natürlich kannst du das«, entgegnete Felix. »Du bist eine hervorragende Tänzerin. Du musst!«

»Ich kann ihnen nicht in die Augen sehen«, widersprach Maria. »Ich habe versagt.«

»Mein Liebling, es gibt Momente im Leben, da müssen wir versagen«, versuchte Felix zu erklären, »damit wir weiterkämpfen und am Ende siegen.«

Aber seine Worte trösteten Maria nicht. Sie konnte nur daran denken, dass er bald nach Frankreich abreisen würde und sie allein in London zurückbliebe. Sie konnte Jacqueline nicht mehr unter die Augen treten. Zumindest die nächsten Tage nicht. Sie würde die Enttäuschung ihrer Mentorin nicht ertragen. Maria glaubte, wenn sie wirklich Ehrgeiz besäße, eine brennende Leidenschaft zu tanzen, dann würde sie zurückgehen, sich ihrem Versagen stellen und hart an ihrer Rehabilitation arbeiten. Aber das wollte sie nicht. Sie umklammerte Felix'

Taschentuch, das nass von ihren Tränen war. Auf einmal wurde ihr klar, dass sie nicht in London war, um *ihren* Traum zu leben, sondern den ihrer Mutter. Belle hoffte, dass ihre Tochter eine Tänzerin wurde. Maria wünschte, sie hätte Venedig nie verlassen. Hätte sie das allerdings nicht getan, wäre sie auch nicht Felix begegnet.

»Nimm mich mit nach Frankreich«, flüsterte Maria.

Felix schien fassungslos. »Liebling, es tut mir leid, aber das geht nicht.«

Sie ergriff seinen Arm. »Bitte, nimm mich mit.«

»Das kann ich nicht«, sagte er ungelenk. »Ich habe dort Geschäfte zu erledigen.«

»Ich weiß«, erwiderte sie, »und ich werde dich nicht stören. Versprochen. Ich will nur ein oder zwei Wochen mit dir an einen anderen Ort gehen. Ich kann es nicht ertragen, ohne dich zu sein.«

»Aber was ist mit deinem Tanz?«

»Felix, ich *kann nicht* zurück.«

Er schüttelte den Kopf. »Maria, Liebling, wenn du mit mir kämst, müsste ich dich über Nacht in Paris allein lassen. Das will ich nicht.«

»Das stört mich nicht. Ich schlafe einfach, ruhe mich aus und warte auf dich.« Sie zitterte in ihrem spärlichen Tanzkostüm, und er zog sie an sich. Sie achteten nicht auf die neugierigen Blicke der Passanten. Sie erregten an der Waterloo Station einige Aufmerksamkeit: Maria noch immer in ihrem Kostüm der Psyche, ein weiß geschminktes ätherisches Kind, in den Armen eines finster blickenden dunkelhaarigen Mannes.

»Ich liebe dich, Felix«, flüsterte sie und spürte, wie er erzitterte. Sie wusste, wie viel ihm ihre Worte trotz seines Alters und seiner Erfahrung bedeuteten.

»In Ordnung«, sagte er heiser, und ihr Herz tat vor Freude einen Sprung. »Wenn du wirklich sicher bist, dass es dir nichts ausmacht, allein zu bleiben, wenn ich mich um meine Geschäfte kümmern muss.«

Maria übersäte seine Wangen mit Küssen. »Oh, nein, nein. Es macht mir nichts aus.«

Felix rückte von ihr ab und hielt sie auf Armeslänge von sich. »Und keine Fragen, Maria«, verlangte er und wirkte ernst. »Du musst mir versprechen, dass du mich nie nach meinen Geschäften in Frankreich fragst.«

Etwas beunruhigt runzelte sie die Stirn. »Aber warum nicht? Du kannst mir vertrauen.«

»Das weiß ich, Liebes«, sagte er nun in weicherem Ton, »aber ich will dich nicht mit Dingen belasten, die für uns keine Bedeutung haben.«

»Für uns?«

Er nickte. »Ja, für uns. Bist du denn jetzt nicht die Meine?«

»Oh, doch, Felix, das bin ich.« Sie zog ihn erneut an sich.

Den ganzen Weg, den sie mit dem Zug von der Victoria Station bis nach Folkestone zurücklegen, schläft Maria in Felix' Armen. Die Nacht verbringen sie in einer schäbigen Pension in Folkestone. Maria ist so erschöpft, dass sie sofort einschläft, und Felix stört sie nicht. Am nächsten Morgen wachen sie früh auf und essen zum Frühstück mit Walfischfleisch belegte Brote, die ihnen die Pensionswirtin anbietet. Noch nie in ihrem Leben hat Maria etwas so Scheußliches gegessen, aber sie ist hungrig, also würgt sie es hinunter. Als sie auf das Schiff steigen, umklammert Maria aufgeregt Felix' Hand. Sie folgt diesem Mann in seine Welt, ins Unbekannte. Sie vertraut ihm von ganzem Herzen. In der anderen Hand hält sie ihren kleinen Koffer, der nicht voll ist. Aus Angst, Jacqueline könnte auftauchen und versuchen, sie umzustimmen, hat Maria in aller Eile gepackt. Sie hat die Hefte mit den Lebensmittelmarken auf den Küchentisch gelegt sowie genügend Geld für die nächste Monatsmiete. Zu guter Letzt hatte sie Jacqueline noch schnell eine viel zu knappe Nachricht hinterlassen:

Liebe Jacqueline,
heute Abend habe ich begriffen, dass ich nie die Tänzerin sein werde, die du und meine Mutter in mir seht. Es tut mir leid, dass ich dich enttäuschen muss, aber ich will nicht weiter bei Lempert studieren. Ich bin überaus dankbar für all deine Hilfe, aber ich muss eine Weile fortgehen. Ich reise mit einem Freund, der gut auf mich aufpasst. Ich schreibe dir und sage dir, wo ich bin. Ich schreibe auch meiner Mutter. Bitte, mach dir keine Sorgen.
In Liebe,
Maria

Sie hatte Felix nicht namentlich erwähnt. Wenn Jacqueline wüsste, dass Maria mit dem Franzosen durchgebrannt war, würde sie sich nur aufregen und sich Sorgen machen. Maria hielt es nicht für ausgeschlossen, dass Jacqueline ihr sogar nach Paris folgen würde, wenn sie wüsste, dass er ihr Reisebegleiter war.

Auf dem Boot essen sie schweigend zu Mittag. Maria ist so fassungslos über ihr eigenes Handeln, dass sie nicht sprechen kann, und Felix scheint in Gedanken zu sein. Hin und wieder tätschelt er ihr Knie oder schenkt ihr Wasser nach.

Es ist eine ruhige Überfahrt. Den Großteil der fünf Stunden verbringen sie an Deck, halten sich an den Händen und sehen zu, wie der englische Horizont langsam verschwindet und der französische sich abzuzeichnen beginnt.

In Boulogne sind die Narben des Krieges noch deutlich zu sehen. Der Kai und alle anliegenden Gebäude sind zerstört. Angst ergreift Marias Herz. Jetzt befindet sie sich in Felix' Land. Sie ist ihm ausgeliefert. Nach einem mehrstündigen Aufenthalt besteigen sie den Zug nach Paris und quetschen sich in ein Abteil, das sie mit einem Ehepaar und ihren fünf Kindern teilen. Felix wird noch ernster und stiller. Maria unterhält sich jedoch mit der Mutter, einer Italienerin aus Turin. Da ihr Mann Engländer ist, hat sie die Kriegsjahre in England verbracht. Nun liegt ihr Vater im Sterben, und sie kehren nach Italien zurück, um die letzten Tage bei ihm zu sein. Die Frau hofft, dass ihre Mutter anschließend zu ihnen nach Surrey zieht. Während die anderen schlafen, spielt Maria mit den beiden ältesten Kindern Schnappen. Nur Felix ist wach und beobachtet sie mit halb geschlossenen Lidern, während der Zug durch die Nacht rollt.

Am Gare du Nord verabschieden sie sich von der italienischen Familie. Die Mutter umarmt Maria herzlich und lädt sie ein, sie jederzeit in ihrem Haus in Surrey zu besuchen. Die Familie verschwindet in der Nacht, und das Italienisch der Mutter hallt in Maria nach. Es verstärkt ihre Sehnsucht nach Zuhause.

Felix führt sie durch Paris. Anders als in London leuchtet hier Neonwerbung in den Schaufenstern. Geschäftig eilen junge Männer und Frauen über die dunklen Trottoirs. Anders als an den trüben Abenden im Nachkriegslondon scheint die Nacht hier gerade erst zu beginnen. Diese Menschen erwachen zum Leben: konzentrierte junge Männer mit Brillen und kleinen Bärten und etwas schlampig wirkende junge Frauen mit offenen dunklen Haaren, stumpfen Ponys und stark geschminkten Augen. Sie sind mit ihren eigenen Dramen beschäftigt und achten nicht auf Felix und Maria. Maria starrt sie ihrerseits jedoch unwillkürlich an. Sie sehen so anders aus als die Menschen in London.

Felix führt sie auf die Südseite der Seine, in ein Viertel mit dem Namen Saint-Germain-des-Prés. Sie kommen an Cafés vorbei, und Felix zeigt ihr, welche er gern besucht: *Café Flore*, wo Sartre und Simone de Beauvoir gern hingingen, bevor sie zu bekannt wurden. *Deux Magots*, *Rhumerie Martiniquaise* und die *Bar Vert*. Maria würde gern Halt machen, etwas essen und ein Glas Wein trinken, aber Felix treibt sie weiter, weil er sich zuerst im Hotel anmelden will.

Maria folgt Felix über schmale Kopfsteinpflasterstraßen. Sie führen zwischen hohen Häusern hindurch, die sich hierhin und dorthin neigen. Alles ist dunkelgrau: die Dächer, die Mauern, das Pflaster, die Fensterläden, die Lackierung. Schließlich steuert Felix auf ein heruntergekommenes Hotel zu. Marias Magen krampft sich vor Aufregung zusammen. Es ist gerade einmal zwei Tage her, dass er sie auf dem Fluss entjungfert hat, seit ihrer katastrophalen Vorstellung als Psyche und nur vierundzwanzig Stunden, seit sie mit ihm durchgebrannt ist. Die ganze Zeit über hat er sie nicht angerührt, hat nur ihre Hand gehalten. Nicht im Zug von Victoria nach Folkestone noch in der Pension, nicht auf dem Schiff über den Kanal und auch nicht im Zug von Boulogne nach Paris. Beim Anblick des Hotels sind alle Gedanken an Essen vergessen. Was wird jetzt geschehen? Soll Maria auf einem eigenen Zimmer bestehen? Noch bevor sie durch die Tür treten, weiß sie, dass sie das nicht tun wird.

Die Hotelhalle ist spärlich beleuchtet und riecht intensiv nach Tabak und billigem Parfum. Maria mustert die abgeblätterte Farbe an den Wänden und den abgenutzten Teppich. Es ist nicht gerade das Ritz. Sie folgt Felix, der auf die Concierge zugeht, eine große Frau mit roten, sich auf ihrem Kopf türmenden Haaren und grellrot geschminkten Lippen. Sie raucht eine Zigarette und liest Zeitung. Sobald sie aufsieht und Felix entdeckt, hellt sich ihr Blick auf.

»Monsieur Leduc! Sie waren aber lange nicht bei uns. Herzlich willkommen!«, flötet sie auf Französisch, beugt sich über den Tresen und küsst Felix auf beide Wangen.

»Guten Abend, Madame Paget. Ich möchte Ihnen meine Begleiterin vorstellen, Signorina Maria Brzezinska.«

In seiner Muttersprache klingt Felix' Stimme eine Oktave tiefer, und er wirkt noch gebildeter und eleganter als in London.

Madame Paget mustert sie mit hartem Blick, und Maria bekommt weiche Knie.

»*Bonsoir*«, sagt Maria schüchtern. Obwohl sie von Jacqueline gelernt hat, ebenso gut Französisch wie Englisch zu sprechen, unterhalten sich Maria und Felix immer auf Englisch. Kommt es daher, dass sie sich in London begegnet sind, oder ist es vielleicht die Sprache ihrer Liebe? Madame Paget küsst sie grob auf beide Wangen. »Willkommen«, sagt sie und wendet ihre Aufmerksamkeit sogleich wieder Felix zu. »Möchten Sie das übliche Zimmer?«, erkundigt sie sich.

»Ja, danke.«

Während er sich in das Hotelverzeichnis einträgt, nimmt die Concierge einen Schlüssel. »Seit Sie das letzte Mal hier waren, haben sich die Dinge verändert, wissen Sie?«

»Inwiefern?«, fragt Felix.

»Es sind jetzt viele Ausländer in Paris. Überall Amerikaner«, erklärt sie naserümpfend und misst Maria erneut mit ihren Blicken, während sie den Schlüssel in der Hand dreht. »Alle zieht es nach Paris und vor allem in unser kleines Viertel. Sie bezeichnen sich als Existenzialisten. Dabei haben sie keinen

Schimmer, was das bedeutet. Sie wollen bloß die ganze Nacht tanzen und trinken.« Madame Paget schnaubt verächtlich und starrt Maria mit eiskaltem, missbilligendem Blick an. »Und haben Sie gehört, dass man das *Tabou* dichtgemacht hat?«

»Und wohin gehen jetzt alle?«

»Es gibt einen neuen Club, der gerade eröffnet hat. Da findet jetzt der große Jazz statt. Es ist Vians Laden: *Club Saint-Germain.*« Sie reicht Felix den Schlüssel und sagt zu Maria: »Angenehmen Aufenthalt.«

Maria geht auf den alten Käfiglift zu und wartet gehorsam dort auf Felix, der sich um das Gepäck kümmert.

»Sie ist anders«, hört sie Madame Paget zu Felix sagen.

Ihre Worte beunruhigen Maria. Anders als was oder wer? Hat Felix andere Frauen mit hierhergebracht? Natürlich hat er das, und warum auch nicht? Schließlich ist er deutlich älter als sie. Wie kann sie so naiv sein zu glauben, dass er das nicht getan hätte? Sie sollte froh sein, dass Madame Paget meint, sie sei anders. Bedeutet das nicht, sie könnte die *Richtige* sein?

Das Zimmer ist winzig, und die Wände sind in ähnlich schlechtem Zustand wie die der Eingangshalle. Ein breites Messingbett beherrscht den Raum. Maria bemerkt, dass es zumindest frisch bezogen ist. Das Zimmer ist schäbig, aber sauber. In der Ecke gibt es ein Waschbecken, und unterhalb der Dachschräge befindet sich ein kleines Fenster. Sie öffnet es und lehnt sich hinaus. Als sie auf das Stadtbild von Paris blickt, schnürt sich ihr vor Aufregung die Brust zusammen. Es ist traumhaft, hier zu sein. Noch dazu mit dem Mann, den sie liebt – dem Mann, den sie hofft, eines Tages zu heiraten. Vielleicht in Paris?

»Liebes«, murmelt Felix hinter ihr, »willkommen in meinem Paris.«

Sie dreht sich um. Er steht mit dem Rücken vor der geschlossenen Tür und sieht sie mit nachdenklichem Blick an. Wie hypnotisiert geht sie auf ihn zu und sehnt sich danach, geküsst zu werden. Er überrascht sie damit, dass er ihr den Hut vom Kopf nimmt, ihn behutsam aufs Bett legt und sie zärtlich auf die Stirn küsst.

»Kann ich dir vertrauen?«, fragt er sanft.

Sie blickt zu ihm auf und nickt ernst. »Natürlich kannst du das.«

»Und was noch wichtiger ist, vertraust du mir?«

Sie sieht ihm in die Augen. Sie sind braun und schimmern in unendlich vielen Schattierungen – in Grüntönen und in den Farben von Bernstein, Schokolade und Kohle. Sie nimmt seine Hände und hält sie fest. »Ja, ich vertraue dir«, erklärt sie voller Überzeugung.

Er lächelt nicht. Vielmehr wirkt er noch ernster. »Gut«, sagt er. »Das ist wichtig, sonst hätte ich einen Fehler begangen.«

»Einen Fehler?«, fragt sie und erschaudert unwillkürlich.

»Dich mit hierher zu nehmen.«

»Aber du hast keinen Fehler gemacht. Ich würde alles für dich tun.«

»Du meinst es wirklich ernst, nicht?«

»Ja.«

»Was will ich mehr?« Es ist eine rhetorische Frage. Felix nimmt Maria in die Arme und vergräbt sein Gesicht in ihrer Halsbeuge. »Versprichst du mir, dass du mich immer lieben wirst?« Er klingt so bedürftig und verzweifelt, dass es Maria erschreckt.

»Natürlich, Liebling. Natürlich.« Sie küsst ihn auf den gesenkten Kopf. Er hebt das Gesicht und presst seine Lippen auf ihre.

Maria möchte, dass er noch einmal mit ihr schläft. So wie auf dem Boot, als er ihr die Jungfräulichkeit genommen hat. Sie spürt, wie sich ihr Magen zusammenzieht und sich zwischen ihren Beinen ein lustvolles Gefühl ausbreitet. Felix löst sich von ihr und wirkt jetzt anders: nicht mehr verletzlich. Seine Augen funkeln, und er betrachtet sie mit stolzem Blick. »Du hast etwas an dir«, sagt er. »Du hast so etwas Überschäumendes, eine unglaubliche Energie.« Er zieht den Sommermantel von ihren Schultern und öffnet Knopf für Knopf ihre Bluse. Erwartungsvoll richten sich ihre Nippel auf. Seine Bewunderung stärkt sie. Sie ist nicht mehr schüchtern. Er öffnet ihren BH, und ihr Oberkörper ist nun völlig nackt. Sie windet sich aus ihrem Rock und lässt ihn auf die Knöchel hinabfallen. Maria zieht die Schuhe aus und steht in Strümpfen vor ihm. Sie will ihm ihr Herz und ihren Körper schenken.

»Maria«, sagt Felix sanft. »Möchtest du jetzt *meine* Schülerin sein?«

Er tritt näher zu ihr. Noch immer ist er vollständig bekleidet. Er legt kein Kleidungsstück ab, noch nicht einmal seine Krawatte. Stattdessen löst er nacheinander ihre Strümpfe, sodass sie nur noch ihr Höschen trägt. Sonst nichts. Maria hat Angst, zugleich ist sie aufgeregt. Sie haben es bereits einmal auf dem Boot getan, aber das war spontan, instinktiv. Das hier fühlt sich hingegen wie eine Choreografie an, wie ein Tanz, den sie lernen muss.

»Setz dich aufs Bett.« Er klingt herrisch, doch seine Augen sind voller Verlangen.

Sie geht hinüber und setzt sich ans Bettende. Die Matratze gibt unter ihr nach. Offenbar sind die Federn alt und ausgeleiert.

»Zieh dein Höschen aus.«

Sie streift es ab und fühlt sich dabei selbstbewusst. Es erregt sie, wie er ihre nackten Brüste betrachtet. Ihre Nippel sind noch immer steif und sehnen sich danach, von ihm berührt zu werden.

»Und jetzt«, flüstert er, »öffne langsam, ganz langsam deine Beine. Zeig dich mir.«

Maria zögert. Sie betrachtet seine Lippen und wie er mit der Zunge darüberstreicht, dann spreizt sie ganz langsam die Beine.

»Oh, Liebling«, flüstert er, kommt auf sie zu und kniet vor ihr nieder. »Ich werde auf dir spielen, und du wirst für mich singen.«

Er beugt sich vor, streicht mit dem Finger über die Innenseite ihres Schenkels und führt ihn direkt zwischen ihre Beine. Als er den Finger in sie hineingleiten lässt, schnappt Maria nach Luft.

»Gefällt dir das?«, fragt er.

»Ja«, flüstert sie. »Oh, ja.«

Er zieht den Finger heraus und leckt ihn ab. »Du schmeckst so süß, noch immer so jungfräulich.« Mit den Händen umfasst er ihre Knie und spreizt noch stärker ihre Beine.

Maria legt sich rücklings auf das Bett und schließt die Augen. Felix' Kopf ist zwischen ihren Beinen. Sie spürt, wie er sie mit seiner Zunge erforscht und sie an Stellen berührt, von deren Existenz Maria noch nicht einmal etwas geahnt hatte. Zugleich schiebt er eine Hand unter ihren Po, während er den Mittelfinger der anderen Hand erneut tief in sie hineinstößt. Sie will mehr als nur seinen Finger in sich spüren. Sie will, dass er mit ihr schläft, eins mit ihm werden, so wie auf dem kleinen schaukelnden Boot. Doch Felix bleibt auf den Knien, liebkost sie mit Mund und Händen und treibt sie in einen ekstatischen Zustand. Sie verliert sich in seiner Hingabe und ist seiner Gnade ausgeliefert. Kniend leckt er sie, und Maria stellt sich vor, er sei ein großer schwarzer Panther und sie seine Beute. Doch er liebt sie, oder nicht? Er hört nicht auf, nicht einen Augenblick, und versetzt sie in einen Zustand der Lust, den sie noch nie zuvor erlebt hat. Er zieht den Kopf zurück und ringt nach Atem.

»Komm schon, meine Kleine«, schnurrt er. »Öffne dich für mich. Sei mein.«

Als er sie erneut berührt und seine Zungenspitze kreisen lässt, spürt Maria, wie sie auf dem dünnen Eis der Lust dahingleitet.

»Felix!«, schreit sie, und er verstärkt den Druck seiner Zunge mit den Fingern. Das Gefühl ist so intensiv, so wundervoll. Maria lässt sich gehen, und ihr Körper wird von köstlichen Krämpfen geschüttelt. Sie sehnt sich mit jeder Faser danach, dass Felix in sie eindringt, doch das tut er nicht.

Einen Moment ist Maria unfähig, sich zu rühren. Ihr gesamter Körper steht unter Schock, und ihr schwindelt. Sie öffnet die Augen und ist überrascht, Felix auf dem Bett sitzen zu sehen. Er betrachtet sie. Noch immer ist er vollständig bekleidet. Maria wird sich ihrer Nacktheit bewusst und errötet.

»Maria, Liebes, willst du mir gehören?«, fragt Felix.

Sie weiß nicht, ob er das metaphorisch meint oder ob er ihr gerade einen Antrag macht. Egal, ihre Antwort erfolgt umgehend. »Ja, oh ja«, schwärmt sie. Dieser Mann hat tief in ihr ein Verlangen geweckt. Sie will für immer und ewig eins mit ihm werden. Sie gehört ihm.

Valentina

Die Besucher der Galerie drängeln sich bis auf die Straße. Valentinas Magen krampft sich zusammen. Antonella und Valentina folgen Tante Isabella, die in ihrem Kleid von Armani die Mailänder Eleganz verkörpert. Ausnahmsweise trägt auch Valentina ein Designerkleid. Es ist von Balenciaga, eine Leihgabe von Isabella. Zuerst hatte Valentina Bedenken, etwas so Farbenfrohes zu tragen, doch als sie sich vor ihrem Aufbruch im Spiegel betrachtet hatte, war sie überrascht, wie gut es ihr stand. Vermutlich ist es von Vorteil, sich etwas anders als üblich zu stylen, wenn sie Thomas' Aufmerksamkeit gewinnen will.

Das Kleid besteht aus gelb, blau und rosafarben geblümten Stoffbahnen, ist in der Taille geschnürt, schulterfrei und ziemlich kurz. Normalerweise zeigt Antonella ihre Beine, nicht Valentina. Doch Isabella hat den beiden Frauen erklärt, dass Valentinas größter Blickfang ihre Beine seien, Antonellas dahingegen ihr Busen. So hat sie ihre Nichte in ein knallrotes Wollkleid von Dior gesteckt, das ihre Sanduhrfigur unterstreicht.

Valentina hat heute auf ihren glatten Bob verzichtet. Stattdessen hat sie die Haare zurückgekämmt und mit Gel wild gestylt. Sie wankt in die Lexington Gallery und kommt sich mit ihren Stiefeletten, deren Absätze deutlich höher sind als gewöhnlich, selbst wie ein Ausstellungsobjekt vor. Sie hätte sich allerdings keine Sorgen machen müssen. Verglichen mit dem Rest der Besucher, wirkt sie fast zurückhaltend gekleidet.

Valentina bewundert die schillernde Menge. Die Leute sind so ganz anders als in Mailand, wo ein unausgesprochener Zwang zur Klassik herrscht. In Soho scheint alles möglich zu sein. Vermutlich liegt es am Thema der Ausstellung. Die meisten Besucher sehen aus, als würden sie einen Fetischclub statt einer Ausstellungseröffnung besuchen. Tätowierte Männer und Frauen, einige mit rasierten Köpfen, andere mit dichten glänzenden Locken oder roten, blauen und violetten Haaren in hautenger, freizügiger Kleidung in Schwarz, Rot und Weiß mischen sich mit Kunstkritikern im Tweedjackett und Fotografen in Tarnkleidung. Valentina drängt sich durch die Menge und hält nach Thomas Ausschau, kann ihn jedoch nirgends entdecken. In der Zwischenzeit besorgt Isabella ihnen bei einem vorbeikommenden Kellner drei Gläser Champagner.

»Salute!«

Die drei Frauen stoßen an.

»Nun, werfen wir einen Blick auf deine berühmten Fotografien, die meine Nichte so ausdrucksvoll in Szene setzen«, sagt Isabella.

»Hier entlang.« Valentina windet sich durch das Gedränge. Zumindest ist es nicht wie auf den Vernissagen in Mailand, auf denen die Leute sie erkennen und die ganze Zeit an ihr herumzerren. In London ist sie eine von vielen. Sie mag das Gefühl.

In der linken Ecke des Raums hängen ihre sechs Drucke in einer perfekten Anordnung.

»Oh, ich sehe sie! Sieh nur, Tantchen«, kreischt Antonella und schreitet in ihrem knallroten Kleid voran, wobei sie ihren wogenden Busen stolz vor sich herträgt und mehr als nur ein paar bewundernde Blicke auf sich zieht. Es scheint Antonella überhaupt nicht zu stören, dass sie vor einem deutlich erkennbaren Nacktbild ihrer selbst steht.

»Macht es dir etwas aus?«, flüstert Valentina, als sie auf einmal an das Schamgefühl ihrer Freundin denkt.

»Was?«, fragt Antonella zurück.

»Völlig nackt vor diesen ganzen Fremden ausgestellt zu sein?«

»Natürlich nicht. Dir?« Sie deutet auf die Aufnahme aus Venedig, die Valentinas nacktes Spiegelbild auf der Oberfläche eines Kanals zeigt – ihre ersten erotischen Bilder.

»Nein, eigentlich nicht«, antwortet Valentina und stellt überrascht fest, dass es ihr nicht peinlich ist. Die Bilder der Ausstellung sind insgesamt sehr freizügig, und es finden sich viele Selbstporträts darunter, sodass jede Art von Scham unangebracht scheint.

Valentina erhält einen heftigen Stoß in die Rippen und sieht Antonella fragend an. Ihre Freundin schaut direkt hinter sie. Offensichtlich steht dort jemand, den sie beide kennen. Antonella reißt warnend die Augen auf. Thomas? Valentina dreht sich um, doch zu ihrem Entsetzen steht dort Francesco.

»Guten Abend, Valentina.«

Sie weiß nicht, was sie sagen soll. Sie kann sich nicht erinnern, Francesco von ihrer Ausstellung erzählt zu haben, aber sie war gestern Abend so betrunken, dass sie es vielleicht doch erwähnt hat.

»Wie geht's?«, fragt er und sieht sie erwartungsvoll an.

»Gut. Etwas müde«, entgegnet sie teilnahmslos.

Er tritt näher und legt eine Hand auf ihren Po. »Das bin ich auch. Woher das wohl kommt?« Er zwinkert ihr zu.

Sie rückt von ihm ab. Valentina kann nicht fassen, dass er ihr tatsächlich zugezwinkert und an den Hintern gefasst hat. Inmitten der neuen, aufregenden und pulsierenden Londoner Kunstszene wirkt Francesco noch älter, als er tatsächlich ist.

In seinem abgetragenen blauen Hemd und dem marineblauen Blazer scheint er einer anderen Welt zu entstammen. Valentina sieht ihn so, wie er ist: Er will sich an ihren Rockschoß hängen. Sie hat zwar ein schlechtes Gewissen, weil sie letzte Nacht mit ihm geschlafen hat, aber der Impuls, sich von ihm zu entfernen, ist stärker.

»Entschuldige mich«, sagt sie und versucht zu entkommen. Doch Antonella und Isabella haben sich anscheinend in Luft aufgelöst, und in der Nähe steht niemand, den sie kennt.

»Deine Bilder gefallen mir«, sagt Francesco.

»Danke«, erwidert Valentina schlicht.

Er wartet, dass sie mit ihm spricht, sich ihm erklärt, aber sie will nur fort von ihm.

»Ich muss mit jemandem reden«, lügt sie und wendet sich zum Gehen, doch Francesco hält sie am Ellenbogen auf.

»Warte, Valentina«, bittet er.

Widerwillig dreht sie sich zu ihm um.

Er sieht bedrückt aus. »Warum bist du heute Morgen einfach gegangen? Was ist passiert? Hast du dich über etwas geärgert?«

»Nein. Du hast nichts falsch gemacht«, antwortet sie.

Das scheint ihn hoffnungsvoll zu stimmen.

»Es tut mir leid, ich war betrunken«, versucht sie zu erklären. »Ich hätte nicht …«

Voller Enthusiasmus fällt er ihr ins Wort: »Findest du es nicht unglaublich, dass wir uns einfach so wiederbegegnet sind? Nach all den Jahren? Hat das nicht etwas zu bedeuten?«

»Ja, es ist wirklich unglaublich«, stimmt sie zu. »Aber ich hatte immer das Gefühl, dass ich dich eines Tages wiedersehen würde.«

Sie erinnert sich, wie verzweifelt sie war, dass ihre Mutter

Francesco verjagt hatte, bevor Valentina Gelegenheit gehabt hatte, ihm zu sagen, was sie von ihm hielt. Davon, dass er seine Frau betrogen, ihr die Unschuld geraubt und ihr das Herz gebrochen hatte. Es ist jetzt fast zehn Jahre her, und dennoch ist sie deshalb noch immer wütend auf ihre Mutter.

»Ja«, fährt Francesco begeistert fort. »Ich habe auch immer daran geglaubt, dass wir uns eines Tages wiedersehen.« Er lächelt triumphierend. »Valentina«, sagt er und nimmt ihre Hand, »wir sind füreinander bestimmt.«

»Nein«, widerspricht sie, es klingt harscher als beabsichtigt. Sie zieht ihre Hand zurück. »Das sehe ich nicht so.«

»Was denkst du dann?« Er sieht sie einen Augenblick verwirrt an. »Willst du woanders darüber reden?« Er zwinkert ihr erneut zu. »Bei mir? Es hat dir dort gefallen, oder?« Ihre erste große Liebe ist ein Verlierer. Seine Wohnung ist schick, ja, aber seelenlos. Ihr fällt wieder ein, wie überrascht sie war, dass die glatte, minimalistische Junggesellenwohnung Francesco gehört.

»Wann siehst du deine Tochter?«, fragt sie.

»Was?« Francesco wirkt nun völlig perplex. »Was hat das denn damit zu tun?«

»Nun, wann siehst du sie?«, beharrt Valentina.

»Müssen wir jetzt über Lucia sprechen?«

»Ich habe mich nur gewundert, weil du bei unserer Begegnung im Restaurant gleich von ihr gesprochen hast, ich in deiner Wohnung aber nichts gesehen habe, das ihr gehört.«

»Das wirst du auch nicht«, murmelt er und windet sich unter ihrem Blick. »Ich sehe meine Tochter eigentlich nicht. Sie lebt bei ihrer Mutter und ihrem Stiefvater und … Nun, ich glaube, es geht ihr besser ohne mich.«

»Du bemühst dich nicht, sie zu sehen?«

Langsam wird Francesco ärgerlich. »Kannst du bitte aufhören, mich hier zu verhören? Du hast nie über andere geurteilt, Valentina.« Sein Ton wird wieder sanfter. »Komm schon, lass uns hier weggehen. Im Bett kannst du mich alles fragen, was du willst.« Er beugt sich vor und fasst ihre Hand.

Valentina zieht sie erneut zurück. »Ich habe nein gesagt.« Ihr Blick ist hart. »Du verstehst mich nicht. Ich habe darauf gehofft, dich wiederzusehen, damit ich dich so verletzen kann, wie du mich verletzt hast.«

Er wirkt überrascht.

»Aber ich stelle fest, dass das eine sinnlose Übung ist«, fährt Valentina fort. Ihr ist bewusst, dass sie grausam ist, dass es ungerecht von ihr ist, ihn zu verurteilen. Die Wut über sein Verhalten der kleinen Lucia gegenüber treibt sie jedoch an. »Ein Mann, der sich nicht um seine eigene Tochter kümmert, besitzt nicht genügend Herz, als dass ich ihn verletzen könnte.«

»He, das ist nicht fair.« Francesco wirkt nun sehr getroffen. »Du kennst nicht die ganze Geschichte.«

»Ich weiß genug«, widerspricht sie, macht auf dem Absatz kehrt und stolziert mit klopfendem Herzen davon. Sie ist von sich selbst überrascht. Warum ist sie so wütend? Noch nie hat sie jemanden so verurteilt wie soeben Francesco. Er hat recht. Sie kennt nicht die ganze Geschichte. Aber Valentina kann nicht anders. Sie darf sich nie wieder von ihm berühren lassen, selbst wenn sie es wollte, denn sie hat keine Achtung vor ihm.

Valentina drängt eilig durch die Menge. Sie ist ziemlich sicher, dass Francesco ihr jetzt nicht folgt, aber vorsorglich wechselt sie in den Raum neben der Hauptgalerie. Er ist klein, dunkel und quadratisch. Auf die gegenüberliegende Wand wird ein Film projiziert. Valentina setzt sich auf einen Stuhl. Sie ist erleichtert, allein zu sein. Im Dunkeln um sie herum sitzen nur ein paar Leute, die ebenfalls schweigend die Installation betrachten. Sie konzentriert sich auf die Bilder vor ihr. Es ist ein Schwarzweißfilm im Stil alter Filme aus den Dreißiger- und Vierzigerjahren. Ob die Künstlerin Originalmaterial verwendet hat? Die flackernde Aufnahme eines Fensters unter einer Dachschräge ist zu sehen, dann zoomt die Kamera heran und zeigt einen Blick über Paris. Nun bemerkt Valentina, dass die Aufnahme vermutlich kurz nach dem Krieg entstanden ist. Sie sieht einen Bombenschaden und vereinzelt alte Wagen, die über die breiten Boulevards fahren. Der Schirm wird schwarz, und in Weiß erscheinen die Anfangstitel.

Valentina hat offenbar rein zufällig den Beginn der Videoinstallation erwischt.

Dort steht weiß auf schwarz:

Der Beginn der O., ein erotisches Märchen von Anita Chappell

Basierend auf dem Film *Der Fall von Psyche* von Felix Leduc, 1948

Das ist also Anitas Videoinstallation, von der Kirsti Shaw so begeistert war. Eine weibliche Stimme spricht mit eindeutig britischem Akzent. Dazu sind körnige Schwarzweißbilder zu sehen. In dem Zimmer mit dem Dachfenster sitzt eine junge Frau nackt auf dem Bett. Ihr Gesicht ist leicht unscharf. Sie hat die Hände in den Schoß gelegt und starrt in die Kamera. Etwas an dem fordernden Blick der jungen Frau fasziniert Valentina. Die Stimme sagt:

»Eine andere Version desselben Anfangs ist komplizierter, weniger direkt. Bevor die junge Frau von ihrem Liebhaber und dem zweiten Mann fortgeschafft wurde, einem unbekannten Freund ihres Geliebten, bevor ihr Liebhaber sie vorbereitete, indem er ihr die Hände auf dem Rücken fesselte, ihre Strümpfe löste und diese nach unten rollte, ihr den Strumpfhalter abnahm, ihr Höschen und BH auszog und ihr die Augen verband, und bevor man sie in das Schloss fuhr, wo sie ihre Anweisungen erhielt – vor alledem lag der Beginn der O. Sie traf in Paris ein, ohne die Lust zu kennen, und hatte Angst vor Schmerzen.«

Das Bild des auf dem Bett sitzenden Mädchens verschwindet und wird von einer Nahaufnahme ihrer Lippen ersetzt. Das Bild zieht auf, und man sieht ihr Gesicht noch immer unscharf und verschleiert. Ihre Augen sind riesig, als blickten sie voller Bewunderung in die Kamera. Sie sagt etwas, doch da es sich um einen Stummfilm handelt, kann man es natürlich nicht hören.

»Was sagt sie?«, fragt die Off-Stimme. »Bittet sie ihn, sie zu berühren?«

Die Kamera zieht auf, und das Mädchen hockt nackt auf den Knien. Beinahe sieht es aus, als würde sie beten. Sie streckt dem Kameramann die Hände entgegen und sagt erneut etwas.

»Er bringt ihr bei, sich selbst zu befriedigen«, erklärt die Stimme.

Das nächste Bild zeigt dasselbe Mädchen auf dem Bett sitzend. Sie lehnt sich gegen das Kopfende, zieht die Knie an und spreizt die Beine. Sie streichelt sich. Ihre Augen sind geschlossen, aber sie spricht – es sind immer dieselben Worte. Das Filmmaterial ist bemerkenswert. Es ist offensichtlich ein früher pornografischer Film, dennoch erscheint er Valentina nicht vulgär.

»Er sieht zu, wie sie sich selbst zum Höhepunkt bringt.«

Valentina ist überrascht, dass die Frau auf dem Bildschirm einen Orgasmus erlebt. Etwas daran ist unglaublich erotisch. Sie spürt ein Ziehen zwischen den Beinen. Ob die anderen Zuschauer ähnlich empfinden?

Das nächste Bild des Films ist wieder eine Nahaufnahme. Sie zeigt den Hinterkopf des Mädchens, die dunklen Locken fallen über ihren nackten Rücken. Ganz kurz dreht sie sich um und lächelt in die Kamera. Etwas an ihrem Gesicht kommt Valentina vertraut vor. Jetzt kniet die junge Frau mit dem Rücken zur Kamera. Sie hat die Arme ausgebreitet, ihre Handgelenke sind an das Bettgestell gefesselt. Die Kamera konzentriert sich auf ihr Gesäß. Auf den Schwarzweißaufnahmen wirkt es perlmuttweiß und glatt wie eine wunderschöne Marmorskulptur, nicht wie ein echter Körper. Die Kamera zieht noch weiter auf. Plötzlich streckt das Mädchen ihr Hinterteil noch mehr nach oben, als ob man es dazu aufgefordert hätte, und spreizt weiter die Beine.

»Er beginnt mit ihrer Besitznahme.«

Jetzt entdeckt Valentina eine andere Gestalt im Raum. Es ist ein Mann, aber er steht mit dem Rücken zur Kamera. Er ist vollständig bekleidet und steht vor dem nackten Po des Mädchens. Er löst seinen Gürtel und lässt die Hosen nach unten gleiten, sodass sein festes Gesäß nun die weichen Kurven des Mädchens ersetzt. Valentina beobachtet, wie er die Taille des Mädchens fasst und in sie eindringt. Sie stellt fest, dass sie nicht zusieht, wie der Mann die Frau vögelt, sondern dass sie auf den Rücken und den Kopf des Mädchens achtet, der sich vor und zurück bewegt. Welcher Ausdruck jetzt wohl auf ihrem Gesicht liegt? Ob sie vor Lust lächelt? Oder vor Schmerz den Mund aufreißt? Ist sie gleichgültig, sind ihre Augen geschlossen und ihre Gedanken woanders? Ist es nur ein weiterer Porno? Oder ist sie wirklich eine junge Frau, die ihre Sexualität entdeckt, wie die Videokünstlerin suggeriert?

»Der Beginn der O. setzt ein, als ihr Körper zum Boten ihrer Seele wird. Ist ihre Liebe zu Männern so groß, dass sie sich opfert, oder liegen die Männer ihr aus Liebe zu Füßen? Ist sie göttlich oder diabolisch?«

Der alte Schwarzweißfilm endet abrupt, und das Publikum wird von schnellen Schnitten bombardiert. Es werden Bilder von gefesselten Frauen gezeigt. Dazu fragt die monotone Off-Stimme: »Gefällt es euch? Gefällt euch das? Ist das euer Traum?«

Obwohl es sich um Anitas Werk handelt, gefällt Valentina die Installation und der Einsatz des alten Filmmaterials des Franzosen. Doch die modernen Bilder irritieren sie. Sie steht auf und verlässt den Raum. Sie ist sowieso schon sehr lange hier gewesen. Als sie gerade zurück ins Licht tritt, spürt sie, dass jemand sie sanft am Arm berührt.

»Valentina?«

Der Klang seiner Stimme versetzt ihrem Herzen einen Stich. Es ist erst zwei Tage her, dass sie ihn gesehen hat, aber seitdem ist so viel passiert.

»Thomas«, sagt sie und dreht sich zu ihm um.

Einen Augenblick sehen sie einander nur schweigend in die Augen. Valentina ist kurz davor, ihn zu küssen. Es ist ihr egal, dass sie in einer überfüllten Kunstgalerie stehen. Sie liest die Gefühle in seinen Augen. Sie weiß, dass Thomas sie liebt, genau wie sie ihn.

»Nun, was hältst du von Anitas Videoinstallation?«, fragt er.

»Zuerst hat es mir gefallen, aber das Ende mochte ich nicht.«

»Das Mädchen in dem alten Film erinnert mich an dich«, sagt er.

»Ach ja?« Ihre Stimme verhallt. Sie möchte ihn nur umarmen. »Thomas …« Sie geht einen Schritt auf ihn zu.

»Valentina!«

Valentina hört sie, bevor sie sie sieht – Thomas' schöne Burlesque-Geliebte, ihre Rivalin, Anita. Valentina versucht, sich zu beruhigen, und überlegt, was sie zu ihr sagen wird, aber bei Anitas Anblick bleibt ihr die Luft weg. Valentina blinzelt. Als sie die Frau das letzte Mal gesehen hat, hatte sie blondgelockte Haare und war in ein rosa Burlesque-Kostüm gekleidet. Heute Abend sieht sie ganz anders aus. Sie trägt ein schwarzweißes Minikleid aus den Sechzigerjahren, das fast aussieht wie das Bridget-Riley-Kleid von Valentinas Mutter, und ihre Beine stecken in schenkelhohen schwarzen Stiefeln. Doch am schlimmsten ist, dass sie eine Perücke trägt. Es ist ein perfekt geschnittener glänzender schwarzer Bob. Kurzum: Die Frau ist eine exakte Kopie von Valentina. Anita hat ihr nicht nur den Mann genommen, sondern auch ihre ureigene Identität.

Maria

Als Maria aufwacht, ist Felix fort. Auf dem kleinen Tisch am Fenster liegen ein paar Münzen und ein Brief.

Mein Liebling, heute Nacht werde ich nicht da sein, aber ich komme morgen wieder. Hier ist etwas Geld. Erkunde Paris.
Kuss, Felix

Maria krabbelt zurück ins Bett, legt den Brief auf ihre nackte Brust und schließt die Augen. Sie denkt an letzte Nacht, an diese unglaublichen Gefühle, als Felix sie mit seiner Zunge liebkost hat. Danach hatten sie sich erneut geliebt, und es war noch fantastischer gewesen als auf dem Boot. Maria hat das Gefühl, schwerelos auf ihren Liebesgefühlen dahinzuschweben.

Der Tag und die folgende Nacht, die sie auf Felix' Rückkehr wartet, sind die längsten Stunden ihres Lebens. Nachdem Maria immer wieder einnickt und davon träumt, mit Felix zu schlafen, um dann allein im Bett aufzuwachen, beschließt sie, seinem Rat zu folgen und Paris ein bisschen zu erkunden.

Maria wäscht sich an dem kleinen gesprungenen Waschbecken in der Ecke des Zimmers und zieht sich sorgfältig an. Sie trägt das strahlend blaue Kleid mit den rosa Blüten und der kleinen Bolerojacke, die sie aus dem Stoff ihrer Mutter genäht hat. Sie denkt an ihre Mamas. Was werden sie dazu sagen, dass sie mit Felix in Paris ist? Pina wird es missbilligen. Sie wird sagen, dass Maria zu jung und unbekümmert sei. Und Belle? Maria hat das Gefühl, dass ihre Mutter vielleicht Verständnis für ihr Handeln haben wird, weil sie selbst alle Vorsicht in den Wind geschlagen hatte, als sie sich in Santos Devine verliebte.

Maria geht über das Kopfsteinpflaster von Saint-Germain-des-Prés, das glatt und rutschig von all jenen ist, die vor ihr darüber gelaufen sind: von all den jungen verliebten Idealisten. Sie fühlt sich wie eine Blume, die in der Sonne erblüht. Felix hat ihre Schönheit zum Vorschein gebracht, und Maria registriert unweigerlich, dass die Männer sie ansehen. Sie weiß nicht, wohin sie geht, nur, dass sie in Richtung Fluss läuft. Als Maria an einer Boulangerie vorbeikommt, geht sie hinein. Sie ist hungrig. Für ein paar Centimes ersteht sie ein frisches Baguette. Sie setzt sich auf eine Mauer, blickt über die Seine auf die beeindruckende Kathedrale von Notre-Dame und verschlingt das Brot. Es schmilzt in ihrem Mund. Nachdem sie wochenlang nur grobes rationiertes Graubrot gegessen hat, schmeckt der weiche Teig süß wie Kuchen. Maria versteht nicht, warum die Franzosen anscheinend besseres Essen als die Engländer haben. Schließlich war Frankreich besetzt und England nicht. Ihre Gedanken schweifen ab, und sie überlegt, was Felix hier in Paris für Geschäfte zu erledigen hat. Gegen ihren Willen denkt sie daran, dass Guido sie vor Felix gewarnt hat. Der Italiener hatte gesagt, Felix sei nicht nett. Nun, natürlich nicht. Schließlich hat Felix im Zweiten Weltkrieg in der Resistance gekämpft. Es ist nur natürlich, dass er Dinge getan hat, die er lieber vergessen möchte. Aber warum macht er ein so großes Geheimnis daraus? Vielleicht jagt Felix Kollaborateure und bringt sie vor Gericht? Das passt allerdings nicht zu seiner Rolle als Filmregisseur, aber möglich ist schließlich alles. Der Krieg hat die unmöglichsten Kandidaten zu Helden gemacht.

Maria ist müde, erschöpft von dem Drama der letzten Tage. Sie wendet der Seine und der Île de la Cité den Rücken zu. Die Stadt wird sie an einem anderen Tag besichtigen – gemeinsam mit Felix. Dann kann er ihr seine Stadt zeigen und wo er aufgewachsen ist. Vielleicht wird sie jemanden aus seiner Familie kennenlernen? Jetzt, wo sie in Frankreich sind, wird er ihr sicher etwas von seiner Vergangenheit erzählen. Und hat er ihr gestern Abend etwa einen Heiratsantrag gemacht? Maria stellt sich vor, wie sie mit Felix über die abfallende Straße von Saint-Germain-des-Prés spaziert und vor ihnen her ein kleines Mädchen mit wilden schwarzen Haaren rennt. Die Kleine dreht sich um und ruft nach ihrem Vater. Felix hebt sie hoch und schwingt sie durch die Luft. Dank Maria und allem, was sie ihm gegeben hat, ist Felix glücklich.

In der Nacht kommt Felix zurück. Als er unter die Decke neben sie gleitet, zuckt Maria kurz zusammen. Er nimmt sie in die Arme. Sie schläft noch, aber in ihren Träumen hört sie ihn weinen. Er schluchzt wie ein Kind. Untröstlich.

Nach einer Weile hört das Weinen auf, dann küsst Felix Maria und streichelt ihren Körper.

»Felix«, murmelt sie, erwacht, schlingt die Beine um seine Taille und führt ihn instinktiv in sich hinein.

Er rollt sie auf den Rücken und legt sich auf sie. Sie trägt sein gesamtes Gewicht und spürt seinen Kummer. Es schmerzt sie. Ihr armer Liebling. Was hat er durchgemacht?

»Verlass mich nie«, flüstert er drängend.

»Niemals«, verspricht sie.

Nun bewegt er sich voller Leidenschaft. In der Dunkelheit

kann sie sein Gesicht nicht erkennen, aber sie spürt seine nassen Wangen. Sie hat sich sein Weinen nicht eingebildet. Dieser starke erwachsene Mann hat sie in den Armen gehalten und neben ihr geweint. Er *braucht* sie. Immer tiefer dringt er in sie ein, und sie zieht sich um ihn zusammen. Maria hält ihn fest in den Armen, während er sich in ihr bewegt und sich in die Sicherheit ihres liebenden Körpers flüchtet.

Wie viele Tage verbringen sie in dem kleinen Pariser Hotelzimmer? Maria weiß es nicht. Die Hitze der pulsierenden Stadt strömt durch das offene Fenster herein. Die Geräusche des Lebens rieseln durch die Risse in der alten Wand, doch Maria verspürt kein Verlangen, das Zimmer zu verlassen. Hinter der Tür, unter dem Laken des Bettes hat sie alles, was sie braucht.

Sie ist berauscht vom Sex, bezaubert von Felix und dem, was er ihr gibt. In ihrem Hinterkopf meldet sich eine leise Stimme und fleht sie an, das Bett zu verlassen. Sie sagt, sie solle sich vor ihren Gefühlen in Acht nehmen, aufstehen, das Zimmer verlassen, durch die glühend heißen Straßen von Paris laufen und sich beruhigen. Doch Maria kann nicht. Sie kann sich nicht dagegen wehren. Sie ist eine Gefangene ihrer Lust. Nicht einmal der Hunger bringt sie dazu, das Zimmer zu verlassen. Wenn sie zwischen ihren Liebesakten kurz einschläft, geht Felix hinaus und besorgt etwas zu essen. Wenn sie wieder aufwacht, hat er frisches Baguette, reifen cremigen Käse und Rotwein besorgt. Frankreich leidet ganz sicher nicht unter derselben Knappheit wie England. Plötzlich hungrig schlingt Maria das Essen hinunter und lässt zu, dass Felix Rotwein zwischen ihre Schenkel träufelt, um ihn von ihrer Haut zu lecken, die feucht von Lust und Verlangen ist.

»Es ist heiß da draußen«, sagt Felix. In seinen Brusthaaren

glitzern Schweißperlen. »Man spricht schon von Dürre. Die Ernte vertrocknet.«

Maria interessiert sich weder für das Wetter noch für die verdorbene Ernte oder die Konsequenzen für das französische Volk. Sie interessiert sich für nichts und niemand außer für Felix und sich selbst. Wenn er in sie eindringt, will sie unter seine Haut schlüpfen und ein Teil von ihm werden. Sie schlingt fest die Beine um seine Taille und genießt das wundervolle Gefühl, mit ihm zu verschmelzen. Sie zieht ihn tief in sich hinein, und auf den Wellen ihrer Lust treibt er seinem eigenen Höhepunkt entgegen. Gemeinsam legen sie nach und nach jede Zurückhaltung ab, kehren ihr Innerstes nach außen und werden von Gefühlen überwältigt, die Maria schwindelig werden lassen. Stets kommen sie gemeinsam zum Höhepunkt. Und wenn Felix sich schließlich aus ihr zurückzieht, muss Maria oft weinen.

»Was ist mit dir?«, fragt Felix dann. »Warum weinst du?«

Sie schüttelt den Kopf. Maria weiß nicht, warum. Es sind keine Freudentränen, aber sie ist auch alles andere als unglücklich. Es ist eine reflexartige Reaktion darauf, dass er sich aus ihr zurückzieht. Als leide ihr Körper, wenn er sie verlässt.

Stundenlang liegen sie auf den feuchten Laken: Maria lehnt an seiner Schulter, während Felix den Arm um sie legt und gedankenverloren mit ihren Nippeln spielt. Sie glühen vor Hitze – innerlich und äußerlich.

Eines Morgens erwacht Maria von Marschgeräuschen. Sie hört Schritte über ihrem Kopf und fragt sich, ob sie in die Zeit der Besatzung zurückversetzt wurden. Als sie die Augen öffnet, stellt sie fest, dass es sich nicht um marschierende Menschen handelt, sondern dass Regen auf das Dach prasselt. Das Fenster steht noch immer offen, und es ist so warm wie immer. Maria betrachtet den Wolkenbruch. Ein Blitz zuckt über den

Himmel. Plötzlich hat sie Lust, im Regen zu tanzen, hinauszugehen und durchnässt zu werden. Maria weckt Felix, der neben ihr schläft.

»Es regnet«, sagt sie.

Er setzt sich im Bett auf und sieht sie aus verschlafenen Augen an. »Gott sei Dank.«

»Lass uns hinausgehen.«

»Dort hinaus?« Er deutet auf den peitschenden Regenguss. »Bist du verrückt?«

»Ja.« Sie lacht. Sie fühlt sich nicht wie die normale Maria, sondern wie ein wildes, freies Wesen.

Sie springt aus dem Bett und zieht ihr Kleid an, das seit Tagen auf dem Stuhl liegt. Seit wie viel Tagen? Maria hat keine Ahnung. Sie kümmert sich weder um Unterwäsche noch um Strümpfe, sondern schlüpft in ihre Schuhe.

Felix beobachtet sie, und auf seinem Gesicht breitet sich ein Lächeln aus. »Du meinst es tatsächlich ernst.«

Sich an den Händen haltend laufen sie über die rutschigen Straßen von Saint-Germain-des-Prés. Während sie durch die Pfützen springen, prasselt der Regen auf sie nieder. Marias dünnes Kleid klebt an ihrer Haut, aber es ist ihr egal, was die Leute von ihr denken. Es sind ohnehin nur wenige Menschen auf der Straße. Die meisten haben Schutz in den verrauchten Cafés und Bistros gesucht. Felix und Maria laufen über den Platz, vorbei am *Deux Magots* und hinter der alten Abtei entlang. Felix zieht sie in den Eingang der Abtei. Maria klammert sich an ihn und spürt seine Muskeln unter seinem durchnässten Hemd und den Hosen. Der Regen ist so heftig, dass der Tag wirkt, als wäre es Abend. Maria stellt sich vor, dass sie sich vor der realen Welt verstecken, und vielleicht lässt sie deshalb zu, was Felix tut. Er hebt den Rock ihres Kleides und berührt sie.

Maria zieht ihn mit sich zurück an das alte Gemäuer der Abtei, hebt ein Bein und schlingt es um seine Taille. Innerhalb von nur einer Woche ist sie zur erfahrenen Liebhaberin geworden. Es erscheint ihr ganz natürlich. Felix braucht keine Aufforderung. Leise stöhnend dringt er in sie ein. Während sie sich leidenschaftlich lieben, prasselt weiter der Regen auf sie herab. Nur wenige Meter von ihnen entfernt geht ein Blitz nieder, aber sie hören nicht auf. Das können sie auch nicht. Wenn sie jetzt auf der Stelle tot umfiele, würde es Maria nichts ausmachen. Mit Felix zu schlafen ist ihr Leben. Solange sie mit ihm zusammen ist, ist es ihr egal, ob sie in diesem Unwetter stirbt.

Auf dem Rückweg zum Hotel spürt Maria noch immer ein Kribbeln am ganzen Körper. Ganz plötzlich hört der Regen auf. Die Sonne kommt hervor und kitzelt Marias Haut. Das Regenwasser verdampft, und die nassen Trottoirs sind im Nu getrocknet. Das Unwetter hat die Stadt gereinigt. Fast verströmt sie einen süßen Duft. Arm in Arm gehen Felix und Maria in ihren nassen Kleidern, die langsam trocknen und ganz zerknittert sind, zurück. Marias Beine genießen es, ohne Strümpfe zu sein. Es ist ihr egal, wie sie aussieht. Die, die in diesem Viertel leben, interessiert es auch nicht. Am Ende der schmalen Kopfsteinpflasterstraße kommen sie an einem offen stehenden Tor vorbei. Dahinter entdeckt Maria einen kleinen Hinterhof mit Kübeln voll roter Geranien – ein Farbtupfer in all dem Grau. Zu ihrer Freude zieht Felix sie durch die offene Tür zu den Blumen. Er blickt sich verstohlen um und beugt sich hinunter, dann pflückt er drei Geranien und überreicht sie Maria.

»Oh, die sind wunderschön«, flüstert sie.

»Komm, bevor man uns erwischt«, erwidert er, nimmt wieder ihre Hand und zieht sie mit sich aus dem Hof.

Als sie zurück im Hotelzimmer sind, füllt Maria Wasser in

eine leere Weinflasche und steckt die Geranien hinein. Stolz platziert sie das Arrangement auf dem Fenstersims.

Felix beobachtet sie amüsiert. »Die sind doch nichts Besonderes«, sagt er.

»Oh, doch«, widerspricht sie. »Mir hat noch niemand Blumen geschenkt.«

Er geht zu ihr, küsst sie auf die Stirn, nimmt ihre Hand und legt sie auf sein Herz. »Mit dir fühle ich mich wieder jung«, sagt er.

Maria errötet vor Freude und lächelt ihn schüchtern an. Felix hat recht. Er sieht jünger aus – oder wirkt er nur weniger besorgt? In London hatte er so ernst ausgesehen, aber hier, in ihrem Pariser Unterschlupf, besitzt er einen jungenhaften Charme. Sein Kummer von neulich Nacht hat sich in Luft aufgelöst. Vielleicht hat Maria doch nur geträumt, dass er geweint hat. Aber sie hat seine nassen Wangen gespürt. Am nächsten Morgen hat sie nichts dazu gesagt, und jetzt will sie Felix auf keinen Fall an etwas erinnern, das ihn traurig stimmt.

»Lass uns heute Abend ausgehen«, sagt Felix plötzlich. »Wir könnten im *Le Petit Saint Benoit* essen.«

»Wirklich?«, fragt sie widerwillig. »Ich würde lieber hierbleiben.«

»Irgendwann müssen wir etwas anderes als nur Brot und Käse essen, Liebes, sonst bekommen wir noch Skorbut. Außerdem möchte ich, dass du ein paar von meinen Freunden kennenlernst.«

Bei dem Gedanken an andere Leute fühlt sich Maria unbehaglich. Sie möchte mit Felix allein sein, ihn exklusiv für sich haben. »Vielleicht sollte ich hierbleiben«, antwortet sie zögernd.

»Auf keinen Fall. Warum?«

Sie überzeugt sich davon, dass es gut ist, wenn Felix sie seinen Freunden vorstellen möchte. Ist das nicht der erste Schritt zur Verlobung? Sie ist auf dem Weg, für immer Teil seines Lebens zu werden. Wen werden sie wohl treffen, und wie viel wissen die anderen von Felix? Obwohl sie die Woche über unzertrennlich waren, weiß Maria nicht mehr über Felix' Vergangenheit als zu dem Zeitpunkt, als sie in Boulogne von Bord gegangen sind.

Maria steht am offenen Fenster und sieht zu, wie die Sonne hinter den Dächern untergeht. Dabei spielt sie mit einer der roten Geranien und spürt ihre samtenen Blütenblätter. Von dem Regenguss ist nichts mehr zu sehen. Die Stadt ist wieder genauso verdorrt und ausgetrocknet wie zuvor. Die Hitze schlägt ihr ins Gesicht und lässt ihre Hände feucht werden. Maria will nicht ausgehen, nicht nur weil ihr unangenehm heiß ist. Etwas sagt ihr, dass der Zauber ihres Liebesnestes schwer wiederherzustellen sein wird, sobald sie ihn einmal gebrochen haben. Dann ist der siebte Himmel vorbei.

Valentina

Je länger Valentina Anita betrachtet, die sich wie sie zurechtgemacht hat, desto weniger sieht sie aus wie sie. In dem Bridget-Riley-Kleid gleicht sie vielmehr ihrer Mutter. Mit der perfekt geschnittenen schwarzen Perücke und den stark geschminkten Augen erinnert sie zudem eher an eine Comicfigur als an eine echte Frau. Dennoch ist Valentina beunruhigt.

»Wie findest du es?«, fragt Anita grinsend. »Ich wollte deiner Mutter meine Verehrung erweisen.« Sie dreht sich in ihrem schwarzweißen Kleid einmal um die eigene Achse. »Ich bewundere ihre Arbeit«, sagt sie. »Meiner Meinung nach steht sie auf einer Stufe mit David Bailey und den anderen großen Modefotografen der Sechzigerjahre.«

Anita hängt sich an Thomas' Arm. Am liebsten würde Valentina sie von ihm wegstoßen.

»Wie gefällt dir die Ausstellung?«, fragt Anita.

»Nun, sie scheint ziemlich gut zu laufen«, stellt Valentina fest und deutet auf die überfüllte Galerie.

»Ach, diese Veranstaltungen sind immer gut besucht«, meint Anita, »vor allem bei diesem Thema. Und es sind ein paar bekannte Namen dabei. Wir hängen neben großen Künstlern!«

»Deine Arbeiten sehen gut aus«, schaltet Thomas sich ein.

»Danke.« Valentina kann ihm nicht in die Augen sehen. Er wird darin sofort ihr nacktes Verlangen erkennen, und das wäre demütigend.

»Wie hat dir meine Videoinstallation *Der Beginn der O.* gefallen?«, will Anita wissen.

»Das alte Filmmaterial fand ich gut«, antwortet Valentina und verkneift sich einen Kommentar zum Rest des Werks.

»Das Material stammt von einem Mann, der in den späten Vierzigerjahren einige der stärksten erotischen Filme gedreht hat«, erzählt Anita begeistert. »Felix Leduc – ein Franzose. Er hat auch abstraktes surrealistisches Zeug gedreht.«

»Ich habe noch nie zuvor von ihm gehört.«

»Er zählte zum Kreis der Pariser Existenzialisten um Sartre, Beauvoir und Boris Vian. Später hat er auch Pauline Réage kennengelernt«, erklärt Thomas.

»Pauline Réage, die Autorin von *Die Geschichte der O.*?«

»Ja, das Buch hat mich inspiriert«, bemerkt Anita. »Mein Großvater hat in den Fünfziger- und Sechzigerjahren in London mit erotischer Kunst und Literatur gehandelt. Irgendwie ist er an Leducs Material gelangt. Nach seinem Tod habe ich seine Sammlung geerbt. Ich habe das Material in einem Schuhkarton entdeckt und konnte es kaum fassen, als ich es sah.«

»Es ist ziemlich bemerkenswert, oder?«, fragt Thomas.

Doch Valentina erinnert sich plötzlich an einen Teil des Off-Textes aus dem Film: »Der Beginn der O. setzt ein, als ihr Körper zum Boten ihrer Seele wird.« Valentina kann ihren Körper für sich sprechen lassen, doch anscheinend ist das nicht genug. Nun ist klar, dass Stimme und Text in dem Film von Anita stammen. Empfindet Anita so für Thomas?

»Hast du *Die Geschichte der O.* gelesen?«, erkundigt sich Anita bei Valentina.

»Natürlich hat sie das«, antwortet Thomas, bevor Valentina etwas sagen kann. Er sieht ihr in die Augen, und sie weiß, dass er daran denkt, wie sie zusammen auf dem Bett gelegen und die

Geschichte gemeinsam gelesen haben, die sie teilweise erregt, teilweise aber auch verwirrt hat. Keine Frau sollte sich in dem Maße unterwerfen.

»Wie war das noch mit der Autorin?«, fragt Valentina und versucht, nicht auf Anita zu achten, die noch immer an Thomas' Arm hängt.

»Die Autorin war eine französische Gelehrte, die unter verschiedenen Pseudonymen veröffentlicht hat: Anne Declos, Dominique Aury, Pauline Réage. Sie hat ihre Identität bis ins hohe Alter geheim gehalten«, erklärt Thomas.

Valentina liebt diesen Gesichtsausdruck bei ihm: der Gebildete, der andere an seinem Wissen teilhaben lässt.

»Als *Die Geschichte der O.* herauskam, glaubte man zunächst, dass ein Mann das Buch geschrieben habe«, fährt er fort.

»Aber Pauline Réage hat es als Provokation für ihren Geliebten geschrieben, stimmt's?«, ergänzt Valentina, die sich nun wieder an die Geschichte erinnert. »Er hat ihr gegenüber behauptet, Frauen könnten keine erotische Literatur schreiben. Sie wollte ihm beweisen, dass er unrecht hat.«

»Und wie hat es dir gefallen?«, will Anita ernsthaft interessiert wissen.

»Es ist ein seltsames Buch.« Valentina überlegt. »Ich meine, der Inhalt ist ziemlich verwirrend, sogar anstößig, und doch hat es etwas unglaublich Erotisches. Ich kann es nicht erklären.«

»Vielleicht fühlte sie sich völlig frei, weil sie sich vorstellte, dass es etwas rein Privates zwischen ihr und ihrem Geliebten war«, überlegt Thomas.

»Aber sie hat zugelassen, dass es veröffentlicht wird und es die Massen lesen«, bemerkt Anita. »In gewisser Weise wollte sie offenbar provozieren.«

Die drei stehen in einem Dreieck zusammen. Valentina

steht dem Paar gegenüber: Thomas und Anita. Doch Valentina kommt es vor, als könne man die Verbindung zwischen ihr und Thomas förmlich sehen, als seien sie durch ein Seil miteinander verbunden. Sie starren sich an und können den Blick nicht voneinander lösen. Als spürte Anita die Chemie zwischen ihnen, lässt sie Thomas' Arm los, macht einen Schritt auf Valentina zu und versperrt ihr so die Sicht auf Thomas.

»Bist du mit jemandem hier?«, fragt sie mit warnender Miene.

»Mit Antonella und ihrer Tante, aber offenbar habe ich sie in der Menge verloren.«

Genau in dem Augenblick entdeckt Valentina Antonella am anderen Ende der Galerie. Überraschenderweise steht sie dort Arm in Arm mit ihrem russischen Liebhaber Mikhail, den Valentina in Mailand wähnte. Antonella sieht sie ebenfalls, winkt ihr kurz zu und zieht Mikhail mit sich durch die Menge zu ihnen.

»Hallo, Mikhail«, sagt Valentina und küsst den zarten Russen auf beide Wangen. »Was machst du hier?«

»Er behauptet, er sei gekommen, um sich in der Ausstellung auf deinen Bildern zu sehen, aber ich weiß, dass er eigentlich nur mich sehen wollte«, antwortet Antonella an seiner Stelle und wirkt überaus zufrieden. Als sie Thomas bemerkt, versteift sie sich. »Hallo, Thomas«, grüßt sie ihn kühl. »Was machst du denn hier?«

»Guten Abend, Antonella.« Thomas küsst sie höflich auf die Wange. »Ich bin mit Anita Chappell hier. Sie ist auch eine der Künstlerinnen.«

»Und seine Freundin«, ergänzt Anita überschwänglich.

Freundin. Das Wort trifft Valentina wie ein Messerstich. Thomas hat nichts dagegen, dass Anita sich als seine Freundin bezeichnet. Ob sie auch schon seine Eltern kennengelernt hat?

Inzwischen mustert Antonella Anita von Kopf bis Fuß und bemerkt das Bridget-Riley-Kleid sowie die schwarze Perücke. Sie wendet sich an Thomas: »Nun, sieht aus, als hättest du dich für die Kopie entschieden, weil du das Original nicht haben kannst.«

Valentina zuckt vor Scham zusammen. Manchmal ist Antonellas Direktheit geradezu unverschämt. Doch Anita ist anscheinend völlig ungerührt. Entweder ist sie dumm, oder sie hat ein dickes Fell.

»Ja klar, ich weiß natürlich, dass ich nicht so gut aussehe wie Valentina, vor allem in diesem fantastischen Kleid«, schwärmt sie. »Ich eifere nur ihrer Mutter nach. Tina Rosselli. Sie hat mich zu einer neuen Nummer inspiriert.«

Valentina ist schockiert.

»Anita ist eine Burlesque-Tänzerin«, erklärt Thomas Antonella.

»Oh, cool.« Langsam taut Antonella ein bisschen auf. Valentina weiß, dass Antonella insgeheim von einem Auftritt als Burlesque-Tänzerin träumt.

Valentina wendet den Blick ab, ihr ist ein wenig übel. Sie kann sich nichts Schrecklicheres vorstellen als eine Burlesque-Vorstellung, die an ihre Mutter erinnert. Sie starrt auf den weißen Boden der Galerie und schluckt ihre Enttäuschung hinunter. Dieser Abend ist eine Katastrophe. Erst die Bedrängung durch Francesco, auf die sie so übertrieben verärgert und gemein reagiert hat. Und jetzt muss sie Anita und Thomas als Paar erleben. Ist das ihr Karma? Über all dem hat Valentina sich überhaupt nicht darum gekümmert, Kontakte zu knüpfen und ihre Arbeiten zu verkaufen. Ist sie deshalb nicht eigentlich nach London gekommen? Aber sie kann nichts dafür. Sie kann einfach nicht den Blick von Thomas wenden. Und obwohl Anita ständig an ihm hängt, bemerkt sie, dass er nur Augen für Valentina hat. Warum ist er dann mit Anita zusammen? Valentina versteht das alles nicht. Sie wünschte, sie könnte flüchten. Sie bräuchte einen Retter, der sie entführt. Doch der Mann, von dem sie gerettet werden will, ist genau die Person, die sie anscheinend nicht haben kann. Sie blendet das Gerede der anderen aus und lässt den Blick über die Menge gleiten. Sie sieht einen Typ, der sie an Leonardo erinnert: Er hat einen olivfarbenen Teint und dichte schwarze Haare. Sie sind allerdings nicht ganz so lang wie bei Leonardo. Der Mann blickt auf. Offensichtlich sucht er nach jemandem. Zu ihrer Überraschung stellt Valentina fest, dass es sich tatsächlich um Leonardo handelt, der sich die Haare geschnitten hat. Sie blinzelt und sieht noch einmal zu ihm. Das ist doch nicht möglich. Erst heute Morgen haben sie noch miteinander telefoniert. Wie kann er jetzt hier sein? Sie freut sich, ihn zu sehen.

»Leonardo«, ruft sie und winkt.

»Das wollte ich dir noch sagen«, meldet sich Antonella, »Leonardo und Mikhail sind zusammen gekommen. Wir haben uns getrennt, um nach dir zu suchen.«

»Leonardo!«

Als er sie sieht und hört, erscheint ein breites Grinsen auf seinem Gesicht. Er bahnt sich einen Weg zu ihnen. Wie immer sieht er elegant aus. Er trägt ein kastanienbraunes Hemd, und seine schwarzen Haare glänzen wie das Federkleid einer Krähe.

Valentina fällt ihm um den Hals. Das ist eigentlich nicht ihre Art, aber sie ist so glücklich, Leonardo zu sehen. »Ich kann es nicht fassen, dass du hier bist!«

»Es war eine spontane Entscheidung. Ich wollte wirklich gern die Ausstellung sehen«, antwortet Leonardo lächelnd.

»Wie schön, dich zu sehen«, begrüßt Thomas seinen alten Freund und schlägt ihm auf den Rücken. »Wie geht's dir?«

»Gut. In meinem Leben verändert sich gerade einiges, aber ich glaube, das ist etwas Positives.«

»Leonardo, darf ich dir Anita vorstellen?«, sagt Thomas.

Valentina beobachtet, wie Leonardo auf Anita reagiert. Er schüttelt ihr höflich die Hand und lässt sich nichts anmerken. Was denkt er über ihre Rivalin? Findet er sie so sexy wie Valentina?

»Nett, dich kennenzulernen, Leonardo«, meint Anita.

Mit Leonardo an ihrer Seite fühlt Valentina sich besser. Er ist ihr ein anderer Freund als Antonella. Irgendwie fühlt sie sich bei ihm sicher und hat mehr Vertrauen zu ihm. Er macht ihr bewusst, wie viel Kraft in ihr steckt und weshalb sie nach London gekommen ist: um ihre erotische Kunst zu präsentieren.

Die Gruppe teilt sich erneut, um verschiedene Bereiche der Ausstellung zu besichtigen. Antonella und Mikhail sehen sich Anitas Installation an. Dann kommt Kirsti Shaw und entführt Anita, um ihr einen Käufer vorzustellen. Nun sind nur noch Thomas, Leonardo und Valentina übrig. Einen Augenblick herrscht unbehagliche Stille.

»Wo hängen deine Bilder, Valentina?«, fragt Leonardo schließlich.

»Dort drüben.« Sie deutet auf die andere Seite der Galerie.

»Ich sehe sie mir mal an. Bis gleich.« Taktvoll verschwindet Leonardo in der Menge. Endlich ist Valentina mit Thomas allein.

»Willst du noch ein Glas Champagner?«, fragt Thomas.

»Nein.« Valentina schüttelt den Kopf und ist plötzlich besorgt, dass Francesco auftauchen und ausplaudern könnte, was sie seit ihrer Ankunft in London getrieben hat. Warum steht sie sich ständig selbst im Weg? Sie hat doch gar keinen Grund, ein schlechtes Gewissen zu haben. Schließlich ist Thomas unübersehbar mit Anita zusammen.

»Thomas«, flüstert sie, ihr leeres Champagnerglas umklammernd. »Ich habe über das nachgedacht, was du gesagt hast.«

Er wirkt unruhig. »Ich glaube nicht, dass wir hier darüber reden sollten«, sagt er.

»Aber ich fürchte, dass ich dich nach heute Abend nicht noch einmal sehe«, erwidert sie.

»Natürlich wirst du mich wiedersehen.«

Einen Moment ist sie unfähig, etwas zu erwidern. Sie braucht ihre ganze Selbstbeherrschung, um Thomas nicht zu berühren. Er steht so dicht bei ihr. Sie riecht sein Bulgari und seinen einzigartigen männlichen Moschusgeruch – ein Geruch, bei dem sie dahinschmilzt und sich in seine Arme werfen möchte. Sie betrachtet den blonden Flaum auf seinen Unterarmen. Das strahlend weiße Hemd hat er bis zu den Ellenbogen aufgekrempelt, und sie sehnt sich danach, über diese Arme zu streichen. Sie möchte seine Wange streicheln, einen Finger auf seine Lippen legen und ihn in seinen Mund schieben. Sie möchte seine Zunge an ihrer Fingerspitze spüren, wie er die Zähne zusammenbeißt, wie aus seinen Augen nur Verlangen nach ihr spricht. Sie denkt daran, wie er sich in ihr anfühlte, wie erfüllt sie von ihm war und wie sie ihn begehrt hat, wenn er nicht in ihr war. Sie will ihn jetzt. Sie wünschte, sie könnte irgendwo in der Galerie einen kleinen Schrank finden und ihn besinnungslos vögeln. Sie ist sicher, dass sie ihn zurückgewinnen kann, wenn er wieder weiß, wie es sich in ihr anfühlt. Sobald er sich daran erinnert, wie sehr er sie geliebt hat.

»Ich werde dich wirklich noch einmal sehen?«, fragt sie. Sie kann nicht glauben, dass sie so bedürftig klingt, so unsicher.

Thomas legt seine Hand auf ihren Arm, und fast hätte sie vor Schreck das leere Champagnerglas fallen lassen.

»Denk daran, ich habe dir gesagt, dass du mir vertrauen sollst.«

Sie nickt. »Ich glaube, das tue ich. Ich meine, das tue ich.«

»Die Dinge sind momentan etwas kompliziert«, erklärt Thomas.

»Mit Anita?«

Er nickt. »Ich habe dir neulich gesagt, dass ich dich liebe. Ich muss nur wissen, dass du mich auch liebst und mir vertraust. Es ist ganz einfach, Valentina.«

»Aber ich verstehe nicht, warum du dich nicht einfach von ihr trennen kannst.« Valentinas Stimme bricht. »Es ist nicht fair, ihr etwas vorzumachen.«

»Ich kann dir das jetzt nicht erklären.« Plötzlich hört Thomas auf zu sprechen. Er blickt über ihren Kopf hinweg, seine Augen verengen sich. »Das glaube ich nicht«, zischt er.

»Valentina fährt herum und sieht die Ursache von Thomas' Gereiztheit. Sie ist nicht überrascht, als sie ihren alten Widersacher Glen erkennt. Er trägt einen tadellosen dunklen Anzug und arbeitet sich durch die Menge.

»Es tut mir leid, Valentina, ich muss gehen und ihn abfangen.« Er wendet sich wieder zu ihr um, streckt plötzlich die Hand aus und zerzaust spielerisch ihre Haare. »Deine neue Frisur ist übrigens klasse«, sagt er, dann verschwindet er ohne ein weiteres Wort in der Menge.

Als hätte er ihr einen Schlag in den Magen versetzt, ringt Valentina um Fassung und bekommt keine Luft. Wieso konnten sie Glen nicht einfach ignorieren? Oder ihm gemeinsam begegnen? Warum muss Thomas davonlaufen und sie stehen lassen, damit alle sehen, wie sie ihm hinterherglotzt? Sie versucht, sich wieder zu fassen, aber zu ihrer Schande brennen Tränen in ihren Augen. Sie fühlt sich abgewiesen. Sie dachte, dass Thomas sie noch immer lieben würde. Er hat gesagt, dass er das täte, aber sein Verhalten spricht Bände. Für einen Außenstehenden sieht es aus, als habe er sie längst aufgegeben. Vielleicht macht er ihr nur etwas vor, wenn er ihr so durch die Haare fährt. Er könnte ein Spiel mit ihr spielen – eine Art Rache dafür, dass sie ihm das Herz gebrochen hat. Das kann sie nicht glauben. Thomas ist nicht rachsüchtig. Doch wenn sie an ihr Verhalten Francesco gegenüber denkt, muss sie zugeben, dass ein gebrochenes Herz einen zu einigem befähigt. Sie hat nicht vergessen, wie ihre erste Liebe sie verletzt hat, und jetzt, fast zehn Jahre später, hatte sie Lust, ihm ebenfalls wehzutun.

»Alles in Ordnung?« Leonardo steht neben ihr und hakt sich bei ihr unter. »Du wirkst ein bisschen blass um die Nase.«

»Glen ist hier«, sagt Valentina.

»Wo?«, fragt Leonardo ärgerlich. »Ich hätte nichts dagegen, ein paar Worte mit ihm zu wechseln.«

»Anscheinend ist er verschwunden«, erwidert Valentina und blickt über die Menge, die sich seit Leonardos Ankunft vervielfacht hat. »Thomas ist gerade mitten im Gespräch davongestürmt, um mit ihm zu reden.«

»Nun, dann muss es wichtig sein«, versucht Leonardo sie zu trösten. »Hast du Thomas gesagt, dass Glen dich verfolgt hat?«

»Noch nicht«, seufzt sie. »Ich glaube, du hast recht. Vielleicht versucht Thomas etwas mit ihm auszuhandeln.«

»Hör zu, wollen wir von hier verschwinden?«, schlägt Leo vor. »Ich sterbe vor Hunger.«

»Klar. Ich muss nur erst noch mal auf die Toilette.«

Valentina drückt etwas edle Seife in ihre Hände und dreht den Wasserhahn auf.

Sie betrachtet sich im Spiegel über dem Waschbecken. Mit ihrer neuen Frisur sieht sie anders aus als sonst. Thomas hat gesagt, es gefiele ihm. Obwohl sie verletzt ist, dass er sie in der Galerie hat stehen lassen, freut sie sich ein bisschen, dass er ihre neue Aufmachung bemerkt hat. Die Tür zur Damentoilette geht auf, und die Person, der Valentina am allerwenigsten begegnen möchte, stolziert herein: Noch immer ist Anita mit dem Bridget-Riley-Kleid und der schwarzen Perücke wie ihre Mutter zurechtgemacht.

»Valentina, da bist du ja!«, ruft Anita. Die Perücke ist etwas verrutscht, ihr Gesicht ist leicht gerötet und ihr Blick etwas unscharf. Anscheinend hat sie zu viel Champagner getrunken.

Valentina holt ihren Lippenstift heraus, zieht die Lippen nach und beobachtet Anita kühl über den Spiegel. Ihre Rivalin zieht die Perücke vom Kopf und fährt sich durch die blonden Haare, die daraufhin auf ihre Schultern herabfallen.

»Gott sei Dank«, sagt sie. »Die Perücke hat gejuckt.« Sie grinst Valentina an, wobei ein paar leicht schiefe Zähne zum Vorschein kommen. Doch nicht ganz perfekt. Ihre Miene wirkt allerdings so offen und freundlich, dass Valentina sich schuldig fühlt, dass sie ihr Thomas ausspannen will.

»Amüsierst du dich?«, will Anita wissen.

»Klar. Obwohl ich große Menschenansammlungen nicht sonderlich mag«, gibt Valentina zu.

»Ich auch nicht«, pflichtet Anita ihr bei. »Ich würde gern gehen, aber ich kann Thomas nicht finden. Hast du ihn gesehen?«

Valentina vermutet, dass sie Glen lieber nicht erwähnen

sollte. Es ist zu kompliziert zu erklären, und außerdem ist sie sich ziemlich sicher, dass Anita nicht über Thomas' Karriere als Kunstdieb Bescheid weiß.

»Nein, ich habe ihn schon eine Weile nicht mehr gesehen«, lügt Valentina, steckt den Lippenstift ein und klemmt ihre Tasche unter den Arm.

»Darf ich dich etwas Persönliches fragen?«, sagt Anita und schwankt auf ihren hohen Absätzen.

»Lieber nicht«, erwidert Valentina angespannt, aber Anita scheint die Antwort überhört zu haben.

»Du und Thomas kennt euch aus Mailand, und ich schätze, ihr wart zusammen, stimmt's?«

»Nur ganz unverbindlich«, murmelt Valentina.

»Ich habe bemerkt, wie er dich ansieht.« Anita hickst kurz, dann fährt sie fort: »Ich glaube, für ihn war es nicht so unverbindlich.«

Valentina geht an Anita vorbei in Richtung Ausgang. Plötzlich ist sie gereizt. Was fällt dieser Frau ein, sie nach ihrem Privatleben auszufragen? »Nun, es ist lange vorbei. Du solltest dir deshalb keine Sorgen machen«, schnappt sie.

Anita hält sie am Arm fest. Ihre Finger graben sich in Valentinas Haut und zwingen sie, ihr in ihr Gesicht mit den großen Kulleraugen und den vollen rosa Lippen zu sehen.

»Es tut mir leid, ich wollte dir nicht zu nahe treten«, sagt Anita. »Ich wollte dich nur etwas fragen wegen … Nun, vielleicht kannst du mir bei einer Sache weiterhelfen. Ich mache mir ein bisschen Sorgen wegen Thomas.«

Valentina befreit sich von ihrer Hand. Sie sollte sofort gehen und diese Unterhaltung nicht fortsetzen, aber natürlich siegt ihre Neugierde. »Um was handelt es sich?«, erkundigt sie sich förmlich.

»Nun, als du und Thomas zusammen wart oder was auch immer … habt ihr da miteinander geschlafen?«

Valentina starrt Anita an. Sie kann ihre Unverschämtheit kaum fassen und hat nicht vor, die Frage zu beantworten.

»Weißt du«, fährt Anita fort und lallt dabei ein wenig, »ich war noch nie in einer solchen Situation. Dass ich ein paar Monate mit einem Mann zusammen war, der weder mit mir Schluss machen noch den nächsten Schritt tun will.«

»Welchen Schritt?«

»Sex.«

Das Wort hängt zwischen ihnen in der Luft, und Anitas Offenheit zwingt Valentina, dem hübschen Mädchen direkt in die Augen zu sehen. Sie traut ihren Ohren nicht. Erzählt Anita Chappell ihr gerade, dass sie und Thomas noch nie miteinander geschlafen haben, obwohl sie seit mehreren Monaten zusammen sind?

»Ich weiß nicht, was ich tun soll«, fährt Anita fort. »Ich meine, er erzählt mir, dass ich schön sei, und wir küssen uns, aber wenn ich weitergehen will, macht er einen Rückzieher.« Sie seufzt. »Es ist langsam frustrierend.«

»Ich finde wirklich nicht, dass du mit mir darüber reden solltest, Anita«, sagt Valentina. »Das ist eine sehr persönliche Angelegenheit.«

»Ja, aber du kennst Thomas, und ich habe mich gefragt, wie lange es gedauert hat, bis ihr miteinander geschlafen habt?«

Valentina kann nicht verhindern, dass die Worte aus ihrem Mund schießen. »In der ersten Nacht.«

»Ihr habt gleich in der ersten Nacht miteinander geschlafen, in der ihr euch kennengelernt habt?«

Valentina nickt. Als sie sieht, wie Anita um Fassung ringt, hat sie ein schlechtes Gewissen.

»Aber das heißt nicht, dass das unbedingt gut war«, fügt sie schnell hinzu. Aus irgendeinem Grund will sie Anita aufmuntern. »Ich meine, wir haben schließlich Schluss gemacht, oder? Vielleicht will er nicht mit dir schlafen, weil er Respekt vor dir hat.«

Anita scheint nicht überzeugt. Und Valentina ist es genauso wenig.

Um die Ecke der Galerie finden Leonardo und Valentina eine kleine Weinbar. Sie bestellen eine Flasche Ripasso und einen Teller mit Manchegokäse, Oliven und Brot. Sobald sie mit Leonardo in einer ruhigen Ecke sitzt, fühlt Valentina sich besser. Ihr Freund beugt sich vor, hebt mit seinem eleganten Finger ihr Kinn und sieht ihr tief in die Augen.

»Also, Signorina Rosselli, was ist los?«

Sie trinkt einen Schluck Wein und denkt nach. »Was hältst du von Thomas' neuer Freundin Anita?«

»Sie ist eine sehr attraktive junge Frau«, antwortet Leonardo verschmitzt grinsend. »Und nicht nur das, sie scheint auch noch begabt, intelligent und wohlhabend zu sein. Was will man mehr?«

Valentina schlägt Leonardo leicht auf den Arm. »Ach, hör auf, mich zu ärgern! Du weißt schon, was ich meine.«

»Nun, ich glaube, sie ist ein nettes Mädchen. Aber für meinen lieben Freund ist sie zu nett, zu unbeschwert.« Leonardo füttert Valentina mit einer Olive.

»Sie hat mir erzählt, dass sie noch nicht miteinander geschlafen haben«, berichtet Valentina.

Die Information scheint Leonardo ebenso sehr zu überraschen wie zuvor Valentina. »Sie muss lügen. Das kann ich nicht glauben!«, ruft er.

»Ehrlich gesagt, glaube ich, dass es stimmt. Sie hat gesagt, er macht nicht mit ihr Schluss, schläft aber auch nicht mit ihr.«

»Das ist ziemlich seltsam.« Leonardo trinkt einen Schluck Wein.

»Das gibt mir Hoffnung«, gibt Valentina zu, »dass er es ernst meint, wenn er behauptet, mich noch immer zu lieben. Ich verstehe allerdings nicht, warum er sich nicht einfach von Anita trennen kann.«

»Du musst ihm vertrauen, Valentina.«

»Glaubst du auch, dass sie noch nicht miteinander geschlafen haben?«

»Das ist schon überraschend. Andererseits kann ich Thomas irgendwie verstehen.«

»Inwiefern?«

Leonardo lächelt nachdenklich. »Was ich dir jetzt sage, wird dich ein wenig schockieren.«

Valentina trinkt noch einen Schluck Wein und wartet, dass Leonardo fortfährt.

»Ich habe mich entschlossen, eine Sexpause zu machen.«

Fast verschluckt sich Valentina und verspritzt etwas von ihrem Wein. »Machst du Witze? Ausgerechnet du? Warum?«

»Es hat mit der Trennung von Raquel zu tun. Das hat mich ziemlich aus der Bahn geworfen, und ich muss erst wieder zu mir zurückfinden. Solange ich mich so verletzlich fühle, will ich nicht mit jemandem schlafen.«

»Aber Sex hilft dir doch sicher, dich besser zu fühlen?«, widerspricht Valentina.

»Immer ganz direkt, meine geliebte Valentina.« Er zögert, nimmt eine Scheibe Brot und taucht sie in Olivenöl. »Das sehe ich anders. Vielleicht hilft es vorübergehend, aber ich will erst mit mir selbst ins Reine kommen.«

»Aber du und Raquel hattet eine offene Beziehung. Ich verstehe nicht, warum dich das so umwirft«, beharrt Valentina.

»Weil sie mein Vertrauen missbraucht hat.« Leonardo sieht plötzlich wütend aus. »Ich will wirklich nicht darüber sprechen, Valentina. Konzentrieren wir uns auf dich und Thomas, ja?«

»Aber heißt das, dass du nicht einmal mehr mit *mir* schläfst?«, fragt Valentina und bemerkt, dass Leonardo nicht nur wegen seiner kurzen Haare verändert aussieht. Da ist noch etwas anderes – er wirkt irgendwie so zurückgenommen heute Abend.

»Ja, Valentina. Es heißt vor allem, dass ich nicht mit dir ins Bett gehen darf.«

Als Valentina später einzuschlafen versucht, denkt sie über Leonardos Worte nach. *Es heißt vor allem, dass ich nicht mit dir ins Bett gehen darf.*

Sie versteht nicht, warum er sich nicht von ihr trösten lassen will. Das war doch immer so leicht zwischen ihnen – Sex ohne Verpflichtungen. Warum will er das auf einmal nicht mehr? Thomas hat sie ziemlich verunsichert, und Leonardo gibt ihr Selbstvertrauen.

Valentina dreht sich von einer Seite auf die andere und versucht zu schlafen. Sie wünschte, Antonella wäre hier, damit sie Tee trinken und reden könnten, aber Valentina ist allein in der Wohnung. Antonella ist mit Mikhail ins Hotel gegangen, und Isabella ist gar nicht erst nach Hause gekommen. Gott weiß, was sie treibt. Etwas an Antonellas Tante nervt Valentina. Weil sie sich nicht altersgemäß verhält? Eigentlich ist es doch cool, dass Isabella sich nicht darum schert, dass sie Mitte fünfzig ist und noch immer Spaß hat. Vermutlich vergleicht Valentina Isabella insgeheim mit ihrer Mutter. Sie verhält sich so, wie Valentina es von ihrer Mutter annimmt. Schließlich haben sie sich in den Sechziger- und Siebzigerjahren in derselben Mailänder Szene bewegt. Valentina denkt, dass man damals deutlich experimentierfreudiger als heute war und oft den Partner wechselte. Valentina hat ihre Mutter seit Wochen nicht gesprochen. Zuletzt an Neujahr, das ist fast vier Monate her. Sie hatte ihre Mutter angerufen, weil sie sich an Weihnachten nicht gemeldet hatte. Wie üblich war Valentina als Erste eingeknickt. Ihre Mutter, die ewige Narzisstin, hatte die meiste Zeit von sich gesprochen. Sie schwadronierte darüber, dass sie als Heilerin in New Mexiko arbeiten wolle, was Valentina völlig lächerlich fand. Wie wollte ihre Mutter als Heilerin arbeiten, wenn sie noch nicht einmal die Beziehung zu ihrer Tochter in Ordnung bringen konnte? Am Ende hatte ihre Mutter ein wenig Interesse an Valentinas Leben gezeigt und sich nach ihren letzten Fotoaufträgen erkundigt. Valentina hatte es sorgfältig vermieden, Tina von ihren erotischen Aufnahmen zu erzählen. Sie wusste, dass ihrer Mutter die Idee gefallen würde, aber irgendwie ahnte sie auch, dass Tina Rosselli die Lorbeeren für sich beanspruchen oder Valentina erzählen würde, dass sie solche Aufnahmen auch schon gemacht habe. Es folgte eine unangenehme Pause, und Valentina wollte sich schon verabschieden, als ihre Mutter sagte:

»Mattia hat mir erzählt, dass es mit diesem jungen Amerikaner aus ist.«

Konnte sie sich noch nicht einmal mehr an seinen Namen erinnern? »Er heißt Thomas, Mama.«

»Ja, Thomas. Wie war das noch? Steele? Nein, nein. Steen. Genau. Ein niederländischer Nachname genau wie dein Vater: Rembrandt.«

Valentina nutzte die Gelegenheit, um das Thema zu wechseln. Sie wollte nicht, dass ihre Mutter sie fragte, was mit Thomas war. Sie konnte gut auf das »Ich habe es dir ja gleich gesagt« verzichten. Und auf das »Denk dran, Valentina, wir sind Freigeister«-Gerede ebenso. Außerdem kam es nur selten vor, dass ihre Mutter ihren Vater erwähnte. Valentina fiel ein, was Garelli in Venedig gesagt hatte: »Ihr Vater wäre stolz auf Sie.« Seit ihrer Rückkehr nach Mailand hatte sie es verdrängt und nicht weiter darüber nachgedacht. Vielleicht bekam sie jetzt ein paar Informationen.

»Warum heiße ich eigentlich Valentina Rosselli und nicht Valentina Rembrandt wie mein Vater?«, fragte sie.

»Weil ich fand, dass es besser klingt«, antwortete ihre Mutter.

»Aber Mattia heißt mit Nachnamen Rembrandt.«

»Ja, weil ich fand, dass auch das besser klingt. Mattia Rembrandt: Das ist stark. Männlich. Valentina Rosselli klingt weich und weiblich. Es passt besser zu einem Mädchen.«

»Mama, warum hat Vater uns verlassen?«

Daraufhin hatte ihre Mutter einen Moment geschwiegen. »Das ist eine große Frage, Valentina«, sagte sie schließlich. »Darüber will ich lieber nicht am Telefon sprechen.«

»Aber wenn ich nach Amerika käme, würdest du darüber reden?«

»Natürlich«, antwortete sie. »Jetzt, wo du erwachsen bist, sollst du die Wahrheit erfahren.«

»Kannst du es mir nicht am Telefon sagen? Amerika ist weit weg, und ich werde dich nicht so bald besuchen.«

»Bitte, Valentina. Das ist eine komplizierte Geschichte. Ich werde sie dir erzählen, wenn du kommst. Nenn mir einen Termin, und ich besorge dir ein Ticket.«

»Mama, ich will nicht nach Amerika fliegen. Solltest du nicht vielmehr nach Mailand kommen? Das ist schließlich dein Zuhause.«

»Nein, nicht mehr.« Die Stimme ihrer Mutter hatte sich verhärtet. »Ich muss los. Ich habe einen Termin.«

Und das war es. Wie immer war das Gespräch unbefriedigend verlaufen. Valentina umklammert mit den Händen die Bettdecke und schließt wütend die Augen. Ihre Mutter hatte ihr immer das Gefühl gegeben, in ihrem Leben hinter allem anderen zu rangieren. Valentina ist es sich schuldig, ihren Vater zu besuchen, egal wie beängstigend die Vorstellung ist. Sie muss noch einmal nach Hampstead, bevor sie abreist. Doch als Valentina schließlich in einen unruhigen Schlaf fällt, ist sie noch immer nicht sicher, ob sie den Mut dazu aufbringen wird.

Maria

Als die Sonne untergeht und die grauen Pariser Dächer in rotes Licht taucht, lässt Maria sich von Felix waschen. Er füllt heißes Wasser in das Waschbecken, holt eine winzige Flasche aus seiner Westentasche und gibt ein paar Tropfen in das Wasser. Sofort breitet sich duftender Dampf im Zimmer aus. Es riecht würzig und süß zugleich – eine geheimnisvolle Mischung, frisch und warm.

»Oh, was ist das?«, fragt sie.

»L'Heure Bleu. Das ist ein Parfum von Guerlin.«

»Die blaue Stunde«, flüstert sie und verdrängt den Gedanken, woher Felix das Parfum hat und wem es ursprünglich gehört haben mag.

»Der Geruch der Dämmerung«, sagt Felix. »Der Vorbote der Nacht, bevor die Sterne am Himmel erscheinen.«

Sanft wäscht er sie und umhüllt ihren Körper mit dem Duft, und Maria fühlt sich samten und verführerisch.

Während Felix draußen Zigaretten kauft, zieht Maria sich an. Jetzt ist sie froh, dass sie ihr rubinrotes Kleid mitgenommen hat, das sie nach dem Modell von Dior gefertigt hat. Sie hofft, dass sie schick genug für Paris ist. Schließlich ist es letztendlich nur ein selbstgenähtes Kleid. Als Felix zurückkommt, schleppt er einen braunen Koffer ins Zimmer.

»Woher kommt der denn?«, fragt Maria.

»Madame Paget hat ihn für mich aufbewahrt«, erklärt er, dann lässt er den Blick über sie gleiten. »Du siehst fantastisch aus, Liebes.«

Sie errötet vor Freude über seine Bemerkung und betrachtet noch immer den Koffer. Er ist groß wie eine Truhe und mit Leder bezogen. Was um alles in der Welt ist da drin?

»Warum hast du ihn erst jetzt geholt?«, will sie wissen.

»Weil ich ganz vergessen hatte, dass er hier ist, und ich jetzt gedacht habe, dass du ihn brauchen könntest.«

Maria runzelt verwirrt die Stirn. »Ich habe nur zwei Kleider dabei, Felix. Mein eigener Koffer reicht mir.«

Er kommt zu ihr, legt einen Arm um ihre Taille und zieht sie an sich. »So hübsch du in deinem Kleid aussiehst«, sagt er und küsst sie flüchtig auf die Lippen, »ich möchte dir gern ein paar neue Sachen kaufen, wenn du erlaubst.«

»Ist das nicht teuer?«

»Mach dir wegen des Gelds keine Sorgen. Davon habe ich genug.«

Das überrascht sie. In London hatte Felix sich verhalten, als lebe er wie alle anderen im Haus in bescheidenen Verhältnissen. Wie kann er es sich leisten, ihr eine neue Garderobe zu kaufen, die noch dazu in einen so großen Koffer passt?

»Wem hat er gehört?«, fragt sie und spürt ein beunruhigendes Kribbeln.

»Mir«, antwortet Felix euphorisch. »Und jetzt gehört er dir.« Er geht auf die Knie und öffnet ihn.

Der Koffer ist leer. Er ist mit roter Seide ausgeschlagen und verfügt über eine Reihe kleiner Taschen und Fächer. Es ist das luxuriöseste Gepäckstück, das Maria je gesehen hat. Er ist so groß, dass man darin schlafen könnte.

»Meine Güte! Der ist ja großartig«, sagt sie.

»Nun, Liebes, ich war auch einmal großartig.« Er steht wieder auf, streicht ihr übers Haar und küsst sie auf die Lippen, als wolle er sie beruhigen. Sie würde ihn gern fragen: *In welcher Hinsicht warst du großartig? Wer bist du?* Aber Felix ist so glücklich über sein Geschenk, so aufgeregt bei dem Gedanken, ihr Kleider zu kaufen, dass sie die Harmonie nicht zerstören will.

Felix lässt die Hand unter ihr Kleid gleiten und berührt sie. Seine körperliche Gegenwart verwirrt sie. Etwas an dem Koffer stört sie. Sie möchte ihn nicht annehmen, aber das wäre unhöflich. Felix fängt an, sie zu streicheln, und sie stöhnt leise vor Lust.

»Heute Nacht strahlst du«, flüstert er. »Ich will mit dir vor meinen Freunden angeben.«

Sie sieht ihn voller Verlangen an und kümmert sich nicht mehr um den Koffer. Jetzt will sie nur ihn, das Ziehen zwischen ihren Beinen verstärkt sich, und sie beugt sich vor und küsst ihn.

Er schiebt sie durchs Zimmer, bis sie mit dem Rücken an der Wand direkt neben dem kleinen Fenster steht. Sie hört die Geräusche von Paris: den spärlichen Verkehr, ein quietschendes Fahrrad, das geölt werden muss, die Absätze der Pariser Frauen, die über das Kopfsteinpflaster laufen. Er löst sich aus ihrem Kuss.

»Nun, liebe Maria, spielst du ein kleines Spiel mit mir?«

Sie nickt. Sie ist so erregt, dass sie nicht sprechen kann. Felix knöpft ihr Kleid auf, und sie schlüpft hinaus. Er nimmt es ihr ab und breitet es sorgfältig auf dem Bett aus, dann wendet er sich wieder zu ihr um und bewundert ihre nackte Haut. In Hemdsärmeln, die Hände in die Hüften gestemmt, steht er vor ihr. Unter seiner Hose zeichnet sich deutlich sein Begehren ab.

Er wartet darauf, dass sie die Initiative ergreift. Das liest sie in seinen Augen. Sein Blick macht sie wollüstig und verwegen. Sie rückt von der Wand ab, greift mit beiden Händen nach seinem Gürtel und zieht ihn zu sich. Seine Kleidung fühlt sich rau auf ihrer seidigen duftenden Haut an. Maria zieht an seinem Hemd, während Felix den Gürtel öffnet und die Hosen hinabgleiten lässt. Jetzt übernimmt er wieder die Führung. Er hebt sie hoch, und Maria öffnet die Beine und schlingt sie instinktiv um seine Taille. Er dringt in sie ein und stöhnt zufrieden auf.

»Du passt perfekt zu mir, mein Liebling. Ich glaube, wir sind füreinander geschaffen.«

Er trägt sie zurück an den Rand des Zimmers und presst Maria so heftig gegen die Wand, dass sie sich kaum rühren kann. Sie klammert sich an ihn und lässt ihn zustoßen. Maria will, dass es immer so weitergeht. Sie will, dass dieses Gefühl niemals aufhört. Sie sind wie zwei seltene Vögel, die man aus dem Käfig gelassen hat. Vereint und berauscht von ihrer gegenseitigen Hingabe drehen sie sich im Sonnenschein. Mit ihm gemeinsam strebt sie der Tausendstelsekunde entgegen, die alle Mühen des Lebens wert ist – der kostbare Augenblick der Vollendung.

Anschließend gleiten sie an der Wand hinab. Maria sitzt auf seinem Schoß und spürt sein weiches Geschlecht an ihrem nackten Körper.

Felix atmet an ihrem Hals. »Zweifele nicht an meiner Liebe, Maria«, sagt Felix.

Sie versucht, den Kopf zu drehen und ihm in die Augen zu sehen, aber er hält sie fest. Während er spricht, spürt sie seine Lippen an ihrem Nacken.

»Zweifele nie daran«, wiederholt Felix.

»Das tue ich nicht«, antwortet sie mit vor Freude zitternder

Stimme, weil er gesagt hat, dass er sie liebt. »Ich liebe dich, Felix. Du bist der Mann meiner Träume.«

»Oh, vielleicht deiner Albträume«, flüstert er, und seine Worte lassen sie erzittern.

»Sag so etwas nicht«, bittet sie.

»Aber, Maria, ich mache mir Sorgen, dass ich deine Makellosigkeit beflecke. Ich bin nicht gut genug für dich.«

»Sag so etwas nicht.« Sie schiebt seine düsteren Worte beiseite und wechselt das Thema. »Was willst du für ein Spiel mit mir spielen?«

»Würdest du etwas Mutiges für mich tun, Maria? Gehst du heute Abend mit mir aus, ohne ein Höschen zu tragen?«

Sie windet sich von seinem Schoß, dreht sich um und sieht ihn an. Sie erwartet, dass er lacht, aber Felix sieht sie todernst und mit herausforderndem Blick an.

»Du willst, dass ich nichts unter meinem Kleid trage?«, fragt sie ungläubig.

Er nickt. »Nur deine Strümpfe, den BH und das.« Er holt etwas aus seiner Hosentasche, das wie ein Schmuckstück aussieht. Es ist ein sehr schmales Samtband mit Verschlüssen an beiden Enden. Sie sehen aus wie die an ihrem Strumpfhalter. An dem Samtband ist eine kleine goldene Kugel von der Größe einer Murmel befestigt.

»Was ist das?«, fragt sie.

»Ich zeige es dir.« Er grinst wie ein kleiner Junge.

Er lässt sie aufstehen, kniet sich selbst auf den Boden und küsst ihre Scham. »Ach, wie köstlich du duftest, Liebling«, sagt er. Dann nimmt er das Samtband, führt es durch ihren Schritt, sodass Maria die kühle goldene Kugel an ihrer Haut spürt. Felix befestigt einen Verschluss auf der Rückseite ihres Strumpfhalters, den anderen an der Vorderseite.

Maria versteht nicht, was der Sinn dieses Gegenstands ist. Die goldene Kugel hängt auf ihrem Po. Es fühlt sich albern an.

»Ich verstehe nicht …«

»Ich bin noch nicht fertig«, unterbricht Felix sie, greift zwischen ihre Beine und führt die Kugel an dem Samtband entlang. Seine Finger und die Kugel berühren ihre intimste Stelle, und Maria zuckt unwillkürlich zusammen. Felix bewegt die Perle weiter, sodass sie sich nun vorn befindet, an einer Stelle, die sie erst diese Woche durch Felix entdeckt hat und die sich seither ständig nach seiner Aufmerksamkeit sehnt. Sie spürt, wie er sie streichelt und öffnet. Ihre Knie werden weich. Jetzt fühlt sie, wie er die kleine goldene Kugel in ihrem warmen weichen Fleisch positioniert. Er rückt von ihr ab und scheint zufrieden mit seiner Arbeit.

»Jetzt kann ich mir vorstellen, dass ich es wäre, der dich den ganzen Abend berührt und scharf macht.«

Maria bewegt sich und spürt, wie die Kugel über ihre Haut rollt. Das Gefühl ist eine köstliche Mischung aus Lust und Belästigung. »Ich glaube, du solltest das wieder abnehmen«, flüstert sie. »Das ist zu viel.«

Er wirkt amüsiert. »Bist du erregt, Maria?«

Sie nickt.

Er küsst sie auf die Lippen. »Bist du mutig genug auszuprobieren, wie weit du gehen kannst?«

»Ich weiß nicht«, sagt sie unsicher.

»Du kannst es jederzeit abnehmen.« Er zögert. »Du kannst es jetzt abnehmen. Es ist für dich, Maria. Es soll *dich* erregen.«

Sie weiß nicht, was sie sagen soll. Einerseits hat sie Angst, was mit ihrem Körper geschieht, wenn sie hinausgehen. Dass sie sich nicht unter Kontrolle hat. Andererseits findet sie es aufregend. Was geschieht, wenn sie ihren Körper gehen lässt? Sie erinnert sich an das, was Lempert über den Tanz gesagt hat. Er hatte von der Herausforderung gesprochen, das richtige Maß zwischen Anspannung und Entspannung zu finden, und Parallelen zum Leben gezogen. Ist das der Sinn von Felix' Spiel? Sie ist eine geübte Tänzerin. Sie sollte in der Lage sein, mit dem Druck einer kleinen goldenen Kugel umzugehen, die gegen ihre Scham drückt, während sie durch das Zimmer geht. Doch in ihr lauert eine Maria, die nach Befreiung schreit.

»In Ordnung«, flüstert sie zu ihrer eigenen Überraschung. »Ich versuche es.«

Felix streicht sanft über ihr Gesicht und küsst sie erneut auf die Lippen.

»Ich finde das sehr erotisch, Liebes. Die Vorstellung, dass du nackt bist, ich dich in Gesellschaft aber nicht berühren kann. Und dass du erregt bist und dich verzweifelt nach Erlösung sehnst.«

Maria sitzt auf einem Stuhl vor dem Spiegel und betrachtet ihre leicht geöffneten roten Lippen, die vor Lust dunklen Augen und ihren sinnlichen Körper in dem roten Kleid. Felix steht hinter ihr. Ihr Ritter. Eine große dunkle Gestalt mit funkelnden Augen, allerdings trägt er nicht seine glänzende Rüstung. Maria spürt sein geheimes Ich und fragt sich, ob er vielleicht recht hat. Ob er vielleicht wirklich zu düster, zu gebrochen für sie ist. Aber ihre Liebe bindet sie an ihn. Und sie glaubt, dass ihre Liebe ihnen beiden den Weg weisen und Felix heilen wird.

Valentina

Es fühlt sich wie der erste richtige Frühlingstag an. Nach all dem Regen und der Kälte ist die Temperatur gestiegen, und Valentina ist ohne Mantel hinausgegangen. Alle bewegen sich ebenso leichtfüßig wie sie und scheinen von dem strahlend blauen Himmel und der warmen Brise beflügelt zu sein. In diesem London könnte sie sich vorstellen zu leben. Ob es dazu kommt, wenn Thomas zu ihr zurückkehrt?

Nachdem sie kurz in der Lexington Gallery war, um sich nach dem Verlauf des gestrigen Abends zu erkundigen, ist sie mit der U-Bahn zurück nach South Kensington gefahren, um sich dort mit Leonardo auf einen Kaffee zu treffen, bevor er zurück nach Mailand fliegt.

»Bist du zufrieden?«, fragt er, kaum dass sie sich auf zwei Barhockern niedergelassen haben und zwei dampfende Cappuccini auf dem Tresen vor ihnen stehen. Sie blicken durch das Fenster auf die vorbeilaufenden Fußgänger.

»Ich habe alle verkauft!«, sagt sie und strahlt vor Stolz. »Ich kann es nicht fassen, sogar die ganz expliziten von Antonella und Mikhail. Gott weiß, wer die gekauft hat!«

»Das ist ja großartig, Valentina«, sagt Leonardo, doch er klingt gedämpfter als sonst. Ihr Freund sieht so müde aus, als habe er nicht geschlafen. Sie entdeckt ein graues Haar in seinem schwarzen Schopf, und obwohl sie immer davon ausgegangen ist, dass sie gleich alt sind, fragt sie sich jetzt, wie alt er wirklich ist. Offenbar leidet er sehr unter der Trennung von Raquel.

»Willst du mir jetzt nicht erzählen, was zwischen dir und Raquel vorgefallen ist?« Sie rührt ihren Cappuccino um und sieht zu, wie der cremige Kern in der Mitte versinkt.

Einen Augenblick sagt Leonardo nichts, trinkt einen Schluck Kaffee und weicht ihrem Blick aus.

»Eigentlich gibt es nicht viel zu erzählen«, sagt er schließlich. »Sie hat jemand anders getroffen.«

Valentina dreht sich um und sieht ihn an, aber Leonardo starrt intensiv in seine Kaffeetasse.

»Ich dachte, ihr hättet eine offene Beziehung. Spielt so etwas dann überhaupt eine Rolle?«, fragt sie sanft. Sie spürt, dass sie sehr vorsichtig vorgehen muss, damit ihr Freund sich ihr anvertraut.

»Nun, es spielt dann eine Rolle, wenn sie unsere ›offene‹ Beziehung beendet, um eine geschlossene Beziehung mit jemand anders zu haben.«

Jetzt sieht er sie an, und Valentina ist überrascht über das wütende Funkeln in Leonardos Augen. Sie hat ihren Freund noch nie annähernd so aufgebracht und verletzt gesehen.

»Wollte sie dich ganz für sich allein haben? Glaubst du, das hättest du gekonnt?«, fragt sie vorsichtig weiter.

Leonardos Blick verdüstert sich noch mehr. »Natürlich hätte ich das gekonnt, aber das wollte sie nicht.« Er hält inne und streicht sich die Haare aus der Stirn. »Daran lag es nicht, Valentina.« Er seufzt und sieht jetzt nicht mehr wütend, sondern traurig aus. »Wir haben uns getrennt, weil sie mich nicht mehr in ihrem Leben haben wollte.«

»Sie ist verrückt«, stellt Valentina fest und legt ihre Hand auf Leonardos.

»Es ging damit los«, fährt Leonardo fort, »dass sie über die Zukunft nachgedacht hat.«

»Du meinst, über Kinder? Aber damit warst du doch einverstanden. Du wolltest sogar den Club schließen. Du wolltest dein Leben für sie ändern.«

»Ja, aber das war nicht genug. Ich stelle ein zu großes Risiko dar, Valentina.« Leonardo starrt auf die Passanten vor dem Fenster. Valentina drückt seine Hand. »Was soll das heißen?«

Er wendet seine Aufmerksamkeit von den vorübergehenden Menschen ab und sieht Valentina an. In seinem Gesicht offenbart sich seine Erschütterung. Valentina würde Raquel am liebsten schütteln. Wie kann sie einen solchen Mann gehen lassen? »Raquel will eine anständige, stabile Umgebung für ihre Kinder. Sie will einen Mann, der eine sichere Arbeit und ein anständiges Einkommen hat. Sie will eine richtige Familie.«

Valentina zuckt verächtlich mit den Schultern und macht kein Hehl daraus, wie enttäuscht sie von Raquel ist. Und doch hat ihr Freund sie geliebt. Valentina muss vorsichtig sein und darf nicht zu hart über seine frühere Partnerin urteilen. »Es gibt keine richtige Familie«, sagt sie vorsichtig. »Und für ein Kind ist Liebe wichtiger als materielle Sicherheit. Liebe gibt einem Kind Sicherheit.«

»Ich bin ganz deiner Ansicht«, stimmt Leonardo ihr zu. »Aber Raquel ist anderer Meinung.«

»Es tut mir so leid, Leo. Weißt du, ich glaube, sie war ohnehin nicht die Richtige für dich«, wagt sie sich vor.

Leonardo lächelt schwach. »Wirklich? Und wer ist die Richtige für mich?«

Valentina denkt angestrengt nach. Unter all ihren Freundinnen ist nicht eine, die sie sich mit Leonardo vorstellen kann. Abgesehen von Celia vielleicht.

»Was ist mit Celia?«

»Vielleicht. Aber wir sind echte Freunde – wie du und ich, Valentina. Außerdem ist sie momentan auf der anderen Seite der Welt.« Er trinkt noch einen Schluck Kaffee. »Im Übrigen glaube ich, dass ich eine Weile für mich sein sollte.«

Valentina ist etwas erleichtert, dass Leonardo nicht gleich auf der Jagd nach einer neuen Frau ist. Sie hat Angst, dass er vielleicht einer begegnet, die kein Verständnis für ihre Freundschaft hat. Oder eifersüchtig auf die Zeit ist, die sie miteinander verbringen.

»Nun aber genug von mir«, sagt Leonardo und blickt auf seine Armbanduhr. »In ungefähr zwanzig Minuten muss ich zum Flughafen. Ich will unsere letzte gemeinsame Zeit nicht mit Litaneien über mein trauriges Privatleben verschwenden.«

Valentina beugt sich zu ihm hinüber und küsst ihn auf die Lippen. Er schmeckt genauso süß wie ihr Croissant.

»Wofür war das?« Leonardo wirkt erfreut.

»Ich habe dich wirklich gern, Leonardo«, antwortet Valentina. »Du bist der beste Freund auf der ganzen Welt.«

»Und was ist mit deinen anderen Freunden?«

»Du kennst mich in- und auswendig. Das ist komisch. Mit den anderen bin ich viel länger befreundet als mit dir. Aber es kommt mir vor, als würde ich dich schon immer kennen.«

»Als habe das Schicksal uns zusammengeführt?« Er sieht sie warm aus seinen braunen Augen an, und sie stellt fest, dass ihre Worte ihn aufgemuntert haben.

»Ja, es ist unser Schicksal, befreundet zu sein.« Sie nimmt einen Schluck von ihrem Cappuccino. »Leonardo, ich habe über Thomas nachgedacht und wie seltsam es ist, dass wir uns völlig überraschend über den Weg gelaufen sind. Und da ist mir etwas aufgefallen.« Sie zögert, steckt sich den letzten Bissen von ihrem Croissant in den Mund und leckt sich die Fingerspitzen ab. »Zwei der Bilder, die in der Lexington Gallery ausgestellt waren, sind noch ziemlich neu. Ich kann mich nicht erinnern, sie in meiner ursprünglichen Bewerbung mitgeschickt zu haben. Dennoch wollte die Galerie für die Ausstellung Abzüge von ihnen haben. Wo hat Kirsti Shaw die Bilder gesehen?«

Leonardo rutscht auf seinem Sitz hin und her und scheint sich etwas unwohl zu fühlen.

»Ich wusste es!«, ruft sie und zeigt mit dem Finger auf ihn. »Hast du Thomas die Bilder geschickt? Und hat er sie dann Kirsti Shaw gezeigt und sie gedrängt, mich in die Ausstellung aufzunehmen?«

Leonardo schweigt, aber die Schuld lässt ihn erröten.

Valentina sieht, dass sie auf der richtigen Spur ist. »Wenn das der Fall ist, hat Thomas sogar dazu beigetragen, dass ich ihn hier in London sehe. Ich glaube, die ganze Sache mit Anita dient nur dazu, mich eifersüchtig zu machen. Genau wie du gesagt hast. Er will herausfinden, ob ich ihn wirklich liebe. Er will, dass ich reagiere.«

Leonardo legt ihr eine Hand auf den Arm. »Valentina, jetzt muss ich dich unterbrechen«, sagt er.

»Ich weiß, dass du mir etwas verschweigst, Leo«, verkündet sie triumphierend. »Du hast ihm die Bilder geschickt, stimmt's? Er versucht mich eifersüchtig zu machen, meinst du nicht?«

Leonardo schüttelt den Kopf und sieht überaus besorgt aus. »Ich glaube nicht, dass Thomas in irgendeiner Weise vorhat, dich eifersüchtig zu machen, Valentina. Nicht, seit ich ihn gestern Abend gesehen habe. Außerdem weiß er, dass du nicht besitzergreifend bist.«

»Nun, das Komische ist, Leo, dass ich tatsächlich etwas eifersüchtig bin. Das ist mir noch nie passiert. Wenn ich einen

Mann nicht haben kann, zucke ich normalerweise mit den Schultern und ziehe weiter. Ich kann es aber nicht ertragen, Thomas an Anita zu verlieren. Ich verstehe das nicht.«

»Du bist verliebt, Schätzchen. Und zwar richtig.« Leonardo tätschelt ihre Hand und sieht erneut traurig aus.

»Aber ich glaube, es ist kein Zufall, dass Anita und ich an derselben Ausstellung teilnehmen. Das kann einfach nicht sein.«

»In der Hinsicht hast du recht«, stimmt Leonardo ihr zu und blickt ihr in die Augen, »aber ich fürchte, ich habe Kirsti deine letzte Arbeit geschickt. Thomas hatte keine Ahnung, dass du an derselben Ausstellung wie Anita teilnimmst.«

»*Du* hast die Bilder direkt an die Galerie geschickt?«, fragt Valentina, schockiert, dass er so etwas hinter ihrem Rücken tut.

»Thomas hat mir von der Ausstellung erzählt. Ich fand, es wäre eine großartige Chance für dich. Ich wusste, dass du dich bereits bei der Galerie beworben hattest. Also habe ich Kirsti Shaw an dich erinnert und ihr eine neue Arbeit von dir gezeigt.«

»Ich kann nicht glauben, dass du dir meinetwegen solche Umstände machst.«

»Ich hatte auch noch ein anderes Motiv. Du und Thomas habt mich verrückt gemacht. Er hat mir gemailt und gefragt, wie es dir geht. Und du hast mich gefragt, wie es ihm geht. Aber immer wenn ich einem von euch vorgeschlagen habe, die festgefahrene Situation zu ändern, wart ihr beide zu stur oder zu verletzt oder zu stolz, etwas zu unternehmen. Ich fand das schrecklich schade.« Er zögert und durchbohrt sie mit seinem Blick. »Ihr solltet zusammen sein. Deshalb habe ich gedacht, wenn du an der Ausstellung teilnimmst, wäre das eine Gelegenheit, ihm auf natürliche Weise zu begegnen.«

»Aber Anita?«

»Ich hatte keine Ahnung von Anita. Ich war total überrascht, als du herausgefunden hast, dass er eine Freundin hat«, sagt Leonardo kopfschüttelnd. Offenbar tut es ihm wirklich leid.

Ganz gegen ihre sonstige Gewohnheit steht Valentina auf, beugt sich vor und umarmt Leonardo fest. Als sie ihn wieder loslässt, sieht er völlig verwirrt aus.

»Wofür war das?«

»Dafür, dass du dich so um mein Glück sorgst.« Sie ist wirklich gerührt, dass Leonardo an Thomas und sie glaubt.

»Valentina«, rät ihr Freund, »gib nicht auf. Die Tatsache, dass Thomas und Anita nicht miteinander schlafen, spricht Bände. Ich glaube noch immer, dass ihr zwei wieder zusammenkommen könnt.«

»Aber dazu muss ich sie auseinanderbringen.« Valentina ringt mit sich. »Ich mag Anita wirklich gern. Ich weiß nicht, ob ich ihr so etwa Gemeines antun kann.«

Leonardo lächelt milde. »Du tust immer so cool, aber im Grunde hast du ein weiches Herz, stimmt's, V.?«

Sie setzt sich wieder auf ihren Stuhl und ist ein wenig befangen. »Ich weiß nicht. Meine Mutter meint immer, ich sei hartherzig.«

»Was weiß deine Mutter schon?« Leonardo nimmt ihre Hand und drückt sie – ein angenehmes Gefühl. »Natürlich«, sagt er leiser, damit er ihre ganze Aufmerksamkeit hat, »gibt es andere Wege, das Problem zu lösen.«

»Was meinst du?«

»Nun, du hast gesagt, Thomas will, dass du ihm deine Liebe beweist.«

»Ja, aber wie soll ich das machen?«

»Ob eine Frau ihn liebt, spürt ein Mann beim Sex. Also erfüll ihm seine ultimative Sexfantasie. So kannst du ihm deine Liebe zeigen.«

»Ja, aber ich habe dir doch gesagt, ich will nicht, dass Thomas Anita betrügt oder mit ihr Schluss macht.«

»Das schlage ich dir auch nicht vor. Denn was meinst du, wovon die meisten Männer träumen?«

Darüber muss Valentina nicht erst nachdenken. »Mit zwei Frauen gleichzeitig zu schlafen.«

»Genau«, bestätigt Leonardo, dessen Laune offenbar steigt, denn er lächelt sie frech an.

»Meinst du, ich soll Thomas zurückgewinnen, indem ich mich auf einen Dreier mit ihm und Anita einlasse?« Valentina ist entsetzt. Das kann nicht sein Ernst sein. »Abgesehen von dem Gefühlschaos, das ich hinterlasse, ist das nicht auch unmoralisch?«

»Natürlich nicht. Hör zu, ich habe mich lange mit dem Thema auseinandergesetzt. Nicht nur mit Dreiern, sondern auch mit Orgien.« Leonardo sieht sie ernst an. »Ich meine, ich bin schließlich katholisch erzogen. Und eine Menge Leute, die in meinen Club kommen, werden von einer komplizierten Beziehung zwischen Sex und Religion getrieben. Sie sehnen sich danach, Sünder zu sein, damit sie sich anschließend reinigen können.«

Valentina erschaudert. »So habe ich das nie empfunden, Leonardo«, sagt sie. »Ich habe nie das Gefühl gehabt, etwas Schlechtes zu tun, solange niemand betrogen oder verletzt wird.«

»Der Unterschied zwischen dem Sexualleben von Menschen und Tieren ist die erotische Lust.« Langsam ist Leonardo wieder er selbst: Sexführer und Guru. Während er über sein Lieblingsthema spricht, scheint sein Schmerz wegen Raquel etwas zu verblassen. »Wir haben keinen jahreszeitenbedingten Sex. Wir haben keinen Sex, nur um uns fortzupflanzen. Wir haben auch Sex, um Sinnenfreuden zu erleben. Stimmt doch, oder?«

Valentina nickt. Sie liebt es, wenn Leonardo über Sex und Erotik spricht. Dann hat sie immer das Gefühl, dass sie noch viel von ihm lernen kann.

»Ich glaube, dass Erotik in dem Moment entstanden ist, als dem Mensch bewusst wurde, dass er sterblich ist. Sex und Tod stellen beide einen heftigen Bruch im üblichen Ablauf der Dinge dar. Man hat den Höhepunkt auch als ›kleinen Tod‹ bezeichnet. Sind wir uns unserer Sterblichkeit bewusst, kann Erotik jedoch auch eine Würdigung des Lebens bedeuten.«

»Bei dir klingt das so erhaben«, erwidert Valentina. »Aber andere Leute sagen, wir seien verdorben, unfähig, uns zu binden, lüstern …«

»Das ist ein Problem.« Leonardo wirkt ernst. »Moralische Maßstäbe verderben den Sex. Erotik sollte nichts mit Moral zu tun haben.«

Valentina fällt ein, dass ihre Mutter früher solche Sachen gesagt hat. Vielleicht lebt sie nach diesem Prinzip. Vielleicht hat Valentina es ganz einfach übernommen.

Sie blickt aus dem Fenster des Cafés, beobachtet die Menschen auf dem Bürgersteig und denkt über Leonardos Vorschlag nach. Könnte das eine Möglichkeit sein, Thomas ihre Liebe zu beweisen? Könnte sie Anita und Thomas verführen? Das hieße, dass sie ihn Anita nicht wegnehmen würde? Es klingt wie eine absolut verrückte Idee, doch ihre freiheitsliebende Seele fühlt sich davon angesprochen. Sie fand Anita vom ersten Augenblick an attraktiv. Es hat Valentina zwar gestört, dass sie sich wie ihre Mutter zurechtgemacht hat, als blondes, kokettes Wesen hat sie ihr aber sehr wohl gefallen. Natürlich will Valentina eigentlich nur mit Thomas zusammen sein, aber wenn Anita dafür offen ist, könnte das ein Weg sein, dieses Ziel zu erreichen. Es wäre eine starke Botschaft für Thomas. Letztes Jahr hatte er ihr gezeigt, wie sehr er ihr vertraute und sie liebte, indem er verschiedene Szenarios in Leonardos Club für sie inszeniert hatte. Leonardo, Thomas und Valentina waren zusammen im Darkroom gewesen, dem Raum ihrer ultimativen sexuellen Fantasien. Thomas hatte alles dafür getan, Valentina zu zeigen, dass er sie so liebte, wie sie ist, und sie nicht verändern will. Kann sie nicht dasselbe für ihn tun? Sie weiß, dass Leonardo recht hat. Thomas hat ihr von einer Fantasie mit ihm, ihr sowie einer weiteren Frau erzählt. Als Valentina mit ihm zusammen gewesen war, hatte sie der Idee offen gegenüber gestanden. Ihr Herzschlag beschleunigt sich. Kann sie einen solchen Dreier irgendwie inszenieren? Die Vorstellung ist zugleich aufregend und beängstigend.

»He«, sagt Leonardo und berührt sanft ihre Hand. »Ich muss gehen.«

Sie schmollt. »Es kommt mir vor, als wärst du gerade erst gekommen.«

»Ich konnte nur eine Nacht wegbleiben.«

Valentina drückt fest seine Hand und lässt sie dann los. »Ich bin dir so dankbar, dass du gekommen bist.«

Nun ist Valentina wieder allein. Während die Sonne auf ihre Haut scheint, läuft sie an den Museen in der Old Brompton Street vorbei und versucht ihre Gedanken zu ordnen. Hat Leonardo recht mit der Idee von dem Dreier? Und selbst wenn, wie um alles in der Welt soll sie das machen? Seit er gestern Abend verschwunden ist, hat sie nichts mehr von Thomas gehört. Sie hat keine Lust, ihn anzurufen, nachdem er sie in der Ausstellung hat stehen lassen. Valentina läuft weiter, als warte am Ende des Wegs die Antwort. Sie läuft bis nach Knightsbridge und am Hyde Park vorbei. Morgen soll sie nach Mailand zurückkehren. Das bedeutet, dass heute Abend ihre letzte Chance ist. Natürlich ist da auch noch die Sache mit ihrem Vater.

Sie bleibt stehen und blickt sich um. Wo ist sie? Sie hat keine Ahnung. Hinter ihr befindet sich der Hyde Park, vor ihr erstreckt sich ein weiterer Park. Die Straße ist stark befahren, die Autos rasen an ihr vorbei. Sie holt *London A-Z* heraus und blickt auf den U-Bahn-Plan auf der Rückseite. Green Park liegt an der Jubilee Line – genau wie die Station Finchley Road, die sich in der Nähe vom Haus ihres Vaters befindet. Es erscheint ihr als Wink des Schicksals, dass sie ausgerechnet vor dieser U-Bahn-Station steht. Vielleicht muss sie, um herauszufinden, was sie mit Thomas machen soll, erst erfahren, wer sie wirklich ist? Dazu muss sie sich ihrer Angst stellen und ihren Vater besuchen. Wenn sie das nicht tut, wird sie es bereuen. Sie hat den Rest des Tages Zeit. Antonella und Mikhail sehen sich die Stadt an, und Isabella ist bei der Arbeit. Nachdem Valentina alle Werke verkauft hat, hat sie auch keinen Grund mehr, in die Galerie zu gehen.

Ihr Telefon brummt. Sie nimmt es aus der Tasche und betet, dass es eine Nachricht von Thomas ist, doch sie stammt von einer unbekannten Nummer:

Hallo, Valentina. Tut mir leid wegen gestern. Ich war betrunken ;-)
Hast du Lust, heute Abend zu mir auf eine Party zu kommen?
Thomas hat mir erzählt, dass es dein letzter Abend in London ist.
Bitte komm! Sag Bescheid, dann schicke ich dir meine Adresse.
Liebe Grüße, Anita

Obwohl die Nachricht von Anita stammt, hat sie das Gefühl, dass Thomas indirekt mit ihr spricht. Anita hat geschrieben, Thomas habe ihr erzählt, es sei Valentinas letzter Abend in London. Woher weiß er das? Er will sie wiedersehen. Wenn sie ohne Thomas' Liebe nach Mailand zurückkehrt, wann wird sie ihn dann je wiedersehen? Sie schafft es nicht, ihn anzuflehen, zu ihr zurückzukehren. Also muss sie ihn zurückgewinnen, auch wenn das bedeutet, Anita wehzutun.

Als Valentina in die U-Bahn-Station Green Park schreitet, ist sie entschlossen, endlich ihrem Vater gegenüberzutreten und ihren Mann nicht Anita zu überlassen. Jetzt ist Valentina dran.

Maria

Maria und Felix beginnen ihren berauschenden Abend in einem kleinen Restaurant in Saint-Germain-des-Prés. Sie essen so gut, wie Maria seit Jahren nicht mehr gegessen hat – das letzte Mal vor dem Krieg, als sie noch ein Mädchen war. Endiviensalat mit Riesengarnelen, Pilzcremesuppe, gefolgt von Knoblauchschnecken und frischem Baguette. Dazu gibt es einen vollen Rotwein. Woher haben die Franzosen all das Essen, wenn die Lebensmittel in England noch immer streng rationiert sind? Felix erklärt Maria, dass das mit dem Marshallplan der Amerikaner zu tun hat. Vor nicht einmal einem Jahr haben die Einwohner von Paris noch Hunger gelitten. An Fleisch gab es damals nur Kaninchen. Während sie essen, begreift Maria langsam, wie klug Felix ist. Er erzählt ihr alles über die aktuelle Politik in Frankreich: dass die Amerikaner nach der Berlinblockade, die im Frühsommer begonnen hatte, fürchteten, Frankreich werde von den Kommunisten übernommen. So haben sie nicht nur begonnen, Geld und amerikanische Güter ins Land zu pumpen, auch die Amerikaner selbst kommen in Scharen.

»Um das kultivierte Pariser Leben kennenzulernen«, sagt Felix herablassend, während er eine zarte Schnecke aus ihrem Haus holt und sich in den Mund steckt. »Ihre Politiker wollen uns das amerikanische Leben beibringen. Was es heißt, ein guter Arbeiter zu sein.«

»Glaubst du, dass es einen weiteren Krieg geben wird?«, fragt

Maria. »Die Frauen in der Schlange beim Fleischer denken das. Und Guido. Aber der meint, wir müssten keine Angst vor den Russen haben.«

»Ist Guido ein guter Freund von dir?«

»Nein, überhaupt nicht.« Sie errötet und fragt sich, warum sie an den Italiener denkt. In den letzten zwei Wochen war sie so von Felix und ihrem Liebesspiel verzaubert, dass sie kaum noch an London und auch nicht an Venedig gedacht hat. »Aber er scheint eine Menge zu wissen«, erklärt sie.

»Er ist nur ein Junge«, sagt Felix mit schneidender Stimme. »Er hat keine Ahnung, was wirklich in der Welt vor sich geht.« Felix taucht ein Stück Brot in die Knoblauchbutter der Schnecken. »Es gibt keinen Krieg. Das Risiko gehen weder Russen noch Amerikaner ein.«

»Aber Berlin ist von Stalin blockiert. Ist das nicht schon der Anfang?«

»Wenn Stalin einen Krieg wollte, hätte er ihn schon längst begonnen.« Felix schenkt ihnen noch etwas Rotwein nach. »Reden wir nicht mehr vom Krieg«, sagt er. »Er zerstört alles Schöne. Und ich will, dass dieser Abend wundervoll wird.«

Sie trinkt einen Schluck Wein, und sein süßes Beerenaroma stärkt sie und bewirkt, dass sie sich noch wohler mit ihrem erotischen Schmuck fühlt.

»Zwei Dinge sind gut daran, dass die Amerikaner hier sind«, fährt Felix fort und füttert sie mit einer Schnecke. »Das eine ist ihre Jazzmusik, und das zweite ist ihr Interesse an Filmen – eine Tatsache, von der ich profitiere.«

»An was für einem Film arbeitest du momentan?«, fragt Maria schüchtern.

»Da mein Leben derzeit voller Liebe ist, ist es natürlich eine Liebesgeschichte, Maria.« Er grinst.

Nach dem Essen besuchen sie eine Bar in der Nähe ihres Hotels. Felix führt sie durch das verrauchte Gedränge. Die ganze Zeit über dreht sich die kleine goldene Kugel. Sie hält die Luft an und hat das Gefühl, wie auf rohen Eiern zu gehen. In der Bar riecht es nach starkem Tabak, billigem Wein und ungewaschenen Menschen. Dennoch hat der Laden etwas Gemütliches. Als Felix einen winzigen Ecktisch entdeckt, quetschen sie sich dahinter, und Felix bestellt eine Flasche Wein. Maria bemerkt, dass sich die meisten Besucher in der anderen Ecke der Bar drängen. Es wird viel geredet, durch das Stimmengewirr können sie sich kaum verstehen.

»Weißt du, wer dort mit all den jungen Männern und Frauen Hof hält?«, fragt Felix auf die Menge deutend.

Maria schüttelt den Kopf.

»Niemand anders als der große existenzialistische Schriftsteller Jean-Paul Sartre«, erklärt Felix. Maria weiß nicht, was Existenzialismus ist, schämt sich jedoch, das zuzugeben.

»Kennst du ihn?«, fragt sie und reckt ihren Hals, um über die Köpfe hinwegzusehen, aber das ist unmöglich. Dazu müsste sie aufstehen.

»Ja, tatsächlich«, sagt Felix und füllt ihr Glas. »Aber ich mag den Mann nicht. Er ist ein Schürzenjäger der schlimmsten Art.«

»Was ist die schlimmste Art?«, will Maria neugierig wissen.

»Er kennt keine Demut. Das ist unangenehm.«

Bevor sie ihre Unterhaltung fortsetzen können, wird ihr Tisch auf einmal von einer Gruppe von Leuten umlagert. Alle begrüßen Felix überschwänglich, als hätten sie ihn seit Jahren nicht gesehen. Und vielleicht haben sie das ja auch nicht. Laut Jacqueline ist er in den zwei Jahren, die er in London lebt, allerdings häufig in Paris gewesen. Maria windet sich auf ihrem

Stuhl. Es ist ihr unangenehm, dass die anderen sie ignorieren und dass Felix sie auch nicht vorstellt.

Schließlich wendet sich eine ungefähr dreißigjährige Frau mit einem kupferroten Kurzhaarschnitt an sie. »Hallo«, sagt sie, »wer bist du?«

»Maria.«

»Nett, dich kennenzulernen. Ich bin Vivienne. Bist du Felix' neues Mädchen?«

Die Art, wie sie das sagt, beunruhigt Maria. Wie viele »neue Mädchen« hat Felix seinen Freunden denn schon vorgestellt? Doch langsam zeigt der Wein seine Wirkung, und Maria entspannt sich. Sie kann es kaum glauben. Da sitzt sie an dem schicksten und heißesten Ort in ganz Europa, mit einem so klugen, erotischen und begabten Mann – einem Mann, der Jean-Paul Sartre kennt und noch dazu ein Filmemacher ist.

Überall am Tisch wird in atemberaubender Geschwindigkeit gesprochen. Marias Französisch ist zwar gut, aber nichtsdestotrotz hat sie Schwierigkeiten zu folgen. Sie versteht, dass die meisten der Leute am Tisch Filmemacher, Schriftsteller, Musiker, Künstler und Dramatiker sind. Ein Mann fasziniert Maria besonders. Er redet so gut wie gar nicht, sondern zeichnet mit einem Stift in ein winziges Notizbuch, das er wiederholt aus der Manteltasche zieht und wieder wegsteckt. Die meisten am Tisch unterhalten sich angeregt miteinander. Abgesehen von Vivienne spricht nur noch ein kleiner, dicker Mann mit Maria. Er trägt runde Brillengläser, heißt René und sagt, er sei Dichter. Nach ein paar Stunden in der Bar schlägt Vivienne vor, tanzen zu gehen.

»Das *Tabou* ist dicht, aber es gibt den *Club Saint-Germain*. Lasst uns dorthin gehen«, fordert sie die anderen auf. »Boris Vian spielt heute Abend Trompete.«

»Mir gefallen seine Texte besser«, bemerkt Felix.

Während er spricht, lässt er die Augen durch die Bar gleiten, als suche er jemand, dann landet sein Blick wieder bei Maria. Er starrt sie an, als sehe er sie zum ersten Mal. In seinem durchdringenden Blick liegt Verlangen. Er ängstigt sie ein wenig, erregt sie aber auch. Plötzlich spürt Maria die kleine goldene Kugel deutlicher als zuvor zwischen ihren weichen Falten. Sie bewegt sich auf ihrem Stuhl, und die Kugel dreht sich in ihr, berührt sie leicht und bereitet ihr Lust. Maria hält den Atem an. Wie soll sie die Nacht mit diesem Schmuckstück überstehen? Natürlich könnte sie einfach auf die Toilette gehen und es abnehmen, doch sie möchte ihren Geliebten nicht enttäuschen. Sie will ihm zeigen, dass sie so verwegen ist, wie er es sich wünscht. Und obwohl es ihr etwas unangenehm ist, ist es auch ein bisschen aufregend, es zu tragen, noch dazu ohne Unterwäsche. Sie sitzt zwischen diesen fremden Menschen, ohne dass einer von ihnen ahnt, was Felix und sie tun.

Erst als Maria aufsteht, merkt sie, dass sie ziemlich angetrunken ist. Sie blickt zu Felix. Ob sie ihn bitten kann, mit ihr ins Hotel zurückzugehen? Aber er ist in ein Gespräch mit René und einem anderen Mann vertieft.

Vivienne hakt sich bei ihr unter. »Tanzt du gern, Maria?«, fragt sie. Sie hat klare grüne Augen. Wie Seegras.

Maria will ihr gerade erzählen, dass sie Tänzerin ist, als sie etwas davon abhält. Darf sie das überhaupt noch sagen? Schließlich hat sie dem Tanz ein für allemal den Rücken zugekehrt. Es war einmal ihr Leben, aber sie hat nicht das Zeug zu einer großen Tänzerin. Sie hat versagt. Vielleicht muss sich eine Frau zwischen Liebe und Leben entscheiden. Wenn dem so ist, wählt Maria die Liebe.

»Nein«, antwortet sie Vivienne. »Ich tanze nicht.«

»Ach, aber du musst«, schwärmt Vivienne. »Es ist kein normales Tanzen. Das ist Jazz. Es ist ziemlich anregend und macht Spaß.«

»Nein, wirklich. Ich glaube, ich kann nicht.«

Maria überlegt, was die kleine goldene Kugel mit ihr anstellt, wenn sie tatsächlich anfinge zu tanzen. Sie ist sicher, dass sie völlig die Kontrolle verlieren würde.

Der *Club Saint-Germain* ist noch verrauchter, dunkler und voller als die Bar. Maria versucht, dicht bei Felix zu bleiben, aber das ist unmöglich. Sie will, dass er sie nach Hause bringt. Mit ihren hohen Absätzen über das Pariser Kopfsteinpflaster zu laufen, während die kleine goldene Kugel sich in ihr dreht, hat sie noch stärker erregt. Die Muskeln tief in ihrem Becken ziehen sich zusammen. Sie schafft es gerade noch, nicht zusammenzubrechen und laut zu schreien, hysterisch zu lachen und zu weinen. Kennt Felix keine Gnade? Er muss doch wissen, was dieses Ding mit ihr anstellt. Aber jedes Mal wenn sie seinen Blick auffängt und ihn flehend ansieht, lächelt er strahlend und wendet dann den Kopf ab, um sich weiter mit René zu unterhalten.

Marias Chance kommt, als die Gruppe geschlossen auf die Tanzfläche eilt. Sogar der dicke René tanzt hingebungsvoll zu den neuesten Klängen aus New York, die Vian und seine Musiker zum Besten geben.

Felix bleibt stehen, lehnt sich gegen die Wand, raucht eine Zigarette und beobachtet mit distanziertem Blick die tanzende Menge. Maria gleitet neben ihn und schmiegt sich an ihn. Felix legt den freien Arm um ihre Taille und zieht sie dichter an sich. Dann reicht er ihr die Zigarette, und sie nimmt einen Zug.

»Ich dachte, du würdest mit den anderen tanzen.«

»Ich kann nicht tanzen, Felix«, flüstert sie und reicht ihm die Zigarette zurück. »Und ganz sicher nicht mit diesem Ding in mir.«

Er dreht den Kopf und raunt ihr ins Ohr: »Bist du richtig scharf, Signorina Brzezinska?«

Er drückt die Zigarette aus, legt die Hand auf ihren Bauch und spreizt die Finger, sodass er mit der Spitze seines Mittelfingers das Samtband unter ihrem Kleid berührt.

Ihr Atem beschleunigt sich. Sie ist so erregt, dass sie einen Augenblick nicht sprechen kann. »Bitte«, flüstert sie, »können wir zurück ins Hotel gehen?«

»Noch nicht«, sagt er. »Ich muss erst noch jemanden treffen.«

»Wen?«, fragt sie ungeduldig.

»Tut mir leid, Liebling. Das kann ich dir nicht sagen.« Er dreht sie um und sieht sie an. »Deine Nippel zeichnen sich unter deinem Kleid ab«, bemerkt er und grinst frech.

Sie errötet so stark, dass ihre Wangen genauso rot sind wie ihr Kleid. »Oh, nein.«

»Keine Sorge. Hier ist es so dunkel, dass es niemand bemerkt. Außer mir. Ich sehe, wie erregt du bist, mein Liebling. Und dafür liebe ich dich.«

Seine Worte lindern ihre Verzweiflung. Sie schafft das. Sie kann es noch etwas länger aushalten. Sie darf sich nur möglichst nicht bewegen, damit die Kugel sich nicht ständig in ihr dreht und sie immer weiter in ihr eigenes Universum der Lust treibt.

Felix sieht sie an, als würde er sie zum ersten Mal sehen. Obwohl sie in Gesellschaft sind, beugt er sich vor und küsst sie auf die Lippen. Die Wirkung ist verheerend. Allein das Gefühl seines Mundes treibt ein heftiges Schaudern durch ihren Körper. Sie zuckt zurück.

»Was ist?«, fragt er.

»Du darfst mich nicht küssen«, flüstert sie.

»Oh, verstehe.« Sein Lächeln verstärkt sich. »Okay, Liebes. Lass mich nur die Person finden, die ich sprechen muss. Ich komme so schnell wie möglich zurück, dann gehen wir.« Felix nimmt den Arm von ihrer Taille und verschwindet in der wogenden Menge.

Etwas betreten bleibt Maria allein zurück. Sie fühlt sich gehemmt und bemerkt, dass die Männer sie ansehen. Zu ihrer Erleichterung kämpft Vivienne sich durch die Menge zu ihr.

»Ich liebe Jazz«, sagt Vivienne außer Atem. Ihre Wangen sind vom Tanzen gerötet. »Ist Vian nicht hinreißend?«

Maria nickt und nippt an ihrem Drink.

»Wie lange bist du schon mit Felix zusammen?«, erkundigt sich Vivienne.

»Seit zwei Wochen«, antwortet Maria. »Aber wir kannten uns schon in London. Bevor wir nach Paris gekommen sind.«

»Ich dachte, du wärst Italienerin?«

»Ja, aber ich habe in London gelebt. Dort bin ich Felix begegnet.« Sie will nicht weiter ausholen. Auf keinen Fall möchte sie Vivienne erzählen, dass sie Tänzerin war. »Bist du aus Paris?«, wechselt Maria das Thema.

Vivienne schüttelt den Kopf. »Nein, ich komme aus Lyon. Ich kenne Felix aus der Resistance.«

Diese Information verblüfft Maria. »Ihr ward *beide* während des Kriegs in der Resistance?«

Vivienne wirkt überrascht. »Hat Felix dir nichts von der Zeit in der Resistance erzählt?«

Es ist Maria peinlich, dass sie so wenig über ihren Geliebten weiß, aber ihre Neugier ist stärker als ihr Stolz. »Um ehrlich zu sein, hat er mir sehr wenig von sich erzählt.«

»Ach mein Gott! Dann kennst du die ganze Geschichte gar nicht?«, fragt Vivienne, und ihre grünen Augen funkeln.

»Nein«, flüstert Maria beschämt.

Vivienne fasst ihre Hand und sieht sie voller Wärme an. »Es tut mir leid«, sagt sie und scheint aufrichtig besorgt. »Ich bin davon ausgegangen, dass du alles über Felix weißt, aber vermutlich schreit er es nicht gerade von den Dächern.«

»Was?«

»Dein Freund ist einer der mutigsten Mitglieder der Resistance. Er ist ein Held, Schätzchen.«

»Ach.« Maria ist erleichtert. Dann hatte sich Guido also wirklich getäuscht. Felix war kein Kollaborateur. Er war vielmehr das Gegenteil – genau wie sie immer angenommen hatte.

»Aber«, fährt Vivienne fort, »dafür hat er einen hohen Preis bezahlt.«

»Wie meinst du das?«

»Nun, ich kenne nicht alle Einzelheiten, aber seine Frau …«

»Er ist verheiratet?«, unterbricht Maria panisch.

»*War* verheiratet«, korrigiert Vivienne und befeuchtet etwas nervös ihre Lippen. »Vielleicht sollte ich dir das alles nicht erzählen. Du solltest ihn selbst fragen. Es ist wirklich furchtbar.«

»Bitte, erzähl. Ich verrate auch nicht, dass du es mir gesagt hast«, bittet Maria drängend. Sie ist sicher, dass sie Felix nicht dazu bringen wird, mit ihr darüber zu sprechen.

Vivienne schüttelt den Kopf. »Nein, das ist nicht recht. Wenn er so weit ist, wird er dir erzählen, was passiert ist. Es ist nur … Nun, du siehst ihr sehr ähnlich.«

Maria wird schwer ums Herz. Ist sie nur eine Illusion für diesen Mann? Was, wenn er nur sagt, dass er sie liebt, weil er in ihr seine Frau sieht? Und wo ist seine Frau? Vivienne hat von ihr in der Vergangenheitsform gesprochen. Ist sie tot? Sind die Umstände ihres Todes sein dunkles Geheimnis?

»Es tut mir leid. Du wirkst beunruhigt«, sagt Vivienne. »Weißt du, ich habe ihn noch nie so glücklich gesehen. Offensichtlich vollbringst du Wunder bei meinem alten Freund. Seine Frau ist lange gegangen und wird nicht mehr zurückkehren. So viel steht fest.« Vivienne drückt beruhigend Marias Hand.

Die Frau ist also nicht tot, sondern weggegangen? Wohin?

»Er ist jetzt mit *dir* zusammen. Konzentriere dich darauf«, spricht Vivienne weiter.

Maria tritt von einem Bein aufs andere, woraufhin sich die Kugel in ihr dreht und eine heftige Lustwelle durch ihren Körper treibt. »Ja«, sagt sie heiser.

»Also – hör auf, dir Sorgen zu machen. Du bist sehr hübsch. Ich würde sogar sagen, deutlich attraktiver, als sie es je war …« Bevor Vivienne ihren Satz beenden kann, taucht Felix plötzlich wieder auf. »Ich tanze noch ein bisschen. Kommst du mit?«, fragt Vivienne Maria.

»Nein, sie kann nicht«, mischt sich Felix ein. »Wir gehen.«

Fast bricht Maria vor Erleichterung zusammen. Endlich kehren sie ins Hotel zurück; endlich kann sie sich gehen lassen.

»Hast du gefunden, wen du gesucht hast?«, fragt Maria Felix, während sie durch die Menge zum Ausgang drängen.

»Ja. Danke für deine Geduld, Liebes.« Er drückt ihre Hand. »Ich mache es wieder gut.«

Doch als sie Hand in Hand den Club verlassen, spürt sie seine Anspannung. Seine heitere Stimmung ist getrübt. Mit wem musste er sich treffen? Sie denkt an seine Frau. Vivienne hatte gesagt, sie sei bereits lange fort. Aber wohin? Ist sie tot?

Als sie sich dem Ausgang nähern, bemerkt Maria einen großen weißhaarigen Mann, der in der Nähe der Tür lehnt. Er hat die Hände in die Taschen gesteckt und folgt ihr mit dem Blick, während sie den Club mit Felix verlässt. Sie weiß instinktiv, dass er derjenige ist, mit dem sich ihr Geliebter getroffen hat.

»Wer war dieser Mann?«, fragt sie Felix, sobald sie auf der Straße stehen.

»Welcher Mann?«

»Der an der Tür. Der mit den weißen Haaren.«

»Du hast ihn gesehen? Olivier?« Mehr sagt er nicht, und aus irgendeinem Grund spürt Maria, dass sie nicht weiterfragen sollte.

Sie beschleunigen ihre Schritte. Maria spürt Felix' feste Hüfte an ihrer Taille, seine Brust an ihren Brüsten. Hastig zieht er sie die Straße hinunter. Hat er vergessen, dass sie die Kugel trägt? Felix muss doch wissen, was das bei ihr auslöst! Maria merkt, wie sich die Kugel an ihrer empfindlichsten Stelle vor- und zurückdreht. Sie beißt die Zähne zusammen, um nicht laut aufzuschreien. Seine körperliche Nähe erregt sie noch stärker. Es ist ohnehin eine warme Nacht, doch Maria hat das Gefühl, in Flammen zu stehen. Der Schweiß dringt aus allen Poren. Die ganze Zeit, die sie nebeneinander herlaufen und Felix sie anstößt und berührt, wächst ihre Lust.

Plötzlich bleibt Maria abrupt auf der Straße stehen und schreit auf: »Felix!«

Endlich scheint er zur Besinnung zu kommen und sich an ihre Situation zu erinnern. »Es tut mir leid, Liebes.«

Keuchend stemmt sie die Hände in die Seiten und versucht, sich zu beruhigen.

»Komm, ich glaube, ich sollte dich nach Hause bringen. Ich kann dich nicht länger leiden lassen.« Plötzlich hebt er Maria hoch.

»Felix! Lass mich runter!« Sie kichert.

»Du bist leicht wie eine Feder«, sagt er und trägt sie durch die dunklen Straßen. Wie ein sterbender Schwan in seinen Armen zu liegen verschafft ihr etwas Erleichterung. Aber die Kugel hat ihre Aufgabe erfüllt: Maria bebt vor Erregung.

Als sie die Hotelhalle betreten, ist Madame Paget nirgends zu sehen. Felix setzt Maria vor dem Lift ab und zieht die Tür des Fahrstuhlkäfigs auf.

»Weißt du, was ich hier drin gern mit dir machen würde?«, fragt er, während sie in ihr Stockwerk fahren.

Sie schüttelt den Kopf. Vor Lust sind ihre Augen stark geweitet.

»Ich würde dich gern an diese Stäbe binden. Direkt hier«, sagt er und streicht über die Metallstäbe hinter ihr. »Dann würde ich dich von hinten nehmen.« Er streicht mit dem Finger über ihre Unterlippe, und sie öffnet den Mund und saugt an ihm. Sie sehnt sich nach dem, was er beschreibt. Sie will, dass er sie im Aufzug nimmt. Es ist ihr egal, ob jemand sie sieht. Doch jetzt haben sie ihre Etage erreicht. Felix zieht die Tür auf, und sie folgt ihm über den Flur ins Hotelzimmer. Nur noch ein Schritt, beruhigt sie sich. Das Gefühl der Kugel treibt sie fast zum Höhepunkt.

Nun ist die Tür geschlossen, und ihr Geliebter blickt ihr voller Liebe und Verlangen in die Augen. Doch dahinter verbirgt sich etwas Dunkles – ein Geheimnis, das sie ergründen möchte. Sie schließt einen Augenblick die Augen. Wenn sie eine andere Frau wäre, würde sie die kleine goldene Kugel herausreißen und für immer aus dem schäbigen Hotelzimmer stürmen. Doch anscheinend liebt Maria genau wie ihre Mutter Belle das Risiko. Sie öffnet die Augen.

»Wie wunderschön du bist«, sagt Felix, während er langsam

Marias rotes Kleid aufknöpft. Sie presst die Beine zusammen und spürt, wie diese elende Kugel sie noch stärker erregt.

Ihr Kleid ergießt sich auf den Boden und bildet eine rote Welle auf den Holzbohlen. Nackt bis auf BH, Strümpfe und Samtband steht sie vor Felix.

Während Felix das Band löst und die Kugel aus ihren Falten befreit, lehnt Maria sich gegen ihn. Sie erzittert, schnappt kurz nach Luft und drängt sich noch stärker an ihn. Sie begehrt ihn so sehr.

Was geschieht hier in diesem kleinen Pariser Hotelzimmer? Träumt sie, oder passiert das wirklich? Maria weiß nur eins: Sie will Felix in sich spüren.

Als sie den Blick durch ihr Liebesnest gleiten lässt, entdeckt sie Felix' Filmkamera auf der Kommode. »Funktioniert die?«, flüstert sie.

»Was funktoniert?«

»Die Kamera.«

»Natürlich«, sagt er.

Sie drängt sich gegen ihn, stellt sich auf die Zehenspitzen und legt die Arme um seinen Hals. »Filmst du uns?«, fragt sie.

Er lehnt sich zurück und sieht ihr in die Augen. »Ist das dein Ernst?« Seine Miene drückt Ehrfurcht aus.

»Ja.« Sie möchte ihre Leidenschaft dokumentieren. Sie will, dass er es sieht. Er soll wissen, dass sie die Richtige für ihn ist. Nur sie.

»Bist du sicher?«, fragt er noch einmal. Dann lässt er sie los, nimmt die Kamera und dreht sie in den Händen.

»Ja.« Es klingt wie ein Zischen. Maria ist so erregt, dass Felix sie nicht noch einmal fragen muss.

»Wir brauchen mehr Licht, und ich muss das Stativ aufbauen und die Kamera einschalten.«

So werden sie zu Darstellern in ihrem eigenen Liebesfilm. Felix führt Maria zum Bett und zieht sie hinunter, sodass sie auf allen vieren auf der weichen Matratze kniet. Dann holt er einen schwarzen Seidenschal unter dem Kopfkissen hervor, den Maria noch nie zuvor gesehen hat. Felix verbindet ihr die Augen. Nun herrscht um sie herum vollkommene Dunkelheit. Maria nimmt nur Felix' Geruch wahr und hört das Surren der Kamera.

»Ich liebe dich, Maria«, flüstert er, und seine Worte ermutigen sie. Sie hat die goldene Kugel getragen, dafür wird er sie jetzt mit seiner Liebe belohnen. Die Vorstellung, dass die Kamera ihr Liebesspiel aufnimmt, erregt sie noch stärker.

Felix streicht mit dem Finger über ihr Rückgrat. Maria erzittert. Sie spürt, wie Schweißperlen zwischen ihren Brüsten herabfallen, und in ihrem Mund sammelt sich lustvoller Saft. Sie konzentriert sich auf seinen Finger, der über ihren Rücken zu ihrem Po und weiter nach unten gleitet. Felix liebkost sie und bringt sie zurück an den Punkt, an den sie kurz zuvor die goldene Kugel getrieben hatte. Er nimmt den Finger fort, und sie wartet darauf, ihn in sich zu fühlen. Doch einen Augenblick geschieht nichts. Sie schiebt ihr Gesäß nach oben und bietet sich ihm dar. Dann dringt er ganz plötzlich in sie ein. Er stößt so kräftig zu, dass Maria nach vorn geworfen wird und mit dem Kopf die Wand streift. Anschließend zieht er sich ganz langsam zurück, so langsam, dass er sie sanft mit der Spitze seines Glieds berührt und ihre empfindliche Haut reizt.

Dann ist er wieder in ihr und stößt fest und tief zu. Als er sich erneut aus ihr hinausgleiten lässt, spürt Maria, wie sich ihr Unterleib zusammenzieht, sie innerlich erbebt und etwas Unbekanntes Besitz von ihr ergreift. Vielleicht hat es damit zu tun, dass sie heute Abend zu viel Wein getrunken hat, oder vielleicht ist es die Nachwirkung der kleinen goldenen Kugel, oder vielleicht ist es sogar die Vorstellung, dass sie gefilmt werden. Jedenfalls spürt sie ihr unkontrolliertes, archaisches Ich – genau wie Pandora.

Was immer es ist, Maria verliert jeden Bezug zur Realität. Sie lässt Felix immer tiefer in sich eindringen, bis in ihren innersten Kern. Sie liebt ihn so sehr, dass sie keine Angst mehr hat – nicht um ihr Herz, nicht um ihren Körper. Ein Teil von ihr sehnt sich danach, ihn stärker an sich zu binden, als seine Frau es je getan hat; egal, ob sie tot oder lebendig ist. Als Felix in ihr kommt, kommt auch Maria zum Höhepunkt, windet sich in Ekstase, weint und lacht zugleich.

Stunden später, in der zarten Stunde vor Sonnenaufgang, gibt es nur Felix und sie. Die Kameralinse liegt unschuldig in ihrer Kiste. Maria erwacht von dem Gefühl seiner Lippen auf ihrer Haut. Sie öffnet die Augen und sieht den Umriss von Felix' Kopf an ihrem Bauch. Er liebkost sie mit seiner Zunge. Maria schließt die Augen. Ihr Körper ist so entzückt, dass er völlig losgelöst von ihrem Verstand an seinen Lippen dahinschmilzt. Sie öffnet sich ihm rückhaltlos und kommt noch einmal. Maria stellt sich vor, dass ihre Liebe auf Felix herabregnet und ihn heilt. Sie weiß, dass ihr Geliebter eine Last aus der Vergangenheit mit sich herumträgt, und nur sie kann ihn von ihr befreien.

Valentina

Valentina sitzt in einem voll besetzten U-Bahn-Abteil. Da fällt ihr auf, dass sie letzte Nacht den gleichen Traum hatte wie die Nacht davor. Sie saß nackt in einem U-Bahn-Zug, der, ohne anzuhalten, durch die Stationen raste. In der Scheibe sah sie ihr Spiegelbild, zu ihren Füßen lag der große leere Koffer. Doch diesmal stand kein Vampir-Glen hinter ihr und saugte das Leben aus ihr heraus. Stattdessen begegnete sie allen möglichen Gestalten: einem Rhinozeros, einer großen Bulldogge und sogar Dinosauriern. Sie weiß nicht, was das alles bedeuten soll.

Sind all diese Wesen Teile ihrer Psyche? Stehen sie für ihre animalische Seite oder ihre triebhafte Natur? Bringt ihr Freigeist eine diabolische Seite in ihr zum Vorschein? Sie denkt noch einmal an das Gespräch mit Leonardo von heute Morgen und an die Frage, ob sie schlechte Menschen seien. Er hatte gesagt, dass Moralvorstellungen sich nicht mit der Welt der Erotik vertrügen.

Valentina betrachtet die Menschen, die ihr gegenübersitzen. Alle vermeiden es sorgsam, sich anzusehen, lesen Zeitung oder ein Buch, hören über Kopfhörer Musik oder starren wie Valentina in die Luft. Sie sind alle zusammen und doch jeder ganz für sich. Was für ein Wunder, dass Thomas und sie sich in einer solchen Umgebung ineinander verliebt haben. Nie wird sie ihre magische Begegnung in der Mailänder U-Bahn vergessen. In dem Gedränge der Passagiere waren sich ihre Blicke begegnet. Sie waren durch den Mailänder Untergrund gefahren und hatten sich nur mit den Augen verständigt, sie hatten kein einziges Wort gewechselt. Dann hatten sie genau im selben Augenblick die U-Bahn verlassen, und Thomas hatte einfach ihre Hand ergriffen. Und Valentina hatte es zugelassen. Schweigend waren sie den Weg von der U-Bahn bis zu Valentinas Wohnung gelaufen, wo sie sich die ganze Nacht über leidenschaftlich geliebt hatten. Erst am nächsten Morgen hatten sie sich einander vorgestellt. Valentina hatte gedacht, es sei der beste One-Night-Stand ihres Lebens gewesen. Stattdessen war der Fremde aus der U-Bahn die Liebe ihres Lebens geworden.

Die Bahn fährt in die Station Finchley Road ein. Hier muss Valentina aussteigen. Sie steht auf und empfindet plötzlich einen starken Widerwillen. Warum tut sie sich das an? Muss sie ihren Vater wirklich jetzt treffen? Aber irgendwie treibt ihr Körper sie voran, und ihr ist klar, dass sie es bereuen wird, wenn sie das jetzt nicht durchzieht. Zuvor konnte sie sich damit herausreden, dass sie nicht wusste, wo er lebt. Nachdem sie es nun weiß, fühlt Valentina sich gezwungen zu handeln, auch wenn sie am Ende verletzt oder enttäuscht sein wird.

Draußen haben sich schwere dunkle Wolken vor den blauen Himmel geschoben. Valentina zittert und bereut, dass sie keinen Mantel mitgenommen hat. Als sie von der Finchley Road in die verwinkelten Straßen von Hampstead Village abbiegt, beginnt es kräftig zu regnen. Valentina fängt an zu laufen und hält sich schützend die Tasche über den Kopf. Sie erreicht die Straße, in der ihr Vater wohnt. Auf einmal fällt ihr ein, dass er sehr wahrscheinlich gar nicht zu Hause ist. Schließlich ist es mitten am Tag, die meisten Menschen sind bei der Arbeit. Genau wie vor zwei Tagen, als Glen ihren Plan durchkreuzt hat, steht Valentina nun wieder vor dem Haus. Sie blickt nach rechts und nach links. Erleichtert stellt sie fest, dass nirgends ein Zeichen des Möchtegern-Stalkers zu sehen ist. Ob Thomas ihn gestern Abend gewarnt hat? Vielleicht hat Glen ja auch aufgegeben? Insgeheim weiß Valentina, dass sie Glen nicht zum letzten Mal gesehen hat, doch sie verdrängt ihre Befürchtungen wegen des unangenehmen Kunstdiebs. Sie will jetzt nicht an ihn denken. Seit Monaten, seit Garelli ihren Vater erwähnt hat, hatte Valentina auf diesen Augenblick gehofft. Nun ist er da.

»Ihr Vater wäre stolz auf Sie, Valentina.« Das hatte der Polizist gesagt, und die Worte haben eine seltsam tröstliche Wirkung auf Valentina.

Obwohl der Regen sie bis auf die Unterwäsche durchnässt, geht sie nur langsam auf die Haustür zu. Zögernd betätigt sie die Klingel und hört, wie sie im Haus widerhallt. Einen Augenblick denkt Valentina, niemand wäre da. Gerade will sie durch das Tor zurück auf die Straße gehen, als plötzlich die Tür nach innen aufschwingt. Für einen Moment ist sie sprachlos. Am meisten verblüfft sie, dass er genauso aussieht wie ihr Bruder Mattia, nur mit grauen Haaren. Auch ihr Vater wirkt ebenso fassungslos wie sie. Sein Gesicht ist weiß wie die Wand, und sein Mund steht offen.

»Tina?«, krächzt er und wirkt schwach und verwirrt.

Valentina begreift, dass er sie für ihre Mutter hält. »Nein«, sagt sie, als sie endlich ihre Stimme wiederfindet. »Nein, ich bin Valentina.«

Er weiß, wer sie ist. Natürlich weiß er das. Er findet seine Fassung wieder, und die Farbe kehrt in sein Gesicht zurück. »Valentina! Natürlich! Nun, ich … Das ist aber eine Überraschung«, stottert er.

»Ja, das kann ich mir denken«, antwortet sie und weiß nicht, was sie als Nächstes sagen soll.

»Komm doch rein«, sagt er. »Du wirst ja ganz nass.«

Valentina betritt einen opulenten Vorraum, in dem es nach Sandelholz riecht. Auf dem Boden liegt ein roter Plüschteppich, und an den glänzenden weißen Wänden hängen unzählige Bilder unterschiedlicher Stilrichtungen – von frühen niederländischen Drucken bis hin zu modernen abstrakten Gemälden. Valentina denkt unwillkürlich, wie sehr Thomas diese Diele gefallen würde.

»Darf ich dir eine Tasse Tee anbieten?« Er ist nicht abweisend oder fragt sie, warum sie hier ist. Vielmehr wirkt er nach dem anfänglichen Schock jetzt recht entspannt. Das überrascht Valentina – und es ärgert sie. Konnte er nicht wenigstens anstandshalber peinlich berührt tun?

Sie folgt ihrem Vater in die geräumige Küche, in deren Mitte ein großer Holztisch steht. Auch hier hängen unzählige Bilder.

»Bitte«, sagt er, »nimm doch Platz. Ich setze eben Wasser auf.«

Schweigend sieht sie zu, wie er Wasser in einen Kessel füllt und ihn auf den Herd stellt. Er öffnet einen Schrank, nimmt eine Teekanne mit zartem Rosenmuster sowie zwei dazu passende Tassen mit Untertassen heraus, stellt das Geschirr auf den Tisch und füllt Milch in ein Kännchen. Dann geht er zu einem anderen Schrank, holt eine Kuchendose hervor und öffnet sie. Seine sorgsame Art fasziniert Valentina. Er ist ganz anders als ihre Mutter.

»Möchtest du ein Stück Karottenkuchen?«, fragt er. »Ich habe ihn selbst gemacht.«

Valentina schüttelt den Kopf und ist überrascht, dass der Exmann ihrer Mutter weiß, wie man einen Kuchen backt. »Nein danke, Tee ist wunderbar.«

»Bist du sicher?« Er sieht sie besorgt an. »Du musst hungrig sein, es ist Mittagszeit.«

»Nein, ich möchte wirklich nichts.«

Etwas betrübt schließt er die Kuchendose und stellt sie zurück in den Schrank.

Ihr Vater bringt die Kanne mit dem fertigen Tee zum Tisch und füllt ihre Tassen, dann nimmt er gegenüber von Valentina Platz und wartet, dass sie etwas sagt. Sie weiß nicht, wie sie anfangen soll. Es kommt ihr alles so surreal vor. Nach all diesen Jahren sitzt sie hier und trinkt mit ihrem Vater Tee. Mit *ihrem Vater*. Mit dem Mann, der die eine Hälfte von ihr ausmacht. Dennoch könnte er genauso gut ein Fremder sein.

»Nun«, fragt ihr Vater schließlich, »wie geht es dir?«

»Gut, danke«, erwidert sie steif.

»Und wie geht es deinem Bruder?«, erkundigt er sich. »Ich hoffe, mit ihm, Debbie und den Kindern ist alles in Ordnung.«

Überrascht reißt Valentina die Augen auf. Woher weiß er alles über Mattias Familie? Hat ihre Mutter es ihm erzählt?

»Und Tina?«, fragt er angespannt weiter. Als er den Namen ihrer Mutter ausspricht, bemerkt Valentina in seinem Augenwinkel ein leichtes Zucken.

»Es geht allen gut«, antwortet sie. »Sie sind in Amerika.«

»Ja, ich weiß. Und du lebst jetzt in Mailand?«

»Ich bin nie von dort weggegangen. *Ich* bin immer *geblieben*.« Sie betont das letzte Wort, sie kann nicht anders.

Er nickt. »Ich bin in all den Jahren nicht mehr in Mailand gewesen«, sagt er versonnen. »Mein Lebensmittelpunkt ist jetzt in London.«

Valentina kann nicht fassen, dass er so taktlos ist.

»Nun, was führt dich nach London?«, fragt er schließlich.

»Ich nehme an einer Fotoausstellung in der Lexington Gallery teil und bin zur Eröffnung hier gewesen.« Dass es sich dabei um erotische Fotografien handelt, verschweigt sie. Irgendwie möchte sie das ihrem wiedergefundenen Vater nicht sagen.

»Das ist ja fantastisch. Deine Mutter muss sehr stolz auf dich sein.«

»Sie weiß nichts davon. Ich habe es ihr nicht erzählt.«

»Ach?« Ihr Vater scheint verwirrt. »Warum nicht?«

»Unser Verhältnis ist nicht sehr gut.«

»Das tut mir leid.« Er lächelt sie freundlich an, so wie man vielleicht einen entfernten Bekannten anlächelt, aber nicht sein eigen Fleisch und Blut.

Plötzlich wird Valentina zornig. Wie kommt ihr Vater dazu, kalt wie ein Fisch vor ihr zu sitzen und so zu tun, als sei alles in Ordnung? Er soll sich genauso unwohl fühlen wie sie, genauso verlegen und verletzt. »Warum hast du uns alle verlassen?«, stößt sie aggressiv hervor.

Nun ist es raus. Endlich fragt sie ihn, warum er sie abgewiesen hat.

Während sie auf seine Antwort wartet, kann sie ihm nicht in die Augen sehen. Sie starrt auf den Küchentisch und zählt die Windungen in der Maserung.

Ihr Vater schweigt. »Das tut mir leid, aber die Dinge waren ziemlich kompliziert. Ich hatte dich sehr lieb, Valentina. Du warst so ein liebenswertes kleines Ding.«

»Entschuldige«, zischt sie und starrt ihn voller Abscheu an. »Wie kannst du von deiner Tochter wie von einem kleinen Hündchen oder einer Puppe sprechen, die man einfach so entsorgt?«

Ihr Vater erblasst und wirkt ehrlich schockiert und sprachlos. »Wie konntest du Mattia und mich einfach verlassen?«, tobt sie weiter. »Wie konntest du zulassen, dass sie dich von deinen eigenen Kindern wegtreibt?«

Valentina steigert sich in ihre Empörung hinein, da legt ihr Vater ihr beruhigend eine Hand auf den Arm. Zu ihrer Überraschung wirkt seine kühle Hand tatsächlich beruhigend auf sie.

»Valentina«, sagt er mit vor Sorge heiserer Stimme. »Ich hatte keine Ahnung …«

»Was willst du damit sagen?«, fragt sie verwirrt.

»Dass du es nicht weißt.«

»Dass ich was nicht weiß?« Vor Panik klingt ihre Stimme schrill. Als sie in die sanften blauen Augen ihres Vaters blickt, ahnt sie auf einmal, was er sagen wird.

»Valentina«, erklärt Philip Rembrandt. »Ich bin nicht dein Vater.«

Maria

Sie verändert ihn. Bevor Maria in Felix' Leben getreten ist, drehte er surreale Märchenfilme, die von jungen Pariser Intellektuellen bewundert wurden. Jetzt ist Maria seine Muse. Seitdem ist das Düstere aus seinen Filmen verschwunden. Stattdessen hat Maria Felix dazu inspiriert, seine Märchen in erotische Abenteuer zu verwandeln – das sind ihre geheimen Filme. Sie sind nicht anrüchig, sie sind keine Pornografie, es ist die Kunst ihrer Liebe, die nur ihnen beiden vorbehalten ist.

In der neuen, befreiten Welt, in der Maria nun lebt, glaubt sie, dass sie nichts Unmoralisches tun. Alles bringt ihre bisherige Weltsicht ins Wanken. Sie sieht Theaterstücke, die keine Handlung erzählen, sondern Ideen vermitteln – Felix nennt das Anti-Theater –, und in denen Ungeheuerliches gesprochen wird. Sie hört Jazzmusik, die ihre Sinnlichkeit anspricht, und besucht Ausstellungen mit erotischen Zeichnungen, von denen eine so anrüchig war, dass die Polizei sie beschlagnahmt hat. Felix erklärt ihr, dass André Massons erotische Zeichnungen eine direkte Antwort auf seine traumatischen Erlebnisse im Ersten Weltkrieg sind.

»Ich begreife jetzt, dass es bei mir genauso ist, Liebes«, erklärt Felix. »Meine Filme sind eine Folge des Krieges. Sie sind ein Ausdruck meiner Liebe zum Leben. Das ist Erotik.«

Maria betrachtet Massons erotische Zeichnungen, die vielen sich windenden nackten Körper. Anscheinend sind es nur

Frauen. Sie haben volle Brüste und schwere Glieder und winden sich wie ein Funken sprühender Vulkan in gemeinsamer Ekstase himmelwärts. Maria denkt an die Filme, die Felix und sie machen, und es liegt ihr auf der Zunge zu fragen: *Was für traumatische Erlebnisse gab es in deinem Leben? Erzähl mir von deiner verschwundenen Frau.* Felix spricht nie von ihr, doch seit Maria von ihr weiß, ist sie stets bei ihnen im Hotelzimmer. Sie ist immer da, sie steht wie eine imaginäre Beobachterin hinter der laufenden Kamera. Doch Maria traut sich nicht, Felix zu fragen. Sie hat große Angst, dass er sie nicht mehr will, wenn sie ihn zu sehr bedrängt. Und dann wird Maria sterben, davon ist sie überzeugt.

Ihre Tage in Paris bekommen einen regelmäßigen Ablauf. Den Morgen haben Felix und Maria für sich. Sie bleiben lange im Bett, bis die Sommersonne hoch am Himmel steht und für stickige Hitze im Zimmer sorgt. Doch das stört Maria nicht, für sie sind es die schönsten Stunden des Tages. Dann gehört Felix ganz ihr. Dann läuft auch keine Kamera, was normalerweise nachts der Fall ist. Es wäre zwar sinnvoller, bei Tageslicht zu drehen, doch es fühlt sich nicht richtig an, so etwas am Morgen zu tun. Sie brauchen den Abend, sie brauchen den Wein und das Essen, um ihre Sinne anzuregen. Das nächtliche Flair von Paris bringt ihr Blut in Wallung, und sobald Felix die Kamera einschaltet, verlieren sie jegliche Hemmung und Scham. Maria vertraut Felix, dass er diese Filme nie jemandem zeigen wird. Sie stellt sich vor, dass sie irgendwann alt sein werden, die Kinder erwachsen, Enkelkinder … und dass sie dann die alten Filme wiederentdecken und gemeinsam ansehen. All die Jahre über sind sie zusammengeblieben und lieben sich noch immer. Ihre Liebe wird in Schwarzweiß vor ihnen ablaufen und ihre Augen werden sich mit Sehnsucht füllen.

An diesen Pariser Vormittagen in ihrem kleinen stickigen Hotelzimmer überlässt Maria Felix die Entscheidung, was sie tun. Manchmal hat er Lust, sie zu befriedigen, und manchmal will er mit ihr schlafen. Vernunft und Verstand spielen bei Maria keine Rolle mehr. Sie stellt sich vor, dass sie wie zwei kleine Vögel aus dem Fenster ihrer Mansarde geflogen sind und über Paris hinwegschweben. Es ist ihr egal, ob sie eines Tages zurückkehren.

Am frühen Nachmittag werden sie hungrig. Sie ziehen sich rasch an. Normalerweise besteht Felix darauf, dass sie ein neues Kleid anzieht, das er ihr gekauft hat. Maria fragt sich, woher das Geld stammt, beschließt jedoch, nicht weiter darüber nachzudenken. Sie gehen zum Mittagessen in ein Bistro im Viertel. Üblicherweise gesellen sich Theater- und Filmfreunde von Felix zu ihnen, und nachdem sie die erste Flasche Wein geleert haben, gestaltet sich die Unterhaltung zunehmend lebhafter. Dann entscheiden sie, was sie mit dem Rest des Tages anfangen. Sie besuchen eine Ausstellung oder kaufen sich neue Kleider. Felix verändert nicht nur ihre Garderobe, sondern auch seine eigene. Die Londoner Tweedanzüge sind verschwunden; er trägt jetzt maßgeschneiderte Anzüge und glänzende Schuhe. Außerdem hat er sich die Haare kürzer schneiden lassen, wodurch er jünger wirkt. Jeden Tag geht er zum Barbier. Nie mehr spürt Maria die rauen Stoppeln an ihrer Haut, seine Wangen sind jetzt babyweich.

Am frühen Abend sehen sie sich ein Theaterstück oder einen Film an – vielleicht einen Film Noir aus Amerika oder etwas Französisches. Maria liebt es, im dunklen Kino Zuflucht zu suchen und sich in einer Parallelwelt zu verlieren. Felix nimmt sie mit in *Die Schöne und das Biest*, den sein Freund Jean Cocteau inszeniert hat. Maria verliebt sich in den Märchenfilm. Ist das wie bei Felix und ihr? Ist Felix das Biest, dem sie lernen muss zu vertrauen? Wird ihre Liebe ihn retten und ihn in einen Prinzen zurückverwandeln? Für Maria ist er bereits ein Prinz, doch sie merkt, dass er anderen gegenüber weniger freundlich ist.

Maria denkt daran, was Jacqueline über ihren Landsmann gesagt hat, und sie beobachtet, wie Fremde und sogar einige seiner Freunde manchmal auf Felix' grobe Art und seinen scharfen Ton reagieren. Es ist Maria peinlich, und sie fragt sich, ob Felix bewusst ist, wie harsch und unhöflich er auf andere wirkt. Häufig erhält sie mitfühlende Blicke. Die einzige Person, die Felix seine rüde Art nicht zu verübeln scheint, ist Madame Paget aus dem Hotel. Maria vermutet, dass sie in Felix verliebt ist. Das würde auch ihre Feindseligkeit Maria gegenüber erklären.

Nach dem Theater oder dem Kino ist es an der Zeit, in die Bar zu gehen, um mit ein paar Freunden etwas zu trinken. Dann essen sie vielleicht noch etwas, und die Nacht kann beginnen. Sie gehen in einen Club und lauschen den neuen Stars der amerikanischen Jazzszene: kräftigen schwarzen Männern, die mit ihrer Musik Marias Leidenschaft wecken. Manchmal bleiben sie so lange aus, dass sie mit Kaffee und Croissants im *Le Tabou* den neuen Morgen begrüßen und erst anschließend schlafen gehen. Dann filmen sie nicht. Die meisten Nächte kehren sie jedoch in ihre kleine Höhle zurück, richten die Kamera ein und inszenieren eine neue Szene. Normalerweise filmen sie sich beide zusammen. Maria findet das sehr erotisch. Aber manchmal möchte Felix sie allein filmen. Dann sitzt Maria auf dem Bett und sieht ihn an. Sie blickt in die Linse der Kamera, als sehe sie in die Augen ihres Geliebten, und spricht zu ihm.

»Ich liebe dich«, sagt sie immer wieder. »Ich liebe dich«, während sie sich streichelt und sich langsam zum Höhepunkt treibt. Maria widersteht dem Drang, die Augen zu schließen, und starrt weiter in die Kamera. Sie stellt sich vor, dass Felix den Film noch einmal ansieht, wenn er allein ist, und ihm bewusst wird, wie sehr sie ihn liebt. Das Filmmaterial, auf dem sie vor ihrem Geliebten zum Höhepunkt kommt, zeigt, dass allein der Gedanke an seine Liebe reicht, um ihr Lust zu bereiten. Damit ist hoffentlich bewiesen, wie sehr sie Felix vertraut. Maria will ihre Gefühle für ihn nicht verbergen.

Felix und Maria sind süchtig nach dem Rausch ihrer Leidenschaft und fühlen sich von allem Verbotenen angezogen. Eines Nachts, nachdem sie in den Clubs unterwegs gewesen sind, bittet Maria Felix, sie in dem Käfiglift ihres kleinen Hotels zu vögeln. Dieses Mal verzichten sie auf die Kamera, denn sie müssen heimlich handeln. Madame Paget scheint sich zwar für den Rest des Abends zurückgezogen zu haben, ist jedoch ein Nachtmensch. Wie würde sie wohl reagieren, wenn sie sähe, wie sie sich im Lift liebten?

Maria drückt den Knopf, um den alten Käfigaufzug zu rufen. Sie hören, wie er scheppernd nach unten fährt. Marias Herzschlag beschleunigt sich, und sie blickt zu Felix. Er lächelt ihr verschwörerisch zu. Der Aufzug hält mit einem Ruck. Felix zieht die Käfigtüren auf, schiebt Maria hinein und holt den schwarzen Seidenschal aus der Tasche.

»Willst du, dass ich dir die Augen verbinde?« Seine Stimme klingt kühler, als habe er sich in eine andere Person verwandelt.

»Ja«, flüstert sie.

Sie dreht sich zur Rückseite des Lifts und betrachtet die Eisenstäbe und das metallene Netzwerk. Sie befindet sich buchstäblich in einem Käfig. Natürlich kann sie das Spiel jederzeit unterbrechen, aber das Gefühl, gefangen zu sein, erregt sie. Das überrascht sie, denn eigentlich mag sie keine engen Räume.

Vielleicht hat es damit zu tun, dass sie sich bei Felix so sicher fühlt. Er ist mit ihr im Käfig, sie ist nicht allein gefangen. Felix legt den Schal über ihre Augen. Jetzt ist alles schwarz. Er bindet ihn auf ihrem Hinterkopf fest, haucht einen Kuss auf ihren Nacken und treibt damit einen Schauder ihr Rückgrat hinunter.

Dann dreht er sie um, legt seine Wange an ihre, schiebt eine Hand zwischen ihre Beine und berührt sie zärtlich mit der Fingerspitze. »Vertraust du mir?«

»Ja«, antwortet sie voller Überzeugung.

Er nimmt ihre Zustimmung mit den Lippen auf und küsst sie leidenschaftlich. Dann unterbricht er den Kuss, und Maria spürt, wie er sich von ihr entfernt. Sie hört, wie die Tür zugezogen wird und der Riegel einrastet, dann schwebt der Aufzug knarrend nach oben.

Felix tritt wieder zu Maria und küsst sie erneut, wobei er eine Hand auf ihre Taille legt und mit der anderen ganz langsam den Saum ihres Kleids hebt. Nun schiebt er beide Hände unter ihr Kleid. Heute Abend trägt Maria keine Unterwäsche. Das tut sie häufiger, wenn sie tanzen gehen, um Felix zu erregen, wenn er ihre Nacktheit unter dem Kleid spürt. Felix drückt seine Finger gegen sie, öffnet ihre Schamlippen und massiert sie. Maria bekommt weiche Knie. Sie hat das Gefühl, sich in ein anderes Ich zu verwandeln und in ihren dunklen, lustvollen Teil vorzudringen, in dem Vernunft und Logik keine Bedeutung haben. Die Gesellschaft würde sie beide als moralisch verkommen bezeichnen, weil sie Sex in der Öffentlichkeit haben. Doch sich mit Felix in einem Aufzug zu lieben fühlt sich nicht falsch an. Er ist der Geber, Maria die Empfängerin, und beide Rollen sind heilig.

Der Aufzug hält. Maria merkt, wie Felix sich vorbeugt und erneut einen der Knöpfe betätigt, dann bewegt sich der Aufzug wieder nach unten. Was, wenn jemand an der Hotelrezeption auf den Aufzug wartet? Was, wenn man sie entdeckt? Der Gedanke erregt Maria nur noch mehr. Felix drängt sie an die Seite des Lifts, sodass sich die festen Stäbe in ihren Rücken pressen. Sie hebt die Arme und umfasst die Stäbe rechts und links von sich, während Felix ihre Beine hebt und Maria sie um seine Taille schlingt. Ihre Nippel werden fest, während sie unten weich und offen ist. Jetzt ist Felix in ihr und presst sie gegen die Wand des Aufzugs. Während dieser still nach unten gleitet, stößt Felix in sie hinein. Maria weiß, dass sie es jederzeit unterbrechen kann. Sie kann die Augenbinde abnehmen und den Aufzug anhalten, wann immer sie will. Doch sie will nicht, dass die Reise in dem Lift der Verführung jemals aufhört. Mit einem Ruck erreichen sie das Erdgeschoss, und Felix hält inne. Atemlos erwartet Maria, Stimmen zu hören, doch es ist alles ruhig. Als Nächstes hört sie, wie der Lift wieder nach oben fährt, und auch Felix und sie streben dem Höhepunkt entgegen. Felix dringt erneut tief in sie ein. Sie haben es nun eilig, Befriedigung zu erlangen, bevor der Aufzug erneut auf ihrer Etage hält.

Maria bewegt sich im gleichen Rhythmus mit Felix. Sie ist zu ihrem archaischen Kern vorgedrungen, sie ist ein rasendes Weib, nicht mehr bei Sinnen. Schließlich nimmt Maria die Augenbinde ab, sie will ihren Geliebten sehen. Der Ausdruck in seinen Augen entflammt sie. Als sie gemeinsam zum Höhepunkt kommen und auf den Boden des Aufzugs sinken, spürt sie seine Liebe. Mit einem erneuten Ruck kommt der Lift zum Halten und treibt ein Vibrieren durch ihre Körper.

Sie fallen ins Bett und finden den erschöpften Schlaf der Befriedigten. Am Morgen danach ist Marias Herz mit neuer Hoffnung erfüllt. Sie erwacht vor Felix und betrachtet sein sorgloses Gesicht. Sie betet darum, dass ihre Liebe für immer hält, doch tief im Innern weiß sie, dass jede Liebe vergänglich ist. Eines Tages wird ihre kleine Welt aus dem Takt geraten. Sie betet, dass sie weitermachen können, auch wenn der Rhythmus sich ändert, auch wenn die Realität schließlich Einzug hält. Maria hat weder Felix' Frau noch den weißhaarigen Mann vergessen, aber vorerst gehört er ihr.

Heute Morgen weckt sie ihn mit ihren Lippen. Sie hört das leise Keuchen ihres Geliebten, während sie ihn mit der Zunge reizt, sich nach unten beugt, seine Hoden leckt und die Zunge hinauf zu seinem Glied gleiten lässt. Sie streicht an seinem Schaft entlang nach oben und lässt die Zunge über den Schlitz an seiner Spitze gleiten. Dann öffnet sie weit ihren Mund und nimmt ihn tief in sich auf. Sie liebt ihn so sehr, sie will ihm alles geben.

In jener Nacht beginnen sie ein neues Spiel. Vielmehr ist Maria diejenige, die damit anfängt. Kaum zu glauben, dass sie noch vor einem Monat ein unschuldiges, unberührtes Wesen war. Jetzt hat Felix sie erweckt. Maria glaubt, dass sie als Liebhaberin besser ist, als sie es je als Tänzerin war.

Sie sind in einem ihrer Lieblingsclubs, umgeben von einer neuen Clique, unter der sich viele junge Amerikaner befinden – ehemalige GIs, die in Paris studieren, oder Angestellte der neuen OEEC, die der Marshallplan hergeführt hat. Diese jungen Amerikaner hatten immer genug zu essen gehabt, sie sind größer und breiter als die Franzosen. Maria ist Felix ergeben, er ist der Mann ihres Herzens. Dennoch gleitet ihr Blick unwillkürlich über die Körper dieser dynamischen jungen Männer. Wie fühlt es sich wohl an, einen von ihnen in sich zu spüren? Maria ist schockiert, dass sie so etwas denkt, und Felix ertappt sie dabei.

»Ich sehe, wie du sie beobachtest«, sagt er. »Würdest du gern einen unserer neuen Bekannten zu uns einladen, Liebes?« Er grinst sie schief an.

»Nein, überhaupt nicht«, sagt sie, errötet und senkt den Blick.

Felix legt eine Hand auf ihre Taille und neigt sich zu ihrem Ohr. »Die Vorstellung gefällt mir«, flüstert er. »Du und ich und noch jemand ... Dir auch?«

»Keine Frau«, sagt sie sofort. Sie könnte ihre Liebe nicht mit einer anderen Frau teilen, aber vielleicht mit einem anderen Mann. Nein, was denkt sie da?! Sie hat zu viel getrunken. Doch der Gedanke scheint sich in Felix' Kopf festzusetzen. Er beginnt, sich mit einem James-Stewart-Double zu ihrer Rechten zu unterhalten. Panik ergreift sie. Sie hat es nicht so gemeint. Sie will nur mit Felix schlafen. Maria gelingt es, Felix von dem Amerikaner fort auf die Tanzfläche zu lotsen.

»Du siehst besorgt aus«, sagt er schelmisch grinsend.

»Worüber hast du mit dem Mann gesprochen?«, fragt sie.

»Er heißt Richard, und er ist ein sehr interessanter junger Mann. Er arbeitet in der Botschaft. Ich habe ihn auf ein paar Drinks in unser Hotel eingeladen.«

»Felix!«

»Liebes, dieses Spiel war deine Idee.«

»Aber jetzt will ich nicht mehr«, sagt sie den Tränen nahe.

Er küsst sie auf die Lippen – nicht aufreizend, sondern voller Zärtlichkeit. »Okay, Liebes«, sagt er. »Mach dir keine Sorgen. Ich ziehe meine Einladung zurück. Um ehrlich zu sein, weiß ich nicht, ob ich das überhaupt ertragen hätte.«

Später im Hotel filmt er sie wieder.

»Denk an mich«, lockt Felix sie. »Und denk an Richard.«

Ihre Fingerspitzen sind weich und feucht, und sie fühlen sich fast an wie Felix' Zunge. Maria kann sich vorstellen, dass es Morgen ist und er sie im Bett liebkost. Sie verstärkt den Druck und lässt ihre Finger kreisen. Reflexartig klappen ihre Beine auseinander, und sie bietet sich ganz dar. Sie hört, wie die Kamera anspringt. Maria streichelt sich weiter, kann nicht mehr denken und wird nur noch von ihrem Trieb beherrscht. Jetzt öffnet sie die Augen, sieht aber nicht nur Felix und die Kamera. Maria stellt sich vor, dass Richard, der Amerikaner, auf einem Stuhl sitzt und sie mit großen Augen ansieht. Sie befeuchtet ihre Lippen, um ihm zu zeigen, was sie mit ihm tun würde, wenn sie könnte, und streichelt sich weiter. Ihr Blick gleitet über Richards Gesicht. Sie stellt sich vor, wie die Bartstoppeln am Kinn des Amerikaners über ihre weiche Haut streichen, während er sie leckt. Ihr Blick wandert zu seiner Brust, wo sein Hemd den muskulösen Körper umschmeichelt, und weiter zu seinem Schoß. Sie sieht, dass er hart ist, sein Schwanz sehnt sich danach, von seiner Hose befreit zu werden. Maria seufzt, legt den Kopf zurück gegen das Bettgestell und schließt erneut die Augen. Sie ist über alle Maßen erregt, aber sie will nicht allein zum Höhepunkt kommen.

»Oh«, stöhnt sie und spreizt die Beine noch weiter.

Felix kann sich nicht länger beherrschen. Als er auf das Bett steigt, schaukelt die Matratze, dann ist er sofort über ihr. Maria öffnet die Augen und sieht ihn an. Ihr Geliebter ist zurückgekehrt. In ihrer stärksten Fantasie ist sie hier mit Felix und Richard. Maria und zwei Männer, die sie vergöttern. Sie fragt sich, ob sie diese Fantasie eines Tages leben werden. Felix öffnet seine Hose. Maria hört auf, sich zu streicheln, und greift nach seinem Glied. Sie lässt den Finger daran hinauf- und hinabgleiten und spürt einen Samentropfen an seiner Spitze. Sie führt den Finger zu ihrem Mund und leckt ihn ab. Bei dem salzigsüßen Geschmack zieht sich ihr Unterleib lustvoll zusammen. Maria fasst erneut nach seiner Rute. Bei der Vorstellung, dass er tief in sie eindringt, pulsiert die Lust in ihr. Felix drückt ihre Schultern nach unten, während sie noch immer seinen Schaft in beiden Händen hält und ihn in sich hineinführt.

Sie achtet nicht mehr auf das Geräusch der Kamera. Sie ist jetzt ein Teil von Felix, die Gedanken an den anderen Mann sind vergessen. Sie schlingt die Beine um Felix' Taille, die Arme um seine Brust, dann bewegen sie sich wie eine Einheit. Ihre Körper verstehen sich perfekt. Maria schließt erneut die Augen und verliert sich in ihrer Leidenschaft. Felix und sie bestehen nur noch aus Gefühl. Gemeinsam streben sie dem Höhepunkt entgegen und bewegen sich in zunehmend wildem Rhythmus. Maria kann sich nicht mehr zurückhalten, sie will, dass sein Samen in sie fließt. Sein Erguss löst ihre eigene Lustwelle aus. Sie schreit auf, zieht sich um seinen Schaft zusammen und nimmt seinen Saft in sich auf. Sie stellt sich vor, dass sein Samen sie von innen vergoldet, während er wie köstlicher Sirup ihre Schenkel hinunterrinnt. Diese Einheit, dieser winzige Moment, wenn Ei und Samen sich berühren – danach hat sie in all den Wochen mit Felix gesucht. Doch sie wird für den Rest ihres Lebens weiter danach suchen. Denn Maria weiß nicht, dass dies das letzte Mal ist, dass sie eins mit ihrem Geliebten ist, dass dies ihre letzte kostbare Tausendstelsekunde der Leidenschaft ist.

Valentina

Valentina kocht vor Wut, während sie die Finchley Road in Richtung U-Bahn hinunterläuft. Es sind Stunden vergangen, dennoch kann sie sich noch immer nicht beruhigen. Sie ist nicht gerade in der besten Verfassung, um zu Anitas Party zu gehen. Valentina ist so außer sich, dass sie nicht weiß, wie sie sich benehmen wird. Sie hat allerdings auch keine Lust, zu Hause zu bleiben, vor allem nicht mit Tante Isabella, die sie an ihre Mutter erinnert und somit daran, dass sie Valentina ihr ganzes Leben lang etwas vorgemacht hat. Antonella hat Valentina vor einer Stunde eine SMS geschickt, dass sie mit Mikhail zu einer Fetisch-Club-Nacht von Torture Gardens gehen würde, und sie gefragt, ob Valentina sie begleiten wolle. Valentina hatte abgelehnt. Sie muss Thomas zurückgewinnen. Diese Chance lässt sie sich nicht entgehen, auch nach der heutigen Entdeckung nicht und auch nicht, wenn sie deshalb wütend und aufgebracht ist. Wie schaffte ihre Mutter es, sogar über Hunderte von Meilen hinweg ihr Liebesleben zu sabotieren?

Valentina hat den ganzen Nachmittag mit Philip Rembrandt verbracht. Er hat sie mit Tee und Kuchen versorgt, und während er versucht hat, ihr zu erklären, wer sie ist, haben sie tatsächlich einen ganzen Möhrenkuchen verschlungen.

»Ich habe mein ganzes Leben lang gedacht, du wärst mein Vater«, hatte Valentina gesagt, während er sie aus seinen klaren blauen Augen ansah. »Ich war so wütend auf dich, weil du uns verlassen hast. Und auf meine Mutter, weil sie dich hat gehen lassen.«

»So ist es nicht gewesen, Valentina«, hatte Phil entgegnet. »Es war kompliziert.« Er schnitt ein weiteres Stück Kuchen ab und ließ es auf Valentinas Teller gleiten. »Ich wollte Tina nicht verlassen, aber ich habe als Journalist an einem ziemlich heißen Mafiafall gearbeitet. Ich hatte einige Morddrohungen erhalten und wollte meine Familie nicht gefährden. Deshalb bin ich ursprünglich gegangen.«

»Aber warum bist du nicht zurückgekommen, als alles wieder sicher war?« Valentina biss in den süßen saftigen Kuchen.

»Deine Mutter wollte das nicht. Nachdem Mattia in die Staaten gegangen war, wollte sie mit dir nach Berlin ziehen.«

»Wenn ich nicht deine Tochter bin, ist Mattia dann trotzdem dein Sohn?«, fragte Valentina weiter.

»Ja, das ist er«, bestätigte Phil und wirkte beschämt.

Dass ihr Bruder und sie nicht dieselben Eltern hatten, verletzte Valentina noch mehr.

»Hast du mit ihm im Laufe der Jahre Kontakt gehabt?« Valentina erinnerte sich an Phils Bemerkung über Mattias Frau und seine Kinder. Es hatte geklungen, als würde er sie kennen.

»Ja«, nickte Phil und wirkte verlegen. »Ich besuche sie einbis zweimal im Jahr.«

Valentina war verletzt. Man hatte sie betrogen, nicht nur ihre Mutter, sondern auch ihr Bruder. Von Tina hatte sie so etwas erwartet, aber nicht von Mattia. Valentina hatte gedacht, dass sie ihm wirklich etwas bedeutete.

»Bitte, mach Mattia deshalb keine Vorwürfe«, sagte Phil. »Ich bin sicher, dass er es dir erzählen wollte. Offenbar hat deine Mutter aber darauf bestanden, dass du es nicht erfährst.«

»Warum zum Teufel nicht?«

»Ich verstehe nicht ganz, warum. Es war eine ziemlich verfahrene Situation. Wie gesagt, ich bin davon ausgegangen, dass du es weißt, Valentina.«

Einen Augenblick herrschte betretenes Schweigen.

»Wie verfahren kann die Situation gewesen sein, dass du mich einfach verlassen und nie wieder Kontakt zu mir aufgenommen hast? Okay, ich war nicht deine leibliche Tochter, aber das wusste ich nicht. Wie konntest du das tun?«

Philip wirkte ehrlich aufgebracht. »Ich wollte dich schützen. Du hast mir schrecklich gefehlt, Valentina«, antwortete er sanft.

Er stand auf und lief durch die Küche. »Ich dachte, es wäre das Beste für uns alle. Und da ich nicht dein leiblicher Vater war, hatte ich zudem keine Rechte. Deine Mutter und ich sind nie verheiratet gewesen.« Er drehte sich zu ihr um und rang die Hände, als wollte er Valentina jeden Augenblick um Verzeihung bitten. »Ich hatte dich so lieb, Valentina. Es war sehr hart wegzugehen, aber ich habe mich wirklich um dein Wohl gesorgt. Die Leute, die ich enttarnt habe, waren sehr, sehr gefährlich.«

»Warum? Wer waren sie?«

»Ich habe einen Artikel über einen Kopf der New Yorker Mafia geschrieben, Caruthers, und über seine Familie südlich von Neapel. Während meiner Recherchen bin ich auf entscheidende Hinweise gestoßen, die bewiesen, dass Mitglieder von Caruthers' Familie in drei sehr grausame Morde in der Gegend von Neapel verstrickt waren. Diese Information habe ich der Polizei gegeben.«

Valentina dachte an ihr Gespräch mit Garelli. Er hatte gesagt, dass Philip Rembrandt ihm das Leben gerettet habe.

»Leider wollte mein Kontaktmann bei der Mafia nur mit mir

sprechen. Schließlich konnte ich ihn dazu überreden, mit einem Freund von mir bei der Polizei zu reden. Er hieß Garelli.«

Valentina unterbrach ihn nicht. Sie konnte ihm später von der Verbindung zu dem Polizisten erzählen.

»Aber das war eine Falle. Es gab eine Schießerei. Ich wurde von einer Kugel erwischt und lag mehrere Wochen im Krankenhaus. Deine Mutter war wütend, als sie erfuhr, welcher Gefahr ich uns alle ausgesetzt hatte.«

»Wo hat es dich erwischt?«

Phil tippte auf seine linke Schulter. »Nur eine Fleischwunde, aber sie verschaffte Garelli die Gelegenheit, Verstärkung zu rufen.«

»Wie ist es ausgegangen?«

»Wir haben Caruthers geschnappt und eine ganze Reihe Drogengeschäfte aufgedeckt, uns dabei aber viele Feinde gemacht. Es war zu gefährlich, in Italien zu bleiben. Mattia war bereits in Amerika, also habe ich Tina vorgeschlagen, dass wir ihm entweder nach Amerika folgen oder zusammen nach London gehen, aber sie hatte andere Pläne.«

»Dann wolltest du, dass wir mit dir kommen?«, versicherte sich Valentina.

»Ja, aber deine Mutter bestand darauf, nach Berlin zu ziehen. Sie sagte, ich könne ja kommen, wenn ich wollte.«

»Aber wir sind nicht nach Berlin gegangen. Ich meine, ich erinnere mich vage, dass wir ungefähr eine Woche lang verreist waren, nachdem du uns verlassen hast. Das könnte Berlin gewesen sein, aber am Ende sind wir nach Mailand zurückgekehrt.« Valentina versuchte sich an die Zeit zurückzuerinnern. Als sie ungefähr sechs Jahre alt war, war sie mit ihrer Mutter in eine Stadt gereist. Könnte es Berlin gewesen sein? Tina hatte die Reise ihr gegenüber nie wieder erwähnt.

»Weil ich Mailand vor euch verlasen habe, habe ich nicht gewusst, dass ihr nicht endgültig umgezogen seid. Ich wusste jahrelang nicht, dass ihr noch da wart. Ich habe es erst erfahren, als Mattia wieder Kontakt zu mir aufgenommen hat. Und dann war es wirklich zu spät zurückzukehren. Du warst fast erwachsen, und ich wollte dich nicht durcheinanderbringen.«

»Das hattest du bereits!«, fauchte Valentina. Sie wandte den Blick ab, sie konnte Phils mitleidigen Gesichtsausdruck nicht ertragen. Valentina sah aus dem Küchenfenster. Die Küche befand sich im Souterrain, sodass sie die Füße der Passanten über sich sahen. Obwohl es noch immer regnete, trugen viele Fußgänger Sandalen und dünne Turnschuhe. Optimisten oder Idioten wie sie selbst?, überlegte Valentina und blickte auf ihre eigenen Schuhe – Sandalen von MaxMara, deren helles Wildleder jetzt vom Regen fleckig war.

»Es tut mir leid, Valentina. Du musst mir glauben, dass ich damals dachte, mir bliebe keine andere Wahl, als zu gehen. Außerdem dachte ich, du wüsstest, dass ich nicht dein richtiger Vater bin. Mattia hat mir nie etwas anderes erzählt.«

»Warum sind wir nicht alle zusammen nach Berlin gegangen?«, fragte sie ihn düster.

»Ich bin nicht gegangen, weil ich es nicht mehr ertragen konnte.«

»Was?« Valentina starrte ihn prüfend an. Erneut war sie überrascht, wie ähnlich Mattia und er sich sahen. Endlich saß ihr der Mann von den Fotos in Fleisch und Blut gegenüber.

»Ich konnte nicht mehr das Ideal erfüllen, das Tina von einem Partner hatte: ein Mann, der sie liebt und immer für sie da ist, egal mit wem sie sonst noch schläft.« Er seufzte und schnitt sich noch ein Stück Kuchen ab. »Ich dachte, ich könnte dieser Mann sein. Ich habe deine Mutter sehr geliebt, aber eines Tages konnte ich es einfach nicht mehr aushalten, Valentina.«

Seine Worte trafen sie. Valentina dachte unwillkürlich an Thomas und sich – an das, was Thomas letztes Jahr durchgemacht hatte, um ihr zu beweisen, dass er sie liebte, egal, was sie tat.

»Warum hast du mich nicht mitgenommen?«, fragte sie leise.

»Du warst nicht mein Kind. Außerdem hat Tina mir gesagt, sie würde dich mit nach Berlin nehmen, um dort mit deinem leiblichen Vater zu leben. Sie wollte, dass ich auch komme. Sie wollte, dass wir alle zusammenleben. Eine große glückliche Familie«, sagte er leicht säuerlich.

»Mein leiblicher Vater ist Deutscher?«, wollte Valentina wissen, und ihr Herz begann heftig zu schlagen.

»Nein. Er stammte aus Prag, aber er lebte in Berlin.«

Valentina hatte das Gefühl, in ihrem Stuhl zu schrumpfen. Sie blickte zu Phil Rembrandt und stellte fest, dass sie ihn zwar seit ihrem sechsten Lebensjahr nicht mehr gesehen, ihn jedoch nie vergessen hatte. Sie hätte ihn überall wiedererkannt. Die ersten sechs Jahre war er ein Teil ihres Lebens gewesen. Als Erwachsene begriff sie langsam, warum er gegangen war, als Kind war sie nicht sicher, ob sie ihm jemals vergeben könnte.

»Noch etwas Tee?«, fragte Phil und blickte sie besorgt mit dem Kessel in der Hand an.

Sie nickte.

»Es tut mir so leid, Valentina«, bekräftigte er noch einmal. »Ich hätte zurückkommen sollen, egal, was Tina sagte.« Er füllte frisches Wasser in die Teekanne und tauchte zwei neue Beutel hinein. »Aber ich bin froh, dass du mich gefunden hast. Es ist gut, dass es keine Geheimnisse mehr gibt.« Er lächelte ihr zaghaft zu, während er ihr Tee einschenkte und Milch anbot.

Sie hielt die Teetasse in ihren Händen und versuchte die neuen Informationen zu verarbeiten. »Wer ist mein leiblicher Vater?«, wollte sie schließlich wissen.

»Ich bin ihm nie begegnet, aber er war ein tschechischer Musiker, den Tina in Berlin getroffen hat. Ein Cellist. Sein Vorname war Karel, den Nachnamen kenne ich nicht.« Phil hielt inne und fuhr sich mit der Hand durch die grauen Haare. »Ich habe keine Ahnung, wo er jetzt ist. Du musst mit deiner Mutter sprechen.«

Die Worte von Phil Rembrandt gehen Valentina nicht aus dem Kopf: »Du musst mit deiner Mutter sprechen.« Aber wie soll sie dieses Gespräch am Telefon führen? Valentina ist sich sicher, dass ihre Mutter einfach auflegen wird. Valentina ist so wütend auf sie und Mattia. Und auf seltsame Weise schämt sie sich auch. Valentina ist ein Unfall – ein Fehler, den ihre Mutter nicht mehr rückgängig machen konnte. Vielleicht liebt ihre Mutter sie deshalb nicht so, wie sie Mattia liebt. Weil Valentina sie an eine missglückte Affäre erinnert. Denn das muss es gewesen sein, nachdem sie nie nach Berlin gezogen sind. Ihre Mutter hat Phil Rembrandt grundlos verloren. Trotz ihrer Empörung darüber, dass er sie verlassen hat, beginnt Valentina ihn zu mögen. Er ist alles, was ihre Mutter nicht ist: vernünftig, fürsorglich und ehrlich. Er hat sich den ganzen Nachmittag mit ihr unterhalten und sie mit Kuchen versorgt. Er hat sich, ohne zu zögern, spontan einen ganzen Tag Zeit für sie genommen. Ihre Mutter hätte wahrscheinlich nichts von alledem getan.

Während Valentina mit der District Line zu Anitas Party fährt, lässt ihre Wut langsam nach, und die Gedanken an ihre Familie verblassen. Wenn sie Thomas heute Abend zurückgewinnen will, darf sie sich nicht in etwas hineinsteigern. Valentina versucht jedes Wort zu analysieren, das Thomas seit ihrer Ankunft in London zu ihr gesagt hat, und herauszufinden, ob er wieder mit ihr zusammen sein will. Sie denkt an ihr Treffen im Café der Tate und wie sicher sie sich gewesen ist, dass er sie noch liebt. Aber Thomas weigert sich, Anita aufzugeben, obwohl er noch nicht einmal mit ihr geschlafen hat. Valentina muss Thomas von ihrer Liebe überzeugen. Sie muss rücksichtslos sein und darf nicht an Anitas Gefühle denken. Das ist heute Abend ihre Aufgabe. Wenn Thomas sie anschließend noch immer zurückweist, weiß Valentina zumindest, dass sie alles in ihrer Macht Stehende versucht hat. Obwohl es in dem U-Bahn-Abteil warm und stickig ist, zittert Valentina. Bei der Vorstellung, den Rest ihres Lebens ohne Thomas zu verbringen, fröstelt ihr.

Valentina läuft am South Bank entlang und passiert erst die London Bridge, dann die Tower Bridge. Sie folgt sorgfältig Anitas Wegbeschreibung und gelangt in ein am Fluss gelegenes Wohnviertel, dessen einzelne Häuser durch Gehwege miteinander verbunden sind. Sie überquert eine kleine Brücke, die über das Wasser führt, und betritt eine schmale Straße. Hier stehen alte Lagerhäuser, die man in hochmoderne Wohnungen umgebaut hat. Sie wird über eine Videoanlage hineingelassen. Im Aufzug auf dem Weg nach oben spielen ihre Nerven verrückt, und sie wünschte, Antonella wäre bei ihr – obwohl ihre Freundin etwas gegen Thomas hat. Noch besser wäre allerdings Leonardo. Es wäre gut, etwas Unterstützung zu haben. In ihrem Mary-Quant-Minirock, den sie von ihrer Mutter geerbt hat, und ihrer kleinen schwarzen Bikerjacke mag Valentina nach außen hin zwar ziemlich cool wirken, aber innerlich ist sie noch immer das alleingelassene Mädchen: unsicher und verzweifelt darauf aus, ihren Mann zurückzubekommen.

Anitas Wohnung ist ein Traum. Eine junge Frau in einem leuchtend blauen Paillettenkleid lässt Valentina herein. Sie hat streichholzkurze rote Haare und schwarz umrandete Katzenaugen.

»Hallo, ich bin Anitas Cousine Chloe«, stellt sich das Mädchen vor. Trotz des Stimmengewirrs und der lauten Musik ist ihr eleganter Akzent kristallklar zu hören.

»Valentina.«

»Ach, ich habe schon von dir gehört. Komm herein«, sagt Chloe und bietet ihr ein Glas Champagner an.

Valentina bemüht sich, ob der prachtvollen Einrichtung von Anitas Wohnung nicht zu große Augen zu machen. Es ist ein riesiges Apartment mit Blick auf die Themse. Vor der Silhouette von London drängen sich hier die Jungen und Schönen. Valentina sieht die Tower Bridge, die sich über den dunklen Fluss spannt. Auf der anderen Uferseite funkeln die Lichter und die Energie der Stadt. An den Wänden der Wohnung hängen teuer aussehende Kunstwerke. Interessanterweise sind die meisten von ihnen Akte. Valentina erinnert sich, dass Anitas Großvater mit erotischer Kunst und Literatur gehandelt hat. Offenbar hat Anita diese Arbeiten aus seiner Sammlung geerbt. Anita steht in einem rückenlosen dunkelroten Seidenkleid zwischen ihren Gästen. Die blonden Haare fallen heute Abend in üppigen Locken über ihren nackten Rücken. Thomas ist nirgends zu sehen, und Valentinas Magen verkrampft sich vor Aufregung. Da entdeckt Anita sie und schlängelt sich an ihren Freunden vorbei zu ihr.

»Ich bin so froh, dass du gekommen bist«, schwärmt sie und küsst Valentina auf beide Wangen. Sie duftet ebenso luxuriös, wie ihre Behausung wirkt.

»Deine Wohnung ist unglaublich«, sagt Valentina und tritt etwas zurück. Sie hat jetzt schon ein schlechtes Gewissen, weil sie dieser hübschen Frau den Freund ausspannen will.

»Ich bin sehr glücklich«, gibt Anita zu. »Aber natürlich habe ich die fantastische Kunst von meinem Großvater geerbt.«

»Es ist eine ziemlich beeindruckende Sammlung«, bemerkt Valentina.

»Ja, und ich freue mich sehr, dass du gekommen bist! Ich habe nämlich etwas entdeckt, das dich sicher interessieren wird.«

Valentina sieht Anita neugierig an.

»Erinnerst du dich an meine Installation mit der O.?«

»Natürlich«, sagt Valentina.

»Nun, ich glaube, dass die Schauspielerin in dem Film eine junge Italienerin namens Maria Brzezinska ist. Das wäre logisch, denn der Film stammt von Felix Leduc. Sie tritt auch in dem alten Tanzfilm von ihm auf, den Thomas dir gegeben hat.« Anita lächelt erfreut über ihre Entdeckung. »Ist das nicht unglaublich? Ihr Name taucht nicht in den Titeln auf, aber ich habe in einer Biografie über Felix Leduc darüber gelesen. Der Autor René Mauriac kannte Leduc und seine Freunde. Er erwähnt Maria namentlich und sagt, dass Leduc und sie ein Liebespaar waren. Die Filme waren ursprünglich ganz privat. Gott weiß, wie sie überlebt haben oder wie sie an die Öffentlichkeit gelangt sind. Ist das nicht schrecklich aufregend?«

Valentina hat das Gefühl, keine Luft mehr zu bekommen. Hat Anita ihr gerade gesagt, dass ihre Großmutter mütterlicherseits in den Vierzigerjahren ein Pornostar gewesen ist?

»Es muss sich um ein Missverständnis handeln«, widerspricht

sie und erinnert sich an die Geschichten über Maria, die gläubige Katholikin. »Meine Großmutter mag vielleicht Tänzerin gewesen sein, aber sie kann unmöglich in den Vierzigerjahren in Paris gewesen und in erotischen Filmen mitgespielt haben. Und was Leduc angeht, so klingt es sehr unwahrscheinlich, dass sie seine Geliebte gewesen sein soll.«

»Aber sie ist es, Valentina«, beharrt Anita. »Ich habe recherchiert. René Mauriac weist deutlich nach, dass sie die Lempert-Tanzschule verlassen hat und mit Felix Leduc im Juli 1948 nach Paris gekommen ist.«

Valentina runzelt die Stirn, sie kann es noch immer nicht ganz glauben. Wieder denkt sie daran, wie ihre Mutter ihre Großmutter beschrieben hat: nicht nur als religiös, sondern auch als schüchtern, ruhig und zurückhaltend. Und dennoch kam ihr das Gesicht, obwohl es etwas unscharf war, in der Installation gestern vertraut vor. War das tatsächlich möglich?

»Mauriac schreibt, dass Leduc Maria in London begegnet ist, wo sie Tanz studiert hat.«

»Thomas hat mir erzählt, dass sie Tänzerin gewesen ist. Ich habe das noch nie zuvor gehört.«

Anita sieht sie neugierig an. »Ach, ich hatte keine Ahnung, dass du nicht wusstest, dass sie Tänzerin war oder in Paris gelebt hat.«

»Meine Großmutter ist vor meiner Geburt gestorben. Ich habe sie nie kennengelernt.«

»Das tut mir leid«, sagt Anita. »Ich bin wirklich davon ausgegangen, dass du alles über sie wüsstest … abgesehen von diesen Filmen natürlich.«

Wenn Thomas und Anita recht hatten, war ihre Großmutter Tänzerin und Darstellerin in erotischen Filmen gewesen. Es war möglich, dass ihre Mutter ihr diese Information vorenthalten hatte. Schließlich hatte sie gerade erst herausgefunden, dass ihre Mutter sie ihr ganzes Leben lang über ihren Vater belogen hatte. Aber warum sollte Tina das tun? Valentina konnte sich vorstellen, dass sie stolz auf ihre freizügige Vorfahrin wäre.

»Was schreibt dieser René Mauriac noch in seinem Buch?«

»Er beschreibt, wie sehr Leduc Maria geliebt hat. Dann endet das Kapitel abrupt und geht erst nach einem Sprung von drei Jahren weiter. Ich weiß nicht, was am Ende mit Maria passiert ist oder warum es zwischen ihnen nicht geklappt hat. Leduc hat schließlich jemand anders geheiratet.«

Valentina kippt ihren Champagner hinunter. Warum hat sich ihre Großmutter Maria von einer freigeistigen Pariserin in eine konservative Mailänderin verwandelt? Das sind äußerst verstörende Informationen. Erst erfährt sie, dass ihr Vater nicht ihr Vater ist, und jetzt findet sie auch noch heraus, dass ihre Großmutter in Wahrheit kein unterwürfiges Hausmütterchen, sondern ein erotischer Filmstar war.

»He«, sagt Anita. »alles in Ordnung? Du wirkst etwas schockiert.«

»Nun, es ist ein Schock, so etwas herauszufinden.«

»Ja, indem wir die Geheimnisse unserer Vorfahren ergründen, erfahren wir, wer wir selbst sind, nicht?« Anita wirkt einen Augenblick sehr nachdenklich.

»Siehst du die erotischen Zeichnungen und Gemälde an den Wänden?«, fragt sie und deutet mit ausladender Geste auf das Wohnzimmer. »Sie haben alle meinem Großvater gehört. Er hat in den Fünfzigerjahren in London mit Kunst gehandelt. Die eine Hälfte seiner Sammlung hat er mir und die andere meiner Cousine Chloe vermacht. Dank meinem Großvater besitze ich eine Leidenschaft für die Kunst. Ihm verdanke ich es auch, dass ich keine finanziellen Sorgen habe und mich in

Ruhe meiner Kunst widmen kann. Hin und wieder verkaufe ich einfach ein Bild.«

Valentina empfindet einen Anflug von Neid. Wie würde ihr Leben aussehen, wenn sie das Tagesgeschäft aufgeben und sich ganz auf ihre Kunstfotografie konzentrieren könnte? Doch während sie das denkt, fällt ihr auf, dass sie gern ihr eigenes Geld verdient. Sie mag das Gefühl, dass sie sich ihren Besitz selbst erarbeitet hat.

»Willst du mein Lieblingsstück sehen?«, fragt Anita, nimmt, ohne die Antwort abzuwarten, Valentina bei der Hand und führt sie aus dem überfüllten Wohnzimmer einen langen Flur hinunter zum hinteren Teil der Wohnung. Sie betreten ein Zimmer, bei dem es sich offensichtlich um Anitas Schlafzimmer handelt ein Boudoir, das zu einer Burlesque-Tänzerin passt. Drei Wände sind mit Velourstapeten bezogen, und in der Mitte des Raums steht eine Chaiselongue aus Samt. Die vierte Wand gegenüber dem Bett ist weiß gestrichen. Dort hängt ein riesiges impressionistisches Gemälde, das zwei Frauen auf einem Bett darstellt. Die eine Frau liegt auf dem Rücken, hat einen Arm gehoben und die Hand auf die Stirn gelegt, während die andere Frau sich zu ihr hinüberbeugt und auf sie hinabblickt. Der Blick der ersten Frau ist nicht der anderen zugewandt, sondern irgendwo zwischen die beiden gerichtet. Sie liegen sehr dicht beieinander und sind nur leicht mit Unterröcken bekleidet. Das Gemälde ist voller Anspielungen. Wohin blickt die erste Frau? Und was macht die andere mit ihr?

»Was denkst du?«, fragt Anita, die direkt hinter ihr steht, sodass Valentina ihren Atem im Nacken spürt.

»Es ist wirklich wunderschön. Es erinnert mich ein bisschen an Toulouse-Lautrec.«

»Es *ist* von Toulouse-Lautrec!«

»Mein Gott! Es muss ein Vermögen wert sein.«

»Deshalb ist meine Wohnung ja auch bis an den Rand alarmgesichert. Es heißt *Hingabe*. Ich liebe die Andeutung.«

»Es ist unglaublich erotisch.« Valentina dreht sich um und sieht Anita neugierig an. Was spielt diese Frau mit ihr? Und wo ist Thomas?

Anita beugt sich vor und steckt Valentina eine Haarsträhne hinters Ohr. »Hast du schon einmal mit einer Frau geschlafen, Valentina?«, fragt sie und lächelt sie süß, fast etwas dümmlich an. Anstatt sie abzuwehren oder das Thema zu wechseln, stellt Valentina fest, dass sie sich von ihr angezogen fühlt. »Ja, das habe ich«, sagt sie.

Die zwei Frauen blicken einander an, und Valentina spürt, dass zwischen ihnen etwas passieren könnte. Aber eigentlich will sie Thomas. Sie denkt wieder an den Dreier, mit dem sie Thomas ihr Vertrauen beweisen könnte. Aber ist sie mutig genug dafür? Kann sie Thomas mit einer anderen Frau teilen?

Einen Moment herrscht angespannte Stille, dann zuckt Anita mit den Schultern. »Gehen wir zurück zur Party?«

Es ist mindestens eine Stunde vergangen, und noch immer ist Thomas nirgends zu sehen. Valentina will ihm keine SMS schicken, um zu fragen, wo er ist, und sie will sich auch nicht bei Anita erkundigen, die jetzt auf der anderen Seite des Raums von ihren schillernden Freunden umgeben ist.

Valentina sitzt auf einem riesigen Sofa in einer Gruppe von seltsamen Menschen aus der Kunstwelt. Sie blickt aus Anitas großen Französischen Fenstern auf die Themse und die Tower Bridge und lauscht der Musik. Es überrascht Valentina nicht, dass die Burlesque-Tänzerin altmodische Musik bevorzugt. Sie haben schon Billie Holiday, Frank Sinatra und Marlene Dietrich gehört, und jetzt erkennt Valentina eine modernere Huldigung der singenden Diva: das neue Album von Paloma Faith. Sie schmettert eines von Valentinas Lieblingsliedern. Jedes Wort, das Faith in ihrem Lied »Just Be« singt, scheint sich auf Valentina und Thomas zu beziehen: die Vorstellung, dass sie zusammen alt werden und, egal, was geschieht, für den Rest ihres Lebens miteinander verbunden sind. Ist das möglich? Ist dies nur eine kurze Störung in ihrer Liebesgeschichte? Während die kräftige Stimme Faiths Valentinas Laune hebt, erkennt sie einige Leute von der Ausstellungseröffnung wieder. Sie müsste hier nicht allein sitzen. Auf der anderen Seite des Raums steht Kirsti Shaw in einem schwarzen Overall und Pumps. Valentina könnte zu ihr gehen und sich mit ihr unterhalten. Doch sie hat keine Lust, sich zu bewegen. Sie wartet auf Thomas. Er soll sie sofort sehen, wenn er den Raum betritt. Valentina schlägt die Beine übereinander und starrt weiter aus dem Fenster.

Plötzlich schießt ihr ein Gedanke durch den Kopf: Vielleicht kommt Thomas gar nicht. Tatsächlich hat Anita ihn nicht erwähnt, als sie sich vorhin unterhalten haben. Haben sie vielleicht Schluss gemacht? Verschwendet sie ihre letzte Nacht in London etwa umsonst auf dieser langweiligen Party? Doch Valentina spürt, dass er kommen wird. Sie fühlt die Anspannung in ihrem Magen. Hin und wieder versucht irgendein Mann, ein Gespräch mit ihr zu beginnen. Valentina antwortet, ist aber kaum bei der Sache, sodass die Männer schnell wieder aufgeben.

Valentina blickt weiter auf den dunklen bewegten Fluss, die vibrierende Stadt und den Nachthimmel, den die Lichter sepiafarben färben. Sie trinkt einen Schluck und denkt an Maria, ihre Großmutter – eine junge Tanzstudentin im Nachkriegslondon und Darstellerin in erotischen Filmen im freien Paris. Sie war verwegener als Valentina und ihre Mutter zusammen. Tina hat Maria stets kritisiert. Sie sagte, ihre Mutter habe sie nie verstanden. Nun, Valentina weiß, wie sich das anfühlt. Wenn sie jemals eine Tochter haben wird, wird sie sich dann genauso verhalten wie ihre Mutter und vergessen, wie es sich anfühlt, das Kind einer Narzisstin zu sein?

Valentina merkt, dass sich jemand neben sie auf das Sofa setzt. Sie hört ein höfliches männliches Hüsteln, ist jedoch zu sehr in Gedanken, um darauf zu reagieren. Erneutes Hüsteln, dann sagt eine Stimme:

»Hast du meine Nachricht weitergeleitet?«

Der eindeutig englische Akzent reißt Valentina aus ihrer Träumerei. Erschrocken zuckt sie zusammen. Sie kennt diese Stimme. Dass dieser Mistkerl Glen ihr die Nacht vermiest, hat ihr gerade noch gefehlt. Sie erkennt ihn sofort an seinem Geruch, sie muss ihn noch nicht einmal ansehen. Valentina versucht, ein Stück von ihm auf dem engen Sofa abzurücken. Sie dreht sich um und starrt ihn an. Er ist so dicht vor ihr, dass Valentina bemerkt, wie blass seine Brauen sind, seine Wimpern sind so hell, dass man sie kaum sieht.

»Ich habe dir gesagt«, erwidert sie mit eiskalter Stimme, »dass Thomas und ich nicht mehr zusammen sind. Ich habe nichts mehr mit ihm zu tun.«

Glens Augen verengen sich, und er zischt zurück: »Na, das stimmt aber nicht, oder, Valentina? Ich habe euch doch noch zusammen auf der Ausstellungseröffnung gesehen.«

Sie mustert ihn mit hartem Blick.

»Deine Bilder sind übrigens sehr interessant«, fährt Glen sarkastisch fort. »Wobei ich Thomas gesagt habe, dass sie für meinen Geschmack etwas zu vulgär sind. Er hat dich stark verteidigt.«

Sie wendet den Blick von ihm ab und starrt aus dem Fenster. Als er Thomas erwähnt, hämmert ihr Herz. Was haben die beiden gestern Abend besprochen? »Wenn du nicht aufhörst, mich zu belästigen«, zischt sie, »gehe ich doch zur Polizei.«

Darauf erwidert er nichts.

»Hast du mich gehört? Ich meine es ernst!« Sie dreht sich erneut zu ihm um. Doch zu ihrem Erstaunen ist Glen fort und der Platz neben ihr leer. Sie blickt sich im Raum um, kann ihn jedoch nirgends entdecken. Hat sie sich nur eingebildet, dass Glen hier war? Doch sein Geruch hängt noch in der Luft.

Hinter sich vernimmt Valentina ein klangvolles Lachen. Sie erkennt es sofort. Von einer Gefühlswelle übermannt, umklammert Valentina ihr Champagnerglas und dreht sich um. Sie hat Thomas erst gestern gesehen, und dennoch fühlt sie sich von seiner Gegenwart wie gelähmt. Valentina kann nicht glauben, dass dieser Mann letztes Jahr um diese Zeit ihr gehört hat und sie ihn hat gehen lassen. Wie konnte sie nur so dumm sein? Jetzt steht er vor ihr, ist jedoch vergeben. An seinem Arm hängt die reizende Anita in ihrem dunkelroten Seidenkleid, das sich um ihren perfekten Körper schmiegt und nach Leidenschaft zu schreien scheint. Wie kann Valentina neben dieser prächtigen Frau mit den sinnlichen Rundungen, der blonden Mähne, den üppigen Lippen und den großen Geh-mit-mir-ins-Bett-Augen bestehen? Jeder Mann träumt von so einer Frau. Anita sieht in ihre Richtung, ihre Blicke kreuzen sich. Die Rivalin lächelt ihr zu. Valentina ist klar, dass Anita die Sehnsucht in ihren Augen liest. Anitas Lächeln verstärkt sich, und ihre Augen werden dunkler. Es ist offensichtlich, was sie denkt. Anita sieht äußerst selbstzufrieden aus.

Maria

Maria erwacht und merkt gleich, dass Felix weg ist und sie allein im Bett liegt. Sofort setzt sie sich alarmiert auf. Etwas fühlt sich anders an. Eine schwache Brise streicht durch die Blätter der Bäume vor dem Fenster und weht den Duft des Sommers ins Zimmer. Das Rascheln erinnert sie an den Wind, der über die venezianische Lagune streicht, und auf einmal hat sie Sehnsucht nach Zuhause. Könnte sie Felix überreden, mit ihr nach Venedig zu fahren, um ihre Mutter und Pina zu besuchen? Es wäre Maria lieber, sie wären erst verheiratet. Aber dazu muss sie wissen, ob Felix' Frau noch lebt.

Es muss noch sehr früh sein, denn von der Straße dringt wenig Lärm herauf. Wohin ist Felix gegangen? Wahrscheinlich war er hungrig und besorgt in der Boulangerie ein paar Croissants. Doch etwas im Zimmer fühlt sich anders an. Maria ist unverhältnismäßig beunruhigt, dass Felix nicht da ist. Sie schwingt herum und sitzt, mit den Beinen baumelnd, auf der Bettkante. Sie denkt an den Sex von letzter Nacht und was davor im Club geschehen ist. Wollte Felix dem jungen Amerikaner ernsthaft einen Dreier vorschlagen? Maria muss zugeben, dass die Vorstellung, mit beiden Männern zu schlafen, sie erregt hat, doch sie ist Felix ergeben. Wie kann sie mit einem anderen Mann schlafen wollen, wenn sie nur ihn liebt?

Als sie aufsteht und tief einatmet, entdeckt Maria, was sich verändert hat. Normalerweise lagert Felix die Kamera in einem

Koffer in der Zimmerecke. Sie ist weg. Maria runzelt die Stirn und geht zögernd auf den Schrank zu. Er hängt voll mit ihren neuen Kleidern, die in allen Farben leuchten, aber Felix' Ersatzanzug ist weg, ebenso wie sein Koffer. Maria unterdrückt einen panikartigen Aufschrei. Ist er gegangen? Sie nimmt eines der Kleider vom Bügel und zieht sich hastig an. Auf Make-up und Frisur verzichtet sie. Ohne genau zu wissen, wo sie nach ihm suchen soll, rennt Maria die Treppen hinunter. Am besten fängt sie mit einem der Cafés an, in denen sie sich häufig aufhalten.

»Mademoiselle! Halt!«, ruft Madame Paget ihr zu, als sie durch die Hotelhalle fliegt.

»Mademoiselle, Monsieur Leduc hat einen Brief für Sie hinterlassen.« Madame Paget winkt mit einem Umschlag.

Maria errötet vor Verlegenheit. Warum hat Felix den Brief der Concierge gegeben, anstatt ihr im Zimmer eine Nachricht zu hinterlassen oder sie zu wecken? Sie nimmt den Brief entgegen und bedankt sich bei der Frau, die sie neugierig über den Rand ihrer Brille hinweg mustert. Ihre Haare leuchten noch röter, als Maria sie in Erinnerung hatte.

»Sie wissen ja, dass die Miete morgen fällig ist«, mahnt Madame Paget und schürzt die Lippen, sodass sie einen dicken klebrigen roten Balken bilden.

»Ja, danke«, sagt Maria und entfernt sich so schnell sie kann.

Es ist lange her, dass sie so früh auf den Beinen gewesen ist. Wäre sie nicht so ängstlich wegen des Briefs in ihrer Hand, würde sie den morgendlichen Spaziergang durch Saint-Germain-des-Prés vielleicht genießen. Sie eilt über das Kopfsteinpflaster und sucht nach einem Park, einer Bank, nach irgendetwas, wo sie sich setzen kann. Schließlich entdeckt sie ein kleines Café, in dem sie noch nie gewesen ist, bestellt Kaffee und Croissant, setzt sich und reißt, so schnell sie kann, den Umschlag auf.

Meine liebe Maria,
ich muss ein paar Tage verreisen, mein Liebling. Ich arbeite an einem Film. Hier ist etwas Geld für Miete und Essen. Genieße deine Freiheit. Ich bin bald zurück.
In Liebe, dein Felix

Sie zieht ein Bündel Franc-Noten aus dem Umschlag und hält sie in der Hand. Ihre Aufregung lässt nach. Alles ist gut. Er ist nur für ein paar Tage weg. Er hat ihr sogar Geld dagelassen. Mit dem Finger verfolgt Maria seine Handschrift. Er unterschreibt mit »dein Felix«. Er gehört ihr. Ach, warum hat er sie nicht geweckt und noch einmal mit ihr geschlafen, bevor er gegangen ist? Sie vermisst ihn schon jetzt.

Den Tag über läuft Maria lustlos durch Paris. Sie verlässt ihr Viertel, überquert die Seine und besucht die Île de la Cité. Die Menschen auf dieser Seite des Flusses sind anders. Hier scheinen die Gegensätze größer zu sein. Maria sieht sowohl ärmere Menschen, die in den Hauseingängen kauern – Flüchtlinge, einsame und hungrige Menschen –, als auch schickere Leute – forsche Geschäftsmänner, die vor Entschlossenheit strotzen, gut genährte Amerikaner und elegante Damen. Sie sieht sogar eine Frau in Diors neuer Kollektion. Maria bleibt unweigerlich stehen und starrt sie bewundernd an. Wie unzureichend ihre selbstgemachte Version dagegen wirkt! Die Kleider, die Felix ihr gekauft hat, sind hübsch, aber keines ist annähernd so elegant wie das Kleid dieser Frau. Ihre Silhouette erinnert Maria an eine Ballerina: Eine schmale Taille mit gebauschtem Rock, ihre kleinen Füße und die schlanken Fesseln sehen aus wie bei einer Puppe.

Maria betrachtet die herrschaftliche Fassade von Notre-Dame und überlegt, ob sie hineingehen darf. Ihre Mutter hat sie nicht religiös erzogen, aber Maria hat eine Klosterschule besucht. Etwas davon hat auf sie abgefärbt. Was würden die Nonnen jetzt zu ihr sagen? Hure. Sünderin. Gefallene. Und zu Felix? Ist er der Teufel persönlich? Doch wenn sie ihre Filmszenen inszenieren, fühlt sich die Verbindung zwischen ihnen nicht sündig an. Vielmehr erfahren sie durch die Erotik einen Zustand von Verzückung und tiefer Andacht, den sie in ihren Filmen festhalten. Maria sollte sich nicht schämen. Doch als sie die Kathedrale betritt, senkt sie unwillkürlich den Kopf. Der Geruch von Weihrauch überwältigt sie. Ihr wird schwindelig, und sie fühlt sich schwerelos. Für eine Sekunde erinnert sie sich daran, wie es war, die Psyche zu tanzen: flüchtig, leicht wie Luft, geschmeidig. Seit sie ihre Jungfräulichkeit verloren hat, fühlt sie sich schwer: ihre Glieder, ihr Blut, ihre Leidenschaft – alles ist schwer.

Sie geht zu einer der seitlichen Kapellen und blickt hinauf zur Jungfrau Maria, die gütig zu ihr hinablächelt und verzeihend die Hand hebt. Maria sehnt sich danach, die Falten ihres Umhangs zu berühren. Sie entzündet eine Kerze und wirft ein paar Centimes in die Büchse, dann fällt sie auf die Knie, schließt die Augen und faltet die Hände. Doch sie weiß nicht, wofür sie beten soll. Sie bittet Gott darum, auf ihre Mutter und Pina zu achten, und betet, dass sie in Sicherheit und glücklich sind. Sie betet für Jacqueline und dass sie ihr verzeihen möge, dass sie weggelaufen ist. Dann betet sie für Joan, dass sie einen Mann findet, der sie wirklich liebt. Sie betet sogar für Guido. Und schließlich betet sie für Felix. Ihren Mann. Sie betet für seine Sicherheit und dass er bald zurückkehren möge. Sie schließt fest die Augen und betet für seine Seele, dass sie geheilt wird und sie bald ein normales Leben führen können.

Der Tag ist schon weit vorangeschritten, als sie auf dem Rückweg zum Hotel Vivienne begegnet.

»Maria, Liebes, wohin gehst du?«, fragt sie die Frau mit den fuchsroten Haaren.

»Ins Hotel Montana«, antwortet Maria.

»Und wo ist Felix?«

»Er musste weg zum Arbeiten.«

»Dann bist du ganz allein?« Viviennes Augen hellen sich auf. »Nun, Liebes, dann musst du mit mir kommen. Wenn die Katze fort ist, tanzen die Mäuse auf dem Tisch!« Ein Nein akzeptiert Vivienne nicht, sie hakt sich bei Maria unter und begleitet sie. »Ziehen wir uns zuerst um. Du solltest dieses elfenbeinfarbene Abendkleid mit diesem unglaublichen roten Cape tragen, in dem ich dich einmal nachts gesehen habe. Erst essen wir etwas zu Abend und trinken dazu eine Menge Wein. Dann besuchen wir den besten neuen Jazzclub der Stadt. Hast du Geld?«

Als ihre Absätze zusammen über das Kopfsteinpflaster klappern, hebt sich Marias Laune. Sie ist froh, dass die lebhafte Vivienne sie vor der Einsamkeit ihres Hotelzimmers rettet.

»Ja, ich habe etwas Geld«, sagt sie.

»Ausgezeichnet«, erwidert Vivienne.

Es ist eine weitere lange heiße Nacht in Paris. Vivienne und Maria drängen sich wieder einmal in einen neuen Jazzclub und lauschen dem überschäumenden Boris Vian. Sie sind von Amerikanern umgeben. Maria ist etwas nervös, dass sie Richard wiederbegegnen könnte und er sie fragt, warum Felix und sie ihn letzte Nacht haben stehen lassen. Vivienne spricht hervorragend Englisch und unterhält ihre Begleiter mit Geschichten aus der Resistance und ihren heldenhaften Taten während des Kriegs.

»Warum besteht jeder Franzose darauf, Mitglied in der Resistance oder Gaullist gewesen zu sein? Ich meine, viele Leute haben mit den Deutschen kollaboriert. Wo sind die ganzen Mistkerle jetzt?«, fragt einer der Amerikaner.

Vivienne zuckt mit den Schultern. »Haben Sie je von der *Épuration sauvage* gehört?«

»Nein.«

»Wenn Sie meinen, der Terror nach der Revolution sei schlimm gewesen … nun, das war genauso heftig. Wir haben unsere Verräter beseitigt.«

Vivienne spricht deutliche Worte, in der Dunkelheit des Clubs leuchten ihre grünen Augen wie die einer Schlange.

»Aber doch sicher nicht alle? Ich meine, Ihre Regierung hat mit den Nazis kollaboriert. Da gibt es doch sicher noch einige im System.«

Vivienne seufzt etwas ungeduldig. »Wir haben die meisten gefasst.«

»Ich habe davon gehört«, schaltet sich ein anderer Amerikaner ein. »Ziemlich übel, das stimmt. Habt ihr nicht den Frauen, die mit Nazis geschlafen haben, die Köpfe geschoren?«

»Natürlich. Sie haben es nicht anders verdient«, erklärt Vivienne streng. »Sie waren ebenfalls Kollaborateure.«

»In horizontaler Hinsicht.« Ein Amerikaner lacht.

»Das ist nicht lustig«, entgegnet Vivienne plötzlich ernst und sieht Maria dabei direkt in die Augen, als wollte sie ihr etwas mitteilen. »Ich meine, unsere Männer haben in der Resistance ihr Leben riskiert – in Verstecken oder jahrelang als Kriegsgefangene. Was meinen Sie, wie die sich gefühlt haben, als sie zurückkehrten und herausfanden, dass ihre eigenen Frauen mit den Nazis geschlafen, vielleicht sogar Kinder mit ihnen gezeugt haben? Ist das nicht ein doppelter Betrug?«

»Ja, aber was, wenn ihre Kinder gehungert haben und die Frau dachte, ihr bliebe keine andere Wahl?«, fragt einer der Amerikaner. »Sie weiß, wenn sie mit einem Nazibonzen schläft, besorgt er ihr Essen für ihre Kinder.«

»Ich *war* hungrig – meine Kinder *waren* hungrig –, aber trotzdem habe ich nicht für ein Stück Brot mit dem Feind geschlafen«, erklärt Vivienne leidenschaftlich und leert ihren Drink mit einem Schluck. Ihre Augen funkeln.

»Okay. Beruhigen Sie sich, Lady. Denken Sie daran, Frankreich ist jetzt ein freies Land. Wie wäre es, wenn Sie mit mir tanzen?«

Vivienne verschwindet mit einem jungen Amerikaner auf die Tanzfläche und bewegt sich ekstatischer, als Maria es je bei ihr gesehen hat. Fassungslos über das Geständnis ihrer Freundin bleibt Maria zurück. Vivienne war oder ist noch verheiratet? Und sie hat Kinder? Das war durchaus möglich. Schließlich war sie mindestens dreißig, wenn nicht sogar älter. Nur dass sie jede Nacht mit ihrer Clique ausging und feierte. Sie hatte Maria erzählt, dass sie vor dem Krieg Sängerin gewesen sei, aber Maria hat sie nie singen hören. Und sie hat noch nie zuvor von ihren Kindern gesprochen.

Einer der Amerikaner fordert Maria zum Tanzen auf, aber sie schüttelt den Kopf. Sie ist müde. Sie will nach Hause gehen und schlafen, in der Hoffnung, dass ihr Geliebter am nächsten Morgen zurück ist. Jetzt, wo er fort ist, beginnt sie an ihrem Leben hier in Paris zu zweifeln. Arbeitet Felix tatsächlich an einem Film? Er hat nie zuvor mit ihr darüber gesprochen. Sie erinnert sich an den ersten Tag, den sie vor all den Wochen allein in Paris war. Felix hatte ihr nie erklärt, wohin er verschwunden war.

»Wo ist Felix?«

Maria dreht sich um und steht vor René, dem kleinen bebrillten Schriftsteller, den sie kennengelernt hat, als Felix und sie zum ersten Mal in Paris ausgegangen waren.

»Er ist zu Filmaufnahmen gefahren«, antwortet sie und nimmt ein Glas Wein entgegen, das er ihr reicht.

»Ich wusste gar nicht, dass er momentan an einem Film arbeitet.« René sieht sie neugierig an.

»Nun ja«, sagt sie und ist etwas verwirrt über seine Bemerkung. Sie trinkt einen Schluck Rotwein. Warum nahm Felix sie eigentlich nicht mit zu den Filmaufnahmen?

»Wahrscheinlich besucht er Mathilde«, meint der kleine Mann und beobachtet Maria, die vor Schreck bei seinen Worten erstarrt.

Sie muss ihn fragen, auch wenn sie tief in ihrem Herzen die Antwort bereits kennt. »Wer ist Mathilde?«

René zögert und wirkt beunruhigt. »Ach, du meine Güte. Ich dachte, du wüsstest das. Mathilde ist Felix' Frau.«

Maria merkt, wie ihr das Blut aus dem Gesicht weicht. Sie klammert sich derart fest an ihr Weinglas, dass es fast zerspringt.

»Es tut mir leid«, sagt René. »Ich glaubte, du wärst in das Geheimnis eingeweiht.«

»Ich dachte, Felix' Frau sei tot«, haucht Maria, ihre Stimme ist kaum mehr als ein Flüstern. »Vivienne meinte, sie sei lange gegangen …«

»Bildlich gesprochen ist sie das auch, aber Vivienne kennt nicht die ganze Geschichte. Weißt du, wir können es ihr nicht erzählen wegen dem, was ihr passiert ist.« René seufzt und wirkt deutlich beunruhigt. »Es tut mir wirklich leid, dass ich all das aufgewühlt habe. Ich dachte, du wüsstest es.«

Maria sieht ihn an und fragt sich, ob er ihr die Wahrheit sagt. Er scheint besorgt zu sein. »Aber … aber, wenn du von Felix' Frau wusstest, was dachtest du dann, wer ich bin? Eine Hure?« Ihre Stimme zittert, während Wut langsam beginnt, die Liebe in ihrem Herzen zu vergiften.

»Natürlich nicht! Mein Gott, nein. Ich dachte, du wüsstest über alles Bescheid. Wie unmöglich die Dinge für Mathilde und Felix sind. Ich dachte, du hättest deinen Part dabei übernommen.«

Maria fixiert den sich windenden René mit eisigem Blick. »Und welcher Part soll das sein?«

»Na, seine Geliebte natürlich«, stößt der kleine Mann hervor. »Die Frau, die Felix jetzt liebt – das ist ganz offensichtlich.«

Maria wendet niedergeschlagen den Blick ab. Tränen brennen in ihren Augen. Sie beißt sich auf die Lippen, um nicht zu weinen. Sie muss hier raus. Sie sucht in der Menge nach Vivienne, doch die ist verschwunden. Stattdessen entdeckt Maria eine Gestalt, die sie zu vergessen versucht hatte: den weißhaarigen Mann, den sie in der Nacht gesehen hat, als Felix und sie zum ersten Mal zusammen ausgegangen waren. Er sieht sie an und kommt direkt auf sie zu.

»Weißt du, wer das ist? Der große Mann mit den weißen Haaren?«, zischt sie René zu.

»Na, klar, das ist doch Olivier, Felix' Bruder!«

Felix hat einen Bruder! Er hat eine heimliche Frau und einen heimlichen Bruder. Wen und was versteckt er noch vor ihr? Es tut so weh, dass er ihr nichts erzählt hat, dass er ihr nicht vertraut.

Und jetzt steht Olivier vor ihr und schüttelt René mit herablassender Miene die Hand. Natürlich, jetzt sieht sie, dass er sein Bruder ist. Sie haben die gleichen tiefliegenden Augen und die gleiche grüblerische Ausstrahlung.

»Ich glaube, du hast Maria noch nicht kennengelernt«, plappert René nervös.

»Hast du wieder gequatscht, René?«, fragt Olivier den kleinen Mann.

»Nun, ich dachte, sie wüsste …« Unter dem Blick des anderen Mannes verstummt René.

Olivier wendet Maria seine ganze Aufmerksamkeit zu. Offensichtlich ist er der ältere Bruder, er besitzt dieselbe autoritäre Ausstrahlung wie Felix. »Mademoiselle«, sagt er und nimmt förmlich ihre Hand. »Ich freue mich, Ihre Bekanntschaft zu machen, obwohl ich glaube, dass mein Bruder uns lieber persönlich vorgestellt hätte.«

Aber Felix hätte das tun können – in jener Nacht vor ein paar Wochen im Club.

Langsam erholt sich Maria von dem Schock, dass Felix' Frau noch lebt. Und nicht nur das, laut René ist Felix jetzt bei ihr, während Maria hier mit seinem Bruder in diesem Club steht. »Wo ist Felix?«, fragt sie Olivier ohne Umschweife.

»Na, auf dem Schloss«, entgegnet er. »Er kommt morgen zurück. Sobald er wieder in Paris ist, wird er Ihnen alles erklären.«

»Nein«, sagt sie mit Nachdruck. »Ich will, dass Sie mich jetzt dorthin bringen.«

Er runzelt die Stirn und scheint verblüfft von ihrer Forderung. »Aber es ist mitten in der Nacht. Und es ist eine ziemlich weite Fahrt von hier.«

»Haben Sie einen Wagen?«

»Nein, deshalb ist es nicht möglich.«

»Aber ich habe einen Wagen«, tönt René, woraufhin Olivier ihm einen wütenden Blick zuwirft.

»Ich bestehe darauf, dass du mich zu diesem Schloss bringst«, sagt Maria an René gewandt. »Andernfalls verlasse ich Paris noch heute Nacht, und Felix wird mich nie wiedersehen. Und das ist dann deine Schuld, René.«

»Aber ich kenne den Weg nicht«, widerspricht dieser.

»Dann müssen Sie mitkommen und ihm den Weg zeigen«, fordert Maria kühn von Olivier.

Felix' Bruder legt ihr eine kalte Hand auf den Arm und schüttelt bedauernd den Kopf. »Aber, Maria, Felix hat mir so viel von Ihnen erzählt«, sagt er sanft. »Er liebt Sie sehr. Können Sie nicht warten, bis er wieder in Paris ist?«

»Nein, das kann ich nicht«, entgegnet sie, selbst überrascht von ihrer Wut. »Ich muss ihn jetzt sehen. Ich will die Wahrheit wissen.«

»Die Wahrheit«, sagt Olivier düster, »ist eine überaus komplizierte Angelegenheit.«

Valentina

Sie sind nur noch zu viert, liegen auf Sofa und Sessel und lauschen der irischen Sängerin Clara Rose und ihrem Lied »Girl«.

Ich kannte einmal ein Mädchen, das hatte kein Gespür für die
Realität
Sie ging auf eine Party, das war ihr Untergang
Ich blieb allein zu Hause und trank
Doch am Ende war ich besser dran

Valentina ist das Mädchen aus dem Lied. Sie hätte nicht kommen sollen. Thomas die ganze Nacht über zusammen mit Anita zu sehen macht sie krank, und dennoch kann sie nicht aufgeben. Sie kann nicht für immer gehen – noch nicht. Valentina sieht zu, wie die nächtliche Dunkelheit langsam dem Morgengrauen weicht, als würde der Himmel einen Vorhang lüften. Der Fluss glänzt wie glattes Metall, als hätte er aufgehört zu fließen und würde sich eine kurze Pause gönnen.

»Ich glaube, ich gehe«, sagt Chloe, erhebt sich aus ihrem Sessel und streicht ihre kurzen roten Haare glatt.

»Bist du sicher, Süße?«, fragt Anita. »Du kannst gern bleiben. Es ist genügend Platz.«

Spürt Chloe die sexuelle Spannung, die den ganzen Abend über zwischen den dreien schwelt? Oder will sie einfach nach

Hause in ihr eigenes Bett? Jedenfalls verabschiedet sich Anitas Cousine, und ein paar Minuten später sind die drei allein. Sie sitzen in einer Reihe nebeneinander auf dem riesigen weißen Sofa, nippen jeder an einem Glas Whiskey und blicken aus dem Fenster auf die Stadt. Als sie fast schon aufgeben will, begreift sie, dass ihre Rivalin ein Spiel spielt. Anita fühlt sich nicht von Valentinas Anwesenheit gestört, sondern hat sie sogar noch ermutigt, länger als die anderen Gäste zu bleiben. Valentina wird sich nicht länger zurückhalten. Doch was ist mit Thomas?

Valentina hat bemerkt, dass er bei ihrem Anblick zusammengezuckt war. Er wirkte überrascht und schien nicht glücklich zu sein, sie auf der Party zu sehen. Doch Valentina war nicht eingefallen, dass Anita ihm womöglich nicht erzählt hatte, dass sie heute Abend käme. Seine Reaktion hatte Valentina so verletzt, dass sie fast gegangen wäre. Doch im Laufe des Abends hatte sie bemerkt, dass Thomas sie die ganze Zeit ansah. Er beobachtete, wie sie ihre Jacke auszog, unter der sie ein hautenges, ärmelloses Rippshirt trug. Er beobachtete sie auch, als sie sich mit einem anderen Mann unterhielt. Doch als Valentina versuchte, sich ihm zu nähern, war Anita sofort an seiner Seite. Valentina wollte Thomas auf Glen und das Masson-Bild ansprechen, aber immer befand sich jemand in Hörweite. Also hatte Valentina angefangen, immer mehr Champagner zu trinken, und in Kombination mit dem Whiskey spürte sie nun deutlich die Wirkung. Sie kann ihre Gefühle jetzt nicht mehr zurückhalten.

Valentina sitzt mit ihrem Exfreund und seiner neuen Freundin auf dem Sofa, wobei Anita in der Mitte zwischen ihnen thront. Valentina spürt Anitas in Seide gehüllten Körper neben sich, ihre Hüften und weichen Schenkel, und sie riecht ihren teuren Duft. Anita strahlt raffinierte Sinnlichkeit aus. Auf ihrer anderen Seite sitzt der Mann, der Valentinas Herz zum Schmelzen bringt.

Sie schaltet jede Vernunft, jede Rationalität aus, dreht sich instinktiv zu Anita um und küsst sie auf die Lippen. Hat sich Anita im selben Augenblick zu ihr herumgedreht? Der Kuss schmeckt süß wie Vanillezucker. Die beiden Frauen umarmen sich, und Valentina spürt Anitas üppigen Busen an ihrem eigenen. Sie denkt an das Lautrec-Gemälde *Hingabe*. Das ist ihre Hingabe. Valentina öffnet die Augen und sieht über Anitas Schulter hinweg, dass Thomas sie anstarrt. Seine blauen Augen sind dunkel vor Lust, und er streicht sich mit der Zunge über die Lippen. Er beherrscht sich und sieht zu, wie die beiden Frauen sich streicheln und sich dann langsam voneinander lösen.

»Nun.« Anita legt eine Hand auf Valentinas Schulter und klimpert mit ihren künstlichen Wimpern. »Wollen wir drei spielen?«

Valentina blickt an ihr vorbei zu Thomas. »Willst du?«, fragt sie ihn direkt.

Ganz offensichtlich ist Thomas zum ersten Mal, seit Valentina ihn kennt, fassungs- und sprachlos. »Willst du das wirklich, Valentina?«, fragt er schließlich mit heiserer Stimme.

Sie nickt, während Anita ihre Hand nimmt und sie vom Sofa zieht.

»Ich habe das schon einmal gemacht«, erklärt Anita. »Zu dritt ist es *immer* besser als zu zweit. Außerdem«, sie lächelt verschmitzt, »glaube ich, dass Mr. Steen nur mit mir schläft, wenn Valentina auch dabei ist. Angesichts dessen, was wir vorhin besprochen haben, ist heute Nacht meine letzte Chance.«

Valentina weiß nicht, ob Anita sich auf das Gespräch mit ihr bezieht oder auf etwas, das Thomas und sie besprochen haben. Es ist ihr egal.

»Komm«, sagt Anita und führt Valentina aus dem Wohnzimmer. Thomas steht auf und folgt ihr. Valentina dreht sich um und streckt ihm ihre andere Hand entgegen. Er nimmt sie. Nun beginnt sie ihr erotisches Abenteuer, und Valentina ist sich nicht sicher, ob sie gerade ihre oder seine Fantasie ausleben.

Anita weist Valentina an, ins Badezimmer zu gehen und Wasser in den Whirlpool zu füllen, während sie Thomas ins Schlafzimmer bringt.

Valentina zögert.

»Keine Sorge, Süße, wir tun nichts, ehe du zurück bist. Ich will nur die Vorfreude steigern«, verkündet Anita.

Das Bad ist in ähnlichem Stil eingerichtet wie das Schlafzimmer. In der Mitte steht eine große Wanne auf Löwenfüßen, doch Valentina ignoriert sie und wendet sich dem in den Boden eingelassenen Whirlpool in der Ecke zu. Sie hat es eilig, denn sie fürchtet, nicht rechtzeitig bei den anderen zu sein, bevor etwas geschieht oder sie wieder nüchtern wird und womöglich ihre Meinung ändert.

Als Valentina Anitas Schlafzimmer betritt, sitzt Thomas auf dem Bett, Anita steht vor ihm. Sie wirken wie ein Gemälde. Thomas scheint jetzt entspannter zu sein und klopft auf das Bett neben sich. Valentina schlüpft aus ihren hochhackigen Stiefeletten und gleitet neben ihn auf das Bett. Sie spürt seinen warmen Körper an ihrem und atmet tief ein. Nur so kann sie sich davon abhalten, sich sofort auf ihn zu werfen. Im Raum ertönt klassische Musik und verbreitet eine sinnliche Atmosphäre. Eine Frauenstimme singt eine schöne Arie, die Valentina nicht kennt. Es ist ihr auch egal. Sie ist gebannt von Anita, die vor ihnen beginnt, die Hüften zu schwingen. Sie tanzt für sie. Anita hat nicht viel an, was sie ausziehen könnte. Sie greift sich in den Nacken, löst den Verschluss ihres dunkelroten Kleids und lässt es an ihrem Körper hinabgleiten, darunter ist sie nackt. Ihr Körper ist vollkommen: die vollen, festen Brüste, die schmale Taille und ihre sanft geschwungenen Hüften. Valentinas Blick gleitet hinunter zu ihrem knappen Schamhaar und dem zarten V zwischen ihren Beinen. Anita streckt ihr die Hand entgegen. Valentina blickt zu Thomas, der sie aufmerksam ansieht. Ob die nackte Anita ihn erregt? Ganz bestimmt. Aber sein Blick ruht auf ihr.

»Willst du das, Valentina?«, fragt er sie.

»Sch«, sagt sie und legt einen Finger auf die Lippen. »Nicht sprechen.«

Sie steht auf und lässt sich von Anita entkleiden, als sei sie ihre Dienerin. Anita öffnet den Reißverschluss von Valentinas knappem Mary-Quant-Rock und lässt ihn auf ihre Füße hinuntergleiten. Valentina macht einen kleinen Schritt und tritt aus ihm heraus. Dann zieht Anita ihr das gerippte Oberteil über den Kopf, sodass sie nur noch in BH, Tanga, Strümpfen und Strapsen dasteht.

»In natura«, flüstert Anita, fährt mit dem Finger unter den Rand von Valentinas Tanga, streichelt sie und schiebt den Finger weiter, bis sie ihre Schamlippen berührt. Valentina zuckt zusammen und tritt zurück. Anita hat bemerkt, wie erregt sie ist. Frohlockend blickt Anita zu ihr hoch und zieht ihre Hand zurück. Sie tritt hinter Valentina und öffnet ihren BH. Valentina lässt Thomas nicht aus den Augen. Vergleicht er ihren unvollkommenen Körper mit dem der perfekten Anita? Doch Thomas hält ihrem Blick unverwandt stand. Er spricht mit seinen Augen, und was sie sagen, wärmt Valentina und gibt ihr Kraft.

Anita löst Valentinas Strapse und rollt die Strümpfe an ihren Beinen hinunter. Nacheinander hebt sie Valentinas Füße und zieht ihr die Strümpfe aus. Dann richtet sie sich wieder auf und dreht Valentina zu sich um. Die zwei Frauen sind ungefähr gleich groß, doch ihre Körper sind vollkommen verschieden. Anitas Brüste sind so viel schwerer, ihre Nippel sehen aus wie Seerosen, deren Stempel steif vor Erregung sind. Ihre Hüften sind schmaler als Valentinas, ebenso ihr Po, doch ihre Beine sind genauso lang. Anita begutachtet Valentina wie einen Gewinn. Sie dreht sie um, legt die Hände auf Valentinas Taille und lässt sie an ihrem Gesäß nach unten gleiten.

»Was für ein göttlicher Hintern«, bemerkt sie.

»Ein Hintern, der es verdient, versohlt zu werden«, sagt Thomas mit leicht amüsiertem Unterton.

»In der Tat«, murmelt Anita, dreht Valentina erneut um und führt sie zum Bett, wo Thomas noch immer bekleidet sitzt.

Plötzlich steht er auf und fasst Valentinas Hand: »Willst du, dass ich dich schlage, Valentina?«, fragt er. »Ich werde es nur tun, wenn du es wirklich willst.«

Sie blickt ihrem Geliebten in die Augen. »Ja«, flüstert sie. »Ich will es. Wirklich.«

Sie spürt ein aufgeregtes Ziehen im Magen. Thomas setzt sich wieder auf das Bett, und Anita legt Valentina über seinen Schoß. Thomas streichelt Valentinas Po und massiert ihre Pobacken.

Sie schließt die Augen und bereitet sich auf den ersten Schlag vor. Da folgt er auch schon. Ein kurzer, spielerischer Hieb – nicht zu fest. Der leichte Schmerz vergeht rasch, ihr Pulsschlag beschleunigt sich, und ein intensives Vibrieren durchläuft ihren Körper und erregt sie.

»Noch einmal?«, fragt Thomas.

»Ja«, flüstert sie.

Diesmal schlägt er etwas fester zu. Sie schreit auf.

»Habe ich dir wehgetan?«

Sie hört die Sorge in seiner Stimme, dreht sich zu ihm um und sieht ihn an. »Nein, es hat mir gefallen.«

Es stimmt. Sie kann nicht sagen, warum es ihr gefällt. Ist sie eine schlechte Feministin, weil sie sich wünscht, dass ihr Geliebter ihr einen Klaps auf den Hintern gibt? Doch es ist ein Spiel, und sie mag die Art, wie er ihren Hintern bewundert. Sie sehnt sich danach, ihn in sich zu fühlen.

»Das reicht«, beschließt Anita, die heute Abend offenbar das Kommando hat. Thomas hebt Valentina auf seine Arme.

»Gehen wir in den Whirlpool«, sagt Anita. »Das wird dir guttun, Valentina.« Thomas trägt sie ins Bad. Anita folgt ihnen. Der Raum ist von duftendem Dampf erfüllt. Thomas setzt Valentina auf den Füßen ab. Sie sehnt sich so sehr danach, von ihm in den Armen gehalten zu werden. Doch jetzt nimmt Anita ihre Hand und zieht sie mit sich. »Komm«, sagt sie und tritt in das sprudelnde Wasser. Valentina folgt ihr, und die beiden Frauen schweben je auf einer Seite des Beckens und sehen zu, wie Thomas sich auszieht. Mit jedem Kleidungsstück, das er ablegt, werden Valentinas Lenden geschmeidiger. Als er das weiße Hemd wegwirft, sieht sie verlangend auf seine Brust und denkt daran, wie sich seine starken Arme anfühlen. Er lässt die Hosen fallen und zeigt seine langen muskulösen Beine. Er zieht seine Unterhose aus, und die zwei Frauen bewundern seine starke Erektion. Valentina seufzt innerlich, als er zu ihnen in den Whirlpool steigt. Als er sich setzt, wird sie von Wasser umspült. Valentina hat nicht damit gerechnet, Thomas je noch einmal so zu sehen, ihn noch einmal in sich zu fühlen. Jetzt ist es bald so weit. Sie wünschte nur, Anita wäre nicht da.

Doch es ist Anita, die durch das Wasser zuerst auf sie zukommt. »Setz dich zwischen meine Beine«, fordert sie sie auf.

Valentina gleitet rücklings zwischen Anitas Beine. Sie spürt Anitas Scham an ihrem Steiß und ihre Brüste an ihrem Rücken. Es ist zweifellos erotisch. Anita streichelt langsam ihre Schultern, führt eine Hand nach vorn und massiert Valentinas Bauch, während das Wasser um sie herum sprudelt.

»Massierst du mich?«, fragt Thomas Valentina.

Als Antwort öffnet sie die Beine, und er gleitet rücklings zwischen sie, genau wie sie zwischen Anitas. Sie schiebt sich von hinten an ihn und legt die Hände um seinen Körper. Sie will den Augenblick genießen, das Gefühl, Thomas nach all den Monaten wieder so zu berühren. Langsam streichen ihre Hände über seine Brust, durch den Flaum auf seinem Bauch und weiter nach unten.

Dann entlässt Anita sie aus ihren Beinen, während Thomas zärtlich Valentinas Hände von seinem Penis löst.

Wie bei einem Tanz wechseln alle drei die Plätze. Thomas dreht sich um und fasst Valentinas Taille, zieht sie zu sich und platziert sie zwischen seinen Beinen. Valentina spürt seinen festen Schaft in ihrem Rücken, seinen Atem in ihrem Nacken. Er legt seine Hände um ihre Taille und lässt sie über ihren Bauch und ihr Becken zwischen ihre Beine gleiten, wo er sanft den Finger um ihre Klitoris kreisen lässt. Inzwischen hat Anita sich vor Valentina platziert. Mit angezogenen Knien sitzen die Frauen einander gegenüber. Anita stellt ihre Beine rechts und links von Valentina ab und gleitet durch das Wasser auf sie zu. Valentina betrachtet die andere Frau, deren Augen vor Verlangen glühen. Valentina weiß, was Anita will. Instinktiv streckt sie die Hand aus und berührt Anita mit den Fingerspitzen. Sie gibt Anita genau das, was Thomas ihr gibt.

Die drei schweben in einem heiligen Ring sinnlicher Lust. Thomas befriedigt Valentina, und Valentina befriedigt Anita, indem sie die Kraft von Thomas' Sexualität in Anita strömen lässt. Thomas umkreist noch immer Valentinas Klitoris, während er mit der anderen Hand zwischen ihren Beinen auf und ab streicht und tief in ihr ein Beben auslöst. Das Gefühl von Thomas' zärtlicher und kraftvoller Berührung, Anitas weiche Haut und ihr Moschusduft – all das treibt Valentina in den Zustand völliger Hingabe. Sie schließt die Augen und stellt sich vor, dass sie nicht in Anitas Badezimmer in London wären, sondern in einem tropischen Felsenpool irgendwo auf einer Insel im Südpazifik. Sie befinden sich an einem feuchten, fruchtbaren Ort, an dem riesige sinnliche Blumen wogen. Das Wasser ist heiß wie in der Sauna. Dampf steigt auf, tropischer Regen fällt auf sie nieder, und alles mischt sich mit dem Schweiß ihrer nackten Körper, die miteinander verschmelzen wie Lava aus einem Vulkan. Valentina spürt Thomas' Arm auf sich, während er seine Finger immer schneller in sie hineinschiebt. Valentina erregt Anita im Gleichklang mit ihrem eigenen Körper. Und so kommen beide Frauen im selben Augenblick zum Höhepunkt, als seien sie erotische Zwillinge, die durch ihr Begehren für ein und denselben Mann miteinander verbunden sind.

Valentina lässt den Kopf auf die Brust sinken und löst sich von Anita. Thomas nimmt ebenfalls zärtlich die Hände von ihr, und Anita treibt mit einem lasziven Grinsen im Wasser. »Wollen wir ins Schlafzimmer wechseln?«, fragt sie Thomas.

Valentina hebt den Kopf und sieht zu Thomas, der aufsteht, aus dem Whirlpool steigt, sich schüttelt und sie mit Wasser bespritzt. Er sieht wundervoll aus. Valentina kann den Blick nicht von seiner Erektion wenden. Sie begehrt ihn so sehr. Es ist, als würde ihr gesamter Körper vom Pulsschlag ihrer Seele getrieben, sie sehnt sich mit jeder Faser ihres Körpers nach ihm. Er dreht sich um und blickt die zwei Frauen an. Seine Augen glitzern wie Splitter von blauem Topas. Die Tür zum Schlafzimmer hinter ihm steht offen, das riesige Bett lockt.

»Wollen wir alle drei ins Bett gehen?«, fragt Anita Thomas noch einmal.

Trotz des gerade Erlebten und obwohl sie Thomas so sehr begehrt, fröstelt Valentina, als ihr plötzlich eine Erkenntnis kommt. Auf einmal weiß sie mit absoluter Sicherheit, dass sie nicht mit Anita weitermachen kann. Sie könnte niemals zusehen, wie Thomas mit einer anderen Frau schläft, auch wenn sie ein Teil des Dreiers ist. Sie kann das nicht. Sie liebt ihn zu sehr. Oder vielleicht nicht genug?

Das ist der Moment, in dem sie erfahren wird, ob sie Thomas zurückgewonnen hat. Egal, was Thomas jetzt auf Anitas Frage erwidert, er besiegelt damit für immer das Schicksal ihrer Liebe.

Maria

Als sie aus der Stadt hinausfahren, kühlt die Nacht ab, dennoch ist Maria schweißgebadet. Trotzdem behält sie ihr rotes Cape an. Sie zieht es vielmehr noch fester um sich, als könne sie damit ihr Herz schützen, und setzt die Kapuze auf, um ihr Gesicht vor den beiden Männern zu verbergen. René fährt, Olivier sitzt auf dem Beifahrersitz neben ihm, Maria auf der Rückbank dahinter.

Langsam kommen Maria Zweifel, ob es so klug war, darauf zu bestehen, dass sie zu diesem geheimnisvollen Schloss fahren, in dem Felix und seine Frau sich verstecken. Was will sie damit erreichen? Wie soll sie es ertragen, ihn mit ihr zu sehen? Jetzt wird sie ihn für immer verlieren. Doch Maria will alles über den Mann wissen, den sie liebt. Sie muss das Ausmaß seines Verrats sehen.

Vielleicht ist ihre Liebe zu Felix nicht gesund. Vielleicht ist es eine Art Krankheit, durch die sie die Macht über ihre sexuellen Bedürfnisse und ihr Verlangen verliert? Hat er sie verzaubert? Und wenn dem so ist, wacht sie vielleicht auf und gewinnt ihre Kraft zurück, wenn sie Felix außerhalb von Paris mit seiner Frau sieht? Vielleicht schafft Maria es, ihre Würde zu wahren und wegzugehen.

»Geliebte.« So hatte René sie genannt. Kann sie sich mit dieser Rolle in Felix' Leben abfinden? Er hatte auch gesagt, dass Felix sie liebte. Reicht ihr das?

Während sie aus der Stadt hinausfahren, wandern ihre Gedanken zurück zu Vivienne. Maria konnte sie nicht mehr finden, um sich im Club von ihr zu verabschieden. Sie möchte wissen, warum Vivienne ihr erzählt hat, Mathilde Leduc sei lange gegangen.

»Warum weiß Vivienne nichts von Felix' Frau?« Sie stellt diese Frage Oliviers Hinterkopf, doch der dreht sich weder um, noch antwortet er ihr.

»Es hat damit zu tun, was im Krieg passiert ist«, meldet sich René. »Es ist besser, wenn sie es nicht weiß.«

»Warum? Was ist passiert?«

Olivier schweigt weiter, aber René antwortet ihr: »Vivienne war verheiratet, aber ihr Mann ist im Krieg umgekommen.«

»Das ist ja schrecklich«, murmelt Maria und hat Schwierigkeiten, sich den lebhaften Rotschopf als trauernde Witwe vorzustellen.

»Er war eine Schlüsselfigur in der Resistance und hat Informationen an die Engländer übermittelt. Wie Felix und Vivienne selbst hat er in Lyon gearbeitet, aber ihren Mann haben sie erwischt. Man hat ihn zu Tode gefoltert.«

Maria erschaudert. Obwohl Venedig während des Kriegs von den Deutschen besetzt war, haben sie die Zeit ziemlich unbeschadet überstanden. Ja, sie waren Risiken eingegangen, indem sie Jacqueline und die anderen versteckt hatten, aber das hatte sich zu jener Zeit trotzdem nicht gefährlich angefühlt.

»Und wo sind ihre Kinder?«, flüstert Maria und hat jetzt schon Angst vor dem, was sie gleich hören wird.

»Sie sind ebenfalls tot. Nachdem man den Vater gefasst hat, hat man die Familie ins Lager geschickt«, erzählt Olivier mit ausdrucksloser Stimme. »Vivienne ist die einzige Überlebende. Sie hatte zwei kleine Mädchen«, fügt er hinzu.

»Das ist ja grausam«, flüstert Maria, und ihre Augen füllen sich aus Mitgefühl für ihre neue Freundin mit Tränen.

»Es heißt, sie habe für ihre Mädchen und die anderen Kinder im Lager gesungen, aber eines Tages hörte sie der zuständige deutsche Kommandant. Er fand ihre Stimme so besonders, dass er beschloss, sie zu verschonen. Für ihre Kinder war es jedoch zu spät. Sie waren zu krank. Also hat der Kommandant Vivienne von ihnen getrennt«, erzählt René.

»Sie hat mir erzählt, dass sie Sängerin gewesen ist«, bemerkt Maria.

»Ja, eine sehr begabte. Aber seit sie ihre kleinen Mädchen verloren hat, schafft sie es nicht mehr, vor Publikum zu singen«, erklärt René.

»Sie macht ihr Talent dafür verantwortlich, dass die Kinder allein gestorben sind. Ohne den Trost ihrer Mutter«, fügt Olivier hinzu.

»Das ist eine schreckliche Geschichte.« Maria versucht sich vorzustellen, wie das für Vivienne gewesen sein muss. »Aber was hat das mit Felix' Frau zu tun?«

»Ich werde Felix dazu bringen, es dir zu erklären, wenn du ihn siehst«, antwortet Olivier.

Maria sagt nichts mehr. Wie eine geladene Waffe hängen seine Worte in der Luft.

Mitten in der Nacht fahren sie über eine Straße, die durch einen Wald führt. Der Mond scheint durch die Bäume und wirft Schatten auf die Straße. Maria fühlt sich wie in einem amerikanischen Film Noir. Wie gut kennt sie diese beiden Männer eigentlich? Gibt es das Schloss wirklich? Doch sie empfindet René nicht ernsthaft als Bedrohung. Irgendwie wirkt seine Erscheinung eher komisch. Bei Olivier ist das etwas anderes.

Doch er ist Felix' Bruder. Er würde sie doch sicher Felix zuliebe beschützen?

Schließlich verlassen sie die Hauptstraße und biegen in einen holperigen Feldweg ab, der voller Schlaglöcher ist. Sträucher kratzen an den Seitenfenstern entlang, während Maria durch die Windschutzscheibe nach vorn blickt. Sie biegen um eine Ecke, und jetzt sieht sie in der Ferne Lichter leuchten. Als sie näher kommen, erkennt Maria den Umriss eines großen Gebäudes, das sich vom sternenklaren Nachthimmel abhebt. Vor ihnen leuchtet der Vollmond. Der Ort hat etwas Märchenhaftes. Das Dach ist mit Zinnen bewehrt, und an einem der Flügel steht ein Turm. Maria stellt sich vor, dass Felix im Inneren des Schlosses einen seiner fantastischen Filme dreht – eine surrealistische Version von *Dornröschen* oder *Schneewittchen* vielleicht. Wenn er das doch nur täte, anstatt sich mit seiner Frau vor ihr zu verstecken.

René hält vor dem Schloss und stellt den Motor aus. Still sitzen die drei im Wagen und lauschen auf das Ticken des abkühlenden Motors. Jetzt, nachdem sie tatsächlich hier sind, hat Maria Angst. All ihre Wut und der daraus erwachsene Mut sind verschwunden. Am liebsten möchte sie weglaufen, aber das kann sie nicht. Sie muss das durchstehen. Sie darf sich vor diesen Männern keine Blöße geben. Schließlich steigt René aus dem Wagen, gefolgt von Olivier, der wiederum Maria die Tür öffnet. Sie steigt aus und steht unsicher in ihrem roten Umhang da. Noch immer hat sie die Kapuze auf dem Kopf und verkrampft die Hände ineinander. Sie blickt zum Himmel und entdeckt eine Sternschnuppe. Ist das ein Zeichen der Hoffnung? Olivier hat gesagt, dass Felix ihr die Dinge erklären würde. Vielleicht ist seine Frau verrückt oder krank und sie sind nur noch auf dem Papier verheiratet? Damit könnte sie möglicherweise leben.

Maria wendet den dunklen Wäldern den Rücken zu und blickt zu dem Schloss, das in Mondlicht und Schatten getaucht ist. »Wem gehört dieses Haus?«, fragt sie die Männer.

»Meinem Bruder«, sagt Olivier.

Maria bleibt der Mund offen stehen. Dieses riesige Schloss gehört Felix? Sie spürt einen wütenden Stich. Warum hatte er in London vorgegeben, so arm zu sein? Warum wohnen sie in einem schäbigen kleinen Hotel in Paris, wenn ihm das hier gehört? Er hat ihr ein paar teure Kleider gekauft, aber trotzdem. Verglichen mit dem Geld, das er besitzen muss, ist das unbedeutend. Ist er vielleicht sogar ein Baron oder Graf?

Maria hebt mit einer Hand den Saum ihres Capes und steigt die steinernen Treppen zur Eingangstür hinauf, flankiert von René und Olivier.

»Ich sollte ihm zuerst sagen, dass Sie hier sind«, meint Olivier.

»In Ordnung«, stimmt Maria zu. Sie möchte kein großes Drama veranstalten, sie will nur die Wahrheit herausfinden. Sobald sie Felix sieht, wird sie wissen, ob er sie liebt. Wird sie es überhaupt ertragen, seiner Frau zu begegnen?

Es gibt keine Klingel, nur einen großen Klopfer in Form eines Widderkopfs mit gebogenen Hörnern. Olivier hebt ihn an und lässt ihn gegen die Tür fallen. Maria hört den Widerhall im Schloss und stellt sich vor, wie der Schall ihrer Ankunft die Räume erschüttert. Sie zittert vor Angst und versucht sich zu beruhigen. Sie trifft keine Schuld. Sie muss kein schlechtes Gewissen haben, weil sie hier eindringt. Plötzlich überkommt Maria ein ungutes Gefühl, und sie tritt zur Seite. Sie will zurück nach Paris. Sie kann Felix und seiner Frau nicht gegenübertreten. Aber gerade in dem Augenblick wird die Tür geöffnet, und als das Licht der Halle auf sie fällt, weiß Maria, dass es zu spät ist.

René und Maria warten, während Olivier mit dem alten Mann, der sie hereingelassen hat, in einem langen Flur verschwindet. Ob es in diesem riesigen Haus auch Dienstmädchen und einen Koch gibt? Das Innere des Schlosses wirkt erstaunlich bescheiden. Es gibt nur sehr wenige Möbel, und an den Wänden hängen keine Bilder. Maria und René stehen in einer riesigen Eingangshalle mit schweren Balken und Steinwänden. In der Mitte hängt ein großer Lüster aus Holz, dessen Kerzen Schatten auf die nackten Wände werfen.

»Während des Kriegs hat hier ein deutscher General gewohnt«, sagt René, als hätte er ihre Gedanken lesen. »Er hat alle Erbstücke der Leducs von den Wänden genommen und nach Deutschland geschafft. Das Schloss befindet sich seit Generationen im Besitz der Familie. Sie haben viel verloren.«

»Warum gehört das Schloss Felix und nicht Olivier? Schließlich ist er der Ältere.«

René kratzt sich am Kopf und denkt einen Augenblick nach. »Ich glaube, weil Olivier das Haus in Paris hat.«

»Es gibt noch ein Haus in Paris?«

René nickt und sieht sie neugierig an. »Ich wusste nicht, dass du so wenig über die Leducs weißt«, bemerkt er.

Marias Wangen brennen vor Scham. In Renés Augen ist sie ein Narr. »Du musst mich für sehr dumm halten«, murmelt sie.

René lächelt sie freundlich an, wobei seine grauen Augen hinter den dicken Brillengläsern wie Bleistiftspitzen wirken. »Überhaupt nicht, meine Liebe.« Er tätschelt ihren Arm. »Ich glaube, wenn du erst gehört hast, was Felix zu sagen hat, wirst du begreifen, dass die ganze Aufregung unnötig war.«

Sie krümmt sich zusammen. »Ich glaube kaum, dass ich mich unnötig aufrege, wenn der Mann, den ich liebe, mich belogen hat. Wenn ich herausfinde, dass er *verheiratet* ist.«

»Lass es Felix erklären …«

Das sagen René und Olivier die ganze Zeit. »Lass es Felix erklären.« Sie hat genug vom Warten in der zugigen Eingangshalle. Warum sollte sie Felix Zeit geben, sich noch mehr Lügen auszudenken? Sie will ihn jetzt sehen. Plötzlich ist es Maria egal, ob Felix' Ehefrau von ihr erfährt. Es ist ohnehin auch für sie besser, wenn sie Bescheid weiß. Auf einmal denkt Maria, dass Felix genauso erfunden ist wie die Figuren in seinen Filmen. Sie will nicht länger warten. Sie will nicht länger leiden.

»Maria, warte! Wohin gehst du?«, ruft René hinter ihr her, als sie den Flur hinunterstürmt, in dem Olivier verschwunden ist. »Wir sollen hier warten!«

Maria schüttelt den Kopf, ihre Kapuze rutscht herunter, und ihre dunklen Locken fallen über ihre Schultern. Ihre Wut von vorhin ist wieder da und treibt sie den Korridor entlang. Maria läuft an einigen Türen vorbei, bis sie unter einer Schwelle Licht sieht und dahinter Stimmen hört. Ohne zu zögern, dreht sie den Griff und tritt ein.

Vor ihr steht ihr Geliebter. Noch nie war er so elegant gekleidet. Er trägt Anzughosen, ein gestärktes weißes Hemd mit einer schwarzen Seidenfliege, goldene Manschettenknöpfe und eine schwarze Weste. Seine widerspenstigen Haare sind mit Pomade gezähmt und glatt zurückgekämmt, sodass seine breiten, glattrasierten Wangen deutlich hervortreten. Es überrascht Maria, wie dunkelrot seine Lippen sind. So hatte sie sie nicht in Erinnerung.

»Maria!«, ruft Felix entsetzt, und sein Gesichtsausdruck verstärkt ihre Wut. Er will sie nicht hier haben. Sie starrt ihm direkt in die Augen und hat Angst, den Blick woanders hin zu richten. Aus dem Augenwinkel nimmt sie hinter ihm auf dem Sofa eine Gestalt wahr. »Mein Gott, Maria, was machst du, was platzt du hier …? Olivier hat gesagt, du würdest in der Eingangshalle warten.«

Ohne nachzudenken tritt Maria vor und gibt Felix eine kräftige Ohrfeige. Das Geräusch schallt durch den großen Raum. Es folgt schockierte Stille. Dann stürzt René hinter Maria in den Salon.

Felix hält sich die Wange und starrt Maria an. Das Entsetzen ist jetzt einer gleichgültigen Maske gewichen. Dass er nicht auf ihren Schlag reagiert, verletzt Maria noch mehr. Sie konzentriert sich auf den roten Abdruck ihrer Hand auf seiner Wange, dann nimmt sie langsam ihre Umgebung wahr. Hier hat man an den Wänden bereits einige Gemälde ersetzt. Obwohl die Nacht warm ist, knistert ein Feuer in einem großen Kamin, die Fenster sind geschlossen, die dunkelroten Samtvorhänge sind zugezogen. Es herrscht drückende Hitze. Maria sieht Olivier, der in einem Sessel neben dem Kamin thront und sie kühl betrachtet. Dahinter auf dem Sofa sitzt jemand, bei dem es sich um niemand anders als seine Frau handeln kann. Sie sieht Maria an, und die Blicke der beiden Frauen treffen sich. Anstatt ihr feindselig zu begegnen, wirkt die andere vielmehr schüchtern. Sie muss einmal sehr attraktiv gewesen sein, doch sie ist mindestens zwanzig Jahre älter als Maria, und jetzt wirkt ihr Gesicht müde und verhärmt, ihre Augen traurig.

»Ach, Felix«, sagt sie. »Das muss sie sein.«

Das überrascht Maria. Die Frau redet, als wüsste sie von ihr. Sie ist ganz sicher nicht verrückt oder krank. Mit brennendem Herzen wendet Maria sich an Felix:

»Warum hast du mich belogen?«, schreit sie.

»Aber, Maria, ich habe dich nicht belogen«, erwidert Felix wahrheitsgemäß. »Ich habe dir nur nie von meiner Frau erzählt.«

Meiner Frau. Die Worte treffen sie wie Messerstiche. Nie wird er Maria so bezeichnen. »Wie konntest du mit mir zusammen sein, wenn du verheiratet bist?«, fragt sie.

»Bitte, beruhige dich«, stößt Felix hervor. »Setz dich und trink etwas, dann erkläre ich es dir.«

Aber Maria bleibt in ihrem roten Cape stehen, wo sie ist.

»Ihr solltet draußen warten«, wendet sich Felix an René.

»Sie ist einfach weggelaufen. Ich konnte sie nicht aufhalten.«

»Und warum zum Teufel hast du sie überhaupt mitten in der Nacht hierhergebracht? Und warum hast du ihn nicht aufgehalten, Olivier?«, fragt Felix nun seinen Bruder.

»Ihretwegen. Sie war wild entschlossen, dich zu sehen«, antwortet er.

Felix wendet seine Aufmerksamkeit wieder Maria zu. »Herrgott, setz dich hin!«, befiehlt er, und zu ihrer eigenen Überraschung lässt sie sich auf einen Sessel auf der anderen Seite des Feuers fallen.

Felix geht zum Sideboard, schenkt aus einer Karaffe ein großes Glas Rotwein ein und reicht es Maria, wobei er es geschickt vermeidet, sie anzusehen. Sie möchte seine Hand berühren, seine Wärme und seine Haut spüren, aber sie hält sich zurück. Niemand sagt ein Wort. Nur das Knistern und Flackern des Feuers ist zu hören. Die Spannung ist kaum zu ertragen, aber nach ihrem Ausbruch fühlt sich Maria völlig erschöpft. Die ganze Szene kommt ihr unwirklich vor. Befindet sie sich tatsächlich in diesem Schloss und steht ihrem Geliebten und seiner Ehefrau gegenüber? Noch seltsamer kommt es Maria vor, dass die andere Frau so ruhig ist. Offenbar weiß sie von Maria, aber es scheint ihr nichts auszumachen.

»Felix«, sagt die andere jetzt, »ich denke, du solltest dem Mädchen alles erzählen.«

»Aber Mathilde, wir müssen die Zahl der Leute, die Bescheid wissen, auf den engsten Kreis beschränken.«

»Ich glaube, sie gehört dazu, Felix.«

Die beiden sprechen äußerst kühl miteinander. Maria fällt auf, dass Felix sich nicht neben seine Frau setzt, sondern stehenbleibt.

»Warum hast du mir nicht vertraut?«, wendet er sich wieder an Maria, und sie hört, dass er aufgebracht ist. Seine gleichgültige Fassade bröckelt.

»Das habe ich. Aber dann habe ich herausgefunden, dass du verheiratet bist.« Gegen ihren Willen bricht ihre Stimme. »Felix, wie *konntest* du nur?«

Vor all diesen Fremden fühlt sie sich befangen, doch keiner verlässt den Raum. Vielleicht ist es gut so. Vielleicht würde sie schwach werden und sich in Felix' Arme werfen, wenn sie allein wären.

»Weil ich dachte, du würdest es verstehen … Ich hoffe noch immer …« Er zögert und befeuchtet seine Lippen.

»Ist diese Dame«, Maria kann die Frau auf dem Sofa kaum ansehen, »deine Gattin?«, flüstert sie.

»Ja, das ist Mathilde Leduc«, erwidert Felix und weicht erneut ihrem Blick aus. »Sie ist meine Frau, aber nur auf dem Papier. Wir führen keine Ehe mehr.«

»Wenn das zutrifft, warum lebt ihr dann zusammen in diesem Haus?«

»Wir leben nicht zusammen. Ich wohne in London, wie du dich vielleicht erinnerst?«

»Aber sie wohnt in deinem Haus«, beharrt Maria. »Wenn ihr keine Ehe mehr führt, warum seid ihr dann nicht geschieden?«

»Weil sie meinen Schutz braucht.« Felix seufzt. »Das ist eine lange Geschichte, Maria.«

»*Mein Gott!*«, unterbricht Mathilde ungeduldig. »Ich versichere Ihnen, dass mein Mann und ich nicht mehr zusammen sind. Er hasst mich. Die meisten Menschen in dieser Gegend hassen mich.« Sie sieht Maria mit bekümmerter Miene an. Wäre sie nicht Felix' Frau, hätte Maria Mitleid mit ihr.

»Warum?«, flüstert sie.

»Man sieht in mir eine Verräterin. Während der Säuberungen gegen Ende des Krieges haben diese guten Kommunisten mich auf den Dorfplatz gebracht. Sie haben mir die Haare geschoren und mich nackt ausgezogen, sie …«

»Genug, Mathilde«, fällt Felix ihr ins Wort.

Doch die achtet nicht auf ihn. Sie starrt Maria müde und gehetzt an. »Ich war das, was man einen ›horizontalen Kollaborateur‹ nennt. Haben Sie den Begriff schon einmal gehört?«

Maria erinnert sich an das Gespräch zwischen dem Amerikaner und Vivienne vorhin im Club. »Ja, ich weiß, was das ist.«

Mathilde sieht so harmlos aus, aber sie hat ihren Ehemann betrogen. Sie hat mit einem Deutschen geschlafen, während Felix in der Resistance gekämpft hat. Wie kann er sie noch dulden, geschweige denn beschützen? Maria wendet sich zu ihm um und sieht ihn verwirrt an.

»Als ich herausgefunden habe, was Mathilde getan hat, habe ich dasselbe wie die Dorfbewohner empfunden«, erklärt er. »Ich habe mir gewünscht, meine Frau wäre tot.« Felix wendet den Blick ab und sieht in die Flammen des Kaminfeuers. »Aber dann habe ich erfahren, warum sie es getan hat.«

Einen Augenblick sagt niemand ein Wort. Maria sammelt ihren Mut, sie muss alles verstehen. »Warum haben Sie das getan?«, fragt Maria Mathilde.

Die Frau blickt zu Maria hinüber; sie wirkt jetzt abwehrend, verletzt.

»War es aus Liebe zu einem Deutschen?«, fragt Maria.

Mathilde lacht bitter. »Oh, ja. Aus Liebe. Aber nicht aus Liebe zu dem Mann, mit dem ich geschlafen habe.«

»Wie meinen Sie das?«, hakt Maria nach, aber Mathilde schüttelt den Kopf und weigert sich fortzufahren.

»Als all das geschehen ist, war Felix in Lyon«, schaltet sich plötzlich Olivier ein. »Genau wie Viviennes Mann hatte man ihn festgenommen. Er wurde im selben Gefängnis gefoltert.«

Maria sieht zu Felix, kann jedoch sein Gesicht nicht erkennen, weil er weiterhin ins Feuer blickt und ihr den Rücken zuwendet. Maria kann sich kaum vorstellen, was Felix in dem Gefängnis durchgemacht hat. Viviennes Mann ist gestorben, aber Felix hat überlebt. »Mathilde ist nach Lyon gereist, wo sie sich mit Vivienne getroffen hat. Sie wollte versuchen den Mann, der ihre Ehemänner gefangen hielt, von deren Unschuld zu überzeugen«, fährt Olivier fort.

»Ich spreche Deutsch«, fügt Mathilde hinzu. »Meine Mutter war Deutsche. Ihre Sprache zu können war während des Kriegs ein großer Vorteil.«

Maria kann sich vorstellen, was in Lyon passiert ist, wie es dazu kam, dass Felix befreit wurde und Viviennes Mann nicht.

»Ich habe mit ihm geschlafen«, erklärt Mathilde ruhig. »Es war die einzige Möglichkeit.«

»Mathilde hat Felix das Leben gerettet, Maria«, sagt Olivier. »Aber leider wollte der Deutsche Mathilde als seine Mätresse. Es hat ihm nicht gereicht, nur einmal mit ihr zu schlafen. Sie hat es getan, damit ihr Mann nicht noch einmal in Gefangenschaft gerät.«

Maria blickt hinüber zu der einfachen kleinen Frau auf dem Sofa. Es fällt ihr schwer, sich vorzustellen, dass ein hoher Gestapomann sie derart begehrt hat, aber vielleicht bestand ihre Anziehungskraft darin, dass sie Felix' Frau war.

»Erst kürzlich hat ein kommunistisches Säuberungskommando Mathildes Leben bedroht«, meldet sich René aus einer Ecke des Raums. Maria hat seine Anwesenheit fast vergessen. »Deshalb ist sie momentan hier. Solange Felix Leduc mit ihr verheiratet ist, wagt niemand, ihr etwas anzutun. Wenn er sie aber wegschickt …«

Diese Frau liebt Felix. Wie soll Maria da mithalten? Mathilde hat ihre Seele an den Teufel verkauft, um den Mann zu retten, den sie liebt. Mathilde sieht sie unerschrocken aus ihren blauen traurigen Augen an. Maria dreht sich zu Felix um, und zu ihrer Überraschung betrachtet er seine Frau mit Abscheu.

»Ich schulde es Mathilde, sie zu beschützen. Ja, das stimmt. Aber ich kann ihr nicht vergeben, was sie getan hat.«

Seine Worte scheinen Mathilde zu treffen. Sie senkt den Blick und starrt auf den Boden, ihre blassen Wangen leuchten plötzlich dunkelrot.

»Felix, sie hat dir das Leben gerettet«, protestiert Olivier.

»Ich wünschte, sie hätte es nicht getan«, sagt sein Bruder ausdruckslos. »Sie wusste, dass ich lieber gestorben wäre als zu wissen, dass meine Frau mit dem Feind schläft.«

Als wolle sie seine Aussage unterstreichen, schlägt auf einmal die Standuhr.

»Wie hätte ich es aushalten sollen, dich nicht zu retten?«, flüstert Mathilde.

Maria ist sprachlos. Hin- und hergerissen. Sie liebt Felix, weil er so ist, wie er ist: stark, mutig und launisch, aber er ist so unerbittlich. Sie überlegt, was Mathilde getan hat, und weiß, dass sie an ihrer Stelle genauso gehandelt hätte, um Felix' Leben zu retten.

»Nun«, sagt Olivier zu ihr, »ich habe Ihnen ja gesagt, dass die Wahrheit kompliziert ist.«

Maria lehnt sich auf ihrem Sessel zurück. Plötzlich ist sie sehr müde. Jetzt, da ihre Wut verflogen ist, besitzt sie keine Energie mehr.

»Liebes«, sagt Felix und spricht sie vor seiner Frau auf diese liebevolle Weise an. Mathilde sitzt wie versteinert da, als sei sie nicht aus Fleisch und Blut. »Du siehst sehr müde aus. Warum gehst du nicht ins Bett? Wir reden morgen früh weiter.«

Er hat mich nicht um Verzeihung gebeten, denkt Maria.

Müde steht sie auf, ihre Glieder sind schwer und ihr schwindelt.

Felix bringt Maria die Treppe hinauf. Er legt den Arm um ihre Taille und führt sie zum Schlafzimmer. Maria wehrt sich nicht. Sie fühlt sich zu ihm hingezogen, sie spürt, wie ihr Körper sich zu ihm neigt und sie bittet, sich von ihm berühren zu lassen. Aber er ist nicht der Mann, für den sie ihn gehalten hat.

Er führt sie in ein dunkles Schlafzimmer und schaltet neben dem Bett eine Lampe ein. Das Zimmer ist sehr luxuriös. Die Wände sind mit einer Damasttapete bezogen, die ein Muster aus rosa Schlüsselblumen schmückt. Auf einem Himmelbett liegt eine Tagesdecke mit Schlüsselblumen, die mit weißen Seidenrosen bestickt ist. Trotz der Größe riecht es in dem Zimmer muffig, als wäre es seit Monaten nicht gelüftet worden. Felix durchquert den Raum und öffnet das Fenster. Die Nacht ist so warm und windstill, dass das kaum einen Unterschied macht, aber Maria ist froh, dass die Vorhänge geöffnet sind und sie Mond und Sterne sehen kann. Sie setzt sich auf das Bett und lässt das rote Cape von ihren Schultern gleiten.

Felix kommt zu ihr. Er geht vor ihr auf die Knie und nimmt ihre Hände in seine. »Ich liebe dich, Maria«, sagt er und blickt ihr in die Augen.

Sie zieht ihre Hände zurück und legt eine auf den Abdruck auf seiner Wange. »Es tut mir leid, dass ich dich geschlagen habe«, sagt sie.

Er lächelt sie an, sein Gesicht wirkt jetzt entspannt. »Das ist in Ordnung«, erwidert er, nimmt ihre Hand und legt sie auf seinen Schoß. Sie spürt, wie sein Glied in seiner Hose wächst.

»Ich begehre dich so sehr«, sagt er. »In deinem Silberkleid siehst du aus wie das Mondlicht.«

Er lässt die Hand unter ihr Kleid gleiten und streichelt ihre Beine. Maria begehrt ihn ebenfalls, doch sie weiß, dass nur ihr Körper auf ihn reagiert. Ihr Herz ist von widersprüchlichen Gefühlen erfüllt: Ihre Liebe steht seinem Betrug gegenüber. Und da ist noch etwas anderes. Sie kann es nicht benennen, aber plötzlich spürt sie, dass sie heute Nacht allein sein muss. Sie weicht zurück und unterbricht ihn. Er sieht sie fragend an: »Was ist, Liebling?«

»Wie geht es weiter, Felix?«

Er seufzt und setzt sich auf die Fersen. »Deshalb bin ich nach London gegangen. Um all dem zu entkommen.« Er zuckt mit den Schultern. »Ich wusste, dass ich dich nicht mit nach Frankreich hätte nehmen dürfen.«

»Was ist mit uns, Felix? Was sollen wir tun?«

»Ich liebe dich, Maria. Reicht dir meine Liebe nicht?« Er hält inne. »In ein paar Jahren kann ich mich von Mathilde scheiden lassen, dann verschwindet sie aus unserem Leben. Nur im Moment braucht sie meinen Schutz. Das bin ich ihr schuldig.«

»Dann willst du also, dass ich deine Geliebte bin?«

»Ja«, sagt er. »Aber eigentlich bist du meine richtige Frau, mein Liebling …« Seine Stimme verhallt.

»Warum kannst du ihr nicht vergeben?«, flüstert Maria.

»Ich will nicht mehr darüber sprechen«, antwortet er gereizt, steht auf, und sein liebevoller Blick weicht einer überheblichen Miene.

Maria träumt, dass sie tanzt. Die Wände des Schlafzimmers verwandeln sich in eine goldene Weide. Das Gras ist weich und dicht wie ein Teppich, der Duft der Sommerrosen dringt in ihre Poren und macht sie weich und biegsam wie Rosenblätter. Sie tanzt allein auf der offenen weiten Fläche. Wie gut es tut, ihre Seele freizulassen! Ihr Körper gehorcht ihren Gedanken, und sie springt hoch über die Wiese. Hier gibt es nichts, das sie traurig macht. Ihre Freude macht sie frei. Doch jetzt tanzt sie am Rand der Weide, an die sich ein dunkler Wald anschließt. Als würden die Bäume auf sie zukriechen, kommt der Wald immer näher. Die Bäume werfen Schatten auf den goldenen Rasen. Maria blickt zwischen die hohen Baumstämme und sieht ein Gesicht: einen hellen mondähnlichen Kreis – es ist Mathilde Leducs Gesicht. Aus ihren Augen spricht die große Liebe zu ihrem Mann, der sie verachtet. Es ist schmerzhaft, in ihr Gesicht zu sehen. Maria wendet sich ab, hört jedoch noch, was Mathilde sagt: »Liebe und Hass liegen dicht beieinander.«

Mit klopfendem Herzen setzt Maria sich im Bett auf. Sie blickt aus dem offenen Fenster und sieht, dass es noch immer Nacht ist. Der Morgen lässt noch eine Weile auf sich warten. Sie kann nur kurz geschlafen haben. Maria zieht die Decke bis zum Kinn hoch und wünscht sich jetzt, sie hätte Felix vorhin nicht abgewiesen. Sie wünschte, er wäre hier bei ihr, hielte sie und beruhigte sie. Warum können sie nicht einfach weitermachen wie bisher? Er hat gesagt, dass er sich in ein paar Jahren von Mathilde scheiden lassen könnte. Er hat gesagt, dass er sie, Maria, liebt.

Maria schlägt die Decke zurück und steigt aus dem Bett. Noch immer trägt sie das Abendkleid. Sie wird zu ihm gehen. Das ist alles, was sie weiß. Sie braucht ihn. Ihr Körper sehnt sich nach der Berührung ihres Geliebten.

Sie öffnet die Zimmertür und blickt hinaus in den Flur. Sie weiß nicht, in welchem Zimmer Felix sein könnte. Sie läuft auf Zehenspitzen über den Korridor und öffnet dabei jede Tür. Die meisten Zimmer sind leer. In einem sieht sie Renés Brille auf dem Nachttisch liegen, und aus dem Hügel unter der Decke dringt Schnarchen. Maria schließt die Tür. Sie muss Felix finden. Sie möchte in seinen Armen liegen, mit ihrem Geliebten verschmelzen und ihn in sich spüren. Ohne ihn fühlt sie sich leer. Nur dadurch wird sie sich besser fühlen.

Sie stößt die letzte Tür auf der Etage auf. Zunächst sieht sie ein offenes Fenster, silberblaues Mondlicht ergießt sich in den Raum. Vor ihr steht ein großes Himmelbett. Sie hat ihn gefunden, doch was sie sieht, lässt sie sprachlos vor Entsetzen erstarren. Dort liegt nicht nur Felix, sondern auch Mathilde, seine angeblich so verhasste Ehefrau. Die beiden schlafen fest und liegen eng umschlungen in einem Bett. Sie sehen so unschuldig, so vollkommen aus – es zerreißt Maria das Herz. Sie hört erneut Mathildes Worte aus ihrem Traum: »Liebe und Hass liegen dicht beieinander.«

Maria dreht sich um, rennt aus dem Zimmer und den Flur hinunter. Sie kann nicht bleiben. Das erträgt sie nicht. Wenn sie noch eine Minute länger in diesem schrecklichen Schloss verbringen muss, bricht ihr das Herz, und sie stirbt. Maria stürzt in Renés Zimmer und rüttelt den kleinen Mann wach.

»René! Du musst mich zurück nach Paris bringen. *Sofort!*« Sie schluchzt fast hysterisch. Das Bild ihres Geliebten in völliger Harmonie im Bett mit seiner Frau brennt sich in ihren Kopf ein.

Valentina

Thomas ist ein Außerirdischer, ein Besucher aus einer anderen Galaxie. Er trägt einen silbernen Raumfahrtanzug, sein Kopf ist durch einen Helm vor Küssen geschützt. Valentina kann noch nicht einmal seine Augen erkennen, sie sieht nur ihr Spiegelbild auf seinem Visier. Auf dem Balkon der Wohnung nimmt er ihre Hand und deutet hinauf in den Nachthimmel. Sie muss springen. Sie darf keine Angst haben zu fallen und auf der Straße dort unten zu zerschmettern. Sie muss Thomas vertrauen. Es ist leichter, als sie gedacht hat. Sie muss nur ihren Kopf ausschalten und auf ihr Herz hören. Jetzt springen sie zusammen in den Londoner Nachthimmel. Einen Augenblick fallen sie und streifen mit den Fußspitzen einen der alten Türme der Tower Bridge. Doch Valentina vertraut Thomas, und tatsächlich hebt sie ein warmer Luftschub in den Himmel, und sie treiben nach links über das riesige Swiss-Re-Gebäude mit Spitznamen »Gherkin« hinweg, das tatsächlich wie eine Gurke aussieht. Schwerelos treiben sie dahin, entfernen sich immer weiter und fliegen in ein anderes Universum. Valentina betrachtet die Sterne. Auf der astronomischen Landkarte am Himmel kann sie ganz klar das Sternbild ihrer Liebe erkennen. Thomas und sie sind ein winziger Fleck im unendlichen Universum. All die Liebe, die Valentina empfindet, kann nicht nur ihm und ihr gehören.

Valentina erwacht in Thomas' Armen. Vor Freude steigen ihr erneut Tränen in die Augen. Es ist kein Traum. Sie ist tatsächlich hier im Bett mit ihrem Außerirdischen. Valentina betrachtet Thomas' schlafendes Gesicht. Für sie ist er schöner als jedes Himmelswesen, unwiderstehlicher als jeder andere Mann, mit dem sie je zusammen gewesen ist. Sie könnten nie nur Freunde sein – nicht so wie sie und Leonardo. Mit Thomas geht es um alles oder nichts. Valentina möchte die Hand nach ihm ausstrecken und ihn berühren, doch sie will ihn nicht wecken. Sie will sich noch ein bisschen den Traum bewahren, dass sie wieder zusammen sind. Valentina ist nicht sicher, was Thomas sagen wird, wenn er aufwacht.

Er hatte Anita verlassen. Valentina betrachtet diesen entscheidenden Moment, als wäre er eine kleine Kristallkugel in ihren Händen. Anita und sie waren noch im Whirlpool gewesen und hatten Thomas' schönen nackten Körper betrachtet. Valentina war gerade klar geworden, dass sie aus dem Dreier aussteigen musste, und hatte Angst, Thomas vielleicht für immer zu verlieren. Da sprach er das magische Wort aus:

»Nein.«

»Bist du sicher?«, hatte Anita schmollend gefragt, wobei Valentina fand, dass sie eigentlich nicht sehr überrascht wirkte. »Wie schade«, sagte Anita und spritzte Wasser aus dem Becken, als wäre sie gereizt, doch ihre Augen hatten gelächelt.

»Es tut mir leid, Anita. Ich habe es dir gesagt, ich bin ein Ein-Frauen-Mann.«

Anita verschränkte die Arme über ihrem üppigen Busen, der an den Seiten hervorquoll. »Bis zu einem gewissen Punkt«, sagte sie. »Aber ich glaube, wir sind uns einig, dass wir unser kleines gemeinsames Bad genossen haben. Oder, Valentina?«

»Ja«, flüsterte sie. Sie war kaum in der Lage zu sprechen. Vor

Aufregung war ihre Kehle wie zugeschnürt. Was hatte Thomas damit gemeint, er sei ein Ein-Frauen-Mann? Als Thomas sich zu ihr umgedreht hatte und ihr die Hand entgegenstreckte, zögerte Valentina keine Sekunde: »Nun, Valentina, kommst du mit nach Hause?«

Sie war hastig aufgestanden und hatte das Wasser verspritzt.

»Ich glaube, sie will«, bemerkte Anita sarkastisch. »Geht schon, ihr zwei Turteltauben – na, los.«

Besorgt, dass sie vielleicht gemein handelten, drehte Valentina sich zu Anita um.

Doch die lächelte nur. »Mach nicht so ein besorgtes Gesicht, Herzchen. Mir geht's gut. Seit ich dich zum ersten Mal gesehen habe, war mir klar, dass ich ihn dir nicht abspenstig machen kann. Aber versuchen darf man es doch, oder? Und ehrlich gesagt habe ich dich irgendwie genauso begehrt.«

»Es tut mir leid«, sagte Valentina.

»Das muss es nicht«, antwortete Anita. »Ich habe jede Menge Freunde, die mit mir spielen.«

Sie tauchte unter Wasser. Valentina ergriff Thomas' ausgestreckte Hand und stieg aus dem Pool.

Noch feucht von ihrem Bad waren die beiden zusammen dem Morgen entgegengelaufen. In das zarte Blau des Himmels hatten sich die Farben von Rose, Fuchsie und Geißblatt gemischt und die Silhouette wie eine verzauberte Stadt wirken lassen. Sie liefen über das Kopfsteinpflaster, an den alten Lagerhäusern vorbei und entfernten sich vom Fluss. Valentina hatte keine Ahnung, wohin sie gingen. Es reichte ihr, Thomas' Hand zu halten und wieder bei ihm zu sein. Sie überquerten eine Straße, rannten an unzähligen Häusern vorbei und überquerten eine weitere Straße, bis sie sich am Eingang zu einer

Siedlung mit etwas heruntergekommen aussehenden Wohnungen befanden.

»Ich habe eine alte Sozialwohnung gemietet«, erklärte Thomas, während er sie in das zweite Haus und die Treppe hinaufführte.

Ungeduldig hantierte er mit den Schlüsseln, um die Tür zu öffnen. Valentina hatte das Gefühl, er hätte sie am liebsten eingetreten, um schnell hineinzugelangen und Valentina in die Arme zu nehmen. Sie stürzten durch die Wohnung direkt ins Schlafzimmer. Thomas fiel rücklings aufs Bett und zog Valentina mit sich. Ihre Körper waren noch immer feucht, und ihre vom Baden noch weiche Haut kribbelte von der morgendlichen Kälte. Valentina achtete nicht auf das Zimmer. Dort stand ein Bett, mehr brauchte sie nicht. Sie setzte sich rittlings auf Thomas. Sie blickten einander tief in die Augen. Wie über eine Zündschnur entflammten die Gefühle zwischen ihnen. Valentina nahm Thomas in sich auf und zog sich um seinen Schaft zusammen. Sofort waren sie wieder dort, wo sie an jenem Morgen in Venedig aufgehört hatten, als sie ihn verloren hatte. Seit Thomas aus ihrem Leben verschwunden war, hatte Valentina sich danach gesehnt – nach innigem, gefühlvollem Sex, der sie tief in ihrem Innern berührte. Sie bewegten sich in perfekter Harmonie, wie eine Einheit. Sie waren miteinander verwurzelt und saugten sich immer stärker aneinander fest. Sie hatten es nicht eilig. Es war, als hätten sie alle Zeit der Welt, als befänden sie sich in ihrem eigenen Land, und alles andere, selbst Anita, wäre vergessen.

»Oh, Valentina.«

Sie hörte, wie gefühlvoll er ihren Namen aussprach, und es erfüllte sie mit Liebe. Valentina beugte sich hinab und küsste ihn auf den Mund. Er öffnete die Lippen, gierig nach ihrer Liebe, von der er gedacht hatte, sie nie zu bekommen.

Noch nie hatte Valentina ihm beim Sex so viel gegeben. Ihr Rausch entzündete sich an seinem. Ihre jahrelange Selbstbeherrschung zerbrach, sie zeigte ihr zartes Herz und ihren Wunsch, von ihrem Geliebten erfüllt zu werden. Diese göttlich abgestimmten Bewegungen zwischen ihnen. Jedes Mal, wenn Thomas tief in sie hineinstieß, jedes Mal, wenn sie sich um ihn zusammenzog und ihn weiter in sich hineinsog, jedes Mal, wenn er sie tief berührte, lieferte sie sich aus, gab sie sich hin. Es war Glückseligkeit. Sie sagte sogar: »Ich liebe dich.«

Valentina spürte, dass ihre Worte ihn bewegten. Er hielt sie fest, drang noch tiefer in sie ein, und hingerissen von der Kraft ihrer Liebe kamen sie gemeinsam zum Höhepunkt, ihre Schreie und ihr Keuchen wurden eins.

Es war nicht bei diesem einen Mal geblieben. Gierig aufeinander hatten sie sich immer wieder geliebt, bis sie in einen erschöpften Schlaf gesunken waren. Nicht einen Augenblick hatte Valentina an Anita gedacht. Bis jetzt. Der Dreier war seltsam gewesen. Doch es hatte Valentina gefallen, als sie alle zusammen im Whirlpool gewesen waren.

Valentina steigt aus dem Bett und betrachtet Thomas, der noch immer tief und fest schläft. Sie streift durch die Wohnung. Von außen hatte das Gebäude heute Morgen nicht sehr einladend ausgesehen. Eine alte Sozialwohnung, hatte Thomas gesagt, aber von innen ist sie ganz hübsch: einfach, aber geschmackvoll – wie Thomas. Im Wohnzimmer stehen eine alte Ledercouch und diverse Bücherregale. An den Wänden hängen einige moderne Drucke. In der Ecke steht ein Sekretär mit geöffnetem Deckel. Darauf steht Thomas' Laptop, und zu ihrer Überraschung entdeckt sie daneben ein gerahmtes Foto von Thomas und sich. Valentina nimmt es in die Hand und betrachtet es mit nostalgischen Gefühlen. Das Bild stammt aus einem Sardinien-Urlaub. Valentina erinnert sich daran, dass Thomas einen anderen Touristen gebeten hatte, ein Foto von ihnen zu machen. Sie stehen am Strand, Valentina trägt einen nicht sehr schmeichelnden Bikini. Sie haben sich untergehakt, blinzeln in die Sonne und lächeln etwas dümmlich in die Kamera. Valentina betrachtet die junge Frau. Es ist deutlich zu sehen, dass sie glücklich und verliebt ist. Warum hatte sie das so lange geleugnet? Und warum steht diese Fotografie auf Thomas' Schreibtisch? Heißt das, dass er nie aufgegeben hat?

Sie findet das Badezimmer und hüllt sich in Thomas' weißen Frotteebademantel, dann geht sie in die Küche und füllt Wasser in den Kessel. Durch ein kleines Fenster blickt man auf einen schlichten Balkon und auf ein Mietshaus mit einer dreckigen Rasenfläche, auf der eine kaputte Schaukel und eine einsame Wippe stehen. Doch es ist ein heller sonniger Tag, und Valentina findet den Anblick liebenswert. Sie stellt sich vor, wie es wäre, mit Thomas in London zu wohnen: ein neues Leben und ein neuer Anfang für sie beide. Sie blickt auf die Küchenuhr. Es ist nach zwölf Uhr mittags. Ihr Flug geht um sechs. Wenn sie heute nach Hause fliegen will, bleibt ihr nicht mehr viel Zeit, um zu Tante Isabella zu fahren und zu packen. Sie hat keine Ahnung, in welchem Teil von London sie sich befindet und wie weit es von hier zu Isabella ist. Sie kocht zwei Becher Tee und denkt über ihre Möglichkeiten nach. Sie will nicht zurück nach Mailand. Noch nicht. Nicht nach dem, was mit Thomas passiert ist. Sie würde nur zurückgehen wollen, wenn er mitkäme.

Valentina schlendert mit den zwei Bechern zurück ins Wohnzimmer und stellt sie auf den Kaffeetisch. Ihre Tasche steht verlassen auf der Couch. Sie öffnet sie und holt ihr Telefon heraus, darauf sind zwei Nachrichten von Antonella.

Wo bist du?

Fahre mit Mikhail nach Moskau. Ruf mich an!

Vielleicht hat Antonella endlich »den Richtigen« gefunden. Wenn sie mit Mikhail nach Russland fährt, muss es sie ziemlich erwischt haben. Valentina hofft sehr, dass es mit den beiden klappt, dass Antonella nicht das Interesse an ihm verliert. Der schweigsame Russe gefällt Valentina, und sie glaubt, dass er ihrer wilden Freundin guttut.

»Da bist du ja.«

Sie dreht sich um. Thomas steht mit nacktem Oberkörper und in seidenen Pyjamahosen im Türrahmen.

»Ich habe mir schon Sorgen gemacht, dass du mich verlassen hast.«

Kann sie in dem kalten Tageslicht zeigen, was sie empfindet?

»Ich könnte dich jetzt nicht verlassen.«

Thomas lächelt erfreut über ihre Worte. Das ist nicht die wortkarge Valentina von einst. »Meinst du das ernst?«

Sie nickt und ist plötzlich beunruhigt, dass letzte Nacht vielleicht nur eine Illusion war und dass Thomas ihr jetzt erklärt, es sei nur eine einmalige Sache gewesen.

»Was ist das mit Anita?«, fragt sie und verflucht sich augenblicklich dafür, dass sie den Namen ihrer Rivalin ins Gespräch gebracht hat.

»Wie ich dir in der Tate gesagt habe, es ist kompliziert.«

Valentina runzelt die Stirn. Er tritt dicht vor sie und steckt ihr die Haare hinter die Ohren. »Mach nicht so ein besorgtes Gesicht. Zwischen uns ist nie etwas Erotisches oder Sexuelles gelaufen … bis du dazugekommen bist!«

»Warum hat sie sich als deine Freundin bezeichnet?«

Thomas nimmt sich einen der Teebecher, setzt sich auf die Couch und bedeutet ihr, sich zu ihm zu setzen. »Es war alles nur zum Schein«, erklärt er. »Ich glaube, man könnte sagen, wir sind eine Weile zusammen ›ausgegangen‹, aber schließlich habe ich ihr erklärt, warum ich sie kennenlernen wollte.«

»Und warum wolltest du das?«, fragt Valentina, die noch immer nicht versteht.

»Ich dachte, du hättest es inzwischen herausgefunden«, sagt Thomas und zwickt sie durch den Bademantel in den Bauch. »Anita gehörte die Zeichnung von André Masson, hinter der ich her war. Weißt du noch, ich habe dir davon erzählt, als wir uns in der Tate getroffen haben?«

»Natürlich.« Valentina überlegt. Die ganze Kunst an den Wänden von Anitas Wohnung ... Plötzlich fällt ihr etwas ein. Sie schlägt erschrocken die Hand vor den Mund. »Glen war gestern Abend da«, sagt sie.

Thomas steigt vor Wut die Röte in die Wangen.

»Gott, dieser Kerl ist unglaublich«, flucht er. »Als ich ihn in der Ausstellung gesehen habe, habe ich ihm gesagt, dass er sich von dir fernhalten soll. Nun, es ist zu spät. Er kann die Zeichnung nicht mehr stehlen. Ich habe sie letzte Nacht mitgenommen. Sie ist hier.«

Er steht auf, geht durch das Zimmer und nimmt eine Aktentasche, die neben dem Sekretär lehnt. Er holt einen Schlüssel aus einem Fach im Sekretär und öffnet die Tasche. Dann zieht er eine kleine gerahmte Zeichnung hervor, reicht sie Valentina und setzt sich wieder neben sie. »Sie heißt *Verdammte Frauen* und stammt ungefähr von 1922.«

Valentina betrachtet das Bild. Es zeigt nackte Frauenkörper in Ekstase. Valentina findet es schwierig, einzelne Körper auszumachen. Ihre Brüste und ihr Schamhaar sind deutlicher zu erkennen als ihre Gesichter. Sie wirken wie eine sich windende Sexmasse.

»Wie ist es in Anitas Hände gelangt?«, fragt Valentina.

»Obwohl ihr Großvater im Krieg gegen die Nazis gekämpft hat, scheint er keine Skrupel gehabt zu haben, das Bild 1953 einem Händler abzukaufen, der dafür bekannt war, Kriegsbeute zu verkaufen.«

»Hast du es gestern Nacht aus Anitas Wohnung gestohlen? Hast du deshalb so getan, als seist du ihr Freund?«, will Valentina wissen und ist fasziniert von der Vorstellung, dass Thomas das Bild unter den Augen der Gäste gestohlen hat.

»Das war der ursprüngliche Plan«, bestätigt er, nimmt ihr das Bild ab und verschließt es wieder in der Aktentasche. »Deshalb habe ich dir gesagt, dass du mir vertrauen und abwarten sollst. Als Freundin hat Anita mich nie interessiert. Ich weiß, es war herzlos von mir, aber ich musste das Bild zurückbekommen.«

Valentina erinnert sich an etwas, das Anita letzte Nacht gesagt hat, kurz bevor sie alle zusammen waren. Etwas von einer letzten Chance in Bezug auf Thomas, als hätte sie gewusst, dass sie ihn nicht mehr wiedersehen würde.

»Anita hat sich als anständiger Mensch entpuppt«, erklärt Thomas. »Als Glen auftauchte, habe ich mir Sorgen gemacht, dass er in ihre Wohnung einbrechen würde. Ich hatte das Gefühl, sie warnen zu müssen. Also habe ich ihr die ganze Geschichte erzählt. Ihre Reaktion hat mich sehr beeindruckt. Es war der einfachste Raub, den ich je begangen habe.«

»Warum? Was ist passiert?«

»Nachdem ich ihr alle Beweise gezeigt habe, hat sie eingewilligt, mir das Bild zu geben. Einfach so! Ich glaube, sie ist so stinkreich, dass sie es sich leisten kann, Prinzipien zu haben.«

»Das ist etwas harsch.« Valentina fällt etwas anderes ein, das Anita gesagt hat, als sie über ihre Großmutter und den erotischen Film gesprochen haben. »Indem wir die Geheimnisse unserer Vorfahren ergründen, erfahren wir, wer wir selbst sind.«

»Vielleicht wollte sie das Handeln ihres Großvaters wiedergutmachen. Genau wie du.«

Thomas zuckt mit den Schultern. »Du hast recht. Nachdem mein Großvater die kostbaren Schätze dieser armen Juden für einen Hungerlohn an die Nazis verscherbelt hat, habe ich wohl kaum das Recht, über jemanden zu urteilen.«

»Aber ihm blieb wenig anderes übrig. Und denk daran, Thomas, dass er den Rest seines Lebens versucht hat, die Bilder wiederzubeschaffen und ihren rechtmäßigen Besitzern zurückzugeben.«

Jede Familie hat ihre dunklen Geheimnisse. Valentina ist immer noch fassungslos, dass ihre Großmutter in diesen erotischen Filmen aufgetaucht ist, doch alles deutet darauf hin, dass sie es ist. Und dann ist da noch die riesige Lüge über ihren Vater.

»Nun, Valentina«, sagt Thomas und legt vorsichtig die Aktentasche zurück auf den Boden, »meine Karriere als Kunstdieb geht hiermit zu Ende. Meinst du, du findest mich noch attraktiv, wenn ich wieder einfach nur ein verstaubter alter Professor bin?«

»Natürlich«, sagt sie und küsst ihn. »Ich kann es kaum erwarten!«

Auf einmal fällt ihr etwas ein. Sie weicht zurück, und ihr Magen krampft sich angstvoll zusammen. »Thomas, ich habe vergessen, dir etwas zu erzählen. Von Glen.«

Thomas zieht sie an sich. Sie legt ihre Hände auf seine nackte Brust und schiebt die Finger in seine weichen Haare.

»Was ist los, Liebes?«

»Er ist mir gefolgt …« Sie zögert und beschließt, Thomas nicht zu erzählen, dass sie Glen zum ersten Mal vor dem Haus von Philip Rembrandt begegnet ist. Sie will Thomas noch nicht alles von ihrem Vater berichten. Sie will ein bisschen Zeit mit ihm haben, bevor sie ihn mit ihrer chaotischen Familiengeschichte konfrontiert. »Er hat gesagt, wenn du ihm nicht das Geld für das Bild von Mrs. Kinder zurückgibst oder ihm die Zeichnung von Masson überlässt, würde er mich nehmen.«

»Was fällt ihm ein!«, knurrt Thomas angewidert. »Das hat er mir in der Galerie erzählt, und ich habe ihm gesagt, er soll abhauen. Er behauptet, er hätte bereits eine Vereinbarung mit Guilio Borghettis Sohn abgeschlossen, bevor ich aufgetaucht sei. Ich habe ihm gesagt, wenn er uns in Ruhe ließe, wäre es das letzte Bild, das ich nehme. Ab jetzt kann er jedes einzelne Stück aus der Nazibeute haben. Ich dachte, dass er damit zufrieden wäre.«

»Nun, das glaube ich nicht«, antwortet Valentina.

»Das reicht!«, sagt Thomas wütend. »Die Folgen sind mir egal. Wenn er noch einmal auftaucht, bringen wir ihn zur Polizei.« Thomas sieht todernst aus, und Valentina zweifelt nicht daran, dass er es tun wird.

»Aber bekommst du dann keine Schwierigkeiten?«

»Nein, nicht nachdem ich jetzt mit allem fertig bin. Schließlich ist keines der Gemälde, die ich genommen habe, offiziell als gestohlen gemeldet.« Er zieht sie noch dichter an sich heran, sodass ihr Kinn an seiner Brust lehnt und sie seinen köstlichen Geruch einatmet. »Und außerdem lasse ich dich nicht mehr aus den Augen, bis ich Guilio Borghettis Sohn in Sorrento das Bild wiedergegeben habe.«

Bei seinen Worten hält sie den Atem an. Er will sie nicht mehr aus den Augen lassen. Ihre Wiedervereinigung ist also nicht nur vorübergehend. Sie kuschelt sich an ihn, küsst seine Haut und fühlt sich sicherer als je zuvor in ihrem ganzen Leben.

»Thomas?«, flüstert sie an seiner Brust. »Seit wann wusstest du, dass du mich zurückwillst?«

»Ich habe nie aufgehört, dich zu wollen, Valentina. Aber es ist mir erst klar geworden, als ich dich in der Lexington wiedergesehen habe.« Er holt Luft. »Gott, ich konnte mich gerade noch beherrschen, dich nicht in die Arme zu nehmen, aber Anita war da, und ich befand mich in einem heiklen Stadium mit ihr wegen meiner Verhandlung über den Masson.«

Valentina dreht sich um und sieht zu ihm hoch. »Warum hast du mir in der Tate nicht gesagt, was mit Anita los war? Warum hast du mich im Ungewissen gelassen?«

»Weil ich dir bereits mein Herz geöffnet hatte.« Er hält inne. »Du warst diejenige, die sich über ihre Gefühle klar werden musste, nicht ich. Ich habe dir gesagt, du sollst mir vertrauen. Darum ging es.« Während er weiterspricht, streichelt er ihr Haar. »In gewisser Weise war es ein glücklicher Umstand, dass Anita da war. Obwohl ich das nie von dir gedacht hätte, hat es dich vielleicht gezwungen, mir deine Gefühle zu zeigen. Anita stellte eine Bedrohung dar.« Er sieht sie fragend an, und sie errötet.

»Ich bin von mir selbst überrascht«, gesteht sie. »Ich dachte, ich wäre ein echter Freigeist, aber als es ernst wurde, wollte ich dich für mich allein haben.«

»Darüber bin ich sehr froh, Valentina. Ich will dich auch nicht mehr teilen.« Er küsst sie auf die Stirn.

»Dann sind wir einander ausgeliefert?«, fragt sie.

»Ja, wir sind beide über die Klippe in den gefährlichen Abgrund der Liebe gesprungen.«

Er klappt ihren Bademantel auf. Valentina klettert auf seinen seidigen Schoß und blickt zu ihm hinunter. Sie betrachtet sein Gesicht und lässt den Anblick auf ihr Herz wirken.

»Begleitest du mich, wenn ich Borghetti den Masson wiedergebe? Ich fliege morgen früh nach Neapel.«

»Aber ich sollte heute Abend nach Mailand zurückfliegen«, widerspricht sie schwach.

Er zieht sie zu sich herunter und küsst sie. »Ach nein, Valentina, heute Nachmittag musst du dringend mit mir schlafen. Ich fürchte, du wirst deinen Flug verpassen ...«

»Wenn du meinst«, sagt sie und macht sich gar nicht erst die Mühe, Widerstand zu heucheln.

Sie lehnt sich zurück und streichelt durch seine seidigen Pyjamahosen seinen Schoß. Sie lässt die Hand in seinen Bund gleiten und spürt, wie sich sein Glied aufrichtet. Er sehnt sich danach, erneut in ihr zu sein. Sie küsst ihn leidenschaftlich und trinkt seine Liebe, die wie süßer Honig ihr Herz erfüllt.

»Thomas?« Valentina löst sich kurz von ihm und fühlt sich seltsam unsicher.

Erwartungsvoll sieht er zu ihr hoch.

Valentina ist so aufgeregt, was er antworten wird, dass sie den Blick senkt und die kleinen Falten auf seinem Bauch betrachtet. »Darf ich jetzt deine Freundin sein?« Ihre Stimme ist kaum mehr als ein Flüstern.

»Nein, auf gar keinen Fall«, sagt er wie aus der Pistole geschossen, ohne einen Augenblick nachzudenken.

In ihrer Kehle bildet sich ein dicker Kloß. Sie kann ihre Enttäuschung kaum verbergen. Dann hat er ihr also noch nicht vergeben.

»Valentina.« Mit seiner Fingerspitze hebt er ihr Kinn und blickt ihr in die Augen. Sie sieht in ein Meer der Hoffnung.

»Ich will nicht, dass du meine Freundin bist, weil ich will, dass du meine Frau wirst.«

Maria

Zurück im Hotel öffnet Maria den Koffer, den Felix ihr geschenkt hat. Er ist zur Hälfte mit Kleidern und Schmuckstücken gefüllt, die Felix ihr gekauft hat. Maria reißt sich das rote Cape und das elfenbeinfarbene Abendkleid vom Leib, geht auf die Knie und wirft den Inhalt des Koffers auf den Boden. Strümpfe, Seidenblusen, Handschuhe und Schals fliegen bunt durcheinander. Die Flasche »L'Heure Bleu« kracht auf die Holzbohlen, das Glas zerschellt in tausend winzige Kristalle. Der intensive Parfumgeruch überwältigt Maria. Die Bilder, die der Duft in ihr heraufbeschwört, lassen sie erzittern. Nachdem die Rückfahrt nach Paris in eisigem Schweigen verlaufen war, hatte René Maria seine Hilfe angeboten. Sie hatte abgelehnt, brauchte jedoch all ihre Selbstbeherrschung, um sich nicht wie ein Baby schluchzend in seine rundlichen Arme zu werfen. Nun bricht Maria endlich in Tränen aus. Es ist nicht einfach nur das Weinen eines junges Mädchens, das um ihr erstes gebrochenes Herz trauert, es sind die herzzerreißenden Schluchzer einer betrogenen Frau. Tränen laufen über ihre Wangen und das Kinn hinunter, rinnen zwischen ihren nackten Brüsten hindurch zu ihrem bebenden Bauch und weiter zwischen ihre Beine. Maria leert den Koffer und klettert hinein. Die rote Seide fühlt sich kühl auf ihrer erhitzten Haut an. Sie legt sich auf die Seite, zieht die Knie an die Brust und rollt sich zusammen. Sie klemmt sich in den großen Koffer und schließt die Augen.

In ihren Träumen ist sie ein wildes Tier. Sie befindet sich im Winterschlaf. Plötzlich klappt der Koffer zu. Um sie herum ist es dunkel, und sie hört nur ihren eigenen Herzschlag. Doch sie hat keine Angst. Es ist beruhigend, am helllichten Tag unsichtbar zu sein. Als sie spürt, dass der Koffer angehoben wird, umklammert sie fest ihren Körper. Wer trägt sie fort? Wohin bringt man sie? Der Koffer schwingt vor und zurück wie eine Wiege. Maria hat nur wenig Platz, und doch ist es bequem, als würde sie perfekt an diesen Ort passen. Das überrascht sie, denn sie hatte immer Angst vor engen Räumen. Jetzt hat sie das Gefühl, dass sie in einem Koffer genau richtig aufgehoben ist. Sie fühlt sich sicher, das Schaukeln wiegt sie in den Schlaf.

Als der Koffer geöffnet wird, schmeckt sie als Erstes Salz auf ihren Lippen. Maria öffnet die Augen und blinzelt ins Tageslicht. Sie blickt in den weiten blauen Himmel und sieht über sich eine Möwe kreisen. Sie hört, wie das Meer ans Ufer brandet, das regelmäßige Rauschen, das nie aufhört. Sie wartet, dass die Flut kommt und sie in ihrem Koffer fortträgt. Maria sieht sich für immer auf dem Meer schaukeln, bis sie von den Fluten verschluckt wird und sich in nichts verwandelt. Die gegen die Felsen schlagende Brandung wird immer lauter, immer drängender, und sie hört eine Stimme:

»Maria!«

Sie öffnet die Augen. Über ihr steht Vivienne und blickt ausnahmsweise mit sehr ernster Miene in den Koffer auf sie hinab.

»Maria, was machst du da drin?«

Sie schüttelt den Kopf. Sie besitzt weder die Kraft noch den Willen zu sprechen. Am liebsten würde sie sich in nichts auflösen.

»Komm schon«, sagt Vivienne, kniet sich neben den Koffer, fasst Marias schlaffe Arme und zieht sie hoch. »Komm heraus. So ist es gut«, sagt sie sanft. »Ziehen wir dir etwas an.«

Vivienne führt sie am Ellenbogen aus dem kleinen Hotel in Saint-Germain-des-Prés. Maria lässt den leeren Koffer zurück, all ihre Kleider und den Schmuck – den ganzen Besitz der Geliebten.

Ihre Freundin führt sie durch das Pariser Straßengewirr in ihre Wohnung im siebzehnten Arrondissement. Maria nimmt das Leben um sich herum nicht wahr. Sie fühlt sich taub, als sei sie innerlich tot.

Kaum haben sie die winzige Wohnung erreicht, läuft Vivienne geschäftig um sie herum. »Hast du etwas gegessen?«, fragt sie.

Maria schüttelt den Kopf, beißt sich auf die Lippe und versucht, nicht erneut in Tränen auszubrechen.

Vivienne stellt Brot und Käse auf den Tisch und schenkt beiden ein Glas Rotwein ein. »Komm, trink das«, sagt sie und reicht Maria das Glas. »Das wird dir guttun.«

Maria trinkt einen Schluck, und es stimmt, der Wein gibt ihr etwas Kraft, aber sie ist noch immer nicht in der Lage zu sprechen. Sie schämt sich.

Als hätte sie ihre Gedanken gelesen, spricht Vivienne zuerst: »Du musst mir nicht sagen, was los ist. René hat es mir erzählt.« Sie sieht Maria nicht an, sondern konzentriert sich darauf, ein Stück Brot abzureißen. »Ich kann nicht glauben, dass Felix diese Frau beschützt«, erregt sich Vivienne leidenschaftlich. »Sie ist Abschaum. All diese Frauen, die mit den deutschen Bastarden geschlafen haben, sind Huren.«

Maria hört die Verachtung in Viviennes Stimme.

»Aber was, wenn einige von diesen Frauen, die ihr als horizontale Kollaborateure bezeichnet, sich in die Deutschen verliebt haben?«, fragt Maria vorsichtig. »Gegen die Liebe ist man machtlos, oder? Abgesehen davon hat Mathilde den Deutschen nicht geliebt, mit dem sie geschlafen hat. Sie hat es getan, um Felix das Leben zu retten.«

»Ich glaube, dass man sich in Kriegszeiten an seine Prinzipien klammern sollte. Man muss Opfer bringen, Maria«, erklärt Vivienne streng. Sie beugt sich vor und streicht Maria zärtlich eine Haarsträhne aus dem Gesicht. »Du bist sehr jung und glaubst, dass die Liebe dich beherrscht, aber weißt du, wenn das so ist … Nun, dann ist es keine gute Liebe.«

Maria denkt über Viviennes Worte nach. Ihre Liebe zu Felix beherrscht ihr ganzes Leben. Sie hat das Tanzen und Jacqueline aufgegeben, und bis zu einem gewissen Maß hat sie seinetwegen sogar ihre Mamas aufgegeben.

Felix. Einen Augenblick sieht sie sein Gesicht vor sich, als er ihr gesagt hat, dass er sie liebe und sich wieder wie ein junger Mann fühle. Doch das ist er nicht. Er ist ein verheirateter Mann und doppelt so alt wie sie. Dann sieht sie ihn, wie sie ihn in der letzten Nacht gesehen hat: schlafend, in den Armen von Mathilde. Sie erschaudert und schließt die Augen.

»Er hat mich betrogen«, flüstert sie.

»Nein, nein, Liebes«, sagt Vivienne. »Felix liebt dich, da bin ich mir ganz sicher, aber weißt du, er empfindet auch noch etwas für Mathilde.«

»Er hat gesagt, dass er sie verachtet.«

»Ja, aber wenn er das wirklich täte, würde er sie verlassen.«

Maria hat René nicht erzählt, warum sie mitten in der Nacht zurück nach Paris wollte, und sie fragt sich jetzt, ob er es erraten und Vivienne gesagt hat. Sie schämt sich zu sehr, um Vivienne zu erzählen, dass sie Felix und Mathilde zusammen in einem Bett gesehen hat. Sie hofft, dass ihre Freundin es nicht weiß.

Vivienne beugt sich auf ihrem Stuhl vor. »Du weißt nicht, was sie ihm angetan haben«, sagt sie und ergreift Marias Hand.

»Während des Kriegs?«

»Wir haben alle gedacht, Felix sei tot. Er ist in Lyon schwer gefoltert worden. Das hat vor ihm noch niemand überlebt.« Vivienne lässt ihre Hand los, ihre Augen füllen sich mit Tränen. »Du weißt von meinem Marcel, nicht?«

Maria nickt. »Es tut mir leid«, flüstert sie.

»Nun, jetzt weißt du, warum ich Mathilde hasse. Ich möchte allerdings auch nicht, dass ihr etwas angetan wird.« Vivienne schlingt die Arme um ihre Taille und setzt sich zurück. »Ich bin anders. Ich könnte nicht tun, was sie getan hat. Ich habe Marcel geliebt«, weint sie und wischt sich die Tränen ab. »Mathilde hat mir das Gefühl gegeben, ihn im Stich gelassen zu haben. Dafür habe ich sie gehasst.«

»Das Problem ist nicht, wer sie ist oder dass er verheiratet ist, sondern dass er es mir nicht erzählt hat«, antwortet Maria. »Und letzte Nacht … habe ich … gesehen …«

Vivienne beugt sich erneut vor und legt ihren Finger auf Marias Lippen. »Ich weiß. Ich nehme an, deshalb bist du weggelaufen.« Sie seufzt. »Aber ich glaube trotzdem, dass Felix dich liebt. Das Leben hat sich verändert.« Vivienne bietet ihr eine Zigarette an.

»Wie meinst du das?«

»Der Krieg hat alles verspottet, woran wir vorher geglaubt haben: das Leben und die Liebe. Wir müssen uns von alten Moralvorstellungen verabschieden.«

»Du findest also, ich sollte seine Geliebte sein?«, fragt Maria, schockiert, dass Vivienne eine solche Idee akzeptieren würde.

»Das musst du wissen, Liebes«, sagt sie sanft. »Aber ich würde dich dafür nicht verurteilen. Die Liebe und die Leidenschaft zwischen Felix und dir sind zu selten, um sie leichtfertig aufzugeben, auch wenn es kompliziert ist.«

»Aber was, wenn wir ein Kind …?«, fragt Maria. Sie weiß, wie es ist, ohne Vater aufzuwachsen. Das möchte sie ihren eigenen Kindern nicht antun. Sie möchte nicht, dass man sie anders ansieht, weil sie unehelich sind.

Vivienne drückt ihre Zigarette aus. »Das würdest du schaffen. Das ist es wert.«

Maria denkt an Viviennes tote Töchter. Sie empfindet Mitgefühl mit ihrer Freundin. Wie kann sie so selbstsüchtig sein, von sich zu reden, nachdem Vivienne so viel durchgemacht hat?

»Es tut mir leid.« Sie legt eine Hand auf Viviennes Arm. »Wegen deiner Töchter.«

Vivienne sieht sie einen Augenblick an, und der tiefe Schmerz in ihren Augen raubt Maria den Atem.

»Ich dachte, ich könnte wieder in Paris leben«, erzählt Vivienne ruhig. »Ich meine, es ist die Stadt für Autoren, vor allem für Autor*innen*. Doch ich glaube, ich hätte gehen sollen, als Felix gegangen ist. Ich weiß nicht, warum er zurückgekommen ist.« Sie nimmt einen tiefen Zug von ihrer Zigarette. »Maria, denk daran, dass diese ganze Tragödie nichts mit dir zu tun hat. Ganz im Gegenteil, du hast Licht und Hoffnung in unser Leben gebracht.«

Maria balanciert ihre Zigarette zwischen den zitternden Fingern. »Ich bin nur ein ganz normales Mädchen.«

»Und genau das macht dich so besonders«, erklärt die andere Frau und streicht ihr zärtlich über das Haar, während Tränen über ihre Wangen laufen.

»Wie hießen sie?«

Vivienne fragt nicht, wen sie meint. »Lucille und Tina.« Ihre Stimme bricht, und sie vergräbt das Gesicht in den Händen.

Maria nimmt Vivienne in die Arme.

Während die Mittagssonne auf Paris scheint, herrscht in Viviennes Wohnung Stille. Die beiden Frauen liegen sich in den Armen und weinen um all das, was sie verloren haben.

Später, nachdem sie ihre Tränen getrocknet und sich mit Kaffee ernüchtert haben, fragt Vivienne Maria, ob sie ausgehen möchte. Sie könnten einen Jazzclub besuchen und etwas Musik hören und ihre Sorgen ertränken, doch Maria lehnt ab. Sie will schlafen, um ihren Kummer zu verdrängen.

»Warum kommst du nicht mit mir nach Amerika?«, schlägt Vivienne vor, während sie sich mit Hilfe ihres Handspiegels die Lippen schminkt.

»Amerika?«

»Ja, ich ziehe nach New York. Man hat mir eine Stelle als Autorin bei *Harper's Bazaar* angeboten, und ich glaube, ich werde sie annehmen. Ich muss mich eine Weile von Paris verabschieden, ein paar Geister ruhen lassen.« Sie hält inne, dreht den Lippenstift ein, steckt ihn in ihre Tasche und macht sie zu. »Und?«, fragt Vivienne und dreht sich mit glänzenden Augen zu ihr um. »Kommst du mit mir nach New York?«

»Ich kenne dort niemanden. Was soll ich da machen?«

»Du kennst mich. Und hast du nicht ein paar amerikanische Freunde in Paris gefunden? Es sind doch so viele hier. Es ist fast unmöglich, nicht ein paar Bewunderer unter den Yankees zu haben, vor allem ein so hübsches junges Ding wie du.«

Maria denkt an Richard und errötet bei der Erinnerung daran, was fast zwischen Felix, diesem Mann und ihr passiert wäre. »Nein«, sagt sie, »ich kenne überhaupt keine Amerikaner.«

»Nun, denk darüber nach. Es könnte ein neuer Anfang für uns beide sein.«

In jener Nacht, als Vivienne zurückkehrt und zu ihr ins Bett kriecht, legt Maria die Arme um die ältere Frau und atmet Viviennes Geruch am Ende einer langen Nacht ein: Chanel, Alkohol und Tabak. Maria schwört sich, alle Verbindungen ihres kurzen Lebens in Paris zu kappen und mit Vivienne nach New York zu gehen. Sie wird noch einmal neu anfangen. Sie wird Felix und ihre Liebe in Frankreich zurücklassen. Ihr Herz ist gebrochen, aber sie muss überleben. Nichts anderes erwarten ihre Mamas von ihr.

Valentina

Valentina hat ja gesagt. Sie kann kaum glauben, dass der Mann, der neben ihr im Wagen sitzt, bald ihr Ehemann sein wird. Der Mietwagen, ein offener Mercedes, windet sich die kurvige Straße an der Amalfiküste entlang. Valentina blickt hinaus auf das leuchtend blaue Mittelmeer. Trotz Sonnenbrille und des Tuchs, das sie sich um den Kopf gebunden hat, scheint die Sonne grell und gnadenlos auf sie herab. Doch wie eine Eidechse nimmt Valentina die Wärme in sich auf und genießt die heiße Brise, während Thomas sie nach Sorrento fährt. Es ist gut, zurück in ihrer italienischen Heimat zu sein. Sie gehören beide hierher. Thomas ist zwar kein gebürtiger Italiener, aber er ist es von Natur aus. Genau wie Valentina lebt er in der Gegenwart und genießt die Schönheit des Augenblicks.

Das Hotel in Sorrento übertrifft all ihre Erwartungen. Es liegt mitten im Stadtzentrum, geschützt in einem üppigen Garten voller Orangen- und Zitronenbäume. Im Inneren atmet alles eine altmodische Eleganz. Sie durchschreiten diverse Salons, bis sie die Terrasse erreichen, die einen Blick auf die Bucht von Neapel und die Insel Capri bietet. Sie sehen einander in die Augen. Valentina weiß, dass Thomas dasselbe denkt wie sie: Dies wäre der perfekte Ort für ihre Flitterwochen.

In andächtiger Stille genießen sie ein Glas Prosecco und sehen zu, wie die Sonne langsam am Horizont verschwindet und den Himmel zum Abschied flamingorot färbt. Valentina ist glücklich. Es ist fast unglaublich, dass dieses Gefühl von Dauer sein könnte. Unwillkürlich rechnet sie damit, dass etwas geschieht. Das ist ihre pessimistische Seite: die Stimme ihrer Mutter oder vielleicht ist es auch die Stimme ihres geheimnisvollen Vaters Karel, des tschechischen Cellisten. Sie hat Thomas noch immer nicht von ihm erzählt.

Ihr Geliebter legt seine Hand auf ihre. »Willst du morgen mitkommen, wenn ich das Bild übergebe?«

»Von mir aus. Willst du denn, dass ich mitkomme?«

Vielleicht kann sie ihm auf der Fahrt an der Amalfiküste entlang die Geschichte von ihrem Vater erzählen. Was wird Thomas zu all dem sagen? Wird er sie ermutigen, ihren leiblichen Vater zu suchen, obwohl sie keine Ahnung hat, wie sie das anstellen soll?

Doch Thomas antwortet: »Ich glaube, es ist doch besser, wenn ich das allein erledige.« Er führt ihre Hand an seine Lippen und küsst sie. »Ricardo Borghetti, Guilios Sohn, ist ein bisschen neurotisch. Auch wenn Anita mir das Bild freiwillig zurückgegeben hat und ich es nicht gestohlen habe, will er, dass alles geheim bleibt.«

»Okay«, sagt Valentina ein bisschen enttäuscht. »Dann fahre ich nach Pompeji. Ich bin noch nie dort gewesen, wollte es aber immer einmal sehen.«

Nach dem Abendessen schlendern sie am Swimmingpool entlang durch den Garten. Er ist nicht beleuchtet, es ist noch zu früh in der Saison, als dass der Pool nachts genutzt würde. Doch auch am Abend ist die Luft noch mild, vor allem im Vergleich zu dem feuchten Londoner Frühling.

Thomas hält ihre Hand, und Valentina verschränkt fest die Finger mit seinen. Sie denkt an ihr Leben mit ihm. Sie ist endlich bereit, sich zu ihm zu bekennen. Sie hatte damit gerechnet, dass sich das für sie wie ein Zwang anfühlen würde, doch dem ist nicht so. Stattdessen hat sie das Gefühl, endlich frei zu sein. Erneut überlegt sie, Thomas von ihrem Vater zu erzählen, aber sie genießt ihr stilles Beisammensein.

»Hast du Lust auf etwas Sex am Rand?«, fragt Thomas leise neben ihr.

»Wie bitte?«, fragt sie verwirrt zurück.

»Ich finde, jetzt, wo wir Mann und Frau werden, sollten wir uns feierlich schwören, so viel Sex wie möglich an unmöglichen Orten zu haben. Natürlich, ohne dass wir uns dabei erwischen lassen.« Thomas' Augen funkeln schelmisch.

»Verstehe«, sagt sie mit gespielter Ernsthaftigkeit. »Und was ist Sex am Rand?«

»Dazu gehört, dass man etwas nass wird«, erklärt er. »Folglich braucht man dazu einen Swimmingpool.«

»Was, wenn uns jemand erwischt?«

»Wir können einfach so tun, als würden wir nackt baden.« Er beginnt, sein Hemd aufzuknöpfen.

»Ist es nicht etwas zu kalt, um sich um diese Zeit auszuziehen?«

»Komm schon«, lockt er, »wo ist meine unerschrockene Valentina, das Mädchen, in das ich mich verliebt habe?« Er lässt Hosen und Unterhosen fallen, geht zum Pool und gleitet hinein.

Ohne zu zögern öffnet Valentina den Reißverschluss ihres engen Sommerkleids und zieht es über den Kopf. In Unterwäsche tritt sie an den Rand des Pools.

»Komm nicht rein«, sagt er.

»Willst du etwa, dass ich alles ausziehe und dann nackt am Rand stehe?«, fragt sie ungläubig.

»Nein, nicht stehen. Du sollst deine Unterwäsche ausziehen und dich vor mich an den Rand des Pools setzen.«

Neugierig, was er vorhat, tut Valentina, was er sagt.

»Okay«, sagt Thomas. Er steht vor ihr im Pool und legt die Hände auf ihre Taille, Valentina sitzt am Rand und lässt ihre Beine im Wasser baumeln. »Leg dich hin, und heb dabei die Beine in die Luft. Wie ein L.«

Sie sieht ihn misstrauisch an. »Was genau machen wir hier?«

»Das habe ich dir doch gesagt: Sex am Rand.«

Sie lächelt ihn an, und er spritzt sie ein bisschen nass.

»Ich liebe es, wenn du lächelst, Valentina«, sagt er. »Das tust du so selten.«

Sie legt sich hin und streckt die Beine nach oben. Er zieht sie zu sich heran, sodass ihr Po das Wasser berührt und ihre Pobacken in Thomas' Händen liegen. Valentina stützt die Füße auf Thomas Schultern ab. Das kühle Wasser umspült ihren Unterleib, und sie spürt, wie Thomas sanft zwei Finger auf ihre Klitoris legt. Der Druck ist ganz leicht, aber ungemein erregend. Warum dringt er nicht in sie ein? Es ist, als warte er darauf, dass sie richtig scharf ist.

Anstatt die Augen zu schließen, blickt sie zum Himmel. Die Nacht ist tiefschwarz und mondlos, doch um sie herum schwirren Hunderte von Glühwürmchen – strahlende Lichtkugeln, die ebenso vor Energie strotzen wie Valentina. Sie brennt vor Lebenslust und beginnt, ihre Brüste und ihren Bauch zu streicheln. Thomas verstärkt den Druck weiter. Ihre Mitte beginnt zu pulsieren, und als würde Thomas instinktiv spüren, dass sie ihn in sich fühlen will, dringt er in sie ein. Dabei schwebt ihr Po im Wasser, und als Thomas sich aus ihr zurückzieht, wird sie von dem kühlen Nass umspült und zieht sich instinktiv innerlich zusammen. Erneut stößt Thomas in sie hinein, langsam, sicher und tiefer. Valentina sehnt sich mit jeder Faser ihres Körpers nach ihm. Es ist eine unglaublich erotische Erfahrung. Und das nicht nur, weil sie jeden Moment damit rechnen müssen, erwischt zu werden, sondern auch, weil ihre Gefühle füreinander so stark sind. Thomas taucht in sie ein, zieht sich wieder zurück und steigert ihre Lust, die das kühle Wasser noch verstärkt. Valentina stöhnt tief aus dem Bauch heraus. Sie hebt, nach Halt suchend, die Arme über den Kopf, als ihr Geliebter sich in sie ergießt, sie verzückt seinen Samen in sich aufnimmt und berauscht von ihrer Liebe ebenfalls zum Höhepunkt kommt.

Valentina betrachtet die Fresken in der Villa der Mysterien in Pompeji. Wenn man überlegt, dass sie Hunderte von Jahren unter Asche begraben waren, sind sie in fantastischem Zustand. Sie schaut sich in dem Initialisierungsraum um und ist fasziniert von dem, was sie dort sieht. Sie hat gelesen, dass es unterschiedliche Theorien darüber gibt, was auf den seltsamen Bildern dargestellt ist. Eine lautet, sie zeigten, wie eine Frau in einen besonderen Sexritus des Bacchus eingeführt werde. Die andere, verbreitetere Theorie besagt, dass die junge Frau kurz vor der Eheschließung eine Reihe mysteriöser Riten durchläuft, während parallel dazu Bacchus und Ariadne einen heiligen Bund eingehen. Am Ende begegnen sie Eros, dem Gott der Liebe.

Valentina betrachtet das Bild einer knienden jungen Frau, deren Kopf im Schoß eines Mannes ruht. Ihr Gesäß ist ungeschützt. Daneben steht eine weitere Frau mit einem langen Zweig in der Hand, während eine dritte wild tanzt und dabei ebenfalls ihr üppiges Hinterteil zeigt. Der Hintergrund der Bilder ist dunkelrot, als würde die Farbe den leidenschaftlichen

Inhalt der Bilder kommentieren. Rot: die Farbe des Sexes. Valentina überlegt, dass das Fresko vielleicht nicht nur eine frühe Darstellung sadomasochistischer Praktiken ist, sondern auch einer Orgie zwischen drei Frauen und einem Mann. Die bacchischen Riten erfreuten sich im ersten Jahrhundert bei jungen römischen Frauen großer Beliebtheit, vor allem die Praxis der Orgien. Doch auch damals geschah so etwas heimlich, der Ritus galt als pervers. Valentina überlegt, ob etwas dadurch verführerisch wird, dass es verboten ist. Die Gesellschaft brandmarkt Orgien im Allgemeinen als unmoralisch. Valentina hat es nie gereizt, selbst an so etwas teilzunehmen. Ansatzweise hat sie so etwas erlebt, als sie letztes Jahr mit Thomas, Leonardo und Celia zusammen war. Aber das waren zwei Männer, die sie kannte und denen sic vertraute. Sie ist nicht sicher, ob sie an einer Orgic mit Fremden teilnehmen könnte.

Valentina tritt zurück in den Sonnenschein. Nachdem Thomas und sie nun heiraten werden, hat sie kein Interesse daran, mit einem anderen Mann oder einer Frau zu schlafen. Vermutlich sind die Tage ihrer erotischen Studien vorüber. Doch wenn Thomas und sie erst ein paar Jahre zusammen sind, haben sie vielleicht Lust, gemeinsam neue Abenteuer zu erleben, wie Orgien oder Fetischclubs. Erotisches Verlangen unter Menschen hat es immer gegeben. Wann ist Sex nicht mehr nur ein Trieb gewesen, wann ist er in das Reich von Lust und Begehren vorgedrungen?

Valentina geht zurück zu den Ruinen von Pompeji. Hier gibt es keinen Schatten, und die frühsommerliche Sonne verbrennt langsam Valentinas blasses Gesicht. Sie hätte einen Hut mitnehmen sollen. Dies ist ein trauriger Ort, innerhalb von einer Sekunde war das ganze Leben vorbei. Valentina blickt auf die fernen Umrisse des Vesuvs. An einem sonnigen Tag wie heute wirkt er noch dunkler und unheilvoller als sonst. Valentina beschleicht eine düstere Vorahnung. Sie versucht, sie abzuschütteln, doch es gelingt ihr nicht. Sie will keine Wolken am makellosen blauen Himmel ihrer Liebe. In diesem Augenblick beschließt sie, die ganze Vatergeschichte zu vergessen. Sie hat Philip Rembrandt endlich gefunden. Er war mehr ein Vater für sie, als es ihr leiblicher Vater je gewesen ist. Es reicht ihr, dass er bedauert, sie vor all den Jahren verlassen zu haben, und dass er sie jetzt kennenlernen will. Kann sie nicht so tun, als wäre er ihr wirklicher Vater? Das hat ihre Mutter schließlich jahrelang getan. Ist das nicht leicht zu glauben? Valentina ist erleichtert über ihre Entscheidung. Keine Spurensuche in der Vergangenheit mehr, keine Geister. Dennoch hat sie das Gefühl, als würde dieser schwarze Vulkan an ihr ziehen wie ein Hund, der mit seinen scharfen Zähnen nach ihren Fersen schnappt. Sie kann sich nicht von einer dunklen Vorahnung befreien. Vielmehr verstärkt sich das ungute Gefühl, als sie den Zug zurück nach Sorrento besteigt. Es ist, als würde ihr jemand folgen, sie beobachten, doch wenn sie sich umdreht, ist niemand zu sehen.

Maria

Maria will ihre roten Geranien haben. Das ist ihr erster Gedanke, als sie am nächsten Morgen in Viviennes Bett erwacht. Vor ihrem geistigen Auge sieht sie die drei Blumen, die in dem engen Hals der Weinflasche stecken und inzwischen die Farbe von geronnenem Blut angenommen haben. Sie stehen auf dem Fenstersims in ihrem Hotelzimmer und sind Teil ihrer Erinnerung. Sie möchte weder die teuren Kleider noch den Schmuck, den Felix ihr gekauft hat, aber sie möchte diese sterbenden Blumen.

Maria gleitet aus dem Bett und küsst die schlafende Vivienne zärtlich auf die Stirn. Sie zieht sich an und schlüpft ohne einen Kaffee aus der Tür. Eilig läuft sie über die breiten Pariser Boulevards, an deren Rand die grünen Blätter der Platanen glänzen. Es ist Ende August, und endlich ist es etwas kühler geworden. Die Energie der Stadt fühlt sich anders an: weniger leidenschaftlich, eher friedlich. Sie geht an Notre-Dame vorbei, überquert die Seine und gelangt in die schmalen Straßen von Saint-Germain-des-Prés.

Madame Paget sitzt nicht hinter ihrem Tresen. In der Lobby stehen neue Gäste und betätigen die Klingel: zwei junge Mädchen, vermutlich in Marias Alter, plappern aufgeregt am Beginn ihres Pariser Abenteuers. Sie möchte die beiden warnen. *Verliert nicht euer Herz im Labyrinth dieser Stadt, ihr werdet es nie wiederfinden.* Doch dann geht sie mit gesenktem Kopf an ihnen vorbei, ohne dass die zwei sie bemerken.

Heute Morgen nimmt Maria die Treppe. Sie kann nicht den Aufzug benutzen, er erinnert sie zu sehr an die berauschenden Nächte und daran, wie sehr sie Felix noch immer liebt.

Das Hotelzimmer ist unverschlossen, und schon bevor sie die Tür öffnet, bevor sie eintritt, weiß sie, dass Felix dort auf sie wartet.

Sie stehen einander gegenüber. Felix hält seinen Hut in den Händen und starrt sie durchdringend an. Maria folgt mit dem Blick dem Umriss seines Gesichts, betrachtet seine warmen braunen Augen, seine dichten schwarzgrauen Haare und die Geschichte, die sein Gesicht erzählt. Sie versucht, sich seine Züge einzuprägen.

Er spricht als Erster. »Wo bist du gewesen, Maria? Warum bist du weggelaufen?«

Sie antwortet ohne Umschweife: »Ich habe euch zusammen gesehen, Felix.« Sie drückt ihre Tasche an die Brust, als wollte sie ihr Herz schützen. »Ihr habt Arm in Arm in einem Bett geschlafen.« Sie schnappt kurz nach Luft. Sie möchte ruhig und kontrolliert wirken, doch ihre Gefühle drängen nach außen. Sie will nicht, dass er sieht, wie verletzt sie ist.

»Aber, Liebling, wir haben nur geschlafen«, versichert er.

»Ja, aber in einem Bett.«

»Mathilde hatte einen Albtraum. Ich habe mich zu ihr gelegt, um sie zu beruhigen, und muss ebenfalls eingeschlafen sein.«

»Du hast mit ihr unter einer Decke gelegen, Felix.«

»Nun, ich habe mich ins Bett gelegt«, erwidert er fast etwas gereizt. »Ich war müde.«

Maria starrt ihn wütend an.

»Es ist nichts passiert«, erklärt Felix mit Nachdruck. »Das musst du mir glauben.«

Maria glaubt ihm. Trotzdem stört es sie. Sie kann die Vorstellung nicht ertragen, dass er mit Mathilde das Bett geteilt hat. »Ich dachte, du hasst sie. Warum legst du dich dann zu ihr ins Bett und tröstest sie?«, beharrt sie.

Er wendet den Blick ab und sieht aus dem kleinen Fenster ihres Liebesnests. »Ich hasse sie auch … manchmal …«, stammelt er. »Ich wünschte, sie hätte mich sterben lassen.«

»Weil du sie noch immer liebst«, beendet Maria den Satz.

Mit funkelnden Augen dreht er sich zu ihr um. »Als sie mit dem Deutschen geschlafen hat, um mir das Leben zu retten, da bin ich innerlich gestorben. Ich habe mich so geschämt für das, was sie getan hat. Es hat mir das Herz gebrochen, Maria. Es hat meine Liebe zu ihr in dieses zwiespältige Gefühl verwandelt. Ich kann mich nicht ganz von ihr lösen, aber ich verachte sie auch. Ich …« Plötzlich hält er inne, er bemerkt den Ausdruck auf ihrem Gesicht und dass sie sich langsam in Richtung Tür zurückzieht. Felix macht einen Schritt nach vorn und fasst ihre Hände. »Aber als ich dir begegnet bin, Maria, war alles anders. Auf einmal habe ich wieder etwas empfunden. Ich hätte nie gedacht, dass ich jemals wieder jemanden lieben könnte. Du hast diese Gefühle in mir ausgelöst. Außerdem …«

»Wie kannst du mich lieben, wenn du noch immer deine Frau liebst?« Marias Stimme zittert.

»Meine Gefühle für Mathilde sind anders. Es ist, als müsste ich mich um sie kümmern. Es ist meine Pflicht. Es existiert keine Leidenschaft mehr zwischen uns. Aber mit dir …« Er zögert und streicht sich die dichten Haare zurück. Maria sieht zu, wie sie wieder in seine Stirn zurückfallen. In Marias Augen hat er nie schöner ausgesehen als in diesem Moment. »Oh, mein Liebling«, stößt er überschwänglich hervor, »du hast mich so inspiriert. Trotz deiner Unschuld hast du mich in einer Weise berührt, die ich mir nie hätte vorstellen können.«

Er versucht, sie an sich zu ziehen, aber sie gibt nicht nach. Ihr Herz ist in Aufruhr. Sie weiß, was er meint: diese ungeheuerliche Leidenschaft. Wenn er mit der Hand ihre Wange berührte, wenn er sie küsste, würde er sie augenblicklich entfachen. Sie erinnert sich an Viviennes Worte von gestern Abend. »Die Liebe und die Leidenschaft wie zwischen dir und Felix sind zu selten, um sie leichtfertig aufzugeben.« Vielleicht hat sie recht. Vielleicht ist ihre Liebe so großartig, dass Maria nicht gehen sollte. Kann sie Felix' Geliebte sein?

»Maria«, fleht Felix, »verlass mich nicht.«

Doch Maria kann nicht teilen. Felix liebt sie, aber er liebt auch noch Mathilde. Das beweist der offene Hass, den er seiner Frau gegenüber empfindet. Wie abweisend Felix Mathilde vor anderen behandelt, seine Unfähigkeit, ihr zu vergeben – schließlich hat seine Frau aus Liebe zu ihm gehandelt [illegible], diese Seiten ihres Geliebten ängstigen Maria. Seine Leidenschaft teilt sich zwischen den beiden Frauen auf. Maria würde stets alles tun, um ihm zu gefallen, und Angst haben, dass er ihrer überdrüssig wird und sie wegschickt. Sie hat Angst, dass seine Liebe sich in Hass verwandelt wie bei Mathilde. Und was wird dann aus ihr? Einer gescheiterten Tänzerin *und* gefallenen Frau?

Irgendwie schafft Maria es wegzugehen. Sie will jetzt nur noch nach Hause. Nach Venedig. Sie verspricht Vivienne, eines Tages nach New York zu kommen, aber fürs Erste braucht sie ihre Mamas.

In jener Nacht besteigt Maria den Zug nach Mailand. Wie ein Kind, das sich im Wald verlaufen hat, weint sie den ganzen Weg von Paris nach Mailand zusammengerollt in ihrem Sitz. Sie kann Felix' Gesicht nicht vergessen, seinen Blick, als sie sich von ihm abgewandt hat. Er hat sich in ihr Herz gebrannt. Unverständnis, gefolgt von absoluter Niedergeschlagenheit. Er hatte gedacht, sie würde ganz ihm gehören. Und doch war er nicht hinter ihr hergelaufen. Dass er nicht versucht hat, sie aufzuhalten, sagt Maria, dass sie recht hat. Er liebt sie, aber nicht genug. Er war der Mittelpunkt ihrer Welt, aber sie war nie der Mittelpunkt seiner.

Maria kehrt in den Kleidern nach Venedig zurück, die sie am Leib trägt. Wie eine Narbe sitzt ihre Liebe zu Felix auf ihrem Herzen. Sie wird nie jemandem erzählen, wie kurz sie davor war, seine Geliebte zu werden. Nicht ihrer freigeistigen Mutter Belle, nicht ihrer geliebten Pina und in den kommenden Jahren nicht ihrem Ehemann und auch nicht ihrer Tochter. Sie erzählt niemand, dass sie einst eine Tänzerin war, die ihre Berufung für die Liebe zu einem verheirateten Mann aufgegeben hat. Sie hat ihr Herz gesetzt, und sie hat verloren.

Maria bleibt in Venedig. Zwei Wochen nachdem sie zurückgekehrt ist, schreibt Jacqueline ihr, dass Lempert ihr anbietet, an die Schule zurückzukehren, aber Maria lehnt das Angebot ab. Sie könnte nie zurück nach London gehen. Was, wenn sie Felix begegnet? Wenn sie ihn noch einmal sähe, könnte sie für nichts garantieren, denn tief im Inneren bedauert sie ihre Entscheidung. Vor allem könnte sie es nicht ertragen, wenn er sie nicht mehr liebte. Denn eines Tages wird seine Liebe für sie enden, oder? Doch manchmal kehrt die Liebe auf die seltsamste Weise zu uns zurück. Sechs Wochen nachdem Maria aus Frankreich heimgekehrt ist, genau an dem Tag, an dem sie sicher weiß, dass sie schwanger ist, tritt Guido Rosselli wieder in ihr Leben. Der junge Italiener hat von Jacqueline gehört, dass Maria nach Venedig zurückgekehrt ist. Er hat sie nicht vergessen. Denn Guido hatte sich gleich am ersten Tag in Maria verliebt, als er mit zitternden Händen Kaffee für sie gekocht hat. Obwohl sie mit Felix durchgebrannt war, hat er nicht aufgehört, sie zu lieben. Er wirft dem Franzosen vor, sie verdorben zu haben, aber er verurteilt Maria nicht dafür. Er sieht, wie rein sie ist, und diese Reinheit macht sie so schön für ihn. Seine Liebe für Maria ist so groß, dass es ihn nicht stört, dass sie einen anderen Mann geliebt hat. Guido macht Maria eifrig den Hof. Zuerst zeigt sie sich gleichgültig. Doch im Laufe der Wochen gewöhnt sie sich an seine Gesellschaft. Er scheint schon glücklich zu sein, wenn er mit ihr in einem Boot den Canale Grande hinunterfährt, ohne dass einer von ihnen etwas sagt. Er berührt sie nicht, er versucht nicht, sie mit schönen Worten zu gewinnen. Er wartet einfach.

Eines Tages, ungefähr drei Wochen nach Guidos Ankunft in Venedig, hat Maria das Gefühl, ihm sagen zu müssen, dass seine Aufmerksamkeiten vergebens sind.

»Guido«, beginnt Maria, während er sie den Kanal hinunterrudert und sie mit wie üblich ruhelosem Herzen das Treiben am Ufer verfolgt. »Ich muss dir etwas sagen.«

»Gut«, antwortet er. Er hält die Ruder still und hebt sie ins Boot, wo sie zu ihren Füßen tropfen.

Maria wendet ihm ihr Gesicht zu und ist überrascht, dass Guido in ihren Augen nicht mehr so lächerlich wirkt. Sie bemerkt, wie groß und wie freundlich seine Augen sind. Wenn er sich den Schnurrbart abrasierte, könnte er eigentlich ganz attraktiv aussehen. Sie verdrängt den Gedanken und bereitet sich darauf vor, wie er auf ihre Neuigkeit reagieren wird.

»Du musst wissen, dass ich ein Baby bekomme.« Sie schließt fest die Augen und richtet das Gesicht zum Himmel. »Du verschwendest deine Zeit mit mir. Ich bin ein fehlerhaftes Produkt.«

Einen Augenblick sagt Guido nichts. Maria lauscht den Geräuschen von Venedig: den Rufen der Markthändler, den Rudern, die ins Wasser des Kanals tauchen, dem Plätschern des Wassers und einer Kirchenglocke, die in der Ferne schlägt.

»Maria«, sagt Guido schließlich. »Sieh mich an, Maria.«

Sie neigt den Kopf und öffnet die Augen. Voller Ernst sieht er sie an, und Maria begreift, dass er sie liebt. Und zum ersten Mal, seit sie Paris verlassen hat, spürt sie eine kleine Regung in ihrem Herzen. Guido ist ein guter Freund. Sie weiß, dass er sie trotz der Umstände nicht verlassen wird. Sie will, dass ihr Kind einen Vater hat. Und deshalb sind seine nächsten Worte keine Überraschung für sie, vielmehr hat sie bereits beschlossen, ihn zu nehmen. Sie will nicht noch einen Tag allein sein.

»Willst du mich heiraten?«, fragt Guido.

Nach der Hochzeit und unter tränenreichen Umarmungen und Küssen ihrer geliebten Mütter verabschieden sich Maria und Guido und ziehen nach Mailand. Maria wird eine treue Ehefrau und eine hingebungsvolle Mutter. Sie fängt sogar an zu stricken und widmet ihr Leben dem Kochen und der Versorgung von Mann und Tochter. Das ist die Großmutter, von der Valentina gehört hat: eine freundliche, stark gläubige Frau, die nach einem ruhigen Leben strebte. Maria hat Mailand nicht verlassen, bis sie fünfundzwanzig Jahre später ihren Mann damit überraschte, dass sie gern nach New York reisen würde. Sie wollte eine alte Freundin aus Pariser Zeiten besuchen, eine Vivienne, die Herausgeberin von *Harper's Bazaar*. Diese Information hatte ihre Tochter Tina ziemlich überrascht. Woher um alles in der Welt kannte ihre Mutter eine solche Frau? Sie erhielt nicht mehr die Gelegenheit, sie zu fragen, denn ihre Eltern sollten nicht von der Amerikareise zurückkehren. Irgendwo über dem Atlantischen Ozean stürzte die Maschine ab, und Marias Geheimnisse schienen für immer begraben zu sein. Bis zu dem Tag, an dem Thomas den Tanzfilm von ihr gefunden und Anita die alten erotischen Filme ausgegraben hatte. So lebt sie weiter, Maria, die geschmeidige, sinnliche Liebhaberin, die übermütige junge Frau, die an die Kraft der Liebe glaubte. Sie lebt in ihren Filmen, und sie lebt auch in Valentina fort. Nur einmal in ihrer gesamten Ehe – und zwar in ihrer Hochzeitsnacht – hat Guido Maria gebeten, für ihn zu tanzen. Doch Maria blieb sitzen und presste sittsam die Hände im Schoß zusammen, über dem sich unter ihrem weißen Kleid ein kleiner Bauch wölbte.

»Frag mich das nie wieder«, tadelte sie ihn. Und das tat er auch nicht.

Doch in jener Nacht zeigte sie ihrem Mann ihre erotische Seite. Sie vertiefte und bereicherte seine Liebe, sodass er Maria bis zu seinem Tod treu blieb. Und Maria fühlte sich fast so wie einst mit Felix. Aber doch nicht ganz.

Valentina

Am Tag bevor sie Sorrento verlassen wollen, fahren Valentina und Thomas mit der Fähre nach Capri. Selbst als sie sich zum ersten Mal in Mailand begegnet sind, ist Thomas nicht so aufgekratzt gewesen. Vermutlich ist er froh, dass seine Tage als Kunstdieb – oder »Kunstwiederbeschaffer«, wie er sich selbst nennt – vorbei sind. Seine Familie hat ihre Schuld endlich beglichen. Thomas ist frei von allen Verpflichtungen der Vergangenheit.

Sie sitzen an Deck der Fähre und sprechen über ihre Hochzeitspläne. Venedig scheint der perfekte Ort – nur sie zwei. Thomas möchte mit Valentina nach Amerika reisen, damit sie seine Eltern kennenlernt. Sie willigt ein und ist jetzt freudig erregt bei der Aussicht, ihnen vorgestellt zu werden. Sie freut sich darauf, Geschichten von ihrem Geliebten als kleinem Jungen zu hören, Bilder zu sehen und alle Orte kennenzulernen, an denen er als Kind gewesen ist. Sie will sich in New York so gut auskennen wie Thomas in Mailand. Valentina zieht sogar in Erwägung, ihre Mutter und Mattia zu besuchen.

Sobald die Fähre in Capri anlegt, führt Thomas sie zu ein paar Booten am Kai, die Fahrten zur berühmten Blauen Grotte anbieten.

»Wollen wir?«, fragt er. »Es muss beeindruckend sein.«

»Klar«, sagt sie, obwohl sie aus irgendeinem Grund etwas Widerwillen empfindet.

Mit einem kleinen Fischerboot tuckern sie um die Insel. Ihr Skipper zeigt ihnen den Felsvorsprung, von dem Kaiser Tiberius seine Feinde ins Meer stieß. Er fährt sie durch den Fels der Liebenden und weist sie an, sich zu küssen, da sie dann für immer zusammenblieben. Das lassen Thomas und Valentina sich nicht zweimal sagen. Sie umarmen sich und küssen sich so ausdauernd, dass der Skipper ihnen schließlich zuruft, sie hätten den Fels der Liebenden lange hinter sich gelassen.

Valentina und Thomas sitzen in vollkommener Stille nebeneinander, lauschen dem Geräusch des Bootes, das durch die Wellen pflügt, und blicken hinauf auf das offene blaue Meer. Valentina stellt sich vor, sie würde über das Wasser tanzen und sich in dem diesigen Licht drehen. Das erinnert sie an ihre Großmutter. Sie wünschte, sie hätte sie als Kind gekannt. Sie hat immer geglaubt, dass Maria anders als der Rest von ihnen gewesen sei – als ihre Mutter, ihre Urgroßmutter Belle und sie selbst. Doch nachdem sie die alten Filme gesehen hat, scheint Maria ein ebensolcher Freigeist gewesen zu sein. Aber warum hat sie sich verleugnet? Warum hat sie nie wieder getanzt? Es erfüllt Valentina mit großer Traurigkeit, dass Maria den Rest ihres Lebens gegen ihre Natur verbracht hat. Sie schwört sich, dass ihre Hochzeit sie nicht verändern wird. Vielmehr wird ihre Liebe zu Thomas ihr Selbstbewusstsein stärken, weil sie einen Mann gefunden hat, der sie in- und auswendig kennt und sie mit all ihren Fehlern liebt.

Der Skipper schaltet den Motor aus, und das Boot hält schaukelnd auf dem Meer. Von hier aus können sie zur Blauen Grotte rudern. Der Skipper bietet ihnen an, sie in einem kleinen Ruderboot dorthin zu bringen, aber Thomas blinzelt ihm kurz zu und stupst ihn an, woraufhin er einwilligt, sie allein rudern zu lassen.

»Offenbar ist der Meeresboden hier so weiß, dass sich die Farbe des Wassers an der Decke der Grotte spiegelt«, erklärt Thomas ihr. »Es soll das reinste Blau sein, das du je gesehen hast.«

Der Eingang der Grotte ist so niedrig, dass sie sich beide in das Boot legen müssen, während Thomas sie hineinschiebt. Sie bleiben auf dem Boden des Bootes liegen und betrachten die Wände. Thomas hat nicht übertrieben. Sie sind von einem unglaublichen Blau – das Blau der Jungfrau Maria, das Blau der Hoffnung. Es bringt Valentinas Seele zum Schwingen, und als sie sich zur Seite dreht und Thomas ansieht, stellt sie fest, dass seine Augen dieselbe Farbe haben. Sie sagen kein Wort, sondern lassen ihre Körper sprechen.

Ich liebe dich von ganzem Herzen und ganzer Seele.

Ich werde dich immer lieben.

Das Meer schaukelt sie sanft im Schutz der Grotte. Valentina schließt die Augen und stellt sich vor, sie würden sich auf dem Meeresboden lieben, sich wie Seegras umeinander winden, und Thomas' Samen würde ihren Bauch mit glänzenden Perlen füllen. Sie wünscht sich ein Kind. Sie rollen sich auf dem Boden des Bootes übereinander, dann liegt Thomas auf Valentina. Mit der Blauen Grotte im Hintergrund dringt er tief in sie ein. Sie drehen sich erneut, und nun liegt Valentina oben. Sie löst sich von Thomas und dreht sich um, sodass sie mit dem Rücken seinen festen Bauch berührt. Sie setzt sich auf, winkelt die Knie an und führt ihn in sich hinein, dann stützt sie sich auf seinen Händen ab, drückt sich nach oben, legt den Kopf in den Nacken und schließt die Augen. Thomas stößt tief in sie hinein, ihre Körper winden sich ineinander, und das Schaukeln des Bootes treibt sie noch dichter zusammen. Valentina spürt ihre Macht und ihre Kraft, als sie Thomas in sich hineinzieht.

Sie will ihn für immer in sich halten. Er ist ihr Herz. Zuversichtlich, dass niemand sie hören kann, schreit sie auf. Tief in der Blauen Grotte verborgen kommen sie gemeinsam zum Höhepunkt. Valentina sinkt rücklings auf Thomas und verschmilzt mit seinem Körper.

Anschließend schmiegt sich Valentina in seine Arme, das Wasser schlägt gegen das Boot, und sie blicken durch den winzigen Eingang der Grotte auf das weite Meer hinaus. Sie müssen nichts sagen. Der Augenblick ist vollkommen, ihr Glück unendlich.

Als sie gerade wieder aus der Grotte hinausmanövrieren wollen, sieht Valentina, dass gleichzeitig ein anderes Boot versucht hineinzugleiten.

»Warten Sie!«, ruft Thomas dem anderen Boot zu. »Wir müssen zuerst hinaus.«

Die andere Person ist jedoch entweder dumm oder taub, denn das Boot drängt weiter durch den winzigen Eingang. Es ist kein Mensch zu sehen, offenbar haben sie sich auf dem Boden des Bootes ausgestreckt. Die zwei Fahrzeuge stoßen zusammen, und vor Schreck bekommt Valentina einen trockenen Mund. Als sie sieht, dass niemand anders als Glen in dem anderen Boot liegt, ballt sie die Hände zu Fäusten.

»Was zum Teufel machst du hier?«, fragt Thomas.

»Du antwortest nicht auf meine Anrufe. Entweder hat die hübsche Lady hier meine Nachricht nicht weitergegeben, oder ihr habt sie beide ignoriert. Das ist sehr unklug«, sagt Glen und setzt sich auf.

»Glen, es reicht jetzt«, erwidert Thomas. »Es ist vorbei, ja? Das habe ich dir gesagt. Der Masson war das letzte Bild. Ich werde dir nie wieder in die Quere kommen.«

Glen steht in seinem Boot auf und zeigt mit dem Finger auf Valentina. »Ich habe ihr gesagt, dass mir das nicht reicht. Du schuldest mir eine Menge Geld, Thomas. Und ich will eine Entschädigung. Ich will das Bild.«

»Es ist zu spät. Ricardo Borghetti hat es bereits zurück. Ich habe es ihm gestern gegeben.«

Glen sieht wütend aus. Die beiden Boote stoßen erneut aneinander. Valentina fängt an, in der kleinen Grotte Beklemmungen zu bekommen.

»Lass uns hier abhauen«, flüstert sie Thomas zu.

»Geh aus dem Weg«, bellt Thomas Glen an. Er drängt ihr Boot aggressiv vorwärts. Als er gegen Glens Boot stößt, stolpert dieser und fällt rücklings ins Wasser. »Mist!«, ruft Thomas, wendet und beugt sich über den Rand, um Glen zu helfen.

»Nimm meine Hand«, sagt er.

Doch statt seine Hand zu ergreifen, schwimmt Glen auf Valentinas Seite des Bootes. Für einen Augenblick sieht er ihr direkt in die Augen. Sie sieht seinen drohenden Blick, den Hass in seinen Augen und versucht, ihn wegzustoßen. Doch er packt sie und reißt sie über den Rand mit sich ins Wasser.

Wie überraschend tief die Grotte ist! Glen zieht sie immer weiter nach unten. Es ist, als besäße er die Tentakel eines Tintenfischs. Er hält sie mit eisernem Griff fest. Valentina versucht, sich zu befreien, aber anscheinend ist Glen wild entschlossen, sie zu ertränken, und schert sich noch nicht einmal um sein eigenes Leben. Als Valentina zu sprechen versucht, läuft ihr Wasser in den Mund und macht alles noch schlimmer. Sie muss unbedingt nach ihrem Skipper rufen. Plötzlich lässt Glen sie los. Sie sieht, dass Thomas unter Wasser bei ihnen ist und Glen von ihr wegzieht. Er gibt ihr ein Zeichen. Sie soll schwimmen. Eine fremde Kraft – ist es seine Liebe? – treibt Valentina nach oben, und sie taucht spuckend und röchelnd unter dem Dach der Blauen Grotte auf. Sie zieht sich in das kleine Ruderboot. Obwohl es nicht kalt ist, zittert sie am ganzen Körper. Sie späht über den Rand in das Wasser, und genau in dem Moment tauchen Glen und Thomas heftig spritzend an die Wasseroberfläche.

Die beiden Männer klettern in das andere Ruderboot, husten und spucken Wasser und sind weder in der Lage zu sprechen noch zu kämpfen.

Valentina sitzt starr vor Angst im zweiten Boot.

Schließlich kommt Thomas wieder zu Atem. »Valentina«, befiehlt er, »rudere zurück zu dem Fischerboot, und warte dort auf mich. Glen und ich kommen nach.«

»Nein«, sagt sie. »Ich will nicht, dass du bei ihm bleibst.«

Glen hustet noch immer, sein Gesicht ist rot, seine Augen blutunterlaufen, und seine Brust hebt und senkt sich schwer.

»Sieh ihn dir an«, sagt Thomas. »Er ist fertig. Geh. JETZT!«, schreit er.

Doch ihr Gefühl sagt ihr, dass sie ihn nicht verlassen sollte. »Versprich mir, dass du direkt hinter mir bist«, bittet sie.

»Ich verspreche es, Valentina.«

Sie blickt Thomas lang und fest in die Augen, dann sieht sie zu Glen, der noch immer zusammengesunken auf dem Boden des Bootes sitzt. Sie vermutet, dass er ins Krankenhaus muss. Und was dann? Zeigen sie ihn wegen des Angriffs an? Sie blickt wieder zu Thomas.

Er nickt ihr aufmunternd zu. Seine blauen Augen flößen ihr Vertrauen ein. »Geh, Valentina«, sagt er sanft. »Ich lasse dich nicht im Stich.«

Widerwillig nimmt sie die Ruder und nutzt eins, um sich, auf dem Rücken liegend, aus der Grotte zu manövrieren. Auf dem offenen Meer rudert sie, so schnell sie kann, zurück zu dem kleinen Fischerboot. Der Skipper hilft ihr an Bord und erkundigt sich, wo ihr Mann sei.

»Er kommt gleich«, erklärt sie. »Dort ist noch ein anderer Mann, und der ist ins Meer gefallen.«

»Genau wie Sie?«, fragt der Seemann und reicht ihr ein Handtuch, das sie um sich schlingt.

Sie warten geduldig. Valentina steht wie eine Wächterin am Heck des Bootes. Sie starrt auf den Eingang der Blauen Grotte, aber die zwei Männer kommen nicht heraus.

Schließlich rudert der Skipper sie wieder hinein, um nachzusehen, warum es so lange dauert. Doch als sie in die Grotte gleiten, sind Thomas und Glen nirgendwo zu sehen. Glens Boot ist noch da – aber es ist leer. Valentina blickt in das klare Wasser. Sie kann bis auf den strahlend weißen Meeresboden blicken. Sie sieht nichts. Sie schüttelt den Kopf, das muss ein Albtraum sein. Aber als sie sich zwickt, fängt sie an zu bluten. Die Männer sind weg. Das ist unmöglich. Sie können doch nicht einfach verschwunden sein. Doch die Blaue Grotte ist leer. Valentina hat Thomas erneut verloren, und diesmal vielleicht für immer.

DANKSAGUNG

Ich danke von ganzem Herzen meinen Agentinnen Marianne Gunn O'Connor und Vicki Satlow für ihre Unterstützung, ihr Vertrauen und ihre Ermutigung, ebenso wie Pat Lynch für sein stets offenes Ohr. Mein Dank gilt meiner Lektorin Leah Woodburn, die mich wieder so kundig geleitet hat, und dem ganzen Team bei Headline Publishers für ihre harte Arbeit.

Ich danke Suzy und Robert Wilson, dass sie mir einen Ort zum Schreiben zur Verfügung gestellt haben, und Kate Pengelly, die mir eine perfekte Schreibgefährtin war. Das Ballett Jooss in Marias Geschichte gab es wirklich, doch Jacqueline, Lempert und die ganze Schule sind frei erfunden. Ich danke Claire Warner, dass sie mir ihre Notizen aus der Zeit zur Verfügung gestellt hat, in der sie und meine Mutter Schülerinnen des Balletts Jooss gewesen sind.

Die Passage mit der Videoinstallation von Anita Chappell ist eine Hommage an die *Geschichte der O.* von Pauline Réage. Danke Clara und Manoushka Gold, dass ihr mich vor all den Jahren zu Réages Haus gebracht habt. Ich beziehe mich auch auf die erotische Kurzgeschichte »Der ungarische Abenteurer« von Anaïs Nin; sie stammt aus der Kurzgeschichtensammlung *Das Delta der Venus.* Die Fotografien von Anita Chappell sind von den erotischen Aufnahmen der deutschen Künstlerin Nora Ness inspiriert. Ich danke Monica McInerney, Katrine Tilrem, Carol O'Connor, Donna Ansley, Tracey Ann Skjaeråsen, Bernie

McGrath und all meinen anderen wundervollen Freunden, die mir so sehr geholfen haben. Mein Dank gilt Clara Rose, dass ich den Text ihres Songs »Girl« von dem Album *A Portfolio* zitieren durfte. Ich danke meinem Bruder Fintan und seiner Frau Eimear sowie meinen neu entdeckten Geschwistern Jane, Paul und Jed, meiner Tante Joyce, meiner Cousine Maria und meiner Schwiegermutter Mary Ansley. Und zu guter Letzt meinen zwei Prachtexemplaren Corey und Helena und meinem Schatz Barry, der natürlich mein Ein und Alles ist.

978-3-442-38194-4

KAPITEL 1

Francesca wandte sich um, als Ian Noble den Raum betrat – hauptsächlich, weil sämtliche anderen Köpfe in dem luxuriösen Restaurant herumfuhren. Beim Anblick des großen, schlanken Mannes in einem gut sitzenden, maßgeschneiderten Anzug, der seinen Mantel auszog, beschleunigte sich ihr Herzschlag. Sie erkannte Ian Noble auf Anhieb. Ihr Blick blieb an dem eleganten schwarzen Mantel über seinem Arm hängen – *dem Anlass angemessen, ganz im Gegensatz zu seinem Anzug*, dachte sie. Eigentlich war dieser Mann doch wie geschaffen für Jeans, oder? *Was für eine idiotische Vorstellung.* Erstens sah er einfach umwerfend in seinem Anzug aus, zweitens sorgte er laut einem kürzlich erschienen *GQ*-Artikel nahezu im Alleingang dafür, dass die Geschäfte in Londons Savile Row auf Hochtouren liefen. Was sollte ein Geschäftsmann und Angehöriger einer niedrigen britischen Adelsfamilie auch sonst tragen? Einer der Männer in seiner Begleitung machte Anstalten, ihm den Mantel abzunehmen, doch er schüttelte den Kopf.

Offenbar hatte der geheimnisvolle Mr Noble die Absicht, lediglich kurz sein Gesicht auf der Cocktailparty zu zeigen, die er zu Francescas Ehren gab.

»Da ist Mr Noble. Er freut sich schon sehr darauf, Sie kennenzulernen. Er ist ein großer Bewunderer Ihrer Arbeit«, verkündete Lin Soong. Francesca hörte den Anflug von Stolz in ihrer Stimme, als wäre Ian Noble nicht ihr Boss, sondern der Mann an ihrer Seite.

»Sieht so aus, als hätte er Wichtigeres zu tun, als mich kennenzulernen«, gab Francesca lächelnd zurück, nippte an ihrem Mineralwasser und sah Ian Noble zu, wie dieser mit dem Handy am Ohr am anderen Ende des Raums stand und knappe Anweisungen erteilte. Seine leicht nach unten gezogenen Mundwinkel verrieten, dass er sich über irgendetwas ärgerte. Aus irgendeinem Grund spürte Francesca, wie sie sich angesichts dieser allzu menschlichen Regung ein wenig entspannte. Sie hatte ihren Mitbewohnern verschwiegen – bei ihnen genoss sie den Ruf, sich von nichts und niemandem aus der Ruhe bringen zu lassen –, dass sie die Aussicht, Ian Noble persönlich kennenzulernen, merkwürdigerweise ziemlich nervös machte.

Die Gäste wandten sich wieder ihren Gesprächen zu, dennoch schien sich mit Nobles Auftauchen die Atmosphäre im Restaurant verändert zu haben. Schon seltsam, dass ein so eleganter, weltgewandter Mann in der technikverrückten Jeans-und-T-Shirt-Generation als Ikone galt. Noble musste um die dreißig sein. Sie hatte irgendwo gelesen, er habe vor Jahren mit seinem bahnbrechenden Social-Media-Unternehmen seine erste Milliarde gemacht; dessen Börsengang hatte ihm weitere dreizehn Milliarden eingebracht, ehe er unverzüglich das nächste Unternehmen, einen nicht minder erfolgreichen Internetversand, aus dem Boden gestampft hatte.

Es sah ganz so aus, als würde alles zu Gold, was Ian Noble anfasste. Aber wieso nur? Ganz einfach: weil er Ian Noble war. Er konnte praktisch alles tun, was ihm gerade in den Sinn kam. Francesca musste ein Grinsen unterdrücken. Ja, es half definitiv, sich ihn als arroganten und unsympathischen Wichtigtuer vorzustellen. Na schön, er war ihr Mäzen, aber ebenso wie alle anderen Künstler im Verlauf der Jahrhunderte hegte auch Francesca ein tief sitzendes Misstrauen gegenüber demjenigen, der das nötige Kleingeld springen ließ, damit sie ihrer Tätigkeit nachgehen konnte. Leider war so gut wie jeder Künstler auf seinen persönlichen Ian Noble angewiesen.

»Ich gehe nur kurz rüber und sage ihm, dass Sie hier sind. Wie gesagt, er war sehr angetan von Ihrem Gemälde und hat es ohne mit der Wimper zu zucken den beiden anderen Finalisten vorgezogen.« Lin sprach von der Ausschreibung, die Francesca für sich entschieden hatte. Infolgedessen durfte sie das Gemälde im feudalen Eingangsbereich von Nobles neu erbautem Wolkenkratzer in Chicago malen, ein höchst lukrativer und sehr begehrter Auftrag. Der Cocktailempfang zu Francescas Ehren fand im Fusion statt, einem der angesagtesten Nobelrestaurants, das ebenfalls im Noble Enterprises Building untergebracht war. Und was noch viel wichtiger war: Francesca würde hunderttausend Dollar bekommen, was für eine Kunststudentin, die jeden Tag ums nackte Überleben kämpfte, ein wahrer Segen war.

Ehe Lin verschwand, stellte sie ihr eine junge Afroamerikanerin namens Zoe Charon vor, die Francesca solange Gesellschaft leisten sollte.

»Freut mich sehr, Sie kennenzulernen.« Zoe verzog den Mund zu einem strahlenden Lächeln, das jeden Zahnarzt ins Schwärmen gebracht hätte, und schüttelte Francesca die Hand. »Und herzlichen Glückwunsch zu dem Auftrag. Bald werde ich Ihr Bild jeden Morgen sehen, wenn ich zur Arbeit komme.«

Beim Anblick von Zoes Kostüm verspürte Francesca das vertraute Unbehagen, das sie überfiel, wann immer sie ihr Äußeres mit anderen verglich. Lin, Zoe und sämtliche anderen Gäste waren in diesem typisch schlichten, aber eleganten Stil gekleidet. Woher hätte sie auch wissen sollen, dass sie mit ihrem Boho-Chic bei einer Party von Ian Noble nicht punkten konnte? Und dass die Marken, die sie trug, noch nicht mal das Attribut »chic« verdienten.

Sie erfuhr, dass Zoe als Assistant Manager in einer Abteilung namens Imagetronics bei Noble Enterprises arbeitete. *Was zum Teufel sollte das denn sein*?, fragte sich Francesca abwesend und nickte höflich, während ihr Blick ein weiteres Mal zum Eingang schweifte.

Der angespannte Zug um Ian Nobles Mund wich einem distanzierten, gelangweilten Ausdruck auf seinen Zügen, als Lin auf ihn zutrat. Er schüttelte kurz den Kopf und sah auf seine Uhr. Offenbar verspürte Noble ebenso wenig Lust auf das Begrüßungsritual eines der zahlreichen Künstler, die in den Genuss seines philantropischen Engagements kamen, wie umgekehrt. Für Francesca stellte der Cocktailempfang zu ihren Ehren eine lästige Pflicht dar, die nun einmal mit dem Gewinn der Ausschreibung einherging.

Sie schenkte Zoe ein strahlendes Lächeln. Nun, da sie erkannt hatte, dass ihre Nervosität, weil sie Ian Noble bald gegenübertreten würde, völlige Zeitverschwendung gewesen war, würde sie sich endlich amüsieren.

»Und, was ist so Besonderes an Ian Noble?«, fragte Francesca.

Ihre Unverblümtheit ließ Zoe zusammenzucken. Ihr Blick schweifte zu der Bar, wo Noble inzwischen stand.

»Wie bitte? Kurz gesagt, der Mann ist Gott.«

Francesca grinste. »Untertreibung ist nicht so Ihr Ding, was?«

Zoe brach in schallendes Gelächter aus, in das Francesca

aus vollem Herzen einstimmte. Einen Moment lang waren sie nichts als zwei junge Frauen, die wegen des attraktivsten Mannes der Party kicherten. Und das ließ sich nicht leugnen, das musste Francesca zugeben. Ian Noble war der aufregendste Mann, den sie je gesehen hatte, Party hin oder her.

Beim Anblick von Zoes Miene verebbte ihr Gelächter. Sie drehte sich um. Nobles Blick war direkt auf sie gerichtet. Eine eigentümliche Hitze, wie sie sie noch nie erlebt hatte, schien sich in ihrem Bauch auszubreiten, als er, mit der sichtlich verblüfften Lin im Gefolge, auf sie zusteuerte.

Sie verspürte den lächerlichen Drang kehrtzumachen und davonzulaufen.

»Oh … er kommt direkt auf uns zu … Lin hat ihm wohl gesagt, wer Sie sind.« Zoes Tonfall verriet eine Mischung aus Bestürzung und Staunen – exakt das, was auch Francesca empfand; mit dem Unterschied, dass Zoe sich wesentlich sicherer auf dem gesellschaftlichen Parkett bewegte als Francesca. Als Noble vor ihnen stand, war nichts mehr von dem albernen, kichernden Mädchen zu sehen. An ihrer Stelle stand eine beherrschte, bildschöne Frau.

»Guten Abend, Mr Noble.«

Seine leuchtend kobaltblauen Augen lösten sich für den Bruchteil einer Sekunde von Francescas Gesicht, was ihr Gelegenheit gab, Atem zu schöpfen.

»Zoe, richtig?«

Zoe konnte ihre Verzückung über die Tatsache, dass Noble ihren Namen kannte, nicht verhehlen. »Ja, Sir. Ich arbeite in der Abteilung Imagetronics. Darf ich Ihnen Francesca Arno vorstellen, die junge Künstlerin, die Sie als Gewinnerin der Far Sight Ausschreibung ausgewählt haben.«

Er ergriff ihre Hand. »Es ist mir ein Vergnügen, Miss Arno.«

Francesca nickte nur stumm. Seine Erscheinung, die Wärme seiner Hand, die ihre Finger umschlossen, und die tiefe Stimme mit dem britischen Akzent waren zu viel für ihr völlig überfordertes Gehirn. Sein kurzes, dunkles Haar und der graue Anzug ließen seine Haut auffallend blass wirken. *Dunkler Engel.* Die Worte schoben sich unwillkürlich in ihr Gedächtnis.

»Ich kann Ihnen gar nicht sagen, wie beeindruckt ich von Ihrer Arbeit bin«, erklärte er. Kein Lächeln. Kein Anflug von Weichheit in seinem Tonfall, sondern lediglich eine unverblümte Neugier in seinem Blick.

Sie schluckte. »Danke.« Sie spürte die Berührung seiner Finger überdeutlich auf ihrer Haut, als er ihr langsam seine Hand entzog. Einen peinlichen Moment lang musterte er sie schweigend. Sie sammelte sich und straffte die Schultern.

»Es freut mich, dass ich die Gelegenheit bekomme, mich persönlich bei Ihnen für den Auftrag zu bedanken. Er bedeutet mir mehr, als ich ausdrücken kann«, presste sie hervor. Sie hatte die Worte vorher auswendig gelernt.

Er zuckte kaum merklich die Achseln und winkte ab. »Sie haben es verdient.« Er sah ihr in die Augen. »Oder werden es zumindest demnächst tun.«

Sie spürte, wie sich ihr Herzschlag beschleunigte, und konnte nur hoffen, dass er es nicht merkte.

»Das habe ich. Aber Sie sind derjenige, der mir die Gelegenheit gegeben hat. Und *dafür* möchte ich mich bei Ihnen bedanken. Ohne diese Chance hätte ich mir das zweite Jahr meines Masterstudiums wahrscheinlich nicht leisten können.«

Er blinzelte. Aus dem Augenwinkel registrierte sie, wie Zoe

sich versteifte, und wandte verlegen den Blick ab. War ihr Tonfall zu scharf gewesen?

»Meine Großmutter wirft mir oft vor, ich könnte mit Dankbarkeit nicht gut umgehen und sei viel zu schroff«, sagte er eine Spur freundlicher. »Sie haben völlig recht, mich zu schelten. Es freut mich, dass ich Ihnen die Gelegenheit geben konnte, Miss Arno«, fügte er mit einem leichten Nicken hinzu. »Zoe, würden Sie Lin von mir ausrichten, dass ich gerade beschlossen habe, das Essen mit Xander LaGrange doch abzusagen. Sagen Sie ihr bitte, sie soll einen neuen Termin vereinbaren.«

»Natürlich, Mr Noble«, erwiderte Zoe und verschwand.

»Möchten Sie sich setzen?«, fragte er und nickte in Richtung einer ledernen Sofaecke.

»Gern.«

Er ließ ihr den Vortritt. Sie wünschte, er würde es nicht tun, weil es sie verlegen machte und ihr das Gefühl gab, ungelenk zu sein. Als sie sich gesetzt hatte, ließ er sich mit einer eleganten fließenden Bewegung neben ihr nieder. Francesca strich den dünnen Rock ihres mit winzigen Perlen besetzten Vintage-Hängerkleids glatt, das sie in einem Secondhandladen in Wicker Park erstanden hatte. Der Septemberabend hatte sich als kühler entpuppt als angenommen, und außer der lässigen Jeansjacke hatte ihr Kleiderschrank nichts hergegeben, was zu dem Kleid mit den schmalen Trägern gepasst hätte. Erst jetzt wurde ihr bewusst, wie lächerlich sie neben diesem Inbegriff männlicher Eleganz wirken musste.

Sie zupfte nervös an ihrem Kragen herum, ehe sie den Kopf hob und trotzig das Kinn reckte. Der Anflug eines Lächelns spielte um seine Lippen, bei dessen Anblick sie ein leises Ziehen im Unterleib spürte.

»Sie sind also im zweiten Jahr Ihres Masterstudiums, richtig?«

»Ja. Ich studiere am Art Institute.«

»Eine sehr renommierte Kunstschule«, murmelte er, legte die Hände auf die Tischplatte und lehnte sich scheinbar entspannt zurück. Die muskulöse Eleganz seines Körpers erinnerte Francesca an ein Raubtier, dessen scheinbare Ruhe und Gelassenheit jederzeit umschlagen konnte. Er hatte schmale Hüften und breite Schultern, die darauf schließen ließen, dass sich ein durchtrainierter Oberkörper unter seinem gestärkten weißen Hemd verbarg. »Wenn ich mich recht entsinne, stand in Ihrer Mappe, dass Sie an der Northwestern University Kunst und Architektur studiert haben.«

»Das stimmt«, antwortete Francesca atemlos und löste den Blick von seinen Händen. Sie waren elegant, aber zugleich groß, kräftig und zupackend. Aus irgendeinem Grund brachte ihr Anblick sie völlig aus dem Konzept. Sie ertappte sich dabei, wie sie sich seine Finger auf ihrem Körper vorstellte … um ihre Taille …

»Wieso das?«

Sie schrak aus ihren unangemessenen Gedanken auf und sah ihn an. »Wieso ich Kunst und Architektur studiert habe?«

Er nickte.

»Architektur für meine Eltern und Kunst für mich«, erwiderte sie, erstaunt über ihre Offenheit. Normalerweise begegnete sie dieser Frage mit kühler Verachtung. Weshalb hätte sie sich zwischen ihren beiden Talenten entscheiden sollen? »Meine Eltern sind beide Architekten. Es war ihr sehnlicher Wunsch, dass ich eines Tages in ihre Fußstapfen trete.«

»Also haben Sie ihnen diesen Wunsch erfüllt und die Qualifikation erworben, aber nicht ernsthaft vor, Ihren Lebensunterhalt mit Architektur zu verdienen.«

»Ich werde immer Architektin sein.«

»Das freut mich zu hören«, sagte er und sah auf, als ein gut aussehender Mann mit Dreadlocks und hellgrauen Augen, die in scharfem Kontrast zu seiner dunkleren Hautfarbe standen, an ihren Tisch trat. »Lucien! Wie laufen die Geschäfte?«

»Bestens«, gab dieser zurück und musterte Francesca interessiert.

»Miss Arno, das ist Lucien Lenault, der Manager des Fusion und der schillerndste Gastronom Europas. Ich habe ihn in einem der besten Restaurants von Paris entdeckt.«

Lucien verdrehte belustigt die Augen und grinste. »Ich hoffe, ich kann bald dasselbe vom Fusion behaupten. Es ist mir ein Vergnügen, Ihre Bekanntschaft zu machen, Miss Arno«, fügte er mit seinem hinreißenden französischen Akzent hinzu. »Was darf ich euch beiden bringen?«

Noble sah sie erwartungsvoll an. Seine Lippen waren ungewöhnlich voll für einen Mann mit so herben, maskulinen Zügen, sinnlich und fest zugleich.

Streng und unnachgiebig.

Wo kam dieser Gedanke denn auf einmal her?

»Danke, ich bin zufrieden«, presste sie hervor, obwohl ihr das Herz bis zum Hals schlug.

»Was trinken Sie?«, fragte er mit einem Nicken auf ihr halb volles Glas.

»Das Übliche. Mineralwasser mit Zitrone.«

»Sie sollten feiern, Miss Arno.« Lag es an seinem britischen Akzent, dass ihre Haut so prickelte, wenn er ihren Namen aussprach? Er war ungewöhnlich. Britisch, aber gelegentlich war noch etwas anderes herauszuhören, das sie nicht recht zuordnen konnte. »Bring uns eine Flasche Roederer Brut«, sagte er zu Lucien, der lächelnd nickte und sich mit einer kurzen Verbeugung zurückzog.

Sie musterte ihn mit wachsender Verwirrung. Wieso war er auf einmal so versessen darauf, seine kostbare Zeit mit ihr zu verbringen? Garantiert trank er nicht mit jedem Champagner, der in den Genuss seiner Großzügigkeit kam. »Wie gesagt, ich bin sehr erfreut über Ihren Architekturhintergrund. Ihre Fachkenntnisse und Fertigkeiten verleihen Ihren Arbeiten erst ihre typische Präzision. Das Gemälde, mit dem Sie sich für die Ausschreibung beworben haben, ist spektakulär. Sie haben genau die Stimmung eingefangen, die ich mir vorgestellt hatte.«

Ihr Blick schweifte über seinen Maßanzug. Seine unübersehbare Liebe zu klaren Linien überraschte sie nicht. Und er hatte völlig recht: Ihre Schwäche für Form und Struktur schlug sich sehr häufig in ihren Werken nieder, aber es ging ihr nicht um Präzision. Weit gefehlt. »Es freut mich, dass es Ihnen gefallen hat«, sagte sie in, wie sie hoffte, neutralem Tonfall.

Ein Lächeln erschien um seine Mundwinkel. »Sie verschweigen mir etwas. Sind Sie etwa nicht glücklich darüber, dass es mir gefallen hat?«

Überrascht zog sie die Augenbrauen hoch. *Meine Kunst muss nur mir gefallen, niemandem sonst,* lag ihr auf der Zunge, doch sie verkniff sich die Bemerkung gerade noch rechtzeitig. Was war nur los mit ihr? Immerhin hatte sie es diesem Mann zu verdanken, dass sich ihr Leben zum Positiven gewendet hatte.

»Wie gesagt, ich bin außer mir vor Freude darüber, dass ich diesen Wettbewerb gewonnen habe.«

»Ah«, murmelte er, als Lucien mit dem Champagner und

einem Eiskübel erschien, musterte sie jedoch weiter eindringlich. »Aber sich über den Auftrag zu freuen, ist nicht dasselbe, wie sich darüber zu freuen, dass Sie mir eine große Freude damit bereiten.«

»Nein, das habe ich nicht gemeint«, platzte sie heraus und warf Lucien, der den Champagnerkorken mit einem leisen Ploppen löste, einen Seitenblick zu, ehe sie sich wieder Noble zuwandte. Seine Augen funkelten, ansonsten war seine Miene ausdruckslos. Wovon um alles in der Welt redete der Mann? Und wieso trieb ihr seine Frage die Röte ins Gesicht, obwohl sie sie im Grunde noch nicht einmal zu beantworten brauchte? »Es freut mich, dass Ihnen mein Bild gefallen hat. Sehr sogar.«

Noble erwiderte nichts darauf, sondern sah desinteressiert zu, wie Lucien den prickelnden Champagner in die hohen Gläser goss. Er nickte und murmelte einen flüchtigen Dank, dann zog Lucien sich zurück. Francesca griff im selben Moment nach ihrem Glas wie er.

»Herzlichen Glückwunsch.«

Sie rang sich ein Lächeln ab, als ihre Gläser kaum hörbar aneinanderstießen. Noch nie in ihrem Leben hatte sie so etwas probiert: Der eisgekühlte, trockene Champagner glitt wie flüssiges Gold über ihre Zunge und ihre Kehle hinab. Es war ein unbeschreibliches Gefühl. Sie warf Noble einen Blick zu. Wie konnte ihn die bedeutungsschwangere Atmosphäre, die ihr regelrecht den Atem zu rauben drohte, scheinbar völlig kalt lassen?

»Als Mitglied einer Adelsfamilie wird eine einfache Cocktailkellnerin wohl kaum gut genug sein, um Sie zu bedienen«, sagte sie und wünschte, sie könnte das Zittern in ihrer Stimme unterdrücken.

»Wie bitte?«

»Oh, ich meinte nur…« Sie ohrfeigte sich insgeheim. »Ich arbeite nebenbei als Kellnerin. Damit finanziere ich meine Miete«, fügte sie hinzu und registrierte den Anflug von Panik, der in ihr aufstieg. Wie kühl er auf einmal wirkte. So unterkühlt, dass sie schlagartig der Mut verließ. Sie hob das Glas an die Lippen und trank einen großen Schluck. Oje, wenn sie Davie erst erzählte, wie sie alles vermasselt hatte! Ihr bester Freund wäre garantiert stocksauer auf sie, wohingegen sich ihre anderen Mitbewohner – Caden und Justin – über den jüngsten Beweis ihrer Unfähigkeit im Umgang mit anderen Menschen vor Lachen biegen würden.

Wäre Ian Noble doch nur nicht so attraktiv. Geradezu nervtötend attraktiv.

»Tut mir leid«, murmelte sie. »Ich hätte das nicht sagen dürfen. Ich… ich habe nur gelesen, dass Ihre Großeltern dem britischen Adel angehören, ein Earl und eine Countess.«

»Und deshalb haben Sie Angst, ich könnte es als unter meiner Würde empfinden, von einer einfachen Kellnerin bedient zu werden, ja?«, hakte er nach. Die Belustigung machte seine Züge keineswegs weicher, sondern ließ sie nur umso anziehender wirken. Sie stieß einen Seufzer aus und entspannte sich ein wenig. Offenbar hatte sie ihn also doch nicht bis aufs Blut beleidigt.

»Den Großteil meiner Ausbildung habe ich hier in den Staaten absolviert«, erklärte er. »Deshalb fühle ich mich in erster Linie als Amerikaner. Und ich versichere Ihnen, dass es nur einen Grund gab, weshalb Lucien uns höchstpersönlich bedient hat: Er wollte es so. Wir sind nicht nur Fechtpartner, sondern auch Freunde. Dass die englische Aristokratie einen männlichen Bediensteten einem weiblichen vorzieht, kommt lediglich in Liebesromanen im England des frühen neunzehnten Jahrhunderts vor. Und selbst wenn dieses Vorurteil heute noch existieren sollte, trifft es wohl kaum auf einen Bastard zu. Tut mir leid, wenn ich Sie in diesem Punkt enttäuschen muss.«

Ihre Wangen glühten vor Scham. Wann lernte sie endlich, ihre große Klappe zu halten? Und Moment mal… *wie* war das gewesen? Hatte er gerade zugegeben, dass er unehelich war? Das war ja etwas ganz Neues.

»Und wo arbeiten Sie?«, erkundigte er sich, scheinbar ohne das leuchtende Rot ihrer Wangen zu bemerken.

»Im High Jinks in Bucktown.«

»Nie gehört.«

»Das überrascht mich nicht«, murmelte sie und nippte abermals an ihrem Champagner. Er brach in dröhnendes Gelächter aus. Sie sah ihn mit weit aufgerissenen Augen an. Er sah so heiter aus. Ihr Herz zog sich zusammen. Ian Noble war in jeder Lebenslage eine echte Augenweide, doch wenn er lächelte, lief jede Frau in seiner Nähe Gefahr, vollends dahinzuschmelzen.

»Würden Sie mich begleiten? Es sind nur ein paar Blocks. Ich möchte Ihnen etwas Wichtiges zeigen.«

Sie hielt mitten in der Bewegung inne. Was hatte er vor?

»Es hat mit Ihrer späteren Arbeit zu tun«, erklärte er. Unvermittelt hatte sich ein spröder, autoritärer Ton in seine Stimme geschlichen. »Ich würde Ihnen gern die Aussicht zeigen, die ich mir für das Bild vorstelle.«

Wut stieg in ihr auf. Sie reckte das Kinn. »Ich muss also malen, was Sie sich ausgedacht haben, ja?«

»Genau«, antwortete er.

Sie stellte ihr Glas so abrupt auf dem Tisch ab, dass der

Champagner überschwappte. Er schien nicht bereit zu sein, auch nur einen Zentimeter nachzugeben. Dieser Kerl verströmte exakt die Arroganz, die sie vermutet hatte. Wie befürchtet, entpuppte sich der Gewinn der Ausschreibung als ultimativer Albtraum für ihre Kreativität. Ihre Nasenflügel bebten unter seinem durchdringenden Blick, den sie finster erwiderte.

»Ich schlage vor, Sie sehen es sich erst mal an, bevor Sie beleidigt sind, Miss Arno.«

»Francesca.«

Sie registrierte ein Flackern in seinen blauen Augen. Für den Bruchteil einer Sekunde bereute sie die Sprödigkeit ihres Tonfalls, doch dann nickte sie.

»Francesca«, bestätigte er leise. »Gern. Aber nur, wenn Sie mich Ian nennen.«

Sie zwang sich, das Flattern in der Magengegend zu ignorieren. *Lass dich bloß nicht von ihm einwickeln.* Dieser Mann würde seine Vorstellungen um jeden Preis durchsetzen und ihre Kreativität dabei gnadenlos im Keim ersticken, daran bestand nicht der geringste Zweifel. Das Projekt entpuppte sich als schlimmer als angenommen.

Ohne ein weiteres Wort erhob sie sich und durchquerte das Restaurant, dicht gefolgt von Ian Noble, dessen Anwesenheit ihr mit jeder Faser ihres Körpers bewusst war.